흉포와 와전의 상상력

이민호

보고사

* 본 저서는 2005년도 나사렛대학교 학술연구비지원에 의해 저술되었음.

◦ 책머리에 ◦

오늘도 여섯 살 배기 어린 자식 놈이 전화를 한다. 아비가 수업 중이든 연구실에서 몽상에 빠져 농땡이를 치든 채플 시간에 자못 경건해지려고 애를 쓰든 그런 것 정도는 저와 아무런 상관도 없다는 듯이 하루에도 몇 번씩 내 휴대폰을 울려댄다. "아빠, 엄마가 나를 화나게 해요. 어서 빨리 와서 엄마 좀 타일러 주세요". 대략 이런 급전이다.

두 번째 연구서를 내면서 나도 화가 난다. 몇 해에 걸친 작업을 이제사 다 마쳤는데, 내 학문의 박복과 몰염치 때문에 급히 아무에게나 달려가 하소연 하고 싶다. 그것도 안 된다면 누구에게든 한 통화 전화라도 해서 날 좀 타일러달라고 타전하고 싶다.

이 책은 보다 긴 이름으로 쓰여야 했다. '전쟁의 흉포를 견딘 시인들의 상상력과 문학사를 지배한 한 시인의 와전된 상상력' 쯤으로. 그래서 이 책은 크게 두 개의 모양을 하고 있다. 1부는 전후 문제시인들인 '박재삼, 천상병, 이수복, 김종삼, 송욱'의 작가론으로, 2부는 미당의 이데올로기와 두 시집의 작품론으로 전부 9편의 소논문을 담고 있다. 이 모든 글은 김학동 선생님의 손을 탄 것이다. 선생님과 그 제자들과 함께 전후 시인과 미당을 연구하면서 내가 맡은 것이 9편의 논문이다. 김종삼은 늘 내 시의 화두이기 때문에 선뜻 맡았지만, 나머지 네 명의 시인은 동료들이 가져가지 않은 것을 떠안은 것이다. 그러나 이들과 몇 해를 함께 지내다 보니 내가 이들에게 떠 맡겨진 느낌이다. 다섯 시인은 각기 다른 색깔의 노래를 하고 있다. 궁상각치우, 다 아름다운 최상의 것이다. 그들 모두 전쟁의 공포와 연민을 공유하고 있다. 수많은 주검을 딛고 살아남았다는 안도와 죄책감이 삶의 아이러니처럼 시 속에 녹아있다. 1부는 그것에 대한 기록이다.

2부는 미당이라는 '장미의 이름' 같은 상징에 대한 고고학이다. 누군가에게 이처럼 오래도록 애증을 갖고 있을 수는 없는 것 같다. 미당은 내게 있어 늘 그렇다. "무슨 꽃으로 문지르는 가슴이기에 나는 이리도 살고 싶은가" 낮은 목소리로 신음할 때 나 또한 온 몸에 전율을 느낀다. 그러다가 권력의 화신 옆에서 알지 못할 소리를 대신하고 있는 것을 볼 때면, 내 아들처럼 화가 난다. 두 편의 논문은 서정주 시를 개괄하면서 문화사와 이데올로기 측면에서 새로운 접근을 하려했다. 시집 『화사집』과 『귀촉도』는 김학동 선생님으로부터 내가 맡은 분량이었다. 그에 관한 수많은 논의에 한 짐 더 올려놓은 것 같아 죄스럽기만 하다. 언급하지 않은 3부가 있다. 1부의 시인들에 대한 생애연보와 작품연보를 부록으로 첨부하였다. 내 수고의 낱낱을 조금은 위로 받기 위해서다.

이 책은 내게 윤흥길의 아홉켤레의 구두와 같은 것이다. 아홉 편의 글쓰기 모두가 내 자긍심의 상징이면서도 초라한 이방(異邦)의 현실을 담고 있기 때문이다. 그러나 움베르토 에코가 파헤친 '장미의 이름'처럼 이 책이 중세의 도서관에서 하얗게 풀먼지를 뒤집어쓰고 있을지라도 나는 내 자신을 타이르며 무거운 성곽의 문을 열고 걸어 나올 작정이다. 모든 죽어버린 상징은 독약이다. 이제 아리스토텔레스의 '웃음의 시학'을 찾아 간다.

2005년 5월
이민호

• 목 차 •

제1부
전쟁의 흉포와 전후 시인들

곡절(曲折)의 형이상학(박재삼론)

무위(無爲)와 소멸(消滅)의 시학(천상병론)

상(像)·상(想)의 시학(이수복론)

내용 없는 아름다움과 형식 없는 평화의 시학(김종삼론)

몸과 말의 변주와 교합의 시학(송욱론)

곡절(曲折)의 형이상학

－ 박재삼론

1. 서론

　박재삼은 1953년 ≪문예≫에 시조 <강물에서>를 투고 모윤숙의 추천을 받는다. 이어 1955년 ≪현대문학≫에 시조 <섭리>와 시 <정적>이 각각 유치환과 서정주의 추천을 받아 정식으로 시인의 길에 들어선다. 이후 1996년 작고할 때까지 13권의 창작 시집과 6권의 시선집 그리고 10여권의 수필집을 남긴다. 이 시력 40년의 다작 시인에게 한국 시사는 고집스럽게 하나의 칭호만을 부여하고 있다. '전통적 서정시인'이다[1]. 이러한 평가에는 50년대 전후의 시적 흐름을 순수와 참여, 전통과 현대로 양분하려는 손쉬운 접근에서 비롯된 것이다. '전통적'이라는 수식에는 으레 '한(恨)'의 정서가 따라 붙고, 여지없이 박재삼을 '눈물의 시인'으로 만든다. 그렇다고 '눈물의 시인'이 '서정시인'을 의미하는 것도 아닌 것 같다. 그에게 '서정시인'의 가시면류관을 씌울 때는 반드시 현실과의 유리, 도피의 혐의를 두고 있기 때문이다. 그때의 '서정'은 장르적 분류도 아니며, 단지 이데올로기의 휘장일 뿐이다. 그것은 시에 있어서 순수를 주장하는 측이건 참여를 주장하는 측이건 마찬가지다.[2]

---

1) 권영민, 『한국현대문학사』, 민음사, 1996, 119면.
　김윤식·김우종 외, 『한국현대문학사』, 현대문학사, 1995, 317면.

이처럼 이분법의 성전에 내리쳐진 휘장을 찢고 '한'의 십자가에 못 박혀 죽은 박재삼을 다시금 일으켜 세워보자. 그렇게 하기 위해 그를 이 세상에 보낸 서정주에게 가서 묻고자 한다. 왜 그를 우리에게 보냈느냐고. 문학사는 그를 김소월, 김영랑, 서정주를 잇는 서정시인이라 하지 않았던가?3) 일찍이 김우창은 서정주의 시를 '구부러짐의 형이상학'4)이라 했다. 이는 '가장 비근한 것의 시화, 사는대로의 삶의 시화'가 미당의 시적 특색임을 지적한 것이다. 미당의 언어적 특징을 시적인 것과 일상적인 것의 혼연일체에서 찾음으로써 시라는 것이 고급스런 감정의 향유가 아니라 너저분한 일상의 발견이고, 어디까지나 사람의 사는 모습의 실상에 대한 탐색이며, 독자는 그의 시를 통해서 새로운 시의 세계로 들어가는 것이 아니라, 우리의 생활이 곧 시적인 것임을 알고 또 그것의 의미를 새롭게 깨닫게 하는 것이다. 그러므로 미당의 시적 욕망에는 전통적인 심미적 경험에 기초한 한의 미학이 변주되기도 하지만, 굽음의 이존책(以存策)으로 현실주의가 자리하고 있다는 것이다.

이러한 측면에서 선학(先學)이 미당의 시적 특징을 '곡(曲)'의 실천철학에서 찾았듯이, 박재삼의 시적 특색을 '구부러짐과 꺾임'의 욕망에서 찾고자 한다. 박재삼의 시가 보여주는 '곡절(曲折)의 형이상학'은 구부러짐의 낙관주의적 인생관과 꺾임의 비애를 담고 있다. 기존의 전통적 '한'의 정

---

2) 고 은, 「실내작가론」, ≪월간문학≫ 1월호, 1970.
   김 현, 「시인을 찾아서2」, ≪심상≫ 3월호, 1974.
   김주연, 「한과 그 이후」, 『천년의 바람』, 민음사, 1975.
   김춘수, 「소박과 감상」, ≪사상계≫ 3월호, 1959.
   김효중, 「자연인식과 정통적 서정성」, ≪영남어문학≫ 8, 1988.
   신 진, 「가난과 한에 관한 회상적 미학」, ≪현대문학≫ 여름호, 1990.
   정창범, 「의식적인 아나크로니즘」, ≪세대≫ 9월호, 1964.
   천이두, 「한의 미학적 윤리적 위상」, ≪한국문학≫ 12월호, 1984.
3) 박철희·김시태 편, 『한국현대문학사』, 시문학사, 2000, 327면.
4) 김우창, 「구부러짐의 형이상학」, 『궁핍한 시대의 시인』, 민음사, 1977, 221면~244면.

서는 그 '꺾임(折)'의 측면만을 부각한 것이라 할 수 있다. 그러므로 현실주의와 이상주의가 교묘히 어울려 하나의 우여곡절(迂餘曲折)을 이루는 박재삼 시의 서정성을 다시 살피고자 한다. 그 비동일성의 변증적 통합이 이루는 서정이 현실로부터의 완전한 도피와 몰입 그 무엇도 아니라는 가정에서 시작한다.

2. 이미지의 변증법

박재삼 시의 '곡절'을 캐기 위해 다시 시의 '서정성'으로 돌아가보자. 그 동안 '한'의 전통적 정서로만 치부되어 온 그의 서정성을 어떻게 보아야 하는가? 슈타이거는 서정적 인식을 '주체와 객체 사이에 아무런 단절도 없는5)' 상태라 했다. 그러한 장르적 특징을 김준오는 '자아와 세계의 동일성6)'이라 규정한다. 그런데 이 대립 없는 조화의 상태에서 어떻게 비애의 정서가 나오는 것일까 생각하면, 서정적 인식은 역설적으로 '자아와 세계의 불일치'에서 비롯된다 하겠다. 그러므로 박재삼 시의 역정은 이 불일치의 극복의 과정이라 할 수 있다. 다시 말해 삶의 마디마다 운명처럼 받아낸 '꺾임(折)'의 비애를 '구부러짐(曲)'의 자세로 다스림으로써 새로운 구경을 펼치는 것이라 하겠다.

다음은 박재삼의 대표작 <울음이 타는 가을강>이다. 이 시는 자아와 세계가 조화되는 과정을 잘 보여주고 있는 시로서 이 대립적 자질이 동일성을 획득하는 서정의 현장에서 그 '곡절'의 기제를 찾을 수 있다.

마음도 한자리 못 앉아 있는 마음일 때,

---

5) 폴 헤르나디, 김준오 역, 『장르론』, 문장사, 1983, 38면.
6) 김준오, 『시론』, 삼지원, 1995, 31면.

친구의 서러운 사랑 이야기를
가을 햇볕으로 동무삼아 따라가면,
어느새 등성이에 이르러 눈물나고나.

제삿날 큰집에 모이는 불빛도 불빛이지만,
해질녘 울음이 타는 가을강을 보것네.

저것 봐, 저것 봐,
네보담도 내보담도
그 기쁜 첫사랑 산골 물소리가 사라지고
그 다음 사랑 끝에 생긴 울음까지 녹아나고
이제는 미칠 일 하나로 바다에 다 와 가는
소리죽은 가을강을 처음 보것네.

─〈울음이 타는 가을강〉의 전문

이 시는 대립적 코드가 병행하는 구조를 띠고 있다. '친구의 서러운 사랑이야기'와 '햇볕' / '제삿날 큰집'과 '가을강' / '너와 나'와 '산골'. 그러나 이 인간과 자연의 대립적 자질은 비애의 상상력을 통해 하나로 통합되고 있다. 인간 일상사에서 발생하는 비애는 꺾임의 형이상학이라 할 수 있다. 더 이상 존재할 수 없을 것 같은 비극적 실존 앞에 숨죽인 슬픔만을 안고 있는 인간상을 보여주고 있다. 이 인간사 마디마디 맺힘의 정한을 시인은 어디서 풀어내고 있는가? 바로 자연의 이법에서 그 풀림의 실마리를 찾고 있다. 가을강이 연출하고 있는 구부러짐의 형이상학은 인간의 절절한 울음 소리를 안고 흘러감으로써 자연스럽게 품어내고 있다. 그러므로 울음이 타는 가을강은 인간과 자연의 코드가 만나는 정서적 현장을 우리에게 보여주고 있다. 그 광경은 참으로 감격스럽고 황홀하기까지 하다. 이때 느끼는 시인의 시적 정서는 결코 통상 거론되고 있는 '한'의 정서가 아니다. '한'은 맺힘의 극한이다. 이 시를 지배하고 있는 빛나는 울음은 오히려 풀림의 카타르시스이다. 그 맺힌 것을 풀어내고 후련해 하는 시인의 내적 상태를 '소리 죽은 가을강'이 증명하고 있지 않는가? 그러므로 이 시는 인간과 자연이 만나는 '울음이 타는 가을강'의 놀라운 발견에서 한번 더 '소리 죽은 가을강'이라는 초유의 발견에 이르는 과정을 보여주고 있다. '소리'는 꺾임의 형이상학적 이미지이다. 반대로 '햇볕'은 구부러짐의 형이상학적 이미지이다. 이 대립적 이미지가 만나 맺힘과 풀림의 과정을 연출하고, 현실과 이상의 만남을 이루고, 나아가 이승과 저승, 삶과 죽음의 조화 내지는 동일성을 확보함으로써 슬프기도 하지만 때론 기쁘기도 한 우여곡절의 인생사를 엮어 내고 있는 것이다. 그 통합의 현장이 '가을강'이다. 자연과 역사가 함께 이루어 내는 이러한 이미지의 변증적 과정이 박재삼 시의 '곡절의 형이상학'이라 할 수 있다. 이것은 일상에서 풀림의 실마리를 찾았던 서정주의 시와는 다른 것이다. 여기에 이르러 우리는 왜 서정주가 박재삼을 우리에게 보냈는지 그 진정한 메시지를 알게 되는 것이다. 박재삼의 시가 또 다른 차원의 구부러짐의 미학을 보여주고 있기 때문이다.

이러한 이미지의 변증법을 통해 전개되는 박재삼의 시적 여정을 통시적으로 살펴보면 다음과 같다. 자연과 인간의 교묘한 조응이 지속되면서 변주되는 그 시적 과정을 3기로 나누어 살펴보면 1기는 제1시집 『춘향의 마음』(1962)에서 제3시집 『천년의 바람』(1975)까지고, 2기는 제4시집 『어린 것들 옆에서』(1976)에서 제7시집 『추억에서』(1983)까지며, 3기는 제8시집 『大關嶺 近處』(1985)에서 제13시집 『허무에 갇혀』(1993)까지다.

3. 자아의 자연화와 환상성

박재삼 시의 1기는 초목언어(草木言語)의 시대[7]이다. 자아와 자연과의
관계에 있어서 모든 사물과의 관계를 재획득할 수 있는 풍요의 시기다.
이때의 세계는 인공적 흔적이 없는 자연 그대로의 상태를 말한다. 공간적
으로는 발끝이 닿지 않는 곳으로, 시간적으로는 역사 이전으로 가 있다.
그것은 혼돈의 대상화이다. 다시 말해 자아와 자연과의 거리를 없앰으로
써 문명화된 근대인이 갖고 있는 질서의식이나, 공적가치로부터 벗어나
초현실적 세계로 들어가려는 것이다.

1) '바다'와 '빛'의 세계

옛날의 우리 누님이 흰 옷가지를 주무르던 그리운 빨래터의 그 닦인
빨랫돌이 멀리서 시방 쟁쟁쟁 반짝이고 있는데……참 새로 보것구나.

그리고 천지가 하는 별의별 가늘고 희한한 소리도 다 듣것네. 수풀
이 소리하는 것은 수풀이 반짝이는 탓으로 치고, 저 빨랫돌의 반짝이
는 것은 또한 빨랫돌의 소리하는 법으로나 느낄까 보다.

그렇다면……오늘토록 남아서 반짝이는 빨래터의 빨랫돌처럼 개개
(個個)보아 우리 목숨도 흐르는 햇살 속에 한쪽은 몸을 담그어 잠잠
하고 다른 한쪽은 무얼 끝없이 뇌고 있는, 갈수록 찬란한 한 평생인지
도 모를레라.

　　　　　　　　　　　　　　　－〈한나절 언덕에서〉의 전문

---

7) 山口昌男, 『文化と兩性』, 岩波書店, 2000, 2면에 따르면 일본의 『古風土記』에서는
문화이전의 자연과 인간의 구별이 모호했던 혼돈의 시대를 그처럼 표현한다고 적고
있다.

소리하는 법은 빨랫돌이나 수풀이나 모두 천지가 하는 소리로서 다 한 가지이다. 거기에 인간의 소리와 자연의 소리는 구별이 없다. 그것이 '옛날의 우리 누님이 흰 옷가지를 주무르던 그리운 빨래터'처럼 '옛날'이라는 지정할 수 없는 공간으로 회귀하게 됨으로써 마련된다. 이 시기에 등장하는 춘향과 남평문씨 부인, 누님 등은 하나의 회귀적 기제로서 자아와 자연이 함께 하는 신화의 공간을 만든다. 이들 인물들 모두가 사연을 갖고 있다. 특히 이 시의 누나와 시인과의 곡절은 하나의 그리움으로 존재하고 있다. 그런데 그 그리움을 간직하고 있는 시인의 목숨은 유한할 뿐이다. 그러한 생각에 머물 때 시인은 허무의 상태에 빠질지도 모르지만, 그 비애의 맺힘 상태에서 풀려날 수 있는 것은 오늘도 존재하고 있는 그 빨랫터 빨랫돌의 반짝임을 통해서다. 그 빨랫돌처럼 우리 목숨도 비록 맺혀 슬픈 것이 있기는 있지만, 다른 한쪽에서 풀려날 수 있는 길이 있다는 기쁨을 체감하는 것이다.

이처럼 1기 박재삼의 시에서는 '소리와 빛'의 이미지가 함께 공존하면서 새로운 길을 열어 놓고 있다. 이후 이러한 이미지의 변증적 흐름은 지속적인 것으로서, 그것이 자연 속에서 획득된 것인가 아니면, 일상에서 획득된 것인가 하는 변이만이 있을 뿐이다.

나를 하염없이 눈물나게 하는, 풀잎 촉트는 것, 햇병아리 뜰에 노는 것, 아지랑이 하늘 오르는 그런 것들은 호리만치라도 저승을 생각하랴. 그리고 이들과 가장 가까운 곳에서 아주 이들을 눈물나게 사랑하는 나를 문득 저승에 보내 버리기야 하랴.

그렇다면 이 연연(戀戀)한 상관(相關)은 어느 훗날, 가사(假使)일러도 도도(滔滔)한 강물의, 눈물겨운 햇빛에 반짝이는 사실이 되어도 무방한 것이 아닌가. 얼마 동안은 내 뼈 녹은 목숨 한 조각이, 얼마 동안은 이들의 변모한 목숨 한 조각이, 반짝인다 하여도 좋다. 혹은 나와 이들이 다 함께 반짝인다 하여도 좋다.

    그리하여 머언 먼 훗날엔 그러한 반짝이는 사실을 훨씬 넘어선 높은 하늘의, 땅기운 아득한 그런 데서 나와 이들의 기막힌 분신(分身)이, 또는 변모(變貌)가 용하게 함께 되어 이루어진, 구름으로 흐른다 하여도 좋을 일이 아닌가.

                                    ―〈천지무획(天地無劃)〉의 전문

    이 시는 <울음이 타는 가을강>과 연결지어 생각할 때, 그 곡절의 미학을 다시금 설명하고 있다. 분명히 드러나는 것은 시인의 슬픔의 근원이 삶과 죽음의 인식에서 나온다는 사실이다. 그러므로 시인의 맺힘의 한 축에 '죽음'이 자리하고 있고, 그것을 풀어내는 한 축에 구부러짐의 미학이 자리하고 있다. 구부러짐의 형식은 '기막힌 분신(分身)' 또는 '용이한 변모(變貌)'의 형식을 하고 있다.

    시인은 1연에서 새로 돋는 '풀잎'과 '햇병아리', 봄날 '아지랑이'에서 하염없는 비애를 체험한다. 그러한 비애는 죽음을 담보하고 있는 생명의 질서를 인식함으로써 발생한다. 이는 자연과 분리된 인간적 고뇌라 할 수 있다. 그러나 이 맺힘의 상태는 도도히 흐르는 강물에서 풀린다. 시인의 뼈와 목숨과 이들의 목숨이 하나인 듯이 흘러갈 저 강물의 반짝임에서 삶도 죽음도 가사(假使)에 지나지 않는 것이다. 그리고 훗날을 기약한다. 그 세계는 '반짝이는 사실'을 뛰어 넘는 또 다른 세계이다. '소리 죽은 가을강'과 같은 것이다. 이때 자아는 분열하고 만다. 그 분열된 자아의 화신은 '구름'으로 이미지화된다. 특히 자아 분리의 상태는 나를 잃고 자연 속에 몰입하는 것이라 할 수 있다. 그리고 그것은 '흔들림'의 이미지로 드러난다.

2) 죽음의 모성적 포용

어느 가지에서는 연신 피고
어느 가지에서는 또한 지고들 하고
움직일 줄을 아는 내 마음 꽃나무는

－〈자연〉에서

무시(無時)로 낭패하기 쉬운 어지럼병이 우리를 잡아가,

－〈한낮의 소나무에〉에서

송두리째 찢어서 뽑아서
몸부림으로 바쳐 노래하노니.

－〈한 명창(名唱)의 노래에서〉에서

시인이 자연의 일부로 존재하는 한, 그는 언제나 움직일 줄 아는 마음
의 소유자가 된다. 이는 일종의 무아지경의 황홀경으로서 <한낮의 소나
무에>에서는 '어지럼병'으로 이미지화된다. 그러한 열락의 상태는 시인
을 종교의 차원으로까지 끌어올린다. <한 명창의 노래에서>처럼 자아를
송두리째 해체하는 극도의 자기분열을 보여준다. 그 상태는 다음과 같이
'멍멍하며', '정신없는', '울렁거림'의 상태이다.

오히려 사무침이 무너져 한정없이 멍멍한 거라요.

－〈무봉천지(無縫天地)〉에서

거기 정신없이 앉았는 섬을 보고 있으면,
우리가 살았댔해도 그 많은 때는 죽은 사람과 산 사람이
숨소리를 나누고 있는 반짝이는 봄바다와도 같은 저승
어디쯤에 호젓이 밀린 섬이 되어 있는 것이 아닌것가

－〈봄바다〉에서

비로소 가슴 울렁이고
눈에 눈물 어리어
차라리 저 달빛 받아 반짝이는 밤바다의 질정(質定)할 수 없는
괴로운 꽃비늘을 닮아야 하리.

―〈밤바다에서〉에서

이처럼 시인은 분열한다. 그렇다면 이 시기 궁극적 풀림의 공간은 어디인가? '꽃잎 속에 새 꽃잎'이 '겹쳐 피듯이'[8] 이질적 이미지가 통합되는 공간이다. 그곳은 바다이다. 삶과 죽음과 기쁨과 슬픔을 모두 수장하고 있는 고향의 공간이다.

고향 앞바다에는
꿈이 아니라고 흔드는
수만 잎사귀의 미루나무도 있고,
미칠 만하게 흘러내리는
과부의 찬란한 치마폭도 있고,

무엇도 있고 무엇도 있고
바다에서처럼 어리벙벙하게
많이 있는 것은 없는가.

그러나 나는 한 가지
사람이 죽어
비록 형체는 없더라도 남기게 되는
반짝이는 것, 흔들리는 것은
꽃비늘로 환하게 둘러쓸 것을
마흔한 해 동안 고향 앞바다 보고
제일 많이 배운 바이니라.

―〈바다에서 배운 것〉의 전문

---

8) 시 <눈물 속의 눈물>에서

시 <울음이 타는 가을강>에서 환상적 공간으로 발견된 '소리 죽은 가을강'을 떠올려 보자. 그 가을강이 어디에 다다랐을 때, 스스로 몸을 낮추고 오래 끌고 온 긴 숨을 잠시 멈추는가? 바로 바다에 미쳐서가 아닌가? 시인에게 있어 바다는, 특히 고향의 바다는, 신화의 공간이며, 풀림의 공간이다. 그 바다에는 미루나무와 과부와 모든 반짝이는 목숨들이 질서없이 공존하고 있다. 그래서 시인은 시의 구경을 자연과 인간 삶이 함께하고 있는 데서 발견하는 것이다. 그 초목의 언어를 통해 인간으로서는 도저히 발설할 수 없는 삶과 죽음의 간극을 메우고, 삶의 꺾임이 주는 비애를 다스릴 지혜를 얻는 것이다. 거기에는 풀지 못할 '한'으로서의 울음은 아예 있지도 않았다. 오직 황홀한 통합만이 있다. 그러므로 이 시기 박재삼의 시에는 '반짝이는 것'과 '흔들리는 것'이 서로 곡절을 이루어 나가다 맺히고 풀리는 환상의 세계를 보여주고 있다. 이 세계는 자연이 갖고 있는 모성적 포용을 그대로 드러낸 것이다.

4. 자연의 내면화와 일상성

첫 번째 시기에 박재삼은 자아를 자연 속에 몰입시킴으로써 삶의 고비마다 맺혔던 꺾임의 상처를 자연의 이법에서 풀어내었다. 그 구부러짐의 행위는 모두 자연에서 배운 것이다. 그러므로 다분히 비현실적 공간을 차지했던 1기와는 달리 두 번째 시기의 시들은 자연이 그의 생활 속으로 들어와 하나의 일상으로 내면화된다. 그래서 이때에 등장하는 자연의 모습은 자연 일반이라기보다는 매우 구체적인 명칭을 가지고 있다. 그러므로 1기가 초목언어의 시대였던 것과 대비되어 이때는 자연과 인간의 언어가 분리되어 자연도 인간적 질서에서 움직이는 양상을 띤다. 그렇다해도 일관되게 지속되는 것은 곡절의 형이상학이다. 풀고 맺는 구조를 지속하고 있는 것이다.

1) '아이'와 '소리'의 세계

> 내 몸에 아직 병도 남아 있고
> 갚아야 할 이자 돈도 고스란히 남아 있다마는
> 그런 것은 이미 괜찮단다.
> 새 악장(樂章)을 여는
> 문득 엿장수의 가위소리
> 내 정신 풀밭에
> 찬란한 보석을 흩뿌리네.
> 햇빛하고도 제일 친한
> 그 엿장수의 가위소리 앞으로 가,
> 떼어 주는 맛뵈기 엿이나 얻어먹으면
> 물리(物理)가 트일 것인가, 또는
> 영원으로 향한 길목에 접어들었다는
> 슬픈 착각에라도 이를 것인가.
>
> — 〈엿장수의 가위소리〉의 전문

이 즈음에 와서 자연의 풀림의 이법은 엿장수에게 넘어간다. 자연의 이법은 물리(物理)로 변주되는 것이다. 그렇다해도 이 시에서도 역시 우리는 변함없는 지속적 이미지를 확인하게 된다. 바로 '소리와 빛'의 변증적 통합이다. 시인은 1기에서 빛이 주는 풀림의 형이상학이 소리의 맺힘을 제압하는 황홀경을 보여주었다. 그러나 2기에는 그 풀림의 구조를 '소리'의 이미지에 넘겨주고 있다. 1기에서도 보았지만, '소리'의 이미지 속에 담긴 내용은 자잘한 인간사의 울림이었으며, 맺힘이었다. 그 일상적 이미지가 이제는 전면에 나타남을 보여주는 것이다. 그러나 교묘하게도 계속

되는 의문형의 물음은 이미 3기에서 자연과 인간의 새로운 구경이 이루
어질 것임을 예고하고 있기도 하다.

　이 시기에도 자아의 분열양상은 지속된다. 1기에서 자아는 분열되어
자연의 한 부분으로 편입되었다. 그러나 이 시기에는 자연을 내면화함으
로써 일상의 새로운 객체에게 자신을 투사한다.

　　　설악산 그 많은 봉우리들을 보고 있으면
　　　선녀가 내려온 길이 보인다.
　　　그것은 외길이 아니다.
　　　두 갈래 세 갈래 길도 아니다.
　　　무수하게 골지고 깊은
　　　사타구니의 부끄러운 길,
　　　햇살과 구름이 만났다 헤어지는 언저리,
　　　하 엷은 옷자락 소리도 들리고
　　　거룩한 살냄새도 난다.
　　　　　　　　　　　　　－〈선녀의 첫길〉의 전문

　이 시는 <雪嶽山詩抄> 중 하나다. 분명 자연은 구체적인 이름을 갖고
있다. 그처럼 인간의 형상을 하고 있는 것이다. 이미 선녀는 하늘에서 내
려와 신화의 세계를 마감하고 역사의 시대를 열고 있는 것이다. 그리고
자연은 이미 하나의 모습으로 통합되는 것이 아니라 여러 갈래로 흩어져
각각의 인간 내면 속에서 새롭게 등장하고 있다. 그래서 고향의 품속 같
았던 자연의 모습은 인간의 살 냄새가 나는 공간으로 변화된다. 때론 부
끄럽기도 하고 때론 거룩하기도 한 그것은 소리와 빛의 변이적 이미지라
할 수 있다. 이처럼 시인의 비애도 다른 구조에서 풀리게 될 것임을 암시
하고 있는 것이다. 1기에서 구부러짐의 미학은 시인의 '변신'과 '변용'을
요구했다. 그것은 '구름'의 이미지에 담겨 표현되었다. 다음 시는 시인의

자아가 2기에 이르러 어떤 이미지로 변용되는가를 보여주고 있다.

> 저 수천만 평의 하늘에 깔린 구름을 괭이로도 쟁기로도
> 다 갈아낼 수 있는 사람은 없다.
> 기껏해야 사람마다 스무남은 평 남짓
> 갈아놓고는 나자빠지고 만다.
> 그러면서도 친구도 노래도 잊어버린 채
> 임자 노릇만 하려고 든다.
>
> 그러니까 문제라!
> 이제는 하늘의 구름이
> 노래를 알고 친구를 알고
> 임자 노릇을 하지 않는
> 그런 사람을 찾아 땅 위로 내려와
> 자기의 주인(主人)으로 삼으면서
> 그 사람의 마음밭을 갈려는 몸짓이
> 환히 환히 보인다.

— 〈구름의 주인〉의 전문

　자연은 이제 사람 각각의 마음밭으로 내면화되어 있다. 그러므로 사람이 주인이 된 것이다. 1연에서 시인은 인간의 한계에서 슬픔의 정한을 느끼기보다는 비판의식을 갖게 된다. 이는 1기와는 다른 태도이다. 그만큼 그의 서정이 현실과 밀착되어 있음을 반증하는 것이라 하겠다. 그러므로 현실과 유리된 전통적 서정시인으로서의 호명은 여기서 거두어야 할 것이다. 시인이 자기 주체의 대상으로 삼는 것이 '노래를 아는 사람', '친구를 아는 사람', '비독선적인 사람'이라는 현실적 잣대를 갖고 있지 않은가? 여기서 자연도 그러한 모습으로 변화되고 있다. 이처럼 자연은 시인의 내면 속에서 육화되어 인간과 구별이 없는 형상을 하고 있다.

2) 가난의 휴머니즘적 극복

아직 돌도 안 지난 아이가 마루 끝에
빗방울을 보고 우두커니 앉아 있다.
마당에는 일었다 사라졌다 일었다 사라졌다
나팔꽃 줄기처럼 줄줄이 잇닿은 물방울
너는 네 꿈을 아직 모르고
소망마저도 있을 리 없으나
그 아무것도 없고
그 아무것도 아닌
하늘바탕 그대로의 네 눈망울에
아, 그러나 무심한지고,
너무 길고 너무 큰
장마가 천근의 무게로 지고 있다.

　　　　　　　　　　　－〈장마와 아이〉의 전문

　자연은 이제 인간적 모습으로 변해있다. 그러므로 '장마'는 인간적인 일상의 모습을 하고 있다. 그래서 그것이 지니는 천근의 무게는 생활의 무게를 비유하고 있음을 자연스럽게 드러낸다. 시인은 어린 아이에게 가해지는 장마의 지루한 압박을 앞으로 겪어야 할 그 아이의 생활의 편린처럼 파악하고 있다. 자연의 무봉무획(無縫無劃)한 이법은 아이의 눈 속에 내면화됨으로써 꿈과 소망이 없는 빈곤의 이미지9)로 변주된다. 이때 시인은 자연에서 느끼던 막연한 비애를 구체적으로 실감하게 된다. 그럼에도 그 아이는 자연을 닮아 순진무구하기만 하다. 그래서 그 풀림의 실마리도 그 아이에게서 찾게 된다.

　일 년 오 개월짜리

---

9) 시집 『추억에서』의 시편들은 그 가난의 편린을 보여주고 있다.

상규(祥圭)의 잠자는 발바닥
골목 안과 뜰 안을 종일
위험하게 잘도 걸어다녔구나.
발바닥 밑으로 커다란 해를 넘긴
어여쁘디 어여쁜 발아.
돌자갈 깔린 길보다도 험한
이 애비의 이마를 한번 밟아 다오.
때 안 타는 연한 발아.

　　　　　　　　－〈아기 발바닥에 이마 대고〉의 전문

　　이 시에서처럼 '골목'도 '뜰'도 '해'도 아이의 발아래 복속(服屬)하고 말
았다. 그러므로 시인은 이제 자연 속에 자신을 내맡길 이유가 없어진 것
이다. 아이의 발바닥에서 자신의 맺힌 삶의 궤적을 풀어보고자 한다. 이
때 1기에서 풀림의 공간은 바다라는 자연으로 단일화되었지만, 이 시기에
는 인간 개개인의 모습 속에 분산되어 있다. 그래서 다음 시에서처럼 자
연은 각기 다른 모습을 하고 있다.

술렁거리는
무수한 신록(新綠)이 없었더라면
땅이 심심해 어쨌을까나.

소슬하고 찬란한
별들이 박히지 않았더라면
바다가 외로워 어쨌을까나.

땅과 바다의
몸부림이 있고 나서 비로소
땅은 아름다워지고
바다 또한 아름다워졌느니

사랑이여
너 숨이 찬 신록(新綠)이 있고
너 출렁거리는 별이 있고
요컨대 괴로움이 있고 나서
이승에 아름다움을 보태게 되는가.

─〈화합(和合)〉의 전문

신록은 술렁거리고, 별은 소슬하고, 땅과 바다는 몸부림치고 있다. 이 인간화된 자연의 맺힘의 비애를 푸는 인간적인 방법은 무엇인가? 바로 '사랑'이다. 1기에서 자연의 모성성이 풀림의 형이상학이 되었지만, 이 시기에는 인간적 사랑이 그 형이상학을 이루고 있다. 인간의 우여곡절은 '사랑'이라는 인간적 미학과 고진감래의 일상적 진리 앞에서 풀리고 있다. 이 사랑은 자연의 모성성이 시인의 내면 속에서 변주된 모습이다. 그런데 이 사랑은 시집『뜨거운 달』에서처럼 관능적 이미지로 변주된다. 그역시 자연이 육화된 증거라 할 수 있다.

5. 대자연의 혼융과 서정성

3기에 이르러 박재삼의 시는 1기의 환상성과 2기의 일상성이 통합된 서정성을 특색으로 한다. 이때 등장하는 자연과 인간은 일대일의 혼융을 거쳐 대자연의 모습을 띠게 된다. 시집『대관령 근처』에서 시인은 자연의 이법과 갈등을 보인다. 이러한 갈등은 시집『찬란한 미지수』에 이르러 자연만이 아니라 인간까지 회의하기에 이른다. 그러나 그 회의는 시집『해와 달의 궤적』에서 달관의 경지를 보이게 되며, 마침내 시집『허무에 갇혀』에서는 다시금 슬픔의 미학으로 빠져든다. 이러한 시적 과정은 자연과 인간이 보이는 순환의 과정을 다시금 확인하게 한다. 결국 그의 서정성은 이러한 되풀이에 있지 않은가 한다. 그 맺힘과 풀림의 곡절의 형이상학은 반복함으로써 서정의 극을 향해 치닫는 것이라 하겠다. 이 시기의 언어는 초목과 인간의 언어가 서로에게 영향을 미쳐 화음과 불협화음을 일으키는 대자연의 소리 그대로이다. 그만큼 대자연의 이법이라는 것이 맺히고 푸는 과정을 되풀이함을 보여주는 것이라 하겠다.

1) '추억'과 '침묵'의 세계

여름을 가려주던
수수와 옥수수들은
잎이 바짝 마르고 누우래진 채
언덕 위로 언덕 위로 기어오르고
산그늘이 내려진 가운데
한머리 감자밭에선
흙을 밀어낸 감자가
가마니째로 온통
가을을 실어내고 있었네.

앞으로 저 언덕에는
가난하고 쓸쓸한 바람이
서러운 햇빛 新婦를 짝하여 와서
겨우살이를 지낼
그 준비만이 남은 것인가.

기러기 날개처럼
철을 타는 저 언덕 밑을
내 육신도 시방
흔들리며 내닫고 있건만,

아, 세월 속을 흘러가고 있건만,

어쩔까나, 이것들,
내 高血壓과 胃下垂와
또 한 친구 神經病들은
철도 모르고,
철따라 떠날 줄도 모르고,
하염없이 陳치고 있는 이 矛盾이여!

                           –〈大關嶺 近處〉의 전문

　　그동안 시인은 자아가 자연화 되었건, 자연을 내면화했건 자연의 공간
에서 배우고 인간과 친숙한 자연을 만들어 냈다. 그러나 이 시에서처럼
이제 자연과 인간은 갈등을 하기에 이른다. 자연은 세월의 흐름에 순응하
여 여름을 보내고 가을을 맞이하고 겨울을 준비하고 있는데, 시인의 몸은
그러한 순환을 거슬러 병마에 정체된 채 있다. 이 자연과 자아의 비동일
성에서 빚어지는 모순은 보다 극한 서정을 불러일으킨다. 그것은 다음 시
에서처럼 극한 자기 부정에 이르기도 한다.

수십명이 놀러 와
떠들썩하던 골짜기도
잠시 사람기척이 나지 않고
풀잎이 산들바람에 몸을 흔드는 소리만이 알맞게 들릴 뿐이다.

하늘이여!
내 몸이 너무 크고
내 숨소리도 덩달아 크구나.

                           –〈내 몸이 너무 크고〉의 전문

關東大學 앞뒤 빽빽한
소나무숲에 와 서면
허전하게도 내 詩는
너무나 부끄럽고 초라하고나.

줄줄이 튕기긴 했어도
거문고소리는 빗나가기만 한 것을,
구멍마다 입술은 축였어도
피리소리는 많이는 헛김이 새던 것을,
새삼스럽게 어쩔까나.

　　　　　　　　　　　－〈江陵 소나무숲에 와서〉에서

　　자연은 '알맞은' 크기로 존재하는데 시인은 그에 비해 너무 비대해 있
다. 그것은 그동안 소비하지 못했던 그의 감정의 골과도 깊은 관련이 있
어 보인다. 맺힘과 풀림의 그 작동기제가 고장나 경화된 일상의 정서가
그로 하여금 정서의 비대를 낳고 있는 것이다. 그래서 그의 시는 긴장감
을 잃고 말았다. 이 시기의 시적 흐름을 여실히 대변하고 있는 자기 검증
이라 할 수 있다.
　　이처럼 자연과 시적 자아와의 갈등구조는 그동안 지속했던 그의 시적
구조를 깨뜨리고 한없이 침체일로를 달리게 된다. 다음 시는 그러한 회의
의 극단을 보이고 있다.

이 千篇一律로 똑같은
채바퀴같은 되풀이의 日月 속에서
그러나 언제나 새로움을 열고 있는
이 비밀을 못캔 채
나는 드디어 나이 오십을 넘겼다.

　　　　　　　　　　　　　－〈日月속에서〉에서

이것을 나는
어릴 때부터 쉰이 넘는 지금까지
손에 잡힐 듯했지만
ㅡ중략ㅡ
그러나 다시 눈을 뜨고 보면
또 다른 未知數를 열며
나뭇잎은 그것이 아니라고
살랑살랑 고개를 젓누나.

ㅡ〈찬란한 未知數〉에서

　자연과 시인의 관계에서 일어나고 있는 갈등은 시인이 자연의 이법을 추종할 수 없는 상태에 있기 때문이다. 자연은 '언제나 새로움을 열고 있'다. 그러나 시인은 갱신의 비밀을 열 수 있는 열쇠를 상실하고 만 것 같다. 그것은 박재삼 시인의 시적 역량의 한계라기보다는 병마에 시달리는 물리적 한계 때문이라 할 수 있다. 여기서 몸이 따라가지 않는 마음의 상태는 어찌 보면 역설적으로 서정의 진수를 맛볼 수 있는 가장 적절한 조건일 수도 있다. 그렇게 자아와 세계의 불일치는 오히려 시인과 자연의 관계를 새롭게 정립하도록 시인을 이끌어 두 주체의 혼융을 요구하는지도 모를 일이다. 그 세계는 자연의 침묵 속에 인간 삶의 추억이 자연스럽게 스며듦으로써 이루어진다.

2) 허무의 극단적 몰입

　시인은 맺고 푸는 그 변증적 과정의 비밀을 1기에서는 바다의 모성에서 찾았고, 2기에서는 인간적 사랑에서 찾았다. 대자연의 이법은 새로운 발견을 요구하고 있다. 그러나 시인은 그에 부응할 수 없는 상태에 이르렀다. 그것은 개인적으로는 피폐해진 몸에서도 기인하지만, 슬픔의 상상력에 갇혀 스스로를 너무 소진한 느낌이 없지 않다. 새로운 갱신은 어디에서 이루어지는가? 다시 한번 소리 죽은 가을강의 이미지를 발견하기를 자연은 요청하고 있다. 시인이 스스로를 부정하게 함으로써.

신(神)은 어디에 있을까
아무 데고 나타나지 않네.

그러나 시방
파아란 어린 잎사귀들을 보아라.
눈부시고 서투른 선을 그으며
아무도 모르게
이 세상에 유감(有感) 하나를
분명히 더 보태고 있거늘.
작년에도 그 전에도 한 짓을
올해도 쉬지 않고
바람에 아름다운 율동을 섞어
하늘하늘 곡조까지 내뱉고 있거늘.

이것을 보고 확인하는 것이
결국은 경이(驚異)로 돌아오고
이제 그윽한 섭리를 받들 것이로다.

　　　　　　　　　　　　　　　ー〈새 잎을 보며〉의 전문

대자연은 시인에게 화해의 메시지를 보내고 있다. 그것은 새 생명이 보여주는 서툰 율동과 감정이다. 자연은 그 미숙함이 눈부시고, 아름다운 천상의 소리임을 보여주고 있다. 거기서 시인은 다시금 자연의 섭리로 회귀하게 되는 것이다. 다름(異)의 놀라움(驚)을 발견할 수 있도록, 슬픔과 기쁨, 삶과 죽음, 맺힘과 풀림의 변증적 통합을 이룰 수 있도록 자연은 다시금 그를 강으로 이끌고 간다.

　　강물이 처음에는
　　산골에서 소리를 카랑카랑 울리더니,
　　그것은 예닐곱 살 때의
　　우리들 맑고 시원한
　　노래소리에나 비길 수 있을까.

　　이 바다에 다 와 가는
　　길목에 접어들면
　　이제 그런 소리는
　　완전히 졸업하고
　　다만 바람과 햇빛이
　　제일 친한 것인가,
　　굼틀굼틀 반짝이는
　　한가지 動作으로만 나가네.
　　드디어 바다에 다 빠져들고 나서는
　　그저 無心한 듯 소리가 죽고
　　그것을 대신하는가
　　가다가 큰 汽船이 지나가면서
　　세월아 잠시 멈추었거라
　　고동을 울리고 있네.
　　　　　　　　　－〈물의 行路〉의 전문

　우리는 시 <울음이 타는 가을강>으로부터 박재삼의 시적 여정을 시작했다. 지금에 이르러 그의 물의 행로에는 다시금 그의 인생의 행로에는 달리 말해 그의 시적 여명기에는 울음소리 가득한 가을강이 보이지 않는다. 아주 퇴화된 어릴 적 저 시원(始原)의 강과 시 <울음이 타는 가을강>에서 예견한 소리 없는 강의 아주 극단적인 상태의 모습만이 존재한다.

그만큼 이 시기 박재삼의 시는 극단적 갈등과 대치를 보여주고 있다. 그래서 세계와 자아와의 크나큰 부조화와 불일치의 서정성만이 부각되고 있다. 그러나 그것은 어둠이 밀려오기 전 찬란한 노을과도 같은 거친 숨결이다. 이미 이 시의 3연에서처럼 시인은 자연과 역사를 담고 흐르던 강물이 그 근원인 바다에 닿고 말리라는 대자연의 이법을 알아채고 소리 없이 무심한 상태에 있다. 그는 그것을 허무라 했다. 그 비애의 정서는 물기가 탈색되어 아주 건조한 상태다. 이제껏 그의 시를 흘러온 곡절의 형이상학도 여기서 그 흐름을 멈춘다. 아무 소리 없이. 그것이 자아와 세계가 혼융된 침묵의 상태일지도 모르겠다. 맺힐 것도 풀 것도 없이 허무에 갇혀 끝이 났다.

6. 결론

지금까지 박재삼의 시를 '풀림과 맺힘'의 지속성을 통해 그 이미지의 변증적 과정을 살펴보았다. 대체로 3기로 나누어 살펴본 그 지속과 변이의 과정을 정리하면 다음과 같다.

첫 번째 시기에는 자아와 자연의 관계에서 스스로를 분열시키고 자연의 한 분자로 편입되는 시인의 모습을 보여준다. 특히 소리와 빛의 이미지가 변증법적으로 통합되면서 새로운 세계를 보여주는데 그 환상의 공간은 삶과 죽음이 그 간극을 극복한 곳이며, 그 과정은 '강'의 흐름으로 상징화되고 궁극적으로 '바다'라고 하는 고향공간으로 귀착된다.

두 번째 시기에는 자연이 그의 생활 속으로 들어와 하나의 일상으로 내면화된다. 그래서 이때에 등장하는 자연의 모습은 자연 일반이라기보다는 매우 구체적인 명칭을 가지고 있다. 그러므로 이때는 자연과 인간의 언어가 분리되어 각기 질서를 갖게 되어 움직이는 양상을 띤다. 나아가 자연은 인간의 질서 속에 편입되기도 한다. 이때 맺힘의 근원은 생활의 빈곤이다. 그 풀림의 공간은 어린 아이가 지니고 있는 마음밭의 순수함이다. 이는 자연이 육화된 공간이라 할 수 있다. 그래서 관능적 '사랑'의 이미지가 특히 부각된다.

세 번째 시기에는 자연도 인간도 하나의 대자연 속에서 혼융되는 모습을 보인다. 자연의 환상성과 인간 삶의 일상성이 통합된 박재삼 특유의 서정성을 보인다. 이 혼융의 과정에서 자연의 이법과 삶의 물리는 치열한 갈등을 겪게 된다. 이 맺힘을 풀어내는 것은 결국은 다시 원점으로 돌아온 강의 시원적 공간이다. 이때 시인은 침묵하게 된다. 그래서 그의 마지막은 '허무'의 이미지로 가득하다.

이러한 이미지의 탐색과정은 서정주가 그를 우리에게 보낸 이유를 찾는 탐색의 과정이기도 하다. 박재삼은 서정주와는 또 다른 시의 구경(究竟)을 보여준다. 그의 시적 특색을 우리는 '곡절의 형이상학'이라 명명했다. 일찍이 서정주는 곡(曲)의 형이상학을 통해 현실의 고통을 감내하는 방법으로 현실과의 타협을 제시한다. 그에 비해 박재삼은 자연이라는 영원성의 이법에 구부러진 것이다. 그리고 그 자연의 영원성을 현실 속에 내면화 시켜 보여준다. 이 일상성과 유미성의 교묘한 결합이 그의 시적 특색이라 하겠다. 그러므로 때론 슬프기도 하지만, 때론 무덤덤하기도 한 삶의 모습을 그대로 반영함으로써 전통주의자라기보다는 엄연한 현실주의자의 면모를 보여주고 있다. 어쩌면 박재삼은 심한 조울증에 걸린 사람일지도 모른다. 슬픔과 기쁨이 교차하는 정신의 흐름 속에서 그의 울음은 때론 격한 비애의 정조를 띠다가도 어느새 열락의 황홀경 속에 빠져 우는 것을 목도하게 된다. 그것은 신들린 사람의 모습이다. 궁극적으로 그의 시가 지속적으로 보여주고 있는 맺음과 풀림의 과정은 인간 삶의 굿판같기도 하다. 거기에 어찌 슬픔이 없을 것이며, 간혹 기쁨이 없겠는가?

무위(無爲)와 소멸(消滅)의 시학

－천상병론

1. 서론

　'천진성'과 '소박성'은 천상병 시의 특질로 흔히 쓰이는 말이다. 이러한 그의 시정신으로 해서 그의 시에는 세속의 삶의 거추장스러움이 전혀 드러나 있지 않으며, 그는 모든 것으로부터 늘 자유롭고 막힘이 없으며, 사물에 대한 자신의 느낌에 충실하다[1]는 것이다. 그러나 이러한 평가는 문학성과 대중성 사이에서 위태롭기만 하다. 앞서 사용한 언어들은 다분히 천상병의 기인적 삶의 행태를 어쩔 수 없이 대변하고 있기 때문이다. 천상병의 대중성은 그의 시를 과대 포장하기도 하고 오히려 폄하하는 원인으로 작용하고 있다. 그러나 독자의 눈에 비춰진 그의 기행은 상업적 이미지에 불과하다. 그것에 대한 판단은 그의 문학성과 분리되어 다른 차원에서 언급되어야 할 것이다. 이러한 측면에서 그의 시에 떠도는 '자유'와 '평화'와 '순진'함의 정체를 새롭게 조명하고자 한다.

　천상병은 1952년 1월 ≪문예≫지에 시 <강물>이 김춘수의 손을 거쳐 유치환에 의해 추천된 이후, 5～6월 합본호에 시 <갈매기>가 모윤숙에 의해 추천이 완료됨으로써 문단에 등장하게 된다. 이후 6권의 개인시집과

---

1) 권영민, 『한국현대문학사』, 민음사, 1996, 187면.

다수의 산문을 남기며, 50년대부터 90년대에 이르기까지 지속적인 활동
을 한다. 그에 대한 언급으로는 몇 편의 단평2)과 석사논문3)이 있는데, 천
상병의 기행적 삶에 함몰되어 작품의 특질과 통시적 변화 양상이 총체적
으로 드러나지 않고 있다. 이런 측면에서 물이미지를 통해 천상병 시의
통시성을 살펴본 김은정의 논의4)와 노장적 사유를 통해 천상병의 시를
살펴본 박남희의 논의5)는 천상병의 대중성보다는 문학성에 초점을 맞추
고 있는 연구라 할 수 있다.

특히 김은정은 천상병의 시세계를 3기로 나누어 전기시는 낭만적 서정
의 세계를 주관화의 방법으로 표현하고 있으며, 중기시는 이전의 정서의
주관화를 지양하고 생활주변의 자연과 인물에 대한 객관적인 관찰을 보
이는 현실지향의 세계를 표현하고 있고, 후기시는 자연의 순환과 형이상
학적 종교의 세계를 통해 미래지향적 태도를 반영하고 있다고 본다. 그리
고 이러한 변이의 결절점으로서 1972년 목순옥과의 결혼과 1988년 만성

2) 고 은, 『50년대』, 청하, 1988.
  김성욱, 「새의 오뉘-천상병의 시」, ≪시문학≫, 1972. 8.
  김우창, 「순결과 객관의 미학」, ≪창작과 비평≫, 1972. 봄.
  김재홍, 「천상병 시인을 찾아서」, ≪시와 시학≫, 1992. 가을.
  ____, 「천상병 귀천」, ≪현대시학≫, 1992. 가을.
  ____, 「무소유 또는 자유인의 초상」, ≪현대문학≫, 1993. 6.
  김 훈, 「아름다운 운명」, 『괜찮다 괜찮다 다 괜찮다』, 강천, 1990.
  민 영, 「천상병을 찾아서」, 『괜찮다 괜찮다 다 괜찮다』, 강천, 1990.
  이건청, 「전쟁과 시와 시인」, ≪현대시학≫, 1974. 8.
  조태일, 「민중언어의 발견」, ≪창작과 비평≫, 1972. 봄.
  최동호, 「천상병의 무욕과 새」, 『아름다운 이 세상 소풍 끝내는 날』, 미래사, 1991.
  하인두, 「우리 시대의 괴짜」, ≪월간중앙≫, 1989. 4.
  홍기삼, 「새로운 가능성의 시」, ≪세계의 문학≫, 1979. 9.
3) 박미경, 「천상병 시 연구」, 석사학위논문, 목포대 대학원, 1996.
  이양섭, 「천상병시연구」, 석사학위논문, 경희대 대학원, 1992.
  이자영, 「천상병 시의 공간과 시간」, 석사학위논문, 동아대 대학원, 1998.
4) 김은정, 「천상병 시의 물 이미지 연구」, ≪한국언어 문학≫, 1999, 287~300면.
5) 박남희, 「노장적 사유의 두 가지 모습」, ≪한국시학연구≫, 2002, 141~162면.

간경화로 인한 입원을 들고 있다. 이처럼 천상병의 시를 3기로 나눈 것은 타당한 논리로 보인다. 그러나 천상병의 역사성과 천상병 시의 텍스트성 은 서로 유기적 관계를 형성하지 못하고 있는 듯 보인다. 그것은 하나의 일관된 모티프가 없기 때문이다. 물이미지는 단순히 텍스트적 현상에 지 나지 않는다. 그러므로 물이미지를 가지고는 왜 천상병의 텍스트가 주관 화에서 객관화로 또 형이상으로 변이되는지 설명할 수 없다. 특히 목순옥 과의 결혼과 와병은 물이미지의 변화 양상에 어떤 기제로 작용하고 있는 지 불분명하다. 그러므로 천상병의 역사성은 그의 시와 대비적 관계에 있 음을 간과해서는 안될 것이다. 이러한 측면에서 천상병의 중요한 시적 모 티프를 '외상(trauma)'에 두고 분석하고자 한다.

2. 두 가지 외상(trauma)

외상은 '폭력적인 사건이 개인에게 가한 일격으로 인해 발생하는 마음 의 상처'[6]라 할 수 있다. 특히 그 상처는 "개별 존재를 구성하고 있던 기 존의 통념을 무화시키고 삶 전체를 위협하는 사건에 의한 정신적 외상이 다"[7]. 그런데 이 정신적 외상은 "충격적인 사건을 체험한 개인이 보이는 파편화되고 돌발적인 그래서 더욱 이해불가능한 모든 행위의 기저에 자리 잡고 있는 육체적, 정신적 병리증상에 맥락을 부여함으로써, 그 상처의 근 원에 대한 이해와 치유의 실마리를 제공하고 있다"[8]. 여기서 천상병 시인 의 기행과 그의 시가 보이는 퇴락적 현상의 기저에 정신적 외상이 자리하 고 있다는 것을 전제로 하여 그의 시에 맥락을 부여하고자 한다.

---

6) Kai Erikson, Note on Trauma and Community, 185면.
7) Kali Tal, 『World of Hurt: Reading the literature of Trauma』, University of Cambridge press, 1996, 15면.
8) 김장원, 「1950년대 소설의 트로마 연구」, 박사학위논문, 서강대학교 대학원, 2003, 9면.

천상병의 시를 엄격하게 구분한다면 1967년 이전의 시와 이후의 시로 양분할 수 있다. 애초에 천상병의 시는 전후시인들이 소유했던 서정과 인식을 공유하고 있었다. 즉 전쟁으로 인한 상실감과 현실 모순에 대한 자각에서 나오는 시적 양상을 띠었다. 실존의식에서 출발하여 내면의식으로 전환되는 낭만적 서정과 감상위주에서 벗어나 인간의 감각으로 파악된 삶의 현실을 노래하는 현실적 인식은 그의 시가 출발했던 지점이다. 이러한 시적 경향의 출발점은 삶의 현실, 삶의 현장 그 자체에 있다. 그러므로 1967년 이전 그의 시에서 나타나는 서정은 전후의 물질적 결핍과 실의의 시적 대응이라고 할 만하다. 당시 그의 서정의 뿌리는 그가 진술했듯이 도피적인 패배의식이다[9]. 그리고 그것은 다른 한편으로 현실부정으로서의 비판적 인식이라 할 수 있다. 천상병은 한국 근대 문학에서 시의 정신적 근거를 '비판정신'에 두었다[10]. 그래서 "거부하고 반항하는 내일의 작가와 시는 오늘도 거부하고 반항하고 건설하지 않으면 안 될 것이다"[11]라고 말한 바 있다. 이러한 시적 양상은 종래 천상병의 시에서 간과되었던 본원적 모습이라 할 수 있다.

그러나 1967년을 기점으로 그의 시는 비판정신과 실존적 정서를 상실하고 '평화'와 '무구(無垢)'의 세계로 탈바꿈한다. 그의 시에서 평화를 갈구하게 하고, 무구를 처신하게 하는 것은 무엇인가? 그것은 다름 아닌 1967년 '동백림사건'에 연루되어 천상병이 겪었던 고문과 폭력의 상처였다. 그 외상 이후 그는 거부와 반항을 찾을 수 없는 무위(無爲)의 세계로

---

9) 그는 "한국인은 지금 한국으로부터의 도피의식을 거의 동물적으로 발작하고 있다"고 진단했으며, 거기에다 열등감이 "결정적으로 한국인 일반의 패배의식을 지배하고 있다"라고 말한다(천상병, 「패배의 인간학」, 『천상병전집, 산문』, 평민사, 1996, 104~113면).
10) 그 비판정신의 성격은 '자기 주체성을 기준으로 자기 자신을 대상으로 하고 그리고 대상화된 자기 자신이라는 역(驛)을 통과함으로써, 처음으로' 생겨나는 것이라고 말한다(천상병, 「한국초기형성 문학의 공과」, 앞의 책, 231면).
11) 천상병, 「나는 거부하고 반항할 것이다」, 앞의 책, 219면.

빠져든다. 그것을 세상은 '평화'라 일컬었다.

　이후 천상병은 또 다시 쓰러진다. 첫 번은 세상의 폭력에 의해서였지만, 이제는 병마였다. 물론 그 역시 고문에서 비롯된 것이지만, 1988년 만성간경화로 사선을 넘나들었던 경험은 그에게 또 한번의 외상이 아닐 수 없다. 그에게서 실오리처럼 남아있던 서정의 존재마저 앗아갔기 때문이다. 그것을 세상은 '무구'의 세계라 치부하며, 대중적 재단을 가한다. 그러나 그에게 있어 그것은 서정의 소멸일 뿐이다. 즉 세상과 자아와의 불일치 속에서 부단히 갈등하는 그 시적 서정의 상실을 의미할 뿐이다.

　이처럼 그의 시는 초기 '자유'의 서정과 인식이 현실적 상상력을 상실하는 '평화'의 세계로, 또 다시 서정마저 소멸하는 '무구'의 세계로 변이된다.

3. '자유'의 상상적 해결

　1950년대와 60년대를 거친 시인에게 '자유'를 언급하는 데는 필수적으로 '양심'과 '반성'이라는 그물이 필요하다. 이것은 전쟁과 혁명을 통과했던 모든 시인들에게 해당되는 것이다. 그가 시의 순수를 주장했건 현실 참여를 모색했든 간에 불문곡직하고 그러하다. 왜냐하면 그들은 전쟁과 혁명의 와중에 살아남았고 도피했다는 그 혐의에서 자유롭지 못하기 때문이다. 그러므로 전후시인들은 전쟁의 참화를 딛고 살아남은 존재감을 눈물겹게 선양해야 하며, 자유를 향한 혁명의 좌절을 반성하지 않으면 안 되는 부자유한 상황에 처해 있는 것이다. 그러한 측면에서 양상은 달랐지만 김수영이 말했듯[12] 천상병 역시 예술적 충동을 삶의 근본적인 진실에서 뗄 수 없었기 때문에, 삶과 저작을 통하여 자유를 요구하지 않을 수

---

12) 김우창, 「예술가의 양심과 자유」, 『궁핍한 시대의 시인』, 민음사, 1987, 255면.

없었다.

1) 꿈꾸는 새와 박제된 새

초기에 천상병의 시를 지배하는 자유 이미지는 '새'로 표상된다. 기표로서의 '새'는 시적 주체의 투사체이며 나아가 초월적이미지의 '우주새'로서 언급[13])되기도 한다. 그러나 실재적 '죽음'이 존재하는 공간적 이미지와 연결됨을 고려할 때, 타인으로부터 나를 체감하는 대자적 pour soi 이미지라기보다는 하나의 개체로서 운명적으로 체득한 즉자적 en soi 이미지라할 수 있다. 그래서 죽음 앞에 시인은 실천적이기보다는 관조적이다.

> 외롭게 살다 외롭게 죽을
> 내 영혼의 빈 터에
> 새날이 와, 새가 울고 꽃잎 필 때는,
> 내가 죽는 날
> 그 다음날.
>
> 산다는 것과
> 아름다운 것과
> 사랑한다는 것과의 노래가
> 한창인 때에
> 나는 도랑과 나뭇가지에 앉은
> 한 마리 새.
> 정감에 그득찬 계절,

---

13) 이승과 저승을 자유로이 넘나든다는 측면에서 노장사상에서 말하는 붕새에 비유되기도 한다. 즉 무위자연의 경지에서 일체의 신비를 초월하여, 사물의 겉모습에 구애받지 않고 모든 것을 받아 들이는 사람, 즉 지인(至人)을 상정하는 것으로 보기도 한다(박남희, 앞의 글, 146면).

슬픔과 기쁨의 주일,
알고 모르고 잊고 하는 사이에
새여 너는
낡은 목청을 뽑아라.

살아서
좋은 일도 있었다고
나쁜 일도 있었다고
그렇게 우는 한 마리 새.

— 〈새〉의 전문

위 시는 1959년 ≪사상계≫ 5월호에 발표된 작품이다. '죽어가는 자기
를 바라 볼 수 있는 자기가 아니라 죽어가는 자기—그 죽음의 실천[14]'이
바로 정직한 시라고 말했던 김수영의 말을 빌린다면, 위의 시는 정직하지
않다. 시인은 죽어가는 자신을 관조하고 있기 때문이다. 이러한 부정직과
비실천의 원죄의식은 스스로를 고독한 죽음의 공간 속에 배치하도록 요
청하고 있다. 그러므로 '외롭게 살다 외롭게 죽을 / 내 영혼의 빈터'는 시
인이 설정한 양심의 공간이다. 그 공간은 죽음의 공간이기는 하지만, 새
로움의 모색을 가능하게 하는 역설의 공간이기도 하다.

1연에서 보이는 '내가 죽는 날'과 '그 다음날', '새날'과의 대비와 2연
에서 부르는 '산다는 것과 아름다운 것과 사랑한다는 것'에 대한 노래와
3연의 '낡은 목청'의 노래의 대비 속에서 시인은 새날의 새가 되어 돌아
올 것을 희구하고 있다. 그 새는 죽음으로부터 자유로운 상태이다. 그래
서 그 새는 4연에서처럼 '좋은 일'과 '나쁜 일'의 공존을 자유롭게 노래할
수 있는 것이다. 죽음 앞에 정직하지 못한 이 시는 그러나 슬픔과 기쁨의
공존 속에서 비록 관념적이지만 새로움의 실천을 모색했다는 점에서 역

---

14) 김수영, 「새로움의 모색」,『김수영 전집·산문』, 민음사, 2004, 235면.

설적으로 정직한 시라 할 수 있다. 왜냐하면 개인적 역사성 속에서 귀납적으로 천상병은 고독한 죽음을 실천했기 때문이다.

> 그러노라고
> 뭐라고, 하루를 지껄이다가,
> 잠잔다
>
> 바다의 침묵, 나는 잠잔다.
> 아들이 늙은 아버지 편지를 받듯이
> 꿈으로 꾼다.
>
> 바로 그날 하루에 말한 모든 말들이,
> 이미 죽은 사람들의 외마디 소리와
> 서로 안으며, 사랑했던 것이나 아니었을까?
> 그 꿈속에서……
>
> 하루의 언어를 위해, 나는 노래한다.
> 나의 노래여, 나의 노래여,
> 슬픔을 대신하여, 나의 노래는 밤에 잠잔다.
>
> ─〈새·2〉의 전문

이 시는 1960년 1월 ≪자유문학≫에 발표된 작품으로서, 초기 죽음의 내면적 실천을 보여주고 있다. '하루의 언어'는 죽음을 포용하는 언어다. '이미 죽은 사람들의 외마디 소리'와 화해하는 그 꿈을 위해 시인은 새처럼 지저귀고 있다. 그 새가 흘리는 언어는 하루 종일 지껄였던 반복적 행위를 통해 끊임없는 자기반성을 요구하고 있다. 그 양심의 언어로 노래하기 위해 잠을 자고, 중얼거리고, 침묵하고, 꿈을 꾼다. 이 모든 행위의 궁극적 목적은 그가 겪었던 슬픔을 치유하기 위한 것이다. 그래서 그가 꿈꾼 자유는 죽음의 극복을 통한 사랑으로 승화되고 있다.

이처럼 초기 천상병의 새는 어두운 숲을 관통하여 날아가는 미네르바의 부엉이처럼 죽음을 가로질러 자유를 꿈꾸고 있다. 그 시적 작업은 지난날의 길흉사가 남긴 상처를 싸안고 이미 죽은 사람들과 우여곡절 끝에 살아남은 자들 간의 만남을 성사시키고 있다. 그 꿈이 만들어 낸 새로운 서정의 숲에서 시인은 새가 되어 울고 있는 것이다. 그리고 죽음으로부터 자유를 꿈꿨던 그 새는 60년대 들어서서 시인의 사회적 인식을 다음과 같이 반영하고 있다.

저 새는 날지 않고 울지 않고
내내 움직일 줄 모른다.
상처가 매우 깊은 모양이다.
아시지의 성(聖)프란시스코는
새들에게
은총 설교를 했다지만
저 새는 그저 아프기만 한 모양이다.
수백 년 전 그날 그 벌판의 일몰(日沒)과 백야(白夜)는
오늘 이 땅 위에
눈을 내리게 하는데
눈이 내리는데……

―〈새〉의 전문

위 시는 1965년 3월 ≪여상≫에 발표된 작품이다. 죽음의 벽을 쪼으며 부단히 꿈을 노래하던 그 새는 이제 이 땅의 엄혹한 상황에 의해 얼어붙어 박제가 되었다. 전쟁의 상처로부터 자유를 향해 날았던 그 날개를 거두고 슬픈 일과 좋은 일에 대한 기억도 잊은 채 움직일 줄 모른다. 이 의식의 정지 상태는 죽음의 공포를 견뎌낸 시인에게 가해진 상처 때문이다. 그 상처는 가난의 고통을 감내했던 한 성인의 삶을 통해 승화되기를 꿈꾸

지만, 그 꿈은 성취되지 않는다. 그것은 시대적 무감각 때문이다. 이 땅
위에 내리는 그 눈의 의미를 체감하지 못하는 것이다.

시인의 인식은 동토와 같은 현실 앞에서 몸과 언어의 정지를 통해 스
스로를 부정함으로써 현실을 날카롭게 비판하고 있다. 그 반성적 인식의
핵심은 스스로 자유를 제한하는 아이러니를 통해 역설적으로 현실적 부
자유가 초래한 상처의 깊이를 추정하게 한다. 나아가 시인은 자유를 포기
한 것이 아니다. 시인은 일몰과 백야가 전달하는 몰락의 이미지를 통해
자유의 회복을 숨죽여 노래하고 있다. 동토에 내리는 눈은 노래를 잊고
박제가 된 새에게 앞으로 도래할 자유의 메시지를 상징적으로 전달하고
있기 때문이다.

2) 비동일성의 서정과 부정의식

앞서 살펴보았듯이 천상병의 초기 시에 나타난 '새' 이미지는 '자유'를
표상하고 있다. 한편으로는 전후 팽배했던 죽음을 실존적으로 드러내고
있으며, 또 다른 한편으로는 60년대의 억압적인 현실을 비판적으로 제시
하고 있다. 이때 작동하는 시적 상상력은 시인의 개성적 서정과 날카로운
인식의 구조를 반영하고 있다. 이러한 상상력의 균형은 그의 대중성에 묻
혀 제대로 평가받지 못한 문학적 특질이라 할 수 있다.

> 저기 저렇게 맑고 푸른 하늘을
> 자꾸 보고 또 보고 보는데
> 푸른 것만이 아니다.
> 외로움에 가슴 조일 때
> 하염없이 잎이 떨어져 오고
> 들에 나가 팔을 벌리면

보일 듯이 안 보일 듯이 흐르는
한 떨기 구름

3월 4월 그리고 5월의 신록
어디서 와서 달은 뜨는가
별은 밤마다 나를 보던가.

저기 저렇게 맑고 푸른 하늘을
자꾸 보고 또 보고 보는데
푸른 것만이 아니다.

　　　　　　　　　—〈푸른 것만이 아니다〉의 전문

　시인은 푸른 하늘을 향해 스스로를 동일화시키고자 한다. 그 하늘은
봄의 신록을 만들어낸 모성적 대상이다. 그 대상을 향한 반복된 물음의
핵심은 주체로서의 시인 자신이 무엇이냐는 것이다. 시인은 현재 왜 자신
의 존재방식이 이런 것인가 의문에 싸여 있다. 그래서 들판의 나무처럼
푸른 하늘을 향해 끊임없는 지향적 자세를 취하고 있지만, 하늘은 그 나
무에 대해 아무것도 확인해 주지 않고 있다. 그의 영역에는 달도, 별도 뜨
지 않는다. 우주의 운행이 정지된 상태를 시인은 체감하고 있다. 이때 시
인이 자신의 정체성과 관련해서 고민에 빠진 것은 이 모든 것이 허위가
아닌가 하는 것이다. 저 하늘은 저토록 푸른데, 혹시 그것이 거짓이 아닌
가 하는 것이다. 그리고 '세계—내—존재[15]'로서 이 푸르른 하늘 아래 나
는 이 모든 사물과 똑같은 존재인가 의심하게 된다. 이것은 세계와 자아
와의 동일성에 대한 강한 부정의식이라 할 수 있다. 비록 시인은 푸른 하
늘아래 존재하고 그 푸르름이 주는 평화와 자유의 존재의식을 지향하고
있지만, 현실은 시인으로 하여금 그와 같이 존재하는 방식을 의심하게 한

---

15) 박만준, 『마르틴 하이데거』, 청운, 1983, 29~49면 참조.

다. 그래서 시인의 존재방식은 푸른 것만은 아닌 것이다. 푸른 것이 아니
라면 그렇다면 시인은 인간이 어떤 위치에 있다고 파악하고 있는 것인가?
이 비동일성의 서정이 만들어낸 것이 이질적인 사물의 공존이다. 거기에
시인은 다음과 같이 존재하고 있다.

나뭇잎은 오후, 멀리서 한복의 여자가 손을 들어 귀를 만진다.
그 귀밑볼에 검은 혹이라도 있으면
그것은 섬돌에 떨어진 적은 꽃이파리 그늘이 된다.

구름은 떠 있다가
중화전의 파풍(破風)에 걸리더니 사라지고, 돌아오지 않는다.

이 잔디 위와 사도(砂道),
다시는 못 볼 광명(光明)이 되어
덤덤히 섰는 솔나무에 미안한 나의 병,
내가 모르는 지나가는 사람에게 인사를 한다.

어리석음에 취하여 술도 못 마신다.
연못가로 가서 돌을 주어 물에 던지면,
끝없이 떨어져 간다.

솔나무 그늘 아래 벤치,
나는 거기로 가서 앉는다.

그러면 졸음이 와 눈을 감으면,
덕수궁 전체가 돌이 되어 맑은 연못 물 속으로 떨어진다.
　　　　　　　　　　　　　　　－〈덕수궁의 오후〉의 전문

전후(戰後) 서울의 고궁, 그곳의 오후는 어떤 시공간을 드러내고 있는

가? 위 시의 1연에서 그늘이 되는 것은 나뭇잎이다. 오후의 눈부신 빛을
받아내던 나뭇잎은 아마도 시 <푸른 것만이 아니다>에서처럼 푸른 하늘
을 지향하면서 묻고 있었을 것이다. 도대체 나는 이 자연의 일부로서 의
미가 있는 것인가 하고. 나뭇잎의 색깔은 푸른 것만이 아닌 것이다. 검은
것일 수도 있다는 것을 그 구체적 색감을 통해 확인하게 된다. 그러므로
시인은 빛과 그늘이 공존하는 시공간에 존재하고 있는 것이다. 그리고 그
존재방식은 '섬돌에 떨어진 적은 꽃이파리'와 같은 것이다. 이 적은 꽃이
파리는 귀밑볼에 검은 혹을 달고 있는 한복 입은 여자의 표상이라 할 수
있다. 그러므로 전후 시인의 존재방식은 전쟁을 겪고 난 한국여성의 그것
그대로임을 웅변적으로 대변하고 있다. 검은 혹처럼 달린 척박한 삶의 역
정을 견디고 살아남은 자의 존재방식이라는 것이 그늘이 될 수밖에 없음
은 자명하다. 이 자기 부정의 비동일성이 고궁의 오후를 지배하고 있음을
시인은 감지하고 있는 것이다.

　시인은 자신의 이러한 부정의식을 병으로 여기고 있다. 그것은 새의
이미지로 표출된 '자유'의 의미가 일견 도피적 성격을 띠고 있기 때문이
다. '솔나무'의 덤덤한 미덕을 존재방식으로 취하지 못하는 병이 그에게
있는 것이다. 빛으로 설 수 없는 그 그늘이 오히려 시인의 정체성을 알지
못하는 사람에게는 친절할 수 있는 용기를 부여함을 볼 때 더욱 그러하
다. 그래서 결국 시인의 존재방식은 또 5연에서처럼 그늘에 가 있는 것으
로 귀결된다. 그때 오는 6연의 졸음은 무엇인가? 그것은 앞서 살폈던 꿈
꾸는 새의 존재방식이다. 시인이 현재의 그늘로부터 자유를 얻을 수 있는
유일한 방식이 꿈꾸는 행위이기 때문이다. 그래서 다시금 덕수궁 전체가
돌이 되어 연못 물 속으로 떨어지듯, 재생을 꿈꾸기 위해서 세계는 침례
의 과정을 거치지 않으면 안 된다. 이러한 자기 부정의 비동일적 서정은
1960년대에 들어 강한 현실적 부정으로 드러난다. 그것은 자신의 존재를

무(無)로 돌리고 내면의 즉자적 공간이 아닌 대자적 공간에서 행위함으로 써 또 다른 자유를 꿈꾸는 것이라 할 수 있다. 거기에는 앞서 살펴보았듯 이 박제된 새의 이미지가 역설적으로 제시되고 있다.

> 최신형기관총좌를 지키던 젊은 병사는 피비린내 나는 맹수의 이빨 같은 총구 옆에서 지루하기 짝이 없었다. 어느 날 병사는 그의 머리 위에 날아온 한 마리 새를 다정하게 쳐다보았다. 산골 출신인 그는 새 에게 온갖 아름다운 관심을 쏟았다. 그 관심은 그의 눈을 충혈케 했 다. 그의 손은 서서히 움직여 최신형 기관총구를 새에게 겨냥하고 있 었다. 피를 흘리며 새는 하늘에서 떨어졌다. 수풀 속에 떨어진 새의 시체는 그냥 싸늘하게 굳어졌을까. 온 수풀은 성 바오로의 손바닥인 양 새의 시체를 어루만졌고, 모든 나무와 풀과 꽃들이 모여들었다. 그 리고 부르짖었다. 죄없는 자의 피는 씻을 수 없다. 죄 없는 자의 피는 씻을 수 없다.

— 〈새〉의 전문

위 시는 1966년 7월 《문학》지에 발표된 작품이다. '아름다운 관심' 과 '충혈된 눈'의 대비는 4.19 이후 혁명이 실패하고 난 후의 사회상을 반 영하고 있다. 총구를 앞세운 권력의 속성은 위선적이다. 권력의 표층적 기표는 '아름다움'이지만, 심층적 기의는 '충혈'되어 있다. 시인은 이러한 기만과 허위 찬 권력의 표적이 되어 있는 것이다. 박제된 새의 전율과 공 포를 통해서 시인은 비로소 자신의 존재방식을 깨닫게 된다. 푸른 하늘이 푸른 것만이 아니라고 회의했던 그 이유를 확인한다. 그것은 하늘로부터 시인을 격리시키고 있는 것이 권력의 총성이었음을 인식한 이후라 할 수 있다. 이러한 그의 부정의식은 서정의 차원에 머물지 않고 사회적인 목소 리를 내고 있다. '죄없는 자의 피는 씻을 수 없다'는 혁명의 순수성을 강 조하고 있다. 죄없는 자의 피는 순교의 피이기 때문이다. 이처럼 시인은 혁명을 시인하고 그 죄없음을 선언하고 있다. 그리고 박제된 새에게 죽음의 공포로부터 '자유'를 부여하고 있다. 자유는 권력의 총부리로 인위적으로 빼앗을 수 없다는 엄정한 인식을 시인은 소유하고 있다. 그것은 온 수풀과 모든 나무와 풀과 꽃들의 행위로서 표현되고 있다. 시인은 세계-내-존재들이 각기 저대로의 존재방식을 통해 존재하고 있지만, 죄없는 죽음 앞에서 동일성의 회복을 통해 함께하고 있음을 증명하고 있다.

이처럼 초기 천상병의 시는 자유에 대한 끊임없는 추구를 통해 내면적인 서정의 세계를 공고하게 넓혔으며, 스스로의 존재방식을 회의하는 가운데, 외적인 현실을 냉철하게 투시하는 부정의 정신을 표출하였다. 그 역시 전후 시인의 대열에서 한 치의 낙오도 없이 선두에 있었음을 증명하는 것이다. 그러나 그의 이러한 시적 전위성은 이후 상실되고 소멸하고 만다. 그 지점에 천상병의 생애를 공포의 나락으로 밀어부친 외상이 자리하고 있다. 이후 그의 시에서 현실적 인식이 제거된다. 그리고 나머지 서정마저도 소멸한다.

4. '평화'의 이존책(以存策)

천상병의 시에서 현실적 상상력을 제거하도록 만든 것은 1967년 7월 소위 '동백림 간첩단 사건'이었다. 이 사건에 연루되어 체포되었고, 6개월간 옥고를 치룬 그는 이후 전혀 다른 사람으로 탈바꿈을 한다. 그것은 삶의 모습뿐만이 아니라 시의 모습도 변화를 주게 되는 커다란 원인으로 작용한다.

1) 흐르는 구름

이젠 몇 년이었는가
아이론 밑 와이셔츠 같이
당한 그날은……

이젠 몇 년이었는가
무서운 집 뒷창가에 여름 곤충 한 마리
땀 흘리는 나에게 악수를 청한 그날은……

내 살과 뼈는 알고 있다.
진실과 고통
그 어느 쪽이 강자인가를……

내 마음 하늘
한편 가에서
새는 소스라치게 날개 편다.

— 〈그날은 - 새〉의 전문

　전기시의 서정과 인식을 지배하고 있었던 새의 이미지는 경계의식이
뚜렷했다. 즉 꿈꾸는 새는 시인의 내면을 공간으로 하고 있었고, 박제된
새는 외부 공간에 정지해 있었다. 그러나 동백림 사건이라는 외상은 시인
으로 하여금 경계를 허물고 떠돌게 만들었다. 이 시를 지배하고 있는 것
은 '공포'다. 시인은 이데올로기의 폭력 앞에 무력할 수밖에 없으며, 한
마리 곤충과 같은 미물에 지나지 않는다. 이러한 실존 앞에 진실은 공허
하다. 오직 고통만이 시인을 지배하고 있다. 그 고통을 기억하고 있는 뼈
와 살로부터 벗어나는 길만이 시인이 살 길임은 분명하다. 그러므로 그의
평화는 고통으로부터의 회피이며, 현실의 진실이 소거된 불구의 모습이

다. 그래서 순식간에 놀라 사라지는 새처럼, 시인은 꿈도 없이 인식 없는
무의식의 세계로 도피한다. 거기에는 공포로부터 도피하고자 하는 억압
된 욕망이 자리하고 있다. 그러한 무의식적 욕망이 강하게 투영된 기호가
'구름'이다. 그러므로 '구름'은 시적 주체에게 가해진 실재적 모순을 함축
하고 있는 상상적 이미지라 할 수 있다.

> 저건 하늘의 빈털터리 꽃
> 뭇사람의 눈길 이끌고
> 세월처럼 유유하다.
>
> 갈 데만 가는 영원한 나그네
> 이 나그네는 바람 함께
> 정처없이 목적없이 천천히
>
> 보면 볼수록 허허한 모습
> 통틀어 무게없이 보이니
> 흰색 빛깔로 상공(上空) 수놓네.
>
> —〈구름〉의 전문

구름이 가지는 유표성은 '정처'와 '목적'을 상실한 시인의 모습을 드러
내고 있다는데 있다. 자유를 꿈꾸며 시인이 처했던 곳은 이 시기에 그의
내면에서 존재하지 않는다. 권력의 폭력성을 날카롭게 고발했던 비판적
목적의식도 없다. 그러므로 이 허허롭고 공허한 서정을 '평화'라고 이름
붙일 수밖에 없다는 것은 역설적으로 이 '구름'의 무표성을 적나라하게
드러내는 것이다. 시인은 이제 소유하지 않기로 했으며, 무색의 존재방식
을 택하였다. 그래서 뭇사람의 눈에 비친 자신의 모습이 오직 '평화'롭기
만을 바라는 것이다. 그 평화의 이면에는 비판적 인식을 상실한 시인의

모습을 역설적으로 담고 있는 것이다. 결국 '평화'의 사회적 의미는 시인을 억압하고 있는 공포의 사회적 이데올로기를 상징적으로 표출하는 알레고리라 할 수 있다.

> 나 하늘로 돌아가리라
> 새벽빛 와 닿으면 스러지는
> 이슬 더불어 손에 손을 잡고,
>
> 나 하늘로 돌아가리라.
> 노을빛 함께 단둘이어서
> 기슭에서 놀다가 구름 손짓하며는,
>
> 나 하늘로 돌아가리라.
> 아름다운 이 세상 소풍 끝내는 날,
> 가서, 아름다웠더라고 말하리라……
>
> ─〈귀천-주일(主日)〉의 전문

시인을 부르는 '구름의 손짓'은 억압된 욕망의 무의식적 표출이다. 시인은 지상에서 이루지 못한 욕망을 하늘이라는 상상의 세계에서 해소하고자 한다. 아름다운 지상 세계의 구현은 시인에게 있어 소중한 진실이었다. 그러나 그것이 고통 앞에서 무력하게 패배하고 마는 실재적 모순에 직면하는 것이 시인의 역사이다. 그 재현불가능한 역사의 모순 앞에서 시인은 지상 세계의 무수한 이데올로기적 충돌을 단순히 소풍에 비유한다. 그 비유의 의미는 진실이 아니라 허위다. 그러므로 '새벽빛 와 닿으면 스러지는 이슬'의 존재성만이 진실이다. 흘러가 소멸하는 이 초월의식이 이 시기에 시인을 지배하고 있는 것이다.

2) 동일성의 서정과 초월의식

하루종일 바빠도
일전한푼 안 생기고
배만 고프고 허리만 쑤신다.

이제 전세계를 다 준다고 해도
할 일이 없고 움직일 수도 없다.
절대절명이니 무아지경이네.

도라니 이런 것인가 싶으다.
선경(仙境)이라니 늙은 놈만 있는 게 아니다.
아무것도 안하는 것이 최고다.

—〈무위(無爲)·1〉의 전문

노자는 중국의 전국시대에 폐허의 소용돌이 속에서 무위(無爲)의 가르침을 편다. 그의 견해로는 약탈, 폭정 및 살육에 대처할 최선의 방법은 그것에 대해 아무 것도 하지 않는 것이었다.[16] 천상병이 적극적으로 노자의 의견을 수용하여 펼친 것은 아니지만, 적어도 난세에 이르러 그 역시 '아무것도 안하는 것이 최고'임을 깨닫고 있다. 이렇게 볼 때 그의 시에서 언급되는 '평화'는 현실과 무관하지 않다. 그래서 그의 시에서 목격하게 되는 순수서정의 세계는 현실적 상황과 관련시켜 언급할 수밖에 없다. 무아지경의 상태로 스스로를 몰아넣은 것은 분명 시인의 의지가 아니기 때문이다. 그런 측면에서 그는 노자와 같이 도전에 직면하여 적극적으로 응전하지 않음으로써 현실과 대면한 것이 아니다. 다만 '할 일'과 '움직일' 이유를 방임한 것이고, 그것으로부터 도피한 것이다. 그러므로 그의 평화는 현실적 상상력이 거세된 불구의 서정이라 할 수 있다.

---

16) 홈스웰치, 윤찬원역, 『노자와 도교』, 서광사, 1989, 39면.

이 무렵 구름과 같은 그의 삶이 흘러간 곳이 '수락산' 근처다. 1972년 목순옥과의 결혼과 함께 천상병은 서울 근교에 정착한다. 본격적인 무위(無爲)의 상태로 접어들게 된 것이다.

> 풀이 무성하여, 전체가 들판이다.
> 무슨 행렬인가 푸른나무 밑으로.
> 하늘의 구름과 질서있게 호응한다.
>
> — 〈수락산변〉에서

이처럼 이제 시적 자아와 세계 사이에는 어떤 갈등도 불화도 나타나지 않는다. 자아와 세계와의 질서 있는 호응이라는 동일성의 서정으로 채색된 시세계가 전부이다. 이러한 동일성의 서정은 현실적 모순에 대한 사회적 상징성을 상실한 결과이다. 사회적 공포의 담론을 저 무의식 속으로 밀어 넣고 평화라는 초월적 담론의 상상 세계가 펼쳐지고 있다.

> 하늘은 천국의 멧세지.
> 구름은 번역사
> 내일은 비다.
>
> 수락산은, 불쾌하게 돌아앉았다.
> 등산객은 일요일의 군중.
> 수목은 지상의 평화.
>
> 초가는 농가의 상징.
> 서울 중심가는 약 한 시간.
> 여기는 그저 태평천하다.
>
> 나는 낮잠자기에 일심(一心)이다.

꿈에서 멧세지를 번역하고,
용이 한 마리, 나비가 된다.
　　　　　　　—〈수락산 하변(下邊)〉의 전문

　이제 시인은 위 시에서처럼 번역사에 지나지 않는다. 실존 앞에서 거
대한 담론을 형성하고 있는 군중들은 단지 등산객에 불과하다. 등산객이
목적하고 있는 정복의 담론이 지니는 허무함을 시인은 번역하고 있는 것
이다. 인간이 산을 정복했다 여기고 집으로 돌아갈지 모르지만, 수목은
정복당한 불화의 모습이 아니라 평화의 상태를 그대로 유지하고 있기 때
문이다. 그것은 초가가 농가의 상징인 것처럼 단순하다. 한 시간 거리의
서울의 중심적 담론은 이제 그에게 아무런 관심사가 아니다. 그저 태평할
뿐이다. 시인은 백일몽의 환상에 빠져 있다. 그 초월의 세계는 용이 한 마
리 나비가 되는 것을 쉽게 보아내는 능력을 시인에게 부여한다. 이 삶의
평화가 주는 수월함은 백일몽이 아니면 불가능하다. 그래서 삶은 소풍과
같은 환상에 불과하다고 시인은 노래할 수 있는 것이다. 그 환상 속에서
시인은 아름답다고 감히 말할 수 있는 것이다. 그러한 상상적 해결책이
아니면 그의 시는 성립되지 않기 때문이다. 그러나 사회적 상징행위가 거
세된 그의 시는 다음처럼 비장한 서정을 숨기고 있음을 부인할 수 없다.
내일 내리는 비의 의미는 그래서 서늘하다.

　　아침 깨니
　　부실부실 가랑비 내린다.
　　자는 마누라 지갑을 뒤져
　　백오십 원을 훔쳐
　　아침 해장으로 나간다.
　　막걸리 한 잔 내 속을 지지면
　　어찌 이리도 기분이 좋으냐?

가방들고 지나는 학생들이
그렇게도 싱싱하게 보이고
나의 늙음은 그저 노인같다
비오는 아침의 이 신선감을
나는 어이 표현하리오?
그저 사는 대로 살다가
깨끗이 눈감으리요

─〈비오는 날〉의 전문

시인에게 있어 삶의 '신선감'은 어디서 연유하는가? 현실을 초월했기 때문이다. 아내의 지갑을 뒤져 아침 해장을 하러 가는 반복된 일상을 보고 삶을 초월했다고 본다면 천상병의 서정은 보잘 것 없다. 시인이 젊은 이에게서 삶의 긍정성을 확인하고, 자신의 늙음을 쉽게 용인할 수 있는 것은 사실 모든 것으로부터 초월했기 때문이 아니라, 공포 앞에서 진실을 따르지 못했던 불의의 삶에 대한 깊은 회한으로부터 연유된다. 그러므로 그의 동일성의 서정 이면에는 초월의식으로 치장된 삶의 비장함이 배경으로 있다. 그 비장함은 강박적 결벽증의 결과임을 이 시는 보여주고 있다. 비록 세상에 대고 비루한 손을 벌리지만, 목숨만큼은 구걸하지 않겠다는 마지막 결의가 그에게 있는 것이다.

5. '생명'의 실재적 재현

1967년 동백림사건 이후 천상병은 현실을 초월한 것처럼 삶을 영위했다. 그러나 그러한 삶의 비장함은 1988년 만성간경화로 사선을 넘나듦으로써 사라지고 만다. 병마는 그를 번역사의 위치도 허락하지 않았다. 백일몽도 없는 황폐한 세계에 그는 위치하게 된다. 한 사람의 현실기술사(現

實記述士)처럼 변모하고 마는 것이다. 그 세계에는 자유를 향하고 있는 꿈꾸는 새의 날갯짓도 없으며, 평화를 지향하는 구름의 용이함도 없다. 단지 정지된 일상의 모습만이 시간의 흐름을 따라 기술될 뿐이다.

1) 아름다운 흙

1기에서 보였던 '새' 이미지는 현실에 대한 부정의식이 반영된 자유를 향한 시인의 상상적 해결책이었고, 2기를 지배했던 '구름'의 이미지는 공포로부터 평화를 지키기 위한 삶의 이존책(以存策)이었다. 1988년 이후 천상병의 시는 자유와 평화와 같은 거대 담론으로부터 벗어나 죽음의 실재적 현실과 직면함으로써 생명 추구의 일상적 세계에 몰입한다.

> 지표는 흙이 많아서
> 나무와 야채와 풀을 키운다
> 이것들은 비료도 없이 자라고
> 해마다 변함없다
>
> 흙이여! 이런 힘 어디서 얻었나?
> 아마 하나님의 섭리겠지!
> 그렇잖으면 풀 길 없고
> 어찌 어떻게 그렇게 되겠는가
>
> 아름다운 힘에 넘친 흙이여
> 오래토록 영원토록
> 그런 힘을 발휘하여
> 우리 사람들을 지켜다오
>
> ―〈흙〉의 전문

2기의 시세계는 자유에 대한 현실적 인식이 제거되기는 했지만 평화에 대한 서정이 존재하고 있었다. 적어도 그러한 세계는 개인성에 한정된 것이 아니라 현실과의 부단한 관계 속에서 성립된 것이다. 그래서 죽음이 천상병 개인의 문제로 대두되지 않았다. 오히려 죽음에 대한 비장한 각오가 있었다. 그를 억압하는 것은 이데올로기적 공포였다. 그 공포로부터 탈피하고 도피하려는 것이 2기의 시세계이다. 그러나 병마 이후 죽음은 새로운 실존으로 다가선다. 자유나 평화와 같은 관념적 의미보다 죽음에 대한 공포가 더 현실적인 문제로 대두되고 있는 것이다. 그러나 그러한 죽음에 대한 공포는 삶에 대한 의식적 지향도 생과 사의 갈등에서 우러나는 서정의 발로가 아니라 인간적인 욕망에 불과하다. 이때 시적 주체는 새와 구름과 같은 기화된 이미지에 투사되는 것이 아니라 위 시의 제재처럼 고체화된 '흙'의 이미지로 고정된다.

흙의 존재성은 생명성에 있다. 시인은 나무와 야채와 풀을 키우는 그 생명의 힘에 의해 다시금 재생하려는 강력한 의지를 표명한다. 그것을 시인은 이제 신의 섭리로 인식하고 있는 것이고, 그 영원성에 의지하려 한다. 거기에 현실적 인식과 시적 서정은 부재하고 있다.

오월의 신록은 너무 신선하다.
녹색은 눈에도 좋고
상쾌하다.

젊은 날이 새롭다.
육십두살된 나는
그래도 신록이 좋다.
가슴에 활기를 주기 때문이다.

나는 늙었지만

신록은 청춘이다.
청춘의 특권을 마음껏 발휘하라.

　　　　　　　　　　　　　－〈오월의 신록〉의 전문

　아름다운 흙의 힘을 이 시는 보여주고 있다. 신선하고 상쾌한 생의 활기를 시인도 체감하고 있다. '녹색'은 한 때 시인에게 있어, 자유의 색이었고, 평화의 색감이었다. 그러나 '신록'의 엄연한 물질성 앞에 이전의 관념성은 아름답지도 않고 힘도 없다. 그가 다시 재현하고자하는 욕망을 갖게 된 '청춘'은 시인의 소유가 아니기에 또 다른 비애의 서정을 만들기도 한다.

　　　하도 늦어서, 하도 늦어서,
　　　나는 바깥으로 나와,
　　　큰 건물 벽에 기대며 기다린다.

　　　애인이라도 만날 것 같지만
　　　오십의 나이인 나는
　　　기다리는 사람은 마누라.

　　　십일월의 콘크리트벽의
　　　찬기가 얼마나 무서운가를
　　　그제사 나는 깨닫는다.

　　　　　　　　　　　　　－〈콘크리트 벽〉의 전문

　시인은 이제사 초월적 백일몽에서 벗어났다고 고백하고 있다. 그동안 자유와 평화는 애인과 같았다. 그에게 가해졌던 역사적 공포와 고통을 감내하게 하는 절대적 대상과 같았다. 그러나 시간은 그의 지향점을 수정하게 했고 그것은 매우 실재적이고 일상적인 대상으로 대체되었다. 그의 기다림은 마누라와 같다. 그녀는 그의 생명이기 때문에 이전의 어떤 가치보다도 소중하다. 11월, 그 시간의 경사(傾瀉)를 깨닫고 있는 것이다. 그것은 찬기이며, 죽음이다. 그것을 시인은 예감한 것이다.

2) 서정의 소멸과 자폐의식

인식도 서정도 삭제된 경화된 상태. 자유도 평화도 없는 상태. 하루하루의 낙관적 일상만이 존재하는 것이 말기 천상병의 시세계다. 거기에는 자아와 세계의 갈등도 타협도 없다. 어린 아이가 소유한 무애(無埃)의 극단적 유약함이 전부이다.

　　어느날 일요일이었는데
　　창에서 참새 한 마리
　　날아 들어왔다.

　　이런 부질없는 새가 어디 있을까?
　　세상을 살다보면 별일도 많다는데
　　참으로 희귀한 일이다.

　　한참 천장을 날다가 달아났는데
　　꼭 나와 같은 어리석은 새다.
　　사람이 사는 좁은 공간을 날다니.

　　　　　　　　　　　　　　－〈창에서 새〉의 전문

과거의 꿈꾸다가 박제가 된 새의 정체성은 이 시기에 이르러 명확해졌다. 부질없는 새. 혹은 어리석은 새. 자유와 평화는 인간의 협소한 공간 속의 한 우매한 새의 울부짖음에 지나지 않는다. 이와 같은 자기 부정의 극단적 회의는 서정의 소멸을 가져와 그에게서 시정(詩情)을 상실하게 만든다. 일기체의 일상적 기록과 당위론적 언술들, 변화 없는 계절감들이 이 시기 시세계에 점철되어 있다. 모든 일상을 낙관적으로 바라보게 되었고 그러한 잔상들이 모두 시로 만들어졌다. 모든 것이 시화되었으면서도 그 모든 것이 비시적인 사실은 아이러니가 아닐 수 없다.

> 몸이 비록 불편하여도
> 하나님은 보살필 대로 보살피신다
> 꿋꿋한 마음으로
> 보통사람을 뒤따라라
>
> 지지말고 열심히 따르면
> 누구에게도 지지 않으리라
> 적은 일도 적은 일이 아니고
> 큰일도 이루리라
>
> 모든 것은 마음에 달렸다
> 언제나 하나님을 경애하고
> 앞날을 내다보면서
> 희망을 품고 살아가다오
>
> ─〈신체장애자들이여〉의 전문

"모든 것은 마음에 달렸다"는 이 아포리즘은 비시적 언술을 통해 시적 언술을 펼치는 아이러니다. 그러나 천상병의 시세계 전반을 통해 볼 때 이러한 현상은 모든 것은 마음보다는 세상의 이법이 우선이었다는 패배주의적 고백이 아닐 수 없다. 그래서 이 시기 일관되게 흐르는 것은 종교적 언술이다. 그러한 언술은 인간적 언술과 대비되어 늘 승하고 있다. 이는 지난날의 시인의 역사성이 그렇게 만든 것이다. 즉 인간적 언술을 보일 때마다 그 말들은 공포와 두려움이 되어 시인 자신을 배반했기 때문이다. 이 시적 역설의 서정을 이제 시인은 포기한 것이다. 그리고 그것은 역설적으로 그가 자기 폐쇄의 극한 상황 속에 있었음을 반증하는 것이라 할 수 있다.

> 『공작』의 89년의 86호를 우연히 보면서 읽으면서, 이 61살 먹은 노인은 그저 지난 청춘이 다시 어떻게 좀 안될지 모르겠다고 탄식할 뿐이다.
> 61살이 되었다는 것은 사실은 주민등록증과 성적무능력증에만 나타난 것 뿐인 줄 알고 느끼면서 애오라지 무기력하게 살고 지내지만, 지금 금방 읽은 '신세계'의 젊은 아가씨 사원들의 청청(靑靑)한 청춘고백통에 이 나의 무기력이 어찌 기력이 될려고 요동하지 못 하겠는가 말이오!
> ―〈신세계(新世界)의 아가씨 사원들에게〉의 전문

지난날 그가 상실한 것은 '주민등록증과 성적무능력증'이다. 전자는 현실적 지위를 후자는 인간적 지위를 말한다. 이 상실의 세계에 그는 존재했던 것이다. 자신이 아닌 타자의 모습으로 삶을 산 것이다. 주민등록증은 그를 옭아매는 사회적 압제의 수단을 기표한다. 성적무능력증은 현실에 대한 강한 거부감을 표출하는 것이다. 이는 반사회적, 반인륜적인 자기 폐쇄를 보여주고 있다. 특히 성적무능력증의 고백은 자신이 소유한 유전적 흔적을 거부하는 공포심의 발로다. 이러한 사회적 담론과 성적 담론의 상징체계는 그의 무의식적 욕망이 에로스적 충동과 타나토스적 충동이 혼류하고 있는 자기 부정에서 비롯되고 있음을 반증하는 것이라 하겠다. 생명에 대한 강한 욕망이 모든 사회적 담론들을 빠르게 대체했음을 보여주는 것이다. 그리고 서정 역시 소멸하고 자기 공간 속에 유폐되었음을 다음 시를 통해 확인하게 된다.

거울에 비추면
내 얼굴이 있고
내 얼굴 근처의 사물들이 있다.
그런데 사실 자체일까?
내 얼굴과
거울에 비친 내 얼굴이
사실로 닮았단 말인가.
닮았을 것이다.
그런데 닮았다는 것은
사실 자체하고는 다른다.
닮는다는 것은
거의 흡사하다는 것이지
그 자체는 아니다.
손을 들어 펴보면
그대로 거울에 비친다.
그러나 사실 자체는 아니다.
나는 자체를 좋아한다
비친다는 것이지
거울을 닮았다는 것을
보일 뿐이 아닌가.

― 〈거울〉의 전문

이제 생의 말미에서 시인은 재현불가능한 생명의 역사성을 깨닫게 된다. 지금 현재 거울 앞에 반영된 자아조차도 사실 자체를 의심하는 지경인데, 지난 과거의 역사를 다시 재현해낼 수 없는 한계상황에 서 있는 것이다. 자유와 평화에 대한 지난한 추구의 시간들을 무화시켜버리는 이 실존 앞에 서서 회의하면 할수록 사실은 규명되지 않는다. 이 혼란과 부조리와 불일치 앞에서 시인은 탄식할 뿐이다. 초기 시에서 보였던 부정의식 속에서도 시인은 세상의 허위에 대해 의심하고 있다. 앞서 언급했던 시

<푸른 것만이 아니다>에서 그러한 비동일성의 서정을 보여주었다. 그 시에서 시인은 단정적으로 또 다른 진실이 존재하리라는 것을 확신하고 있다. 그러나 이 시에서는 동일한 접근에도 불구하고 단지 회의할 뿐이다. 그만큼 자아와 세계의 관계성 속에서 사물을 인식하는 능력이 상실됐음을 드러내는 것이며, 오직 세계와 단절된 자기 공간에 정주하고 있음을 보게 된다.

6. 결론

천상병 시인 역시 전후의 시인들이 공유했던 간단없는 도피적 정서와 현실에 대한 비판정신을 소유하고 있었다. 그러한 천상병은 어디로 갔는가? 그는 자유와 평화를 찾아 귀천(歸天)하였다. 살아서의 그의 삶이 우회적이었듯이 그의 시 역시 무위의 경지를 통해 소멸하고 말았다.

우리가 천상병의 시에서 '무구'만을 추구하는 것은 그를 또 다시 상처의 구렁으로 밀어 넣는 격이라 생각된다. 그것은 말년의 시세계에 불과하다. 오히려 '자유와 평화'를 갈구했던 그의 시정신을 새롭게 발견하여 고양시킴으로써 그에게서 소멸했던 서정과 인식을 회복시켜야 할 것이다.

'돌아감'은 '귀(歸)'이자 '선(旋)'이다. 천상병의 삶에 놓인 사회적인 공포는 그를 유아적 에로스의 세계로 돌아가게 했고, 그 역사의 실재적 모순을 우회하여 생명의 간절한 추구를 가져오게 했다. 그것은 일종의 언어적 아이러니이며, 의식의 역설적 표출이다. 하나는 무위의 과정이며, 또 하나는 소멸의 과정이었다.

이러한 두 가지 시적 변이는 두 가지 외상(trauma)에 의해 회전하였다. 사회적 이데올로기의 폭력과 병마였다. 첫 번째 외상은 그에게서 사회성을 상실하게 만들었고, 두 번째 외상은 그에게서 서정성을 잃게 했다. 전자는 그에게 무위를 요구했으며, 후자는 그의 모든 것을 소멸시키고 말았다.

　그러나 우리는 천상병의 시에서 아름다운 힘을 항시 기억하게 된다. 그것은 사실 자체를 추구했던 한 리얼리스트의 면모라 할 수 있다. 결코 그의 시는 허위가 아니었다. 흡사한 것도 닮은 것도 아닌 역사의 재현불가능성에 도전한 부정의 시정신이었다.

상(像)·상(想)의 시학

― 이수복론

1. 서론

한 시인의 생애를 생각할 때, 이수복은 극히 보기 드문 시인이다. 살아서도 죽어서도 온갖 현실적 영광을 한 몸에 받았고 받고 있는 미당(未堂)은 논외라 하더라도, 생존시에 받지 못한 가치를 죽어서나마 새롭게 조명받게 되는 것이 시인의 운명이 아닌가? 그런 측면에서 등단 이후 죽기까지 줄기차게 시를 써왔던 이수복에게 시인이 가지는 명예는 사치에 불과하다.[1] 그렇다고 이수복이 현대시문학사에서 자리매김하기 위해 갖추어야할 외부적 배경이 초라한 것은 절대 아니다. 그는 학연과 인맥과 문단매체 모두에 있어서 최고의 자산을 소유하고 있었다.

1950년대 문단은 서울문리대 출신들의 제스처가 통하던 시대이다.[2] 이일, 오상원, 홍사중, 김정옥, 박이문 등은 한국 전쟁을 거치면서 김동리와황순원을 벗어나 1920년대 「해외문학파」를 방불케 한 외국문학 수입의전초기지였다. 그들의 학연이 60년대 '현대시 동인'들과 이어져 한국문단

---

1) 문학사에서 이수복을 언급한 것은 김준오가 유일한 것 같다. 그는 『한국현대문학사』 (현대문학, 1995, 386면)에서 이수복을 1960년대에 전통적 세계와 자연을 소재로 한 서정파로서 활동을 계속한 부류에 포함시키고 있다. 그 외 이수복에 대한 언급은 전무한 형편이다.
2) 고 은, 『1950년대』, 민음사, 1973, 354~364면 참조.

의 한 주류를 형성하게 된다. 이수복은 1946년 경성대학 예과에 입학하여 1947년 '국립서울종합대학안(국대안)' 파동이 계속되고 있는 상황에서 서울대 학부에 진학하지 않고 낙향하여 광주 수피아 여고 교사로 취임한 것으로 추정된다. 그런 그가 서울대에서 학업을 계속하고 서울문리대 출신들의 문학 풍토에 편승했더라면 오늘날 그 근거를 찾을 수 없는 전통시인으로 각인되지는 않았을 것이다.

서정주는 정부다3). 이 말은 그의 언어가 가지는 독창성을 말하는 것이기도 하지만, 문단에서 차지하는 그의 영향력을 여실히 증명하는 표현이기도 하다. 이수복은 그러한 서정주 정부의 사람이다. 이수복과 서정주의 인연은 각별하다. 한국 전쟁 중 서정주는 광주에서 지낸다. 이 때 서정주가 사경을 헤매며 병마에 시달릴 때 그를 간병하고 돌봐준 사람이 김현승과 이수복이다.4) 이러한 사적 인연 이후 1954년 이수복은 정식으로 서정주의 추천을 받아 등단하게 된다.5) 이러한 인맥은 쉽게 형성되는 것이 아니다. 그것은 시적 자질을 떠나 시인 이수복에게는 가장 큰 시적 자산일 수 있었다.

한국 전쟁으로 문인들이 대거 월북하거나 납북된 이후 남한 문학계는 새로운 문학지 출신들이 문단의 중심세력으로 급속하게 성장한다. ≪현대문학≫은 이들의 산파역 중 하나이다.6) 이처럼 권력화한 매체를 통해 이수복은 내내 작품을 발표한다.

그럼에도 불구하고 이수복을 시인으로서 기억하거나 누군가 그의 작품을 연구한 흔적은 찾아보기 힘들다. 그의 시가 각광받지 못한 데는 여러 가지 원인이 있을 수 있겠지만, 가장 큰 것은 그의 고립적 삶의 태도이다.

---

3) 고 은, 「서정주 시대의 보고」, ≪문학과 지성≫ 봄호, 1973, 181면 참조.
4) 서정주, 『미당자서전2』, 민음사, 1994, 333~335면 참조.
5) 1954년 ≪문예≫ 3월호에 <동백꽃>을, 1955년 ≪현대문학≫ 3월호에 <실솔>을, 6월호에 <봄비>를 추천받는다.
6) 윤지영, 『1950~60년대 시적 주체 연구』, 서강대학교, 2002, 118~134면 참조.

그는 평생 광주를 벗어나지 않은 지역성을 극복하지 못했으며, 서정주와 관계하여 그의 영향력 아래에 있는 ≪현대문학≫에서 벗어나지 못하는 편협성을 보였다. 지역적 고립은 50~60년대를 풍미했던 외래 편향적 지적 풍토와 현실 인식에서 그를 제외시켰을 것이다. 마찬가지로 매체의 편협성은 그를 전통적 서정의 굴레에서 벗어나지 못하는 고루한 시인으로 각인시켰을 것이다.

비록 이수복이 한 권의 시집만을 남기고 있지만, 시집에 실린 34편과 묶이지 않은 나머지 80여 편은 간단히 이해될 시는 아니다. 그의 시는 50~60년대 어떤 시인보다 난해하며 감각적이다. 그는 고립되어 있지 않았다. 그는 해외 원전을 통해 지적 영역을 끊임없이 넓힌 독서광이었다[7]. 뿐만 아니라 그는 전통적 서정에서 한참 벗어나 있는 독실한 기독교인이었다.

이제 이수복 시 연구의 새로운 기원을 마련하면서, 그의 생애와 시의 고립성으로부터 화두를 꺼내고자 한다. 그것은 자신이 소유한 외적 배경을 십분 활용하지 않고 오히려 소박하게 자신의 시적 세계를 이끌 수 있었던 그 시적 원동력의 기원을 규명하는 것이 될 것이다. 그런 측면에서 이수복은 한국적 서정의 정통성에 갇혀 있는 것이 아니라 인간의 보편적 정서에 충실했던 시인의 전범이라 할 것이다.

2. 소상(塑像)과 연상(聯想)의 미적 원리

이수복의 시에서 '한국적 서정'을 언급한 것은 서정주이다. 서정주는 ≪현대문학≫에 2차 추천된 <실솔(蟋蟀)>의 시 추천평에서 다음과 같이 말하고 있다.

---

7) "그는 독서광이었다. 어느 일요일 날 내가 찾아갔을 때 그는 셰익스피어의 햄릿을 읽고 있었다. 책은 영국 현지에서 최근에 출판된 것을 손철 선생이 사온 것이었다. 손철 선생의 말에 의하면 이수복은 그 원전을 완독한 것으로 보인다고 하였다"(범대순, 「목요칼럼-범대순의 세상보기」, ≪광주타임스≫, 2001. 3. 8).

"「蟋蟀」에서는 비록 얼마 안되는 文字로서나마 韓國人의 情緒生活의 中核을 소리나게 울리는 것이 있다. 民族固有의 生活慣習에서 詩의 感情과 知慧가 멀어져 가고있는 때 그가 하고 있는 것과 같은 詩의 努力들은 精神채린 것이 된다. 漢語屬의 克服만을(어려운 일이다만은……)꾸준히 해가면 잘 될 것이다."[8]

분명 이수복의 시에서 한국적 정감이 중핵으로 자리하고 있음을 배제할 수 없는 언급이다. 조연현 역시 이수복의 첫시집 『봄비』의 발문에서 그와 같은 맥락의 언급을 하고 있다. 그것을 그는 '섬세한 感性이 韓國的인 情感을 통하여 形成된 그 조용한 精神의 能力[9]'이라고 표현한다. 그러나 조연현의 언급에서 이수복이 시를 다루는 형상화 능력에 찬사를 보낸 대목을 주목할 필요가 있다. 조연현은 같은 글에서 시 <모란송(Ⅰ)>[10]을 예로 들면서, 다음과 같이 이수복 시의 장점을 언급하고 있다.

"그의 이와 같은 조용한 겸손이 「빈 하늘」만이 아니라 이 세상 온갖 것을 누구보다도 가장 잘 고이 다룰 것을 생각하면 더욱 놀라운 일이 아닐 수 없다."[11]

이수복이 갖춘 조용한 겸손은 서정주가 언급한 한국적 정서일 것이다. 그러나 우리가 주목해야 할 것은 그러한 한국적 정서를 바탕으로 사물을 다루는 그것도 '고이' 다루는 이수복의 시 형상화 방법이다. 그 '빈 하늘을 고이 다루'는 것은 이수복이 시적 대상에 어떤 의미를 조형하고 있는 것이라 할 수 있다. 이에 대해 서정주 또한 <봄비>의 ≪현대문학≫ 3차

8) 서정주, 「시천후평」, ≪현대문학≫, 1955. 3, 167면.
9) 조연현, 『봄비』, 현대문학사, 1968, 발문.
10) 빈 항아리를/새댁은 닦아놓고 안방에 숨고/낮달마냥 없는듯기/안방에 숨고.//알길없어 무장 좋은/모란꽃 그늘……/어떻든 빈 하늘을 고이 다루네.(≪현대문학≫, 1958. 8)
11) 앞의 글.

추천사에서 다음과 같이 언급하고 있다.

"李壽福의 이번 詩는 完熟한 솜씨와 想의 大脈을 獲得한 것으로
그는 過去 三年동안 벌써 數十篇의 詩作을 내게 계속해서 뵈여왔거
니와 能히 우리 詩文壇에 나서서 一家를 이룰 것으로 믿는다. 그는
이 「봄비」에서 우리가 보는 바와 같은 韻律的인 形成에도 길을 닦고
있지만 또 解放後 우리 新人詩의 注目될것만 傾向인 具體的 意味探
究의 方向에도 잘 길들어 있는 詩人이다. 添加해서 暫間 그의 사람
됨을 말한다면 그는 基督敎徒이지만 決코 꾀 까다랍거나 매말러 있지
않고 또 어떠한 傲慢도 가지지 못한 사람이다.12)"

이처럼 이수복은 한국적 정서의 '운율적 형성'뿐만 아니라, '구체적 의
미탐구의 방향'에도 길을 열어 놓고 있다. 그리고 그 구체적 의미 탐구의
대상이 기독교적 세계임을 확인하게 된다.

이에 이수복의 시에 투사된 시의 내적 배경을 한국적 정서와 기독교적
윤리관으로 상정하고, 이에 기초하여 이후 전개되는 시세계를 양분하여
서술하고자 한다. 이 두 세계의 분기점은 첫시집 『봄비』가 출판된 1968
년이다. 즉 1954년에서 1968년까지의 시세계와 1969년에서 1983년까지의
시세계는 그 시작 원리에 따라 전자는 '소상(塑像)'의 미적 원리가 후자는
'연상(聯想)'의 미적 원리가 각각 지배하고 있다.

'소상'의 미적 원리는 흙을 빚어 형체를 만들 듯, 눈에 보이지는 않지
만 반드시 실재하고 있을 어떤 존재감을 형상화하고자 하는 노력이라 할
수 있다. 반면에 '연상'의 미적 원리는 '소상' 작업을 통해 형상화 했던 사
물의 한계를 절감하고, 연속되는 사유를 통해 실존의 핵심에 도달하는 일
종의 '자유연상'이라 할 수 있다. 이처럼 이수복의 시에서 지속성으로 존
재하는 한국적 정서와 기독교적 윤리관을 바탕으로 변이되고 있는 시작

---

12) 서정주, 「시천후감」, ≪현대문학≫, 1955. 6, 115면.

원리를 다음과 같이 살펴보고자 한다.

3. '빈 하늘'의 인식과 선(線)·형(形)의 세계

이수복의 전기 시를 지배하고 있는 시적 인식은 비어버린 삶의 현장을 어떻게 추스르는가에 있다. 그것이 대표적으로 표현된 이미지가 '빈 하늘'이다. 시인은 이 비어있는 공간에 형상을 입힘으로써 삶의 허무를 스스로 치유하고자 한다. 이 치유의 결과물인 소상(塑像)은 '신운(神韻)'의 아름다움을 담고 있다. 즉 신비하고 고상한 운치이다. 이때 고상한 운치는 '선(線)'을 통해 형상화되고 있으며, 신비한 운치는 '형(形)'을 통해 형상화된다.

'신비한 운치'의 아름다움에서는 영원성을 볼 수 있으며, '고상한 운치'의 아름다움에서는 흔들리지 않는 삶의 원리를 확인하게 된다. '신비'가 기독교적 세계관이라면, '고상'은 전통적 한국인의 삶의 태도라 할 수 있다.

1) 선(線)의 서정과 고상한 삶의 태도

아지랑이로, 여릿여릿 타오르는
아지랑이로, 똥 내민 배며
입언저리가, 조금씩은 비뚤리는
질항아리를……장꽝에 옹기옹기
빈 항아리를

새댁은 닦아놓고 안방에 숨고
낮달마냥 없는듯기
안방에 숨고.

알길없어 무장 좋은
모란꽃 그늘……
어떻든 빈 하늘을 고이 다루네.

─〈모란頌(Ⅰ)〉에서

　이 시에서 보이는 '빈 하늘'의 인식은 '고이 다루네'를 통해 확인할 수
있다. 그러나 그 의미는 불확실하다. '빈 하늘'과 '모란꽃'과의 관계를 생
각할 때, 그것은 분명 '빈 항아리'와 '새댁'의 관계에서 유추가 가능하다.
이들의 관계는 '고이 다루네'라는 행위를 공유하고 있기 때문이다. 이때
'빈 항아리'의 인식은 아지랑이의 선을 통해 형상화되고 있다. 아지랑이
의 선은 '입언저리가, 조금씩은 비뚤리는' 굴곡진 것이다. 새댁이 앞으로
전개될 자신의 순탄하지 않을 삶을 그대로 순종하듯 모란꽃 역시 하늘의
이치 아래 '알길 없'지만 좋은 태를 보이고 있다. 그러므로 '빈 하늘'은 허
무한 삶의 양태를 상징하는 것이라 하겠다. 시인은 이러한 삶의 모습을
굴곡진 선으로 그리고 있다. 이 '빈 항아리'의 이미지는 다음과 같이 '빈
들'로 이어진다.

水仙을 두고
새알을 비춰 보다
기러기를 울리다……

밀알들과 빈 들은
눈으로 덮고
눈 산들 너머다는
바다를 붓고.
마지막에 열 줄의 魂을 위하여
鍾처럼 얼 얼 울릴
詩를 위하여

밤이 길사록
깊어 드는 마음……

―〈겨울〉에서

'빈 들'은 죽음으로 가득하다. 시인은 부화할 수 없는 죽음의 계절, 겨울에 산란하는 기러기의 운명에서 자신의 존재감을 확인하고 있다. 이 엄혹한 슬픔을 담고 있는 그의 시는 종소리로 울리고 있으며, 그것은 시각적으로 악기의 줄처럼 퉁기는 열 줄의 선으로 변주되고 있다. 이처럼 시인이 인식하는 '빈 하늘'은 '죽음'을 상징하고 있다. 다음 시에서 그 절제된 죽음의 실상을 여리고 가느다란 선을 통해 보게 된다.

이 비 그치면
내 마음 江나루 긴 언덕에
서러운 풀빛이 짙어오것다.

푸르른 보리밭길
맑은 하늘에
종달새만 무에라고 지껄이것다.

이 비 그치면
시새워 벙글어질 고운 꽃밭 속
처녀애들 짝하여 새로이 서고

임 앞에 타오르는
香煙과같이
땅에선 또 아지랑이 타오르것다.

―〈봄비〉의 전문

이 시는 삶과 죽음이 함께 지배하고 있다. 비와 향연과 아지랑이의 선

이 어우러지는 서정의 극치는 빈 하늘의 허무를 참으로 고상하게 어루만
지고 있다. '이 비 그치면' 새롭게 서게 될 생명의 환희 앞에서도 죽음을
예견하는 그 자세는 앞서 언급된 시들에서 보였던 순종과 절제의 미덕과
함께 한국적 서정의 진수를 그대로 지니고 있는 것이라 하겠다.

　선으로 채워진 삶의 허무는 무잡스런 방탕의 원인이 되는 것이 아니라
죽음 앞에서 삶을 고쳐 생각하게 되는 균형감각으로 형상화된다. 그러한
감각이 곧 고상한 삶의 태도라 할 수 있다. 이수복은 그러한 삶의 자세를
'산'의 이미지를 통해 표현하고 있다.

　　한 백년을 살아가보듯이
　　無等山을 떠나서
　　한 백리쯤 걸어나와 돌아다본다

　　가리고 가리우는 참 많은 山들을
　　너그러이 굽어보는
　　맑은 이마를……

　　　　　　　　　　　　　　　　　—〈無等賦〉에서

　질항아리의 굴곡진 선과 비와 아지랑이와 향연과 줄의 직선의 서정은
'산'과 '이마'의 완만하고 균형잡힌 선의 윤곽을 통해 새롭게 통합된다.
그 통합의 세계는 산 속에서는 볼 수 없는 원심적 세계이다. 삶의 현장을
떠났을 때, 죽음의 실상이 체감적으로 드러나듯, 죽음의 허무감에서 벗어
날 때 삶의 태도는 여유를 갖게 된다. 시인은 이러한 삶의 태도를 산의
너그러움에서 배우고 있는 것이다. 그러한 고상한 삶의 태도는 구체적으
로 황소의 이미지 속에 전이되어 나타난다.

　　다문다문 다박솔 남구나 뿌리박고 사는 黃土山이다마는 그런 대로

황소라도 쭈굴시고 앉은 듯 한 순한 氣象이다.

　이마 우에는 온갖 理解力을 지니는 마음씨와도 같이 하늘이 너르고 치우침이 없는 日輪이 돌아가느니, 사람이 고루어 길러 가얄 것은 다만 어루만져주는 魂일뿐일 게다. 그러면 未久에 우리에게 老年이 오듯 靑松에게는 필경 千年이 오고 말 것이니까……

　참말로 솔을 屠戮하고 여윈 건 솔새며 솔바람뿐이 아니니, 神韻없는 세월들의 죽은 千年이여.

-〈黃土山에서〉의 전문

　황소는 무등(無等)의 고상한 자세를 취하고 있다. 치우침이 없는 이해력을 황토산의 기상이 닮고 있듯이 시인은 그처럼 살기를 소원하고 있다. 그래서 그의 고립성은 편벽된 삶의 이해 부족에서 오는 것이 아니라 오히려 예부터 한국의 정감으로 자리하고 있는 그 균형된 삶의 자세를 그대로 지향하였을 따름이다. 그것이 반복되어 펼쳐진 산들의 능선을 따라 여럿의 선이면서도 하나의 선이라는 동일한 모습을 취한다는 측면에서 우직한 황소의 모습을 하고 있는 것이다. 이때 '빈 하늘'의 허무는 슬픔인 듯하지만 격한 감정이라기보다는 선처럼 형체가 없는 일종의 뿌리쳐진 균열 같은 것이라 하겠다.

　그러므로 이수복은 이 선의 서정이 갖는 파열을 새롭게 극복하고자 하는데 그것은 필경 '신운없는 세월들의 죽은 천년'을 제대로 이해하고 앞으로 다가올 천년의 시간을 구성하는 새로운 삶의 패턴이라고 할 수 있다.

2) 형(形)의 윤리와 신비한 영원성의 지향

　이수복은 선(線)의 서정, 즉 한국적 정감을 통해 지금껏 살아온 삶의 궤적을 조감하고 형상화하였다. 그러나 그것은 기독교인인 그에게 있어 앞

서 지적했듯이 '죽은 천년'에 불과하다. 이렇게 볼 때, '빈 하늘'을 형상화
한다는 것은 오히려 입체적인 '형(形)'의 구상을 통해 이루어내야 한다는
새로운 인식에 이르게 된다. 그것은 한국적 정감과는 다른 기독교적 윤리
관이 반영된 것이다. 그리고 고상한 운치에 대비되어 신비한 운치라 할
수 있다. 그러므로 '빈 하늘'은 평면적 인식을 벗어나 입체적으로 형상화
된다.

> 어찔한 熱氣보다는 뭐랄까 줏대로써
> 線보다는 形으로써
> 그림자를 잣으며
> 그림자 같은 흔적만을
> 못 網膜에 다 남긴다.
> 그리고 그럴뿐 말은 없다.
> 실상 言語로써 말짱 달기에는
> 刻刻으로 變容하는
> 變容하여 마지 않는 그림자의
> 농담. 굴신.
>
> ―〈地理說〉에서

이 시는 선과 형의 조형적 차이를 잘 보여주고 있다. 선의 형상화가 가
지는 한계는 그림자의 변용을 제대로 표현할 수 없기 때문이다. 그림자가
'빈 하늘'의 이미지의 연속선에 있다고 할 때, 그 허무와 죽음의 그림자가
가지는 '농담'과 '굴신'의 입체성을 선으로 표현하기보다는 형(形)의 미적
체계를 통해 보다 선명하게 드러내야겠다는 의지를 표명하고 있다. 그것
은 정서적 차원이 아니라 다분히 윤리적 차원이다. 그런 점에서 다음 언
술은 그가 생각하는 '빈 하늘'의 죽음의식이 어떤 것인가를 잘 보여주고
있다.

돌이켜보면 큰 전쟁이나 난리 말고도
地雷線 內外를 白痴처럼 밟군 했구나

— 〈迎春賦〉에서

　시인은 자신이 전쟁과 난리라고 하는 현실적이고 실존적인 죽음 말고
도 매우 근원적 죽음의식에 싸여 있었음을 고백하고 있다. 그래서 실존적
인 죽음이 전통적 죽음과 맞물려 있다고 생각했지만 그것만이 아니었다
는 것을 이야기하는 것이다. 앞서 <봄비>에서 확인했던 그 비의 서정은
봄을 맞는 근원적 슬픔이었는데, 그것이 실존과 맞물려 나오는 것이 아니
라 보다 근원적인 곳에서 시작되고 있음을 깨닫게 된 것이다. 그것도 삶
과 죽음이 하나가 된 전통적 삶의 태도에서 체감하는 것뿐만 아니라 현실
에서는 이해 불가능한 어떤 신비적 차원의 절대적 의지를 확인하는 단계
를 체감하는 것이다. 이것은 일종의 신앙 고백이다.

(바늘끝을 꽂으면 쩌릿…… 핏방울이 아니 맺힐까)
紅桃나무 가지마다
젖꼭지같은 꽃 움들을 담뿍 실었다.

봄 물이 먼 連巒의 分水嶺을 넘듯,
마을에선 낮닭들이 울어오는 한참,
나에게 새삼 죽음보다 무서운 誕生을 일깨우다.

— 〈무서움〉에서

　이 시는 <봄비>에서 보았던 평면적이고 정적인 서정에서 벗어난 봄
의 정경을 확인하게 된다. 그 근원에는 죽음의 공포보다는 탄생이 전하는
놀랍고도 신비한 의식이 자리하고 있다. 그 신비함은 예수 고난과 부활의
성경적 신비체험을 비유적으로 차용하고 있다. '핏방울'의 부정과 '낮닭'

의 울음소리가 일깨우는 자탄과 그로 인해 인식하게 된 부활의 증거 때문에 전율하는 시인의 모습을 볼 수가 있다. 이때 '빈 하늘'의 죽음의식은 홍도나무 꽃 움으로 형상화되어 새로운 탄생의 신비를 드러내고 있다. 그것은 일종의 역설이다.

두다려 보는 것만으로는 채워지지않는 것
사뭇 휘져어버리곤은 悖逆氣質같은 것이
빛깔로 轉身하여 우는겔까……

참말만 피뱉던 語訥한 혀(舌)가
거짓말을 드리키곤
술醉함일까……

빈 櫃를 갉아 뚫는
희고 꽝꽝한 쥐덧발 모양
이마가 깍이도록 뚫고 오른 하눌 밑
－굳이 든 平地를,

(봄바람은 巫家집 첫닭같은 넋두리)
누룩먹는 꿈들이
꽃이 운다.

－〈꽃의 出航〉의 전문

이 시는 기독교적 윤리관을 잘 형상화하고 있다. 그것은 패역기질, 즉 패악하고 불순한 믿음의 부정을 죄악시하며, 신의 존재와 부활을 인정하고 순종하는 것이다. 그래서 '두다려 보는' 불신의 태도를 버리고 '전신'의 신비를 체험하라는 것이다. 꽃의 실체는 없다. 단지 그 빛깔만이 있는 것이다. 그러므로 진정한 꽃의 실체는 전신을 통해서 완성된다는 논리다.

이를 인간의 전신으로 비유한다면 인간의 실체는 없는 것이다. 그러므로
성령의 실체를 상실한 인간의 모습은 패역에 불과한 것이다. 이처럼 '꽃
의 출항'은 죽음의 극복을 입체적으로 보여주고 있다.

그러한 형(形)의 미학은 삶과 죽음을 통합하는 변증법적 변화원리에 기
초하고 있는데, 이수복은 그 변화의 원리를 '구름'이미지를 통해 구체화
하고 있다. 그것은 앞서 선의 서정이 균형되고 안정된 감각이었던 것과
대비되어 인간의 잣대로는 실측할 수 없는 변화의 속성을 지니고 있다.

> 깊이 모를 自我와…自我를 쏘고 치고 쏘고 치고
> 부서지는 물결의 表象
> ─돌아 앉는 바위의 否定이 아니라,
>
> 더듬는 손길에 만지이는
> 밤ㅅ중 얼라의 알빛 이마며 볼이며
> 손목 발목이며, 숨 고른 소리며들처럼
>
> 가장 깊은 곳을 건드려 주는 切實함이여
> 오묘한 흐름이여.
>
> ─〈구름〉에서

구름은 바위와 대비된다. 그것은 현상적으로 유동성과 고정성의 대비
이며, 삶의 태도에 있어 긍정적 의식과 부정적 의식의 대비다. 기독교적
윤리관이 존재의 변화를 가능하게 하는 유동성을 긍정하듯, 구름은 스스
로를 변화시켜 빈 하늘의 공간을 채우고 있다. 그리고 궁극적으로는 어린
아이의 형상으로 구체화되어 나타난다. 그것은 어린이의 순수한 내면이
영원히 존재하는 신비의 실체임을 보여주는 것이다. 시인은 그 신비한 가
치의 구현을 절실하게 지향하고 있다.

4. '낮달'의 존재성과 정(情)·상(想)의 세계

이수복의 시에 있어서 선(線)과 형(形)을 통해 형상화되었던 한국적 정
서와 기독교적 윤리관은 후기에 이르러 정(情)과 상(想)의 원리를 통해 변
주된다. 그 세계는 감각적 세계에서 벗어나 한국적 서정이 담고 있는 의
미를 탐구하는 과정이며, 기독교적 윤리관의 보다 근본적인 사유를 체계
화하려는 과정이라 하겠다. 그러므로 이수복의 후기시들은 비, 아지랑이,
산, 구름 등의 형상적 이미지는 사라지고 '구름의 상(想)', '심문(心紋)'과
같은 관념적 이미지가 지배하게 된다.

> 내 詩는 왜 노을에 비끼는 高原地帶를 노을에 비끼는 高原地帶 그
> 것으로서만 敍景하지 못할까. 거기에다 왜 무슨 千古의 秘密이라도
> 쭈글씨고 앉아서 새김질하고 있는 듯한 스핑크스나 그런類의 저무는
> 表情을 삭이려고만 들까.
> 내 詩는 왜 自彊不息 돌고 있는 해와 달과 뭇별을 自彊不息 돌고
> 있는 해와 달과 뭇별 그것으로서만 살피고 滄浪의 파도소리를 滄浪
> 의 파도소리 그것으로서만 듣지 못할까. 왜 內外로 있는 여러 일을
> 內外로 있는 여러 일 그것으로서만 끄덕이고 그 나머지는 잠잠해버리
> 지 못하는 걸까.
>
> —〈그 나머지는〉의 전문

이 시를 통해볼 때 시인은 그동안 '소상'의 원리를 통해 형상화했던 시
작 태도를 수정해야 한다는 시적 한계에 도달한 것 같다. 그것은 사물을
보는 시각이 변화되었음을 뜻한다. 그러므로 전기의 시들은 '서경'하지
못한 '삭임'의 과정이었을 뿐이며, 직감적 수용이 아니라 불필요한 언어
의 낭비였음을 고백하는 것이다. 그러므로 후기의 시들은 '빈 하늘'을 어
떤 다른 형상으로 채우려는 것이 아니라 있는 그대로 보려는 것이라 할

수 있다.

1) 정(情)의 의미와 그리움

石燈 혀 둘까
눈 오는
밤.

窓에
싸륵 싸륵…….
묵혀는
밤의
갈청이
파르르……
그싯는
腦波.

내일아침 光州 금남로에는
옴니버스 길 나것다.
바람도 불것다

　　　　　　　　　　　　　　－〈눈오는 밤〉의 전문

　이 시는 선으로 형상화되었던 서정이 그 형상을 잃고 정(情)만 남아 있
다. 즉 내용만 남아 있다. 이때 세계는 있는 그대로 그냥 존재할 뿐이다.
그것이 죽음을 형상화하지도 삶의 모습을 그리지도 않는다. 길과 바람이
통하는 시심(詩心)에서 인간적 설렘과 흥분을 보게 된다. 그처럼 불을 밝
히고, 눈을 기다리는 서정의 술어는 드러나지 않는다. 그것은 하나의 의
미로만 직감하게 된다. 이러한 소통의 행위는 다음과 같이 내면의 문을

하나 둘 열어보는 것에 불과하다.

　　밤에 묻히는, 밤의 수정이 궁의
　　다리 건너 열두 門
　　중문 안 後門,

　　…도로 遠景의.

　　저 손이 모르도록 굼니는 이 손
　　의 시린 손끝의
　　속의, 속의
　　보고지움이야

　　　　　　　　　　　　　－〈小曲〉에서

　내면의 겹겹을 열고 가 본 거기에 원초적 그리움이 자리하고 있을 것
이다. 그것은 '손'으로 만들 수 있는 것이 아니라 손의 경계를 넘어 그 속
과 속으로 침잠해 있는 서정이라 할 수 있다. 그러므로 '무한까지 닿았다
는 돌아오는 그림자'(시 <産室>에서)와 같은 그 존재를 통해 그리움의 실
체를 확인할 수 있을 것이다. 그것은 '낮달'의 존재성과도 같다. 낮에 달
을 볼 수 없다고 해서 달이 존재하지 않는 것은 아니다. 그처럼 그리움의
대상이 보이지 않는다 해도 없는 것은 아니다. 왜냐하면 낮달의 존재처럼
시인의 심연에 그리움이 존재하기 때문이다. 즉 시인은 그리움이라는 정
(情)을 통해 보이지 않는 서정의 실체를 구체적으로 실감하는 것이다.

　　꽃잎이
　　한잎
　　빠그금 문을 밀고
　　내다보는

　　　－중략－

　　　손 미치지 못할 데로 떨어져가버린, 그
　　　부신 매무시가
　　　또 저 끝서 요요(夭夭)히 흔들리거니……
　　　문턱 어둔 밑,

　　　　　　　　　　　　　　　－〈가늘은 心紋〉에서

　　꽃잎은 결코 그리움의 대상이 아니다. 그 너머 손이 미치지 않는 어둔
곳, 마음 속에 그것도 낮달처럼 무늬가 되어 있는 것이다. 이처럼 후기에
이르러 이수복의 한국적 서정은 서경적 형상을 잃고 설명을 거부하는 의
미만 남긴다. 단지 그것은 그리움이라는 상(想)을 통해 볼 뿐이다.

　　　한여름밤의 꿈을 물들이던
　　　봉선화꽃 꽃잎범벅이
　　　九月의 藥指와 새끼손가락 끄트리서, 丹頂
　　　鶴으로 간다.
　　　－빌딩 숲길의 出勤뻐스 안마저가 홀연
　　　조용히 서서 가는 女人의
　　　조용한 손톱 밑의 길이 바쁜 낮달로……

　　　　　　　　　　　　　　　－〈낮달〉13)에서

　　이 시에서처럼 ‘봉선화－학－여인의 손톱－낮달’로 이어지는 일련의
자유연상을 통해 시인은 낮달의 존재성을 보여주고 있다. 다시 말해 낮달
이 존재함으로 해서 우리는 ‘봉선화’의 존재를 믿을 수 있는 것이다. 그러
한 과정은 전기에서처럼 ‘봉선화’를 형상해서 그리움과 연결시키는 것이
아니라 ‘낮달’만으로 그리움을 직감하게 되는 것이다. 이처럼 시인은 한

---

13) 《현대문학》, 1979. 12.

국적 서정의 차원을 의미의 차원으로까지 끌어올리고 있는 것이다.

2) 상(想)의 존재와 기다림

　　해의 발자국 소리에다만
　　귀(耳)를 모두고서
　　눈 멀어 버린 불!
　　— 해바라기의 근경(前景)에는

　　촉루(髑髏)가 두어개 구르게 한다.
　　化石으로 굳히인 하이얀 촉루가
　　의지의 저 사나운 물결에
　　怪石같이
　　질감(質感)을 깡그리 쪼아내도록……

　　　　　　　　　　　　　　　—〈想〉의 전문

　1연에서 '해'와 '해바라기'의 관계를 통해 시인은 상(想)의 존재성을 보
여주고 있다. 우리는 해를 보지 않고도 해바라기만으로도 해의 존재를 이
해하고 긍정하게 된다. 만약 해의 존재여부를 증명하기 위해 어떤 형상화
작업을 한다면, 그것은 또 다른 해를 만든 것에 불과하다. 이는 기독교적
윤리관의 측면에서는 진정한 믿음이 아니라 할 수 있다. 즉 의심 없는 신
앙심이 아닌 것이다. 이수복은 전기의 형상화 작업을 2연에서처럼 모두
중단하고 그 형상을 해체한다. 그래서 다음 시에서처럼 전기에 '빈 하늘'
의 공간을 변화의 성질을 통해 채웠던 '구름'이미지는 사라지고 그 자리
를 '구름의 상'이 대신하고 있다.

　　詩를 묻는 일이

滿員 3등칸 於口께
지린내 속을
붙박여 비비대고
가는 여러 허리

아픈 나그네와 무슨 상관이란 말가.
그런데도 나더러는
묻히라, 스스로로
暗葬하라

ㅡ굴을 막 빠져 나온
背後도 침침한 전언(傳言).

ㅡ〈구름의 想〉에서

배후를 알 수 없는 전언일지라도 그 말의 신비한 존재성을 믿고, 시인
은 스스로 암장을 결행할 수 있는 자세를 견지하고자 한다. 그것이 비록
삶의 현실과는 유리된 것이라 할지라도 그러하다. 특히 중요한 것은 '상'
만을 통해서 절대자의 존재성을 긍정하는 것은 시를 쓰는 일과 유사하다
는 인식이다. 그만큼 이수복 스스로 자신의 시에 대해 현실을 책임지겠다
는 어설픈 참여의식을 배제시키고 있다. 그 배제된 자리를 차지하고 있는
것은 예수의 언행을 따라야 한다는 계시의 말로 가득하다.

임의 음성을 분간하는 귀(耳)도 이리 설어라.
죽으라고만 말 아니 했을 뿐,
보다 걸실하게 핏줄 넘어서 부르며 온다.

임을 묻고 이미 따라 죽고 없는 나를 보고
그대의 입(口)을 가지라고 말씀이다

그대의 몸짓으로 걸으라고 말씀이다
그럴 길이 없겠기
이내 뒤따라 서 버린 것을……

이쁜 말도 미운 말도 그댓말로 말하라 한다.
그리해서 그대처럼
눈빛 깊이 울리고 먼 동이 터온다믄……

임의 음성을 분간하는 귀도 이리 설다.

— 〈香爐〉의 전문

향로의 연기가 꼬리를 물고 피어오르듯, 시인은 임을 따라 죽음의 경계를 넘어갈 것을 이미 작정하고 있다. 그 길에서 들리는 임의 음성은 귀로 들어서는 낯설기만 하다. 즉 내면의 상을 통해 들어야 함을 시인은 스스로에게 주지시키고 있는 것이다. 그것은 낮달의 행로처럼 그의 오랜 기다림이 끝내는 다음 시에서처럼 우주의 화음 속에 장엄하게 울려퍼지는 경지에 다다르게 된다.

붙박이
큰곰·작은곰별자리랑
오리온 카시오페아들이
같은 광장으로 집결하는
겨울 宮殿 안
夜三更인데
더는부리잘게 없어 홀가분한 앙어깨넘어까지, 크나
멀리 있기 때문에 작아뵈는 먼 별들마저가
날아와선 차고 찬란하게 빛을 뿌린다.

— 〈별구름〉에서

우주의 울려퍼지는 별들의 화음을 시인은 듣고 있다. 그것은 소리없는 연상일 따름이다. 거기서 시인의 때는 이미 성숙하여 겨울 궁전과 같은 죽음의 세계로 입성하라 재촉하고 있다. 이수복은 이 시를 마지막으로 세상을 등진다. 구름의 상은 자신도 모르는 사이 별의 형상을 만들고 있는 것을 보면서 놀라운 신의 은총을 체감하는 그의 시심이 찬란하게 빛나고 있는 것을 우리는 이 지상에서 지켜보게 된다.

5. 결론

지금까지 이수복의 시 전편을 '소상과 연상의 미적 원리'를 통해 살펴보았다. 그 과정은 첫시집 『봄비』를 중심으로 크게 둘로 양분되는데, 전기의 시세계는 선(線)과 형(形)을 통해 한국적 서정과 기독교적 윤리를 형상화하려는 시기로, 후기의 시세계는 정(情)과 상(想)의 한국적 서정의 의미와 기독교적 존재성을 탐구하는 시기라 할 수 있다.

전기 시를 지배하고 있는 이미지는 '빈 하늘'이다. 시인은 이 비어있는 공간에 형상을 입힘으로써 삶의 허무를 스스로 치유하고자 한다. 이 치유의 결과물인 소상(塑像)은 '신운(神韻)'의 아름다움을 담고 있다. 즉 신비하고 고상한 운치이다. 이때 고상한 운치는 '선(線)'을 통해 형상화되고 있으며, 신비한 운치는 '형(形)'을 통해 형상화된다.

'신비한 운치'의 아름다움에서는 영원성을 볼 수 있으며, '고상한 운치'의 아름다움에서는 흔들리지 않는 삶의 원리를 확인하게 된다. '신비'가 기독교적 세계관이라면, '고상'은 전통적 한국인의 삶의 태도라 할 수 있다.

후기 시를 지배하고 있는 이미지는 '낮달'이다. 시인은 전기의 형상화 작업이 부질없는 것임을 깨닫고 '낮달'의 존재성을 통해 서정의 의미를 그리움으로 채우고 있으며, 그의 기독교인으로서의 내면적 자세는 기다림으로 체계화된다.

이처럼 이수복의 시는 한국 전통 서정의 한 지류로 분류되기에는 너무
도 다양하고 심도 있는 양상을 보여주고 있다. 소재 차원에 머물고 있는
우리의 서정의 등급을 한 단계 높이고, 종교적 색채를 강요하지 않고도
심오한 삶의 철학을 심도 있게 보여주었다는 점에서 앞으로 새로운 시사
적 조명이 요구된다.

내용 없는 아름다움과
형식 없는 평화의 시학

- 김종삼론

1. 서론

문학은 충만을 꿈꾸지 않는다. 문학의 상상력은 결핍 이후에야 비로소
날갯짓을 한다. 그것은 현실로부터 분리된 지향이며, 가공의 실존적 투사
로 드러나는 것이다.[1] 그리고 시인의 상상력은 흉포와 와전을 거치며 고
통에 가득 찬 탄생을 보게 된다.[2] 이러한 언급은 1950년대 전후 시인의 시
세계를 충분히 대변하고 있다. 특히 고통스런 한국의 현대사를 힘겹게 살
다 간 김종삼 시인의 시세계를 탐구하는 상상력의 근거로 삼을 만 하다.[3]

---

1) Paul De Man, Blindness and Insight, Minneapolis : University of Minnesota Press, 1983,
34면.
2) Harold Bloom, Anxiety and Influence : A Theory of Poetry, New York : Oxford University
Press, 1973, 85면.
3) 김종삼 시인은 1921년 황해도 은율에서 태어나 1953년 ≪신세계(新世界)≫에 시
<원정(園丁)>을 발표하면서 작품 활동을 시작하여 1984년 작고할 때까지 3인 시집
『전쟁과 음악과 희망과』(자유세계사, 1957), 34인 공동시집 『한국전후문제시집』(신구
문화사, 1964), 『52인 시집』(신구문화사, 1967), 2인 시집 『본적지(本籍地)』(성문각,
1968) 등의 엔솔로지와 『십이음계(十二音階)』(삼애사, 1969), 『시인학교(詩人學校)』
(신현실사, 1977), 『누군가 나에게 물었다』(민음사, 1982) 등의 개인 시집과 『북치는
소년』(민음사, 1979), 『평화롭게』(고려원, 1984) 등의 시선집을 상재했다. 사후 『그리
운 안니·로·리』(문학과 비평사, 1989), 『스와니강이랑 요단강이랑』(미래사, 1992)
등의 시선집과 1988년에 『김종삼전집』(청하)이 간행된 바 있다. 산문으로는 <의미의

김종삼 시인은 시공간을 초월하여 우리가 삶의 진리를 터득해 가는 도정에 이정표로 자리하고 있다. 그의 시가 우리에게 던지는 메시지는 인간성의 회복이다. 그의 시는 분단과 전쟁이라는 역사적 소용돌이 속에서 가난과 인간적 모멸을 겪어야 했던 우리 자신에게 잃어버린 모든 아름다움에 시선을 고정하도록 이끌고 있다.

김종삼의 시에 등장하는 많은 예술가와 아이들이 그 아름다움의 전령들이다. 그들은 인간 삶의 미와 추, 순수와 불결, 영원과 순간의 대척점에서 전자의 모습으로 시세계를 대변한다. 또한 그들을 통해 김종삼 시인은 한국 현대사의 질곡 속에 자리하고 있는 전쟁과 가난의 상처를 위로하고 있다. 그것은 현실적 상상력과 낭만적 상상력 속에서 우리에게 던지는 평화의 메시지이기도 하다.

또한 김종삼의 시는 현실 세계가 배제된 내면 풍경에만 몰두하지도, 자아가 투영되지 않은 세계를 그대로 옮겨 놓지도 않는 변증법적 지성의 측면에서 부정의 미학 그 자체이다. 그의 시는 자아와 세계와의 대립을 통해 동시대의 사상(事象)을 날카롭게 드러냄으로써 우리 심지(心池)에 커다란 파장을 일으킨다.

제한적으로 김종삼의 상상력을 지배하는 '아름다움'과 '평화'라는 특정 모티프에 초점을 맞추어 통시적 관점에서 그의 시를 살펴보고자 한다.[4] 주제적인 측면에서 김종삼 시에 대한 기존 논의는 다음과 같다.[5]

백서(白書)>(『한국전후문제시집』, 1961)와 <이 공백(空白)을>(『52인시집』, 1967)이 있다. 자세한 작품 사항은 <김종삼의 작품 연보>를 참고할 것.

4) 김종삼 시에 대한 시학적 검토는 졸고, 『김종삼 시의 담화론적 연구』(석사학위 논문, 서강대학교, 1996)와 『현대시의 담화론적 연구』(박사학위 논문, 서강대학교, 2001)를 참고.

5) 김춘수, 「김종삼 시의 비애」, 『김춘수 전집·2 시론』, 문장사, 1980, 439~441면.
   강석경, 「문명의 배에 침몰하는 토끼」, 『김종삼 전집』, 청하, 1988, 292면.
   김 현, 「김종삼을 찾아서」, 『김현문학전집 3권 : 상상력과 인간/시인을 찾아서』, 문학과 지성사, 1993, 239면.

김춘수는 김종삼의 존재론적 비애미를 언급하면서 하이데거의 시론을 수용한 시의 존재론적 의미를 근거로 김종삼의 시가 존재자로서의 무상성, 존재자의 근원적 슬픔을 노래하고 있다고 본다. 이에 대해 한계전은 그것을 허무의 미학으로 비존재의 존재로 보고 있다. 이승훈(1979)은 김종삼 시의 시적 모티프를 분단의식에 두고, 미학적 측면과 윤리적 측면이 변증법적 갈등과 긴장을 일으키며, 변화 발전한다고 보고 있다. 반경환은 현실적, 시대적 배경이 시인의 시세계에 미치는 영향을 고찰하여 식민지 시대 김종삼의 생활이 초기, 중기 시의 폐허의식으로 나타나고, 후기시는 따뜻한 삶에 대한 희원과 생활현실로 하향 회귀하는 것으로 파악한다. 이런 측면에서 최민성은 김종삼의 시를 방황의 정서로 김태상은 비극적 세계인식을 통해 고찰한다. 김시태는 김종삼의 방황을 순수의식의 발로로 파악한다. 또한 이승훈(1988)은 김종삼의 상상력을 지배하는 이미지를 물과 돌로 보고, 물은 평화의 열망을, 돌은 죽음과 응결로 파악하여 김종삼의 영혼 지향성을 언급하고 있다.

김시태, 「언어의 고독한 축제」, 『한국현대시연구』, 민음사, 1989, 342~351면.
김태민, 『김종삼 시 연구』, 석사학위논문, 경희대학교, 1990.
김태상, 『김종삼 시 연구』, 석사학위논문, 중앙대학교, 1992.
반경환, 「폐허 속의 시학」, 『시와 의식』, 문학과 지성사, 1992, 210면.
백인덕, 『김종삼 시 연구』, 석사학위논문, 한양대학교, 1992.
오형협, 「풍경의 배음과 존재의 감춤」, 『50년대 시인들』, 나남, 1994, 376면.
윤병로, 「순박한 보헤미안의 시론」, ≪소설문학≫ 5월호, 1985, 84~87면.
이숭원, 「김종삼 시에 나타난 죽음과 삶」, 『현대시와 삶의 지평』, 시와 시학사, 1993, 110~123면.
_____, 「김종삼 시의 환상과 현실」, 『한국현대시인론』, 개문사, 1993, 276~286면.
이승훈, 「분단의식의 한 양상」, ≪월간문학≫ 6월호, 1979, 44~48면.
_____, 「평화의 시학」, 『김종삼 전집』, 청하, 1988, 319~320면.
장석주, 「한 미학주의자의 상상세계」, 『김종삼 전집』, 청하, 1988, 27면.
조남익, 「장미와 음악의 시적 변용」, ≪현대시학≫ 2월호, 1987, 154~161면.
최민성, 『김종삼 시 연구』, 석사학위논문, 한양대학교, 1996.
한계전, 「작품과 세계와의 관계」, ≪문학과 지성≫ 3월호, 1978, 323면.
황동규, 「잔상의 미학」, 『북치는 소년』, 민음사, 1979, 252~254면.

김현은 김종삼의 중심 의식을 비극적인 세계 인식으로 파악 그러한 연유로 김종삼의 시가 세계와 비화해적인 불화 양상을 띠고 있다고 본다. 황동규는 인간의 부재의식에 그 근원을 두고 있다. 이숭원(1993a)과 조남익은 이승훈의 논의에 회의적 시각을 갖고, 김종삼의 내면 풍경을 음악과 관련하여 고찰하고 있다. 김종삼 시의 중심 주제를 죽음의식에 두고 있는 연구자들은 김태민, 백인덕, 오형협, 이숭원(1993b), 장석주이다. 백인덕은 김종삼의 시적 변화를 죽음의식의 성장으로 장석주는 그의 죽음의식을 초월적 낭만주의로, 오형협은 비극적 낭만주의로 파악한다. 강석경과 윤병로는 전기적 생애와 관련하여 김종삼의 자유인 기질과 보헤미안 기질을 언급한다.

이러한 기존 논의를 통해 볼 때, 김종삼 시에 대한 연구는 공전하고 있다는 느낌을 지울 수가 없다. 그것은 주제적 측면에서 볼 때, 대다수의 논의가 중복되고 있을 뿐 아니라 일면적 고찰에 지나지 않기 때문이다. 김종삼의 시에 나타난 주제의식을 모더니즘 시의 보편성 안에서 예술지상주의적인 순수성으로 파악하는 경우가 그 하나이며, 한국의 역사 사회적 상황의 특수성 안에 그의 시를 안치시키려는 경우가 그 다른 하나다. 그러나 그 어느 경우도 일면적일 수밖에 없다. 이 둘을 통합한다 해도 김종삼의 시는 기형적일 수밖에 없다. 여기서 기존 논의가 간과한 점은 김종삼의 코스모폴리탄적 기질이다. 그것은 인류 보편주의적 개방성의 측면에서 폐쇄적인 보헤미안 기질과는 다른 것이다. 다시 말해서 김종삼 시인은 세계인으로서 보편성을 갖고 있고 한국인으로서 특수성을 소유하고 있다. 이러한 측면에서 볼 때, 그의 시에 수없이 등장하는 이국적 이름과 풍경이 이해될 수 있으며, 왜 그가 어린이에게 그토록 무거운 시적 섬광(閃光)을 쏟아내는지 해결될 수 있을 것이다.

또 하나 김종삼의 시는 통시적 접근이 어려워 보인다. 초기시와 말년의 시 모두에서 기존 논의에서 언급한 이미지와 모티프가 발견되기 때문이다. 이런 측면에서 김종삼 시의 특징이 의식의 무변화성이라 할 수 있다. 이런 시적 무변화성은 그의 시를 귀족주의적인 시로 혹은 개성적인 시로 만들고 있다. 통시적 흐름을 파악하는 데 있어서 어려움을 가중시키는 원인은 제대로 된 작품 연보가 만들어지지 않았다는 데도 있다. 장석주가 편집한『김종삼 전집』역시 시집을 중심으로 엮어졌기 때문에 통시적 흐름을 파악하기 어렵다. 그런데 김종삼의 시집은 주로 시선집이기 때문에 초기시와 후기시가 혼재되어 있다. 더군다나 김종삼 자신도 초기시를 다시 발표하는 경우가 허다하다.

이런 측면에서 두 가지 점에 초점을 맞추어 김종삼 시인의 주제의식을 탐색하고자 한다. 첫째, '아름다움'과 '평화'의 모티프를 한국적 가치를 벗어난 보편적 가치로 보고자 한다. 둘째, 그의 시집을 해체하고 작품을 발표순에 따라 추적하여 무변화 속에서도 변주되고 있는 그의 시적 변이 양상을 살펴보고자 한다.

2. 음악과 회화적 주제에 의한 변주

김종삼 시인은 시란 무엇인가에 대한 자문 자답에서 다음과 같이 말하고 있다.

> 詩란 무엇인가? 나는 이 어려운 문제에 답하기보다 내가 시를 쓰는 모티브를 말하고자 한다. 나는 살아가다가 '불쾌'해지거나, '노여움'을 느낄 때 바로 시를 쓰고 싶어진다.[6]

---

6) 김종삼, 「먼 '詩人의 領域'」, ≪문학사상≫ 3, 1973, 317면.

이와 같은 '불쾌'와 '노여움'의 시학은 앞서 언급한 '아름다움'과 '평화'의 시학으로 쉽게 변용될 수 있다. 그는 아름다움이 훼손당하는 순간에 불쾌했을 것이며, 평화가 깨어지는 것을 목도했을 때 노여웠을 것이다. 이때 김종삼의 시에서 '아름다움'은 내용이 없으며, '평화'는 형식이 없다. 만일 김종삼 시인이 국지적인 존재의식을 갖고 있었다면 그가 추구하는 아름다움은 한국적 의미로 채워져야 하며, 평화는 피해의식의 산물일 수밖에 없다. 그러나 그가 추구하는 아름다움은 어떤 목적의식을 요구하지 않는다. 그의 평화는 모두에게 열려진 형식이다. 그러므로 우리는 김종삼 시인의 존재의식을 좀 더 광의의 범주에 놓고 바라보아야 한다.

또 한편 김종삼 시인은 시작(詩作)에 임할 때 그에게 뮤즈 구실을 하는 네 요소에 대해 다음과 같이 언급한 바 있다.

> 名曲 <목신의 午後>의 작사자인 스테판 말라르메의 준엄한 채찍질, 畵家 반 고호의 狂氣어린 熱情, 불란서의 건달 쟝폴 사르트르의 풍자와 아이러니칼한 饒舌, 프랑스樂團의 세자르 프랑크의 古典的 체취─이들이 곧 나를 도취시키고, 고무하고, 쓰게 하는 힘이다.[7]

이렇게 볼 때, 그의 시에서 느낄 수 있는 준엄함과 광기어린 열정, 풍자와 아이러니, 고전적 채취는 음악과 회화에서 빚지고 있음을 알 수 있다. 덧붙여 그의 코스모폴리탄적 기질을 감지하게 한다.

거칠게나마 이러한 시작 방법을 원용해서 논리 전개의 형식적 흐름으로 삼고자 한다. 즉 김종삼 시의 통시적 전개를 음악과 회화의 주제에서 빚지려 한다. 먼저 그의 시적 전개는 3악장의 소나타와 같다. 제시부와 발전부와 재현부로 이어지는 현대 소나타 형식이 그것이다. 그것은 일종의 변증법적 전개라 할 수 있다. 거기에 아름다움과 평화의 주제에 의한 변

─────────────

7) 앞의 글.

주가 일어나고 있다. 김종삼 시의 배경을 음악의 보편성에서 찾은 김영태
의 언급은 우리가 또 한 번 빚지고 있는 것이다. 김영태는 김종삼의 시
<돌각담>(1957)에서 그의 시가 음악적 프레임을 바탕으로 하고 있음을
지적한다.

> 廣漠한地帶이다기울기
> 시작했다잠시꺼밋했다
> 十字型의칼이바로꼽혔
> 다堅固하고자그마했다
> 흰옷포기가포겨놓였다
> 돌담이무너졌다다시쌓
> 았다쌓았다쌓았다돌각
> 담이쌓이고바람이자고
> 틈을타 凍脣이잦아들었
> 다포겨놓이던세번째가
> 비었다.
>
> ─〈돌각담〉의 전문

돌각담이 무너지고 다시 쌓이는 이 리프레임의 과정에서 이상(李箱) 시
의 한 전형보다는 음악을 경청할 때 마음속에 자리잡는 주제에 의한 변주
를 더 실감하게 된다는 것이다. 포겨놓이던 돌각담이 마침내 세 번째가
비게 된 종결구에 와서 우리는 김종삼의 출구를 발견하게 된다는 것이
다.8) 미완성으로 끝나는 그의 독특한 시적 전개를 감지하게 되는 것이다.
이러한 음악적 전개를 틀로 해서 그의 주제의식은 회화적 효과를 따라
움직이고 있다. 즉 소묘가 주는 의식의 정지 효과와 수채화가 주는 의식
의 확산 효과 그리고 채색화가 주는 의식의 결합 효과가 병행하고 있다.

---

8) 김영태, 「音樂의 背景」, ≪시문학≫, 1972. 8, 37면.

3. 제1악장 '제시부'- 빛과 그늘의 소묘

김종삼 시의 제시부로서 제1악장은 1953년 등단 이후 1968년 3인 시집 『본적지』가 나올 때까지를 설정하였다. 제1악장에서 김종삼 시인이 구사했던 시작법은 소묘의 회화적 기법이 가지고 있는 명암 효과이다. 채색하지 않고 주로 선을 사용하는 소묘의 기법처럼 이 시기 그의 시는 빛과 그늘의 극단적 대립이 나타나고 있다. 그것은 삶과 죽음의 이중주라 할 수 있다. 그 대립과 이중적 단면 속에서 시인이 추구하는 것은 아름다움이다. 그것은 내용 없는 아름다움이다. 생기를 잃어버린 멈춰버린 아름다움이다. 형식만 남아 있는 절대미의 추구라 할 수 있다. 그래서 이 시기 그의 시는 추상적이며 비구상적이다. 그것은 전쟁이라는 참혹한 현실의 비극적 인상이 가져온 죄의식의 산물이다.

1) 아름다움의 멈춤과 가치의 전도

이 시기 시적 대상은 멈춤 상태이다. 아니 시인은 움직이는 대상을 잡아 정지시켜 놓는다. 그 정지된 대상의 인상을 순간적으로 그려내기도 하며, 세부를 정밀하게 묘사하기도 한다.

> 물
> 닿은 곳
>
> 神羔의
> 구름밑
>
> 그늘이 앉고
> 杳然한

    옛
    G · 마이나
        -〈G · 마이나-全鳳來兄에게〉의 전문

이 시는 일종의 크로키 수법을 사용한 소묘라 할 수 있다. 시적 대상인 죽은 전봉래 시인에 대한 인물 형상은 존재하지 않는다. 다만 그의 인상만이 몇 개의 이미지 속에 존재하고 있다. 그것도 전혀 형상화할 수 없는 비구상적인 형태로 드러나고 있다.

'물 · 구름 · 그늘 · G 마이나'의 연속적 스케치를 통해 시인은 전봉래 시인에 대한 인상을 강하게 전달하고 있다. 그것은 빛이 없는 어둠, 그늘이다. 그래서 이 시의 전체적인 톤은 어둡고 침울하며 근심에 차 있다.

이와 같이 대상의 생략된 묘사는 시적 대상에 대한 시인의 어떤 구체적 관계와 의미를 탈색시키는 작용을 하고 있다. 이제 단순한 아름다움만 남아 있는 것이다. 거기에 구체적인 시적 대상인 전봉래 시인과의 관계에서 발생했던 애틋함이나 안타까움에서 오는 슬픔의 정서는 사라지고 없는 것이다.

    미풍이 일고 있었다
    덜커덕거리며 선회하고 있었다
    噴水의 石材 둘레를 間隔들의 두 발 묶인 검은 標本들이

    옷을 벗은 여자들이 벤치에 앉아 있었다
    한 여자의 눈은 擴大되어 가고 있었다

    입과 팔이 없는 검은 標本들이 기인 둘레를 덜커덕거리며 선회하고 있었다
    半世紀가 지난 아우슈비치 收容所의 한 部分을 차지한
                -〈地帶〉의 전문

이 시는 시적 대상을 정밀 묘사한 경우다. 한 장의 흑백 사진처럼 반세기 전 아우슈비치 수용소의 비극적 상황이 드러나고 있다. 어떤 채색도 가하지 않은 상태로서 독자로 하여금 이 밑그림에 어떤 식으로든 의미를 부여하길 기다리고 있다.

그것은 멈춰버린 시간 속에 잊혀진 과거의 반추 행위이며, 인간의 가장 추한 모습을 상정하고 있는 것이다. 그래서 그 구체화되지 않은 사건은 '검은 표본'의 이미지로만 추상적으로 드러난다.

그것은 본질적 의미에 다가갈 수 없는 인간의 마비된 의식 세계를 반증하고 있다. 그러나 의식의 중심부로 다가서지 못하고 주변부만 선회하는 그 의식적 행위에서 이 무채색의 그림 한 폭이 일으키는 파문은 오히려 더 인간적이라 할 수 있다. 반세기가 지나도 지워지지 않는 굵은 선의 질감과도 같은 것이다.

이처럼 대상에 대한 순간적인 인상의 터치와 정밀 묘사에 의한 소묘적 시작법이 초기에 나타난다. 이러한 기법이 노리는 것은 정지의 효과이다. 그 멈춤의 순간에 독자에게 전달되는 탈색된 이미지의 정체는 그의 시에서 사물의 주변성을 통해 구체화된다.

> 그런데
> 한 아이는
> <u>처마밑</u>에서 한 걸음도
> 나오지 않고
>
> —〈그리운 안니·로·리〉에서

> 그세
> 키 작고 현격한 간격의 바위들과
> 도토리나무들이
> 어두움을 타 드러앉고

꺼먼 시공 뿐.
선회되었던 차례의 아침이 설레이다.

ㅡ드빗시 산장 부근
　　　　　　ㅡ〈드빗시 山莊〉에서

머지않아 園頭幕이
비게 되었다.
　　　　　　ㅡ〈園頭幕〉에서

저는 교외에서 살고 있기 때문에 저의 학교도 교외에 있습니다.
　　　　　　ㅡ〈五학년 一반〉에서

나의 無知는 어제 속에 잠든 亡骸 쎄자아르 프랑크가 살던 寺院 주
변에 머물렀다.
　ㅡ중략ㅡ
방 고호가 다니던 가을의 近郊 길바닥에 머물렀다.
　　　　　　ㅡ〈앙포르멜〉에서

　위의 시들의 밑줄 친 부분처럼 시인의 시선은 위보다는 밑, 밝음보다
는 어둠, 중심보다는 주변, 충일(充溢)보다는 비어있음에 가 닿아 있다. 이
러한 사물의 주변성은 이 시기에 그가 추구했던 아름다움의 정체를 드러
내는 것이라 하겠다. 그렇게 김종삼 시인은 중심적 가치보다는 주변적 가
치에 의미의 무게를 더 둠으로써 기존의 일반적 미의 가치관을 전도시키
고 있다. 힘과 현란한 색채의 에너지에서 분출되는 폭력적 아름다움이 아
니라 작고 보잘 것 없는 숨죽인 것들의 내용 없는 아름다움을 더 높게 평
가하고 있다. 그 내용 없는 아름다움을 표현하기 위해 그는 오직 빛과 그
늘의 명암 효과만을 누렸다. 그 아름다움의 대상은 반드시 움직이는 것이

다. 그리고 대상은 작고 왜소하다. 그 작은 움직임을 표현하기 위해 일시적으로 세상은 멈춰 있다. 주변적 대상에 대한 세심한 배려는 그가 한국의 폐쇄적인 상황으로부터 나와 세계적인 보편성을 획득할 수 있는 중요한 계기를 마련한다. 왜냐하면 당대 한국 시는 너무도 큰 대상과 감당할 수 없는 의미에 주눅이 들어 있었기 때문이다. 시와 세계 간에 시적 거리를 유지하지 못했다는 측면에서 시적 진정성이 결여되어 있었다.

그러므로 김종삼의 시를 단순히 주지적인, 언어파적인, 난해한 시인으로 보기에는 그래서 순수시인으로 평가하기에는 그의 비어있는 부분을 보지 않으려는 어떤 목적의식이 개입되어 있다고 보아야 할 것이다. 아름다움의 내용 없음을 보아내는 그의 개성은 우리 시에서 특수하다. 그러나 그 개성의 밑바탕에 인간 본연의 보편성이 자리하고 있음을 간과해서는 안될 것이다.

2) 전쟁과 죄의식

김종삼의 시에서 '전쟁'은 대체로 '학살'로 표상된다. 특히 어린 아이와 여인들의 수난으로 나타난다. 앞서 살펴보았듯이 전쟁의 비극성은 빛과 그늘의 소묘라는 명암의 회화적 주제로 표현된다. 기본적으로 내용 없는 아름다움의 기저에는 전쟁이 자리하고 있고 비극을 추상화시켜버린 탈색된 의식을 죄의식이 떠받치고 있다. 그러나 이 시기 김종삼의 시에서 전쟁의 참상은 구체적으로 드러나지 않는다. 그것을 담는다는 것은 내용을 요구하는 것이기도 하고 추상적 소묘의 회화적 주제에 위배되기 때문이다. 단지 다음 시에서처럼 폐허의 모습을 통해 전쟁이 지나쳤음을 증명하고 있다.

군데군데 잿더미는 아무렇지도 않았다.
못 볼 것을 본 어린것의 손목을 잡고
섰던 할머니의 황혼마저 학살되었던
僻地이다.
그 곳은 아직까지 빈사의 독수리가 그칠 사이 없이 선회하고 있었다.
　　　　　　　　　　　　　－〈어둠 속에서 온 소리〉에서

'어린 것의 손목'과 '할머니의 황혼'의 질적 차이는 새 생명과 저물어
가는 목숨 간의 극복될 수 없는 간극이다. 전쟁은 이 두 세대를 이어주기
도 하고, 아예 적멸시키기도 한다. '빈사의 독수리'는 그러한 비극의 현장
에서 사라져간 젊은 세대의 입지를 반영하고 있다. 전쟁의 피해자이면서
동시에 가해자가 겪는 죄의식이다. 여기서 '벽지'와 '선회'는 김종삼의 죄
의식이 어떤 모습을 하고 있는가를 잘 드러내고 있다. 즉 죄의식이 머무
는 공간은 '벽지'와 같은 주변부라는 것을 알 수 있고, 죄의식이 유지되는
시간은 반복적이다. 이러한 죄의식은 다음 시에서처럼 원죄의식으로 극
명하게 드러난다.

안쪽과 周邊이라면 아무런
기척이 없고 無邊하였다.
안쪽 흙 바닥에는
떡갈나무 잎사귀들의 언저리와 뿌롱드 빛깔의 果實들이 평탄하게
가득 차 있었다.
몇 개째를 집어 보아도 놓였던 자리가
썩어 있지 않으면 벌레가 먹고 있었다.
그렇지 않은 것도 집기만 하면 썩어 갔다.
　　　　　　　　　　　　　－〈園丁〉에서

위의 시에서 시인은 '부패의 원인'을 자기 자신에게 돌리고 있다. 소독

한 사과가 썩을 가능성이 희박한데도 불구하고 그의 손만 닿으면 썩어가고 아예 썩어있기 때문이다. 이는 시인이 '자기 부정'의 상태에 빠져 있다고 볼 수 있다. 이러한 죄의식은 윤회(輪廻)의 굴레와도 같은 것으로 생명과의 고리를 끊지 않으면 구원받지 못한다. 그러나 김종삼 시인의 궁극적 지향점이 물리적인 죽음이 아님은 다음과 같은 정보를 통해 확인된다.

> 死産.
> 소리나지 않는 完璧
>
> 　　　　　　　　　　　　－〈十二音階의 層層臺〉에서

　시인은 '사산(死産)'을 '소리나지 않는 완벽(完璧)'이라 은유적으로 표상한다. 이것은 김종삼 시인 특유의 시적 인식으로서 '내용 없는 아름다움'과 같은 맥락이다. '완벽'이나 '아름다움' 그리고 '충만' 같은 속성을 추구하지만, 거기에는 대립 개념과의 조화와 교응(交應)을 담보로 한다. 빛과 그늘의 조화와 같은 것이다. '죽음'을 완성으로 보는 것은 확실하지만 '삶'과의 조화와 교응 속에서 이루어져야 함을 뜻한다. 이렇게 볼 때 김종삼 시인이 집착하는 사물의 벽지성(僻地性), 즉 주변성은 '인간 존엄성'과 등가적 의미라 할 수 있다.

> 전쟁과 희생과 희망으로 하여 열리어진
> 좁은 구호의 여의치 못한 직분으로서 집없는 아기들의 보모로서 어
> 두워지는 어린 마음들을 보살펴 메꾸어 주기 위해
> 역겨움을 모르는 생활인이었읍니다.
> 　－중략－
> 그 여인의 시야는 그 어느 때이고
> 선량한 생애에 얽히어졌다가 죽어간 사람들 사이에 세워진 아취의
> 고요이고 아름다운 꿈을 지녔던 그림자입니다.
>
> 　　　　　　　　　　　　　　　－〈여인〉에서

이 시를 통해 우리는 김종삼 시인의 초기 시에서 보이는 '그늘' 즉 주
변성이 어떤 것인가를 잘 알 수 있다. 그것은 아름다움이다. 그러나 어떤
요구나 청원이 없는 본원적 아름다움이다. 그것은 전쟁을 희망으로 바꾸
는 괴력을 부리며 성큼 다가선다. 그런 점에서 그의 시가 갖는 아름다움
이 인류 보편의 가치임을 말할 수 있다. 비록 전쟁에 대한 묘사가 추상적
으로 드러나지만 그가 다루는 전쟁의 역사적 소재나 상황은 국지적인 것
이 아니다. 실제로 아우슈비츠의 유태인 학살과 한국 전쟁의 참상이 공존
하고 있음을 볼 때 그러하다.

4. 제2악장 '발전부'-에토스와 파토스의 수채화

제2악장은 김종삼 시의 발전부로서 앞서 제시되었던 아름다움의 주제
가 새롭게 변주되는 양상을 보인다. 제1악장에서 아름다움은 멈춰있고
그것은 전쟁이라는 비극적 상황 속에서 일어난 것이고 시인은 죄의식에
싸여있음을 보았다. 이때 그의 시작법은 소묘의 정지 효과를 빌려 가치
의 전도 양상을 드러내고 있음을 밝혔다. 제2악장은 이러한 가치전도의
상황을 극복하고 상실된 가치의 복원을 꾀하는 단계라 할 수 있다. 이 단
계는 1978년 발표된 시 <풍경> 이전까지를 설정하였다. 그러므로 대략
1968년에서 1978년까지 발표된 시가 여기에 해당된다.

윤리감과 비애감이라는 본질적 정서의 수액(水液)은 투명하다. 그 물을
통해 번져 가는 평화의 메시지는 형식이 없다. 평화의 추구나 지향은 제
한적일 때 오만과 독선을 불러오는 것이고 급기야는 폭력을 수반하게 된
다. 너와 나만의 평화가 아니라 우리 모두의 평화가 성취될 때 비로소 안
심할 수 있는 것이다. 그리고 그 세계에서, 그 공간에서 살 수 있는 존재
는 어린 아이뿐이다. 어린 아이의 품성과 기질을 소유한 것들만이 그 곳

에서 존재할 수 있는 것이고, 역으로 그들을 위해서 마련해야 될 공간이
그와 같이 형식 없는 평화의 공간인 것이다. 이 시기에는 앞서의 시기에
서 볼 수 있었던 추상성이 제거되고 투명한 현실인식이 드러난다.

1) 평화의 번짐과 가치의 복원

이 시기에 아름다움이 멈춰버린 공간은 눈물이라고 하는 구체적인 정
서의 발산을 통해 평화의 공간으로 확산되고 있다. 그것은 죽음과 추함을
털고 일어서는 변화로서 생명의 터전을 만드는 것이다. 그 밑바닥에는 인
간이 기본적으로 소유한 윤리감각과 비애의 정서가 자리하고 있다. 이러
한 변화의 예고는 1968년 발표된 다음 시에서부터 시작된다.

> 희미한
> 풍금소리가
> 툭 툭 끊어지고
> 있었다
>
> 그동안 무엇을 하였느냐는 물음에 대해
>
> 다름아닌 人間을 찾아다니며 물 몇 桶 길어다 준 일밖에 없다고
>
> 머나먼 廣野의 한복판 얕은
> 하늘 밑으로
> 영롱한 날빛으로
> 하여금 따우에선
>
> ―〈물桶〉의 전문

이 시에서 '인간을 찾아다니며 물 몇 통(桶) 길어다 준 일'이라는 발화 체는 의미심장하다. 그것은 '희미한 풍금소리', '끊어지고' 등의 어휘 속 성에서 '그 동안' 이 세상에서 시인이 한 일이 무언가 커다란 의미를 함 축하고 있음을 전제하고 있기 때문이다. 이러한 의문의 해답은 '머나먼 광야의 한복판 얕은 하늘 밑'과 '영롱한 날빛'에서 찾아야 할 것 같다. 전 자는 시인이 '물 몇 통 길어다 준' 장소이고, 후자는 길어다 준 '물 몇 통' 의 속성을 제공한다. '영롱한 날빛'에 대한 정보는 그 빛의 근원인 '태양' 의 상징적 지식을 통해 그 실마리를 얻을 수 있다. 즉 태양의 속성이 '치 유하는 자(healer)이며, 원상 복구자(restorer)이며, 천국과 낙원9)'임을 생각 할 때, '날빛'은 '상처의 치유'며, '파괴의 복구'이며, '천국과 낙원'의 메 시지인 '평화'라 할 수 있다.

여기서 우리는 '인간을 찾아다니며 물 몇 통 길어다 준 일'이 시인의 입장에서는 '시 쓰는 행위'가 될 것임을 인지하게 된다. 이는 '영롱한 날 빛'은 '인간에게 길어다 준' '물'의 속성이며, 시인이 지향하는 목표가 '눈 부시게 찬란한 햇빛과 같은 시'라고 파악된다. 즉 그의 시는 세상의 주변 적 존재 양식을 중심화시키려는 의지의 발현이라 할 수 있다.

전도된 가치를 복원하는 과정에서 개입되는 시인의 의식은 에토스 (ethos)와 파토스(pathos)에 의해 지배되고 있다. 그의 시에서 풍기는 도덕 적 품위와 슬픔의 한기는 에토스적 예술의 객관성과 파토스적 주관성이 교묘히 조응되는 경우라 할 수 있다. 다음 두 시는 그것을 잘 드러내고 있다.

아작아작 크고 작은 두 마리의 염소가 캬베스를 먹고 있다
똑똑 걸음과 울음소리가 더 재미있다

---

9) AD de Vrices, Dictionary of Symbols and Imagery, Amsterdam, London : North-Holland Publishing Co., 1974, "sun".

인파 속으로 열심히 따라가고 있다
나 같으면 어떤 일이 있어서도 녀석들을 죽이지 않겠다
                                    —〈掌篇·1〉의 전문

갈 곳이 없었다

비가 쏟아지고 있었다
버스를 기다리고 있었다

두꺼비 한 마리가 맞은편으로 어기적뻐기적 기어가고 있었다
연신 엉덩이를 들석거리며 기어가고 있었다 차량들은 적당한 시속
으로 달리고 있었다
수없는 차량 밑을 무사 돌파해가고 있으므로 재미있게 보였다
⋯⋯⋯⋯⋯⋯
大型 연탄차 바퀴에 깔리는 순간의 擴散소리가 아스팔트길을 진동
시켰다 비는 더욱 쏟아지고 있었다
무교동에 가서 소주 한 잔과 설농탕이 먹고 싶었다
                                    —〈두꺼비의 轢死〉의 전문

　　인파 속을 헤치며 지나가는 두 마리의 염소와 수 없는 차량 속을 기괴
하게 기어가는 한 마리의 두꺼비가 펼치는 상황은 위험하다. 그와 같은
위기의 상황에서도 시인은 두 생명이 펼치는 평화의 몸짓을 따뜻하게 바
라보고 있다. 그것을 '재미'있다고 표현하면서 말이다. 그 '재미'라는 언
술 속에서 우리는 불안이 상존하는 평화의 위태로움을 느낄 수 있다. 평
화는 깨어지고 있었다. 인간의 잔인함과 문명의 우악스러움 앞에서 산화
하고 있었다. 그러나 그 깨어진 평화의 파편들은 시인의 따뜻한 시선을
거쳐 우리에게 확산되고 있다. '아작아작', '똑똑' 소리 내는 그 어린 생명
을 죽이지 않겠다는 엄숙한 도덕적 감성과 무참히 짓밟힌 생명에 대한 비

애감이 우리를 서늘케 한다. 그 한기는 물기를 통해 수채화처럼 번져 가는 것이다.

다음 시는 수채화의 투명한 질감 효과를 충분히 발휘하여 에토스와 파토스의 두 요소를 적절히 융합시키고 있다. 형식 없는 평화의 전형이라 할 수 있다.

> 1947년 봄
> 深夜
> 黃海道 海州의 바다
> 以南과 以北의 境界線 용당浦
>
> 사공은 조심 조심 노를 저어가고 있었다.
> 울음을 터뜨린 한 嬰兒를 삼킨 곳.
> 스무 몇 해나 지나서도 누구나 그 水深을 모른다.
>
> —〈民間人〉의 전문

이 시는 생명에 대한 인간 본성의 문제를 다루고 있다. 다수의 생명을 위해 어린 생명을 희생시킬 수밖에 없는 비극적 상황은 이 시를 읽는 이로 하여금 윤리적 부채와 인간적 비애를 절감케 한다. 그것은 동양의 보편적 인간 인식론 중 하나인 '측은지심(惻隱之心)'의 표출이라 할 수 있다. 혹은 서양의 '박애정신'과도 상통한다. '나'와 '남'이 통해서 하나가 되는 생명의 자기 확대, 자기 신장은 생명의 초월적 성격으로서 개체적 자아를 초월하여 전체와 하나가 되려는 생명의 요구에서 발생하는 '평화'의 정신이라 하겠다. 한 아기의 죽음을 통해 이 시를 읽는 독자는 개체적 자아로서의 '나'를 떠나 타인이 겪었던 슬픔을 함께 하게 된다. 아기를 희생하면서까지 목숨을 연명해야했던 사람들에 대한 용서와 그 처지를 함께 할 수 있는 심정적 동조이며 평화의 확산이라 할 수 있다. 이때 평화는 형식이 없다. 비록 한국적 분단 상황이 소재로 사용되긴 했지만 그 상황이 전달하는 메시지는 너무도 보편적이다. 한국이라는 국지적 형식에 가둘 수 없는 평화인 것이다.

2) 가난과 연민의식

앞서 제1악장에서 분단과 전쟁의 참상은 추상적으로 소묘되었다. 그 추상성은 제2악장에 와서 물기를 통해 구체적으로 채색된다. 즉 가난이라고 하는 현실에서 구체화된다. 이때 가난을 바라보는 에토스적 엄숙주의와 파토스적 상상력의 원동력이 되는 것은 시적 대상에 대한 연민(憐憫)의 정서이다.

> 아침엔 라면을 맛있게들 먹었지
> 엄만 장사를 잘 할 줄 모르는 行商이란다
>
> 너희들 오늘도 나와 있구나 저물어 가는 山허리에
>
> 내일은 꼭 하나님의 은혜로
> 엄마의 지혜로 먹을거랑 입을거랑 가지고 오마.
>
> 엄만 죽지 않는 계단
>
> ─〈엄마〉의 전문

계단은 그것을 이용하는 행위가 상승이든 하강이든 한 상태로부터의 이동 혹은 변화의 디딤돌이다. 이 시에서 '엄마'는 '계단'으로 구체화된다. '엄마'라는 계단을 밟고 변화되는 것은 저물어 가는 산허리에 매일 나와 엄마를 기다리는 그 아이들이다. 그러므로 엄마는 죽지 않고 살아있어야 한다. 비록 '장사를 잘 할 줄 모르는 행상'이어서, 빈손이 되어 돌아오는 날이 많지만, 엄마는 가난을 극복하는 유일한 계단이기 때문이다. 이처럼 이 시기 김종삼의 시에서 가난은 그의 중심적 시적 대상인 어린 아이에게 가장 위협적인 현실이다. 그러므로 그의 연민이 그들에게 고정될 수밖에 없다.

> 할아버지 하나가 나어린 손자 하나를
> 데리고 살고 있었다.
> 할아버진 아침마다 손때 묻은 작은 남비,
> 나어린 손자를 데리고
> 아침을 재미있게 끓이곤 했다.
> 날마다 신명께 감사를 드릴 줄 아는
> 이들은 그들만인 것처럼
> 애정과 희망을 가지고 사는 이들은
> 그들만인 것처럼
> 때로는 하늘 끝머리에서
> 벌판에서 흘러오고 흘러가는 이들처럼
>
> 이들은 기동차가 다니던 철뚝길
> 옆에서 살고 있었다
>
> ― 〈기동차가 다니던 철뚝길〉의 전문

우리는 앞서 제1악장의 시 <어둠 속에서 온 소리>에서 '어린 것의 손목'과 '할머니의 황혼'이 주는 극명한 이미지의 명암 대립을 통해 전쟁의 참상을 추상적으로 인지한 바 있다. 이 시에서도 '할아버지'와 '어린 손자'의 이미지가 교차되고 있다. 그러나 이 시의 화면은 '애정'과 '희망'이라는 물기로 채색되어 있다. 이러한 연민의식 속에는 보다 보편적인 인간 생명의 주체성이 자리하고 있다. 다음 시는 그것을 잘 드러내고 있다.

조선총독부가 있을 때
청계川邊 10錢均一床밥집 문턱엔
거지소녀가 거지장님 어버이를
이끌고 와 서 있었다
주인 영감이 소리를 질렀으나
태연하였다

어린 소녀는 어버이의 생일이라고
10錢짜리 두 개를 보였다.

―〈掌篇·2〉의 전문

이 시에서 '나'와 '남'이 엄격히 대립되면서 '나'의 독자적 인격이 주장
되는 것을 볼 수 있다. 즉 생명의 주체성은 생명의 심화, 정화에 의해 생명
의 자기 승화를 이루어내고 있다. 이는 또 다른 동양의 인간 인식론 중
하나인 '수오지심(羞惡之心)'의 인간 본성을 표출하고 있다. 혹은 서양의 개
인주의적 주체성이라 할 수 있다. 무례한 행동을 당한 객체의 반발로 인해
서 주체가 자기의 무례함을 자각했을 때 생기는 감정이 수치이니 이것은
주체가 객체에 대한 부정을, 자기의 현실을 부정함으로써 행하는 것이다.
비록 평소에는 걸인의 신세이지만 어버이의 생일날만큼은 하나의 생명으
로서 주체성으로 회귀 수축해 가는 모습을 그리고 있다. 이는 제1악장의
시 <원정>의 자기 부정의 죄의식과는 다른 가치의 변화를 의미한다.

이 시기 김종삼의 시는 '생명'의 초월성과 주체성을 통해 가난을 극복
하는 수채화를 그리고 있다. 그것은 전쟁으로 잉태된 가난한 현실의 무기
력함을 치유할 수 있는 경이의 세계이다. 그 세계는 나눔과 평화의 나라
이다. 마침내 그 평화는 인간의 형식을 넘어 다음 시에서처럼 확산되고
있다.

물먹는 소 목덜미에
할머니 손이 얹혀졌다.
이 하루도
함께 지났다고,
서로 발잔등이 부었다고,
서로 적막하다고,

          ―〈墨畵〉의 전문

 우리는 소 목덜미에 할머니의 손이 얹혀진다는 표현에 의해 '소와 할머니'의 관계에 적어도 하나 이상의 잠재적 의미를 공유하고 있다는 것을 발견하게 된다. 그것은 '삶의 고단함'과 '외로움'이다. 그러한 정서의 전달은 수채화 기법처럼 담백하다. 이 시는 단순히 고단하고 쓸쓸하게 하루를 지낸 할머니의 심정을 통찰하는 것으로 끝을 맺고 있다. 어떤 화려한 채색도 가해지지 않는다. 제목 그대로 수묵화의 전형이다. 그럼으로써 부리고, 부림을 당하는 관계였던 인간과 가축 사이의 갈등이 할머니의 손이 소잔등에 얹혀지는 새로운 관계설정을 통해 '위로와 교감'의 맥락효과를 불러일으키고 있다.

 이와 같이 시인은 수묵화의 번짐 효과를 통해 사상(事象)의 에토스와 파토스를 전달하고 있다. 그것은 분단과 전쟁으로 파괴된 인간 가치의 복원을 꾀하는 시인의 위로와 평화의 메시지다. 그리고 그 과정은 인간과 가축 간의 관계를 규정하는 구정보(舊情報)가 할머니와 소와의 교감이라는 새 정보에 의해 기각되었듯이 상황의 역전을 통해 이루어진다. 그래서 그의 시에는 살생에 대한 증오가 있고, 짓밟힌 삶에 대한 연민과 헌신이 있고, 폐허 속에서 피어나는 희망이 있고, 다음과 같은 평화의 메시지가 있다.

하루를 살아도
온 세상이 평화롭게

이틀을 살더라도
사흘을 살더라도 평화롭게

그런 날들이
그날들이
영원토록 평화롭게─

─〈평화롭게〉의 전문

살아온 기적이 살아갈 기적이 된다고
사노라면
많은 기쁨이 있다고

─〈漁夫〉에서

살다보면 자비한 것 말고 또 무엇이 있으리

─〈留聲機〉에서

5. 제3악장 '피날레'─ 영원과 미완의 채색화

제3악장 피날레는 김종삼 시의 재현부로서 미완성으로 끝나고 있다. 1978년에서 1984년 작고할 때까지의 시들이 해당된다. 이 시기에 그의 시를 뒤덮고 있었던 것은 음악적 주제에 의한 대위법이다. 그리고 회화적 주제에 의한 색채의 혼합이다. 즉 제1악장과 제2악장을 변증적으로 재현하려는 노력의 일환으로 강한 톤의 색채감을 드러낸다. 그래서 아름다움의 소묘를 통한 영원성의 추구는 '죽음'을 그의 현실로 대면하게 했고, 그리다 만 수채화 그 미완의 평화는 그를 '초월의식'으로 이끌었다. 그것은 제1악장의 추상성과는 다른 의미의 앵포르멜(informel)이다.

1) 아름다움과 평화의 대위법

이 시기 그의 시는 '아름다움'의 수직적 화음과 '평화'의 수평적 멜로디가 결합되고 있다. 그의 시가 펼치는 화음의 특질은 무변화성이다. 그래서 우리는 그의 시를 통해 지속적으로 아름다움의 음감(音感)을 접할 수 있다. 그러나 그의 시가 전달하는 멜로디는 단속적(斷續的)이다. 그래서 우리는 그의 시에서 간헐적으로 들리는 평화의 낮은 숨만을 느끼게 된다. 그것은 미완의 여백 속에서 들리고 있다.

> 싱그러운 巨木들 언덕은 언제나 천천히 가고 있었다
>
> 나는 누구나 한번 가는 길을
> 어슬렁어슬렁 가고 있었다
>
> 세상에 나오지 않은
> 樂器를 가진 아이와
> 손쥐고 가고 있었다
>
> 너무 조용하다.
>
> ―〈풍경〉의 전문

제1악장과 제2악장에서 전쟁과 가난에 처해 있던 그 아이에게 피날레에 이르러 시인은 악기를 쥐어 주었다. 그 악기는 세상에 나오지 않은 것이기에 세상 손이 타지 않은 순수성을 아이에게 부여한다. 누구나 한번은 거쳤을 시간의 도정에서 싱그러운 풍광과 어울리고 있는 아이의 순백은 아름답다. 그러나 또 한편 비극적이기도 하다. 우리는 벙어리 악기의 기구함을 보기 때문이다. 연주되지 않는 악기의 침묵은 죽음과도 같은 것이다. 시인이 그처럼 미완의 운명을 가진 아이와 손잡음으로써 우리는 잠시 평화를 맛볼 뿐이다. 그러나 평화는 침묵이라는 형식에 싸여있음으로 팽팽한 혹은 곧 깨어질 듯한 강한 색채를 띠고 있다. 이와 같은 강한 입체감은 우리 시에서 보기 드문 형상이다. 불협화음(不協和音)같은 이 구도가 김종삼의 시에서는 낯설지 않게 다가온다. 그가 추구하는 아름다움과 평화의 내용과 형식이 보편성을 띠고 있기 때문일 것이다. 그래서 수많은 예술가와 이국적 풍경들이 그의 일상을 차지하고 있어도 어울리는 소리와 색채를 드러낼 수 있는 것이다. 그것은 다음과 같이 예술가들의 불행한 생애와 그의 삶과 공명하고 있다.

> 나의 막역한 친구
> 볼프강 아마데우스 모짜르트가
> 병고를 치르다가 죽었다 향년 32세
> 장의비가 없었다
> 동네에서 비용을 거두었다
> 부인이 보이지 않았다
>
> 묘지로 운구 도중
> 비바람이 번지고 있었다
> 점점 심해지고 있었다
> 하나하나 도망치기 시작했다
> 한 사람도 남지 않고 다 도망치고 말았다
>
> 볼프강 아마데우스 모짜르트
>
> —〈實記〉의 전문10)

> 베토벤을 따르던 한 소년이 있었지
> 그 소년과 산책을 하다가 어느 점포를 기웃거리다가

---

10) ≪세계의 문학≫, 1981. 7.

맥주 몇 모금씩을 얻어 마셨지
소년의 머리를 쓰다듬으며 끽끽거렸지
우리는 맥주를 마시긴 마셨지 하면서 끽끽거렸지
그는 田園交響曲을 쓰고 있을 때이다.
귀가 멀어져
새들의 지저귐도
듣지 못할 때이다.

루드비히 반 베토벤.

─〈實記〉의 전문11)

　모차르트와 베토벤의 예술적 완성은 항시 삶의 비애와 맞닿아 있다.
김종삼 시인은 그렇게 보고 있는 것이다. 마찬가지로 자신의 시 역시 그
러한 차원에서 이들의 예술성과 친교할 수 있음을 증명하고 있다. 이러한
인식은 제1악장의 시 <나의 本籍>에서 발원하고 있다.

나의 本籍은
몇 사람밖에 안 되는 고장
겨울이 온 敎會堂 한 모퉁이다.
나의 本籍은 人類의 짚신이고 맨발이다.

─〈나의 本籍〉에서

　김종삼은 자신의 근본을 한국의 국지적 특수성에 두지 않고 인류의 보
편성에 두고 있다. 그래서 지금까지 그가 운위했던 주변성들은 위의 시에
서처럼 근본적으로 인류 보편의 특질에 근원을 대고 있다. 김영태는 이러
한 김종삼의 특질을 코스모폴리타니즘으로 규정한다.12) 그래서 그의 언

---

11) 《월간문학》, 1984. 9.
12) 김영태, 앞의 글, 36면 참조.

어는 토착화된 언어보다 코스모폴리탄의 잠재성이 상위를 차지하고 있으
며, 이러한 언어의 운용이 한국의 향토성(鄕土性)을 드러내지 않고 재구성
하여 서양과 동양의 엄청난 격리감을 쉽게 메워 줄 수 있다는 것이다. 그
러므로 그의 죽음의식은 이러한 보편성이 수용되지 않는 한국 문단의 특
수성이 한 원인이 될 수도 있음을 간과할 수 없다.

2) 죽음과 초월의식

피날레에서 교묘히 이루어진 아름다움과 평화의 결합은 음색의 계기를
인상적으로 표현하려는 주제의식에서 비롯된다. 그 상징적 상상력을 지
배하고 있는 것이 죽음의 그림자다. 김종삼 시인은 지난 반세기 시대적
상황 속에서 수많은 죽음을 목도하게 된다. 어머니와 동생과 친구와 어린
아이들의 죽음. 그리고 자신의 죽음도 예감한다. 그래서 그는 늘 죽음과
친근하였다. 죽음과 밀착된 그의 내면을 다음 시에서 찾아 볼 수 있다.

> 나도 낡고 신발도 낡았다
> 누가 버리고 간 오두막 한 채
> 지붕도 바람에 낡았다
> 물 한 방울 없다
> 아지 못 할 봉우리 하나가
> 햇볕에 반사될 뿐
> 鳥類도 없다
> 아무 것도 아무도 물기도 없는
> 소금 바다
> 주검의 갈림길도 없다.
>
> ─〈소금 바다〉의 전문

시인은 세상을 소금 바다로 기술하면서 거기에 죽음의 속성을 부여하고 있다. 이 죽음의 공간에는 '물, 햇볕, 조류' 등 생명과 관계된 물상은 아무 것도 찾아 볼 수 없다. 이러한 부재의식은 죽음을 일상 속에 개입되어 있는 연속적인 것으로 만들고 있다. 그래서 삶과 죽음의 경계를 흐릿하게 하고, 나아가 죽음이 삶의 영역 속으로 편입됨으로써, 삶과 죽음이 함께 거주하게 된다. 그래서 다음 시에서처럼 죽음을 모면한 사건을 겨울 피크닉에 다녀온 것으로 비유하고 있고, 죽어서도 살아서의 감각과 욕구가 이어지고 있다.

> 얌마 너는 좀 빠져 꺼져
> 죽은 내 친구
> 내 친구
> 목소리었다.
>
> — 〈겨울 피크닉〉에서

> 눈발이 날리고 있었다
> 주먹만하다 집채만하다
> 쌓이었다가 녹는다
> 교황청 문 닫히는 소리가 육중
> 하였다 냉엄하였다
> 거리를 돌아다니다가
> 다비드像 아랫도리를 만져보다가 관리인에게 붙잡혀 얻어터지고 있었다
>
> — 〈내가 죽던 날〉의 전문

이러한 죽음의 일상성은 서로 다른 시공간에서 연속성을 가져야 할 삶과 죽음의 경계를 단절하는 것이다. 그럼으로써 영혼은 거주할 공간을 잃게 된다. 그래서 시 <라산스카>에서 시인은 '나 지은 죄 많아 / 죽어서도 / 영혼이 없'다고 언급하고 있다.

피날레에서 던지는 김종삼 시인의 삶과 죽음에 대한 존재론적 물음은 비극적 현실 앞에서도 세상은 아무런 일도 없었다는 듯 미동도 없는 현실에 대한 절망감으로부터 기인한다. 그래서 그의 최후의 음악은 다음과 같이 변주되어 초월하고자 한다.

> 세자아르 프랑크의 音樂 <바리아숑>은
> 夜間 波長
> 神의 電源
> 深淵의 大溪谷으로 울려퍼진다
>
> 밀레의 고장 바르비종과
> 그 뒷장을 넘기면
> 暗然의 邊方과 連山
> 멀리는
> 내 영혼의
> 城郭
>
> ─〈最後의 音樂〉의 전문

일상의 주변성 속에 머물던 그의 음악은 그곳을 벗어나 신(神)의 존재를 밝히는 원천으로 복무하게 된다. 어린 아이들을 둘러싸고 있던 그의 영혼의 그림은 멀리 암연 속으로 굽이쳐 가고 있다. 이러한 변주의 파장과 굴곡은 일상성을 완전히 탈색한 듯이 보인다. 진정으로 내용을 거둬낸 아름다움이며, 진실로 형식 없는 평화의 고장에 가 있는 듯 하다. 그것은 초월이지만 그러나 한편 미완의 노래일 뿐이다. 김종삼 미학의 튼튼한 전령사인 아이들은 늘 이 땅에서 태어나고 자라고 있기 때문이다. 그래서 그는 하늘도 땅도 아닌 그 중간 산 중턱 '아리랑 고개'에서 살다 갔다.

6. 결론

　김종삼의 시는 '아름다움'과 '평화'가 응축(凝縮)되어 있다. 그러나 우리는 쉽게 그가 설정한 시의 나라에 갈 수가 없다. 그 나라에 들어간다 해도 풍경의 낯설음으로 해서 우리는 쉽게 공감할 수 없는 상태에 빠지곤 한다. 그것은 왜일까? 우리는 늘 그의 시에서 상투적으로 '아름다움'의 내용을 찾으려 했고, '평화'의 형식을 추구했다. 그래서 그와 함께 그의 나라에 갈 수 없는 것이다.

　그가 펼치는 시의 '아름다움'은 내용이 없다. 마찬가지로 '평화'에는 형식이 없다. 아름다움에 내용이 없다는 것은 미적 추구의 허위(虛僞)나 가식(假飾) 혹은 허상(虛像)을 말함이 아니라 그가 추구하는 아름다움의 보편성을 말하는 것이다. 누구도 그의 시에서 한국적인 전통적 아름다움을 보아내지 않는다. 간혹 읽혀지는 가족 간의 측은함과 이웃과의 공동체 의식조차도 그 밑바탕에는 인류 보편의 인본주의(人本主義)가 자리하고 있다. 그러므로 그의 시에서 전쟁은 우리만의 고립된 고통이 아니라 인류 전체가 함께 앓고 있는 전염병과도 같은 것이다. 그러기에 그의 눈에 유태인에 대한 학살은 그렇게 낯선 것이 아니다.

　평화에 어떤 형식을 부여하는 것은 진정한 평화가 아닐 것이다. 누구나 차별 없이 누리는 안식이어야만 한다. 그러므로 김종삼 시에 나타난 평화에 대한 추구는 분단된 한국 민족만의 형식이 되어서는 안 된다. 우리의 비극이 곧 인류의 비극으로서 확산될 때 큰 범주 안에서 우리에게 희망이 있는 것이다. 그것이 김종삼 시인의 생각인 것이다. 그러므로 김종삼의 시에서는 낯선 이국의 풍경과 사람들이 함께 공존하고 그것이 그렇게 낯설게 보이지 않는 것이다.

　이때 아름다움과 평화의 온전한 수혜자이며 그 전령(傳令)들이 '어린이'

일 수밖에 없는 것은 당연하다. 김종삼의 시에서 어린이는 그들의 언어로 말할 때 인류의 아름다움이 유지되고 평화가 지속될 수 있기 때문이다. 이상으로 인간의 가치가 전도된 상황에서 그 가치를 복원하려는 한 코스모폴리탄의 궤적을 살펴보았다.

몸과 말의 변주와 교합의 시학

- 송욱론

1. 서론

송욱(1925. 4. 19~1980. 4. 21)은 "시는 모국어의 진수를 무지개처럼 빛내야 한다[1]"는 자신의 이상을 실천에 옮긴 시인이자 비평가이며 영문학자이다. 1950년 ≪문예≫ 3월호에 <장미>가 추천되어 시쓰기의 첫 걸음을 내딛은 이후, 시집 『유혹』(사상계, 1954), 『하여지향』(일조각, 1961), 『월정가』(일조각, 1971)와 시선집 『나무는 즐겁다』(민음사, 1978), 유고시집 『시신의 주소』(일조각, 1981) 그리고 그 외 다수의 문예지를 통해 총 182수의 시를 발표한다.[2] 한편 시쓰기와 더불어 1953년 ≪문예≫ 10월호에 「서정주론」을 발표함으로써 시작된 그의 비평활동은 1960년대 초에 이르러 본궤도에 들어서게 된다. ≪사상계≫를 중심으로 전개된 그의 비평활동은 『시학평전』(일조각, 1963), 『문학평전』(일조각, 1969), 『한용운시집 님의 침묵 전편해설』(과학사, 1974), 『문물의 타작』(문학과 지성사, 1978) 등의 평론집으로 남아 있다.[3]

문학사는 그를 비판적인 풍자시인이며, 관능적인 자연시인으로[4], 지성

---

1) 유고집 『시신의 주소』 발문에서.
2) 1982년 ≪월간조선≫ 7월호에 따르면, 장남 송정렬(宋正烈)이 창작시와 한시 번역 등 90여편의 유고를 추려 『시신의 주소』 이후 유고집을 준비 중이라고 했지만, 출간되지 않고 있다.
3) 시와 비평의 자세한 사항은 '작품 연보'를 참고.

에 근거한 시 정신의 치열성을 최대한으로 확대한 시인으로,5) 한국시의 고
민이 상징되어 있는 비평적인 시인6)으로 적고 있다. 이러한 논지에서 크게
벗어나지 않은 채 그에 대한 논의는 단평7)에 머물거나, 1950년대 전후 문
학과 관련되어 부수적으로 다루어지고 있다.8) 나아가 그의 시론과 시작세

4) 김윤식·김현 저, 『한국문학사』, 민음사, 1996, 457~458면.
5) 권영민 저, 『한국현대문학사』, 민음사, 1996, 141~143면.
6) 김윤식·김우종 외, 『한국현대문학사』, 현대문학, 1995, 417면.
7) 구중서, 「장미」, ≪월간문학≫, 1970. 6.
   김유중, 「부활에의 꿈」, ≪현대문학≫, 1991. 7.
   김춘수, 「해인연가 8」, ≪현대문학≫, 1960. 9.
   _____, 「형태의식과 생명긍정 및 우주감각」, ≪세계의 문학≫, 1978. 겨울.
   김 현, 「말과 우주-송욱의 상상적 세계」, ≪세계의 문학≫, 1978. 봄.
   박종석, 「송욱의 <시학평전>연구」, ≪국어국문학≫ 제15집, 동아대 국어국문학과,
      1996.
   오규원, 「시적 변용과 그 의미-송욱과 고은의 경우」, ≪문학과 지성≫, 1972. 봄.
   유종호, 「인상-팔월시」, ≪사상계≫, 1958. 9.
   이병헌, 「지식인의 가락-송욱시집 『하여지향』」, ≪현대시학≫, 1992. 8.
   이상섭, 「부끄러운 한국문학과 경이로운 동양사상」, ≪문학과 지성≫, 1978. 겨울.
   이성모, 「말놀이의 시적체험과 그 틀」, 『경남어문논집5』, 1992. 12.
   이재선, 「풍자 시론 서설」, 『청구대학논문집6』, 1963. 5.
   이해령, 「우주의 질서와 생명의 리듬」, ≪현대시학≫, 1974. 10.
   전봉건 외, 「속 시와 에로스」, ≪현대시학≫, 1973. 10.
   전영태, 「비판적 지성과 풍자의 시」, 『한국대표시 평설』, 문학세계사, 1983.
   정현종, 「감각의 깊이·관능 그리고 순진성」, ≪지성≫, 1971. 12.
   _____, 「말과 자유연상의 세계」, ≪월간조선≫, 1981. 6.
   홍기창, 「송욱의 자연과 인간」, ≪문학과 지성≫, 1973. 여름.
   황현산, 「역사의식과 비평의식 : 송욱의 『시학평전』」, 『현대비평과 이론』, 1995. 10.
8) 강희근, 「삶의 체현과 다양한 전개」, 『한국대표시 평설』, 문학세계사, 1983.
   _____, 『우리 시문학 연구』, 예지각, 1985.
   권순섭, 「한국 현대시의 전통성 연구」, 석사학위 논문, 공주대 교육대학원, 1990.
   김재홍, 「6·25와 한국의 현대시」, 『현대시와 역사의식』, 인하대출판부, 1988.
   류근조, 「현대시의 모더니즘」, ≪현대문학≫, 1991. 7.
   민 영, 「1950년대 시의 물길」, ≪창작과 비평≫, 1989. 봄.
   박두진, 『한국현대시론』, 일조각, 1970.
   송하춘·이남호, 『1950년대의 시인들』, 나남, 1994.
   신진숙, 「전후시의 풍자 연구」, 석사학위 논문, 경희대학교, 1994.
   윤정룡, 「1950년대 한국 모더니즘시 연구」, 박사학위 논문, 서울대학교, 1992.

계 전반을 다루고 있다9) 하더라도 완벽한 원전확정과 연보에 의한 종합적
인 작가연구로 보기 힘들다.10) 이에 송욱의 전작품을 대상으로 통시적 차
원에서 그의 시학과 시세계의 변이양상을 살펴보고자 한다.

전후 현대문학 전반에 걸쳐 역사의식과 현실의식은 하나의 커다란 담
론을 형성하였다. 그것이 때론 리얼리즘과 모더니즘 논쟁으로 때론 참여
와 순수 논쟁으로 비화되곤 하였다. 문학과 관련된 사람이라면 누구나 그
혼돈의 저류에 휘말려 있었다는 것이 저간의 평가이다. 그런 면에서 송욱
의 문학적 위치는 남다른 평가를 받을 만 하다. 많은 저작과 시창작을 남
겼음에도 불구하고 송욱 자신은 그 흐름에서 빗겨나 있기 때문이다. 그런
면에서 송욱 문학의 담론은 전후 현대 문학의 거대 담론의 틀을 해체하고
생각할 때 새로운 조명이 가능할 것이다. 그러나 송욱이 비록 당대를 풍
미했던 비평적 논쟁에 개입되어 있지는 않았지만 나름대로 문학의 예술
성과 사회성 그리고 역사성에 대해 자신의 견해를 피력하고 있다는 것이
그의 시와 이론에서 여실히 드러나고 있다. 다만 송욱이 관념적인 구호나
시비의 차원이 아니라 구체적인 이론과 실천적인 글쓰기를 통해 자신의
견해를 피력하고 있다는 점에서 여타 작가와는 다른 면모를 가지고 있었
다고 할 수 있다.

송욱이 전개하고 있는 그의 비평적 특성은 한 마디로 '교합의 시학'이

전봉건 외, 「시와 산문성과 지성」, ≪현대시학≫, 1985. 1.
정한모, 『한국현대시의 현장』, 박영사, 1983.
정한숙, 『한국현대문학』, 고대출판부, 1982.
천이두, 『50년대 문학의 재조명』, 현대문학사, 1985. 1.
한계전, 「사변적 문체와 사상탐구의 형식」, 『한국현대시연구』, 김용직 외, 민음사, 1989.
9) 조미영, 「송욱 시 연구」, 석사학위 논문, 서울대학교, 1994.
진순애, 「송욱 시의 은유 연구」, 석사학위 논문, 성균관대학교, 1993.
한원균, 「송욱문학연구」, 석사학위 논문, 경희대학교, 1992.
10) 이러한 측면에서 김학동이 주관한 『송욱연구』(역락, 2000)와 박종석의 『송욱문학연
구』와 『송욱평전』(좋은날, 2000)은 송욱 연구에 있어서 새로운 지평이 될 만 하다.

라 할 수 있다. 즉 서양과 동양, 예술성과 사회성, 전통과 개성의 변증적 통합이다. 그러면서도 그는 궁극적으로 우리 문학에 대한 주체성 찾기에 골몰하여 그 비평방법을 꾸준히 모색하였다. 그 산물이 일련의 저작으로 나온 것이라 하겠다.

이런 측면에서 송욱의 비평정신을 유형화하여 서술하고자 한다. 결과적으로 송욱은 동서양의 시학을 비교하면서 그 보편성을 발견하여 우리 문학의 독창성을 확립하려는 태도를 취하였다. 그것이 곧 '주체성의 시학'으로 발전하는 것이라 하겠다. 특히 송욱의 시론은 시이론인 동시에 창작을 염두에 둔 시사상적 성격을 갖고 있다.

다음으로 그의 시세계에서 주목하고자 하는 것은 그의 시 전체에 나타나고 있는 '몸'에 대한 심상이다. '몸의 탄생'과 '몸의 타락', '몸의 재생', '몸의 영원성 추구'로 이어지는 변이 양상 속에서 시작태도와 독특한 언어사용과 연결된 그의 시세계가 드러나게 될 것이다.

2. 몸과 말의 변주곡

1) 몸의 탄생과 주술적 언어

> 몸의 歷史를 위하여. 몸의 歷史도 마치 精神의 歷史처럼 一生이 항시 살아 있다. 되살아난다.
>
> ─〈日記 및 詩作노트 1978. 7. 24〉에서

이처럼 송욱에게 있어, 몸은 정신과 다름 아니다. 몸을 통해 정신작용의 구체화를 꾀하고 있는 것이다. 세계를 인지하는 것도 몸이며, 그것을 표현해 내는 것도 몸을 통해서 이루어지기 때문이다. 그래서 우리는 그의 시적 세계를 감지할 수 있는 통로를 얻게 된다. 초기 송욱의 시에서 '몸'

은 상징적으로 묘사되는데, 추천시 <장미>(1950)에서부터 1954년까지 발표된 시를 묶은 시집 『유혹』(1954)이 이에 해당된다.

(1) 상징적 순수성의 공간

薔薇밭이다.
붉은 꽃잎 바로 옆에
푸른 잎이 우거져
가시도 햇살 받고
서슬이 푸르렀다.

벌거숭이 그대로
춤을 추리라.
눈물에 씻기운
발을 뻗고서
붉은 해가 지도록
춤을 추리라.
薔薇밭이다.
피방울 지면
꽃잎이 먹고
푸른 잎을 두르고
기진하며는
가시마다 살이 묻은
꽃이 피리라.

-〈薔薇〉의 전문

이 시는 '햇살'과 '피방울'의 힘을 얻어 '꽃'을 피우고자 하는 바램을 이야기하고 있다. 이 때 '불'과 '물'의 물질적 상상력은 '가시' 즉 척박한 상황을 극복하는 인자로 작용하여 '살이 묻은' 즉 보다 구체화된 존재인

'꽃'을 탄생시킨다. 이 탄생의 과정에서 정화의 매개체가 되는 것이 '눈물'이 되고, '꽃'은 '몸'의 상징적 존재물로서 화자가 발원하는 대상이 되며, '꽃'의 개화가 이루어질 세계는 '벌거숭이 그대로 춤을 추는' 순수의 세계이다. 그렇게 '몸'은 '꽃'(혹은 나무, 연꽃)으로 상징화된다. 그러나 '꽃'이 처한 현실은 '가시 돋힌 장미'처럼 부정적으로 인식된다.

　　　　가위눌린 꽃송이
　　　　　　　　　　－〈「햄렛트」의 노래〉에서

　　　　잠을
　　　　죽음을 깨고
　　　　움트고 꽃이 피듯

　　　　　　　　　　－〈「라사로」〉에서

　　　　소리 없는 눈물, 눈물 없는 설움이
　　　　뼈를 부른다.

　　　　　　　　　　－〈薔薇처럼〉에서

　　　　불꽃을 가지고
　　　　밤을 준 것을
　　　　울지도 못하고
　　　　머리만 숙여,

　　　　　　　　　　－〈꽃〉에서

　　　　목숨이
　　　　잊을수
　　　　어쩔 수 없이
　　　　뎅그랑
　　　　짤리어

홀러가면
되살아
고개 들어
꼬꼬대
목을 뽑는
울음인데,

―〈슬픈 새벽〉에서

이 억압의 현실 구조 속에 '갇힌 몸'은 반복된 일상을 권태롭게 영위하
다 다시 슬픈 새벽을 우는 닭모가지처럼 '바람', '안개', '구름', '그림자'
의 심상에 의해 그 부정성이 강화된다.

다짐과 주검을
주고 받으며
가슴을 두다리며
치는 바람과

―〈時體圖〉에서

벗어라 안개를
부신 네 몸이
떨리는 잎새마다
빛을 배앝게

―〈숲〉에서

거슴츠레
구름이 파고 가는
눈물 자욱은
어찌하여 질 새 없이
몰려드는가

―〈비 오는 窓〉에서

그림자와 이웃하면
목을 거슬려
살붙이가 기어 올라
입 밖에 내지 못할
욕지거리를
빗발을 씹고

— 〈時體圖〉에서

　결국 정신작용의 구체적 실현 즉 '몸의 구체화'는 현실 속에서 이루어
지는 것이 아니라, 현실을 떠난 순수의 세계에서 가능하게 된다. 그 공간
은 '티끌'로 돌아감으로써 펼쳐지게 되며, 그 '티끌'의 공간은 '겨울'과
'밤'의 심상 속에 내재되어 있다. 궁극적으로 시련과 어둠의 과정을 거치
고 난 후의 온기와 빛처럼 몸의 탄생은 눈부시게 이루어질 것임을 희구하
고 있는 것이다.

지금과 여기,
이몸을 다시 빚는다.

서슬과 서슬 사이 무자맥질하다가
껴안은 팔 사이를
어제 내일 모레가
종종 걸음으로
『티끌로 가자.』
『티끌로 가자.』

— 〈「맥베스」의 노래〉에서

나무를 바래거든
티끌로 가거라.

— 〈時體圖〉에서

'티끌'로 돌아가는 것은 무(無)로 돌아가는 일이기 때문에 '티끌'의 공간은 '어머니 뱃속'[11]이나 빈번하게 언급되고 있는 '무덤'으로 상징화된다. 자궁과 무덤은 우리의 몸이 새로운 세계로 변화되어 가기 위해 잠시 머무는 곳이다. 그 모두 탄생을 준비하는 곳이며, 존재론적 변화를 이루어내는 공간이다. 그 변화의 주체인 어린이와 어진이의 순수공간이기 때문이다.

> 어린이
> 어진이가 가슴을 치면
> 하늘과 땅이
> 물구나무선다.
>
> —〈誘惑〉에서

이처럼 이 시기에 시인이 몸의 탄생을 통해 희구했던 공간은 상징적인 순수의 세계이다. 그리고 그 순수 공간에 접근하기 위해 시인은 어린이와 어진이의 모습을 지향하고 있다.

(2) 청맹과니의 침묵

> 피와 꽃닢과
> 고름이 익어 붙은
> 오오 하늘 같은
> 청맹관이.
>
> —〈詩人〉에서

시인은 청맹과니이다. '피'와 '꽃닢'과 '고름'이 뒤범벅이 된 채 자궁으

---

11) <「햄렛」의 노래>에서.

로부터 나와 세상과 첫 대면한 어린 아기처럼 아직 눈뜨지 않은 존재이다. 시각적 능력의 상실은 현실과의 관계 속에서 순수성을 지키려는 시인의 내면의식이 반영된 것이라 할 수 있다. 이 때, '피'는 시인의 몸에 뿌려진 정화수이며, '꽃닢'은 시인의 머리에 씌어진 면류관이며, '고름'은 인고하는 시인의 흔적이다. 이 모든 것은 탄생의 영광을 위해 준비된 것으로, '피'는 '햇살', '소나기' 등으로, '꽃닢'은 '불꽃'으로, '고름'은 '눈물'로 변형되어 드러난다.

> 아침마다 떨며 온
> 햇살이 박힌
> 꽃빛이 흐르는가
> 안이 비는가
>
> ―〈窓〉에서

> 벗어라 안개를
> 부신 네 몸이
> 지나간 소나기와
> 노래를 하게
>
> ―〈숲〉에서

> 불꽃을 가지고
> 밤을 준 것을
>
> ―〈꽃〉에서

> 내 눈물은 얼음처럼
> 肝腸을 흐르는데,
>
> ―〈失辯〉에서

시인의 시각에 대한 이러한 감각적 회피는 어진이의 심상을 끌어오게 한다. 즉 '유리', '창'으로 물질화된 '거울'의 심상을 가지고 시인은 다음과 같이 세상을 비춰보는 것이다.

> 文學이란
> 山海珍味 즐비한
> 陳列장 보기.
> 할퀴어도 안타까워
> 琉璃에 비친 얼골.
>
> — 〈失辯〉에서

시인의 어진 모습은 '할퀴어도 안타까워'한다는 표현에서 잘 드러나고 있다. 결국 이 시기에 시인은 세상을 눈으로 보지 않고 마음으로 보고 있는 것이다. 그래서 몸의 탄생 공간인 순수성의 공간은 시인의 내면 속에 있는 것이고, 상징의 공간이 되는 것이다. 이때 시각보다는 청각에 민감한 시인에게 있어 자기 암시적이고 주술적인 언술은 자연스런 귀결이라 하겠다.

> 메아리가 목 놓아
> 부르게 하라.
>
> — 〈「쥬리엣트」에게〉에서

> 그대여 窓을 열라
> 티끌로 가라
> 사세요 주세요
> 죽여 주세요
>
> — 〈時體圖〉에서

우습다 하지마다
흥에 겹다 하지마라

―〈生生回轉〉에서

모지게 모지게 사리어 살자
둥글게 둥글게 기대어 죽자

―〈그 속에서〉에서

『아아 꽃송이』

―〈觀音像 앞에서〉에서

벗어라 안개를

―〈숲〉에서

돌로 쌓지 마라
몸을 던져라
몸을 던져라

―〈誘惑〉에서

눈 뜨고 일어나라
풀어달라 풀어달라

―〈「라사로」〉에서

『티끌로 가자』
『티끌로 가자』

―〈「맥베스」의 노래〉에서

이몸을 아아 받어나다오.
아아 묻어나다오
깨여나다오

―〈「햄렛트」의 노래〉에서

그러나 시인의 주술적 언어는 '소리없는 햇살'[12]과 같은 것이다. 그래서 시인의 청각적 민감성은 물리적인 음향을 지향하는 것이 아니라 몸의 내부에서 일고 있는 파장이다. 이 내적 속삭임이 시인을 상징의 숲으로 인도하게 했고, 어린아이와 어진이가 주재하는 순수의 공간 속에서 꽃으로 표상되는 몸의 탄생을 가능하게 했다. 이 시기는 눈뜨지 않은 침묵의 계절 겨울이다. 겨울 공간에서 탄생을 도모하는 것은 아이러니가 아닐 수 없다. 이것이 송욱의 시적 출발이 갖는 특징이며 또 다른 몸의 재생, 즉 봄의 잉태를 가능하게 하는 것이다. 이후 송욱의 시세계는 이러한 자질들의 변주를 통해 자아와 세계가 균열과 조응을 이루어 가는 역정이라 할 수 있다.

> 갓나린 눈보다
> 하얀 두 볼에
> 오무리면 제풀로
> 붉은 입술을
> 煩惱라도 다시 한 번
> 아아 또 한 번!
>
> —⟨「쥬리엣트」에게⟩에서

2) 몸의 타락과 풍자적 언어

이 시기는 1955년부터 1961년까지의 기간으로 시집 『하여지향』에 묶여진 시편들이 해당된다. 시집 『유혹』의 시편들이 몸의 탄생을 주술적 언어를 통해 노래함으로써 시인의 내면세계를 상징적으로 형상화해냈다면, 이 시기의 시는 그와 다른 양상을 보인다. 즉 몸이 해체되어 병적 징후를

---

12) <觀音像 앞에서>에서.

보이고 있다.

(1) 현실적 수성(獸性)의 공간

솜덩이 같은 몸뚱아리에
쇳덩이처럼 무거운 집을
달팽이처럼 지고
―중략―
아닌 것과 아닌 것 그사이에서
줄타기하듯 矛盾이 꿈틀대는
뱀을 밟고 섰다.
―중략―
아우성치는 子宮에서 씨가 웃으면
亡種이 펼쳐 가는 萬物相이여!
아아 구슬을 굴리어라 琉璃房에서!
輪轉機에 말리는 新聞紙처럼
內臟에 印刷되는 나날을 읽었지만
그 房에서는 배만 있는 男子들이
그 房에서는 복이 없는 女子들이
허깨비처럼 천장에 붙어 있고
거미가 나려 와서
계집과 술 사이를
돈처럼 뱅그르르
돌며 살라고 한다.
이렇게 자꾸만 좁아들다간
내가 길이 아니면 길이 없겠고
안개 같은 地平線뿐이리라.
창살 같은 갈비뼈를 뚫고 나와서
연꽃처럼 달처럼 아주 지기 전에

염통이여! 네가 두르고 나온 탯줄에 꿰서
－중략－
목숨도 아닌 주검도 아닌
頭痛과 腹痛 사일 오락가락하면서
귀머거리 運轉手－
－중략－
꼼짝하면 自殺이다.
얼굴이 수수꺼끼처럼 굳어 가는데
눈초리가 야속하게 빛나고 있다며는
솜덩이 같은
쇳덩이 같은
이 몸뚱아리며
게딱지 같은 집을
사람이 될터이니
사람 살려라.
모두가 罪를 먹고 살아 가니
사람 살려라.
허울이 좋고 붉은 두볼로
鐵面皮를 脫皮하고
새살 같은 마음으로
세상이 들창처럼 떠러져 닫히며는
땅군처럼 뱀을 감고
來日이 登極한다.

　　　　　　　　　　　　　　－〈何如之鄕・壹〉에서

　이 시는 순수 공간 속에서 '꽃'으로 형상화되었던 몸의 총체성이 '뒤통수', '내장', '자궁', '배', '갈비뼈', '염통', '탯줄', '두볼' 등으로 파편화되고 있음을 표상하고 있다. 그 해체된 몸에 대한 묘사 역시 부정적이며 병적이다. 다시 말해 '몸뚱아리는 솜덩이 같고, 자궁은 아우성치고 있으며,

내장은 윤전기와 같고, 두볼은 허울좋게 붉다'는 식이다.

문둥이처럼
외딴 섬에서
이 잔을 마시고
비틀 거린다.

－〈한거름〉에서

온 몸이 不隨意筋처럼
不足症을 느끼며는

－〈어느 十字架〉에서

피 흐르는 목덜미며

－〈그냥 그렇게〉에서

해골로서 사라진 그대들이다.

－〈서방님께〉에서

코가
눈이 나오는 나를
쇠바퀴에 깔린 염통을

－〈何如之鄕·八〉에서

팔 다리
목, 몸둥아리를
갈갈이 찢기운

－〈海印戀歌 八〉에서

못난이 몸둥아린

－〈한一字를 껴안고〉에서

<아후리카>사람처럼
까맣게 그슬리고

                —〈革命幻想曲〉에서

몸에서 떨어진 모가지라도
            —〈〈영원〉이 깃들이는 바다는〉에서

이러한 몸의 해체와 타락에서 우리는 시인이 체감하고 있는 실존적 불안을 읽어낼 수 있다. 즉 그 불안의 징후 때문에 시인은 한 곳에 정주하지 못한다. 그래서 시인은 항시 '무엇과 무엇의 사이'에서 진동하고 있다. 그러나 그 흔들림의 양극이 '부정과 부정(아닌 것과 아닌 것) 사이' '타락과 타락(계집과 술) 사이' '고통과 고통(頭痛과 腹痛) 사이'처럼 부정적 자질인 한 해서는 어느 한 쪽으로의 밀착은 불가능한 것이며, 그 팽팽한 긴장 속에서 튕겨져 나와 시인은 해체되고 마는 것이다. 여기서 주목할 것은 '유리방(琉璃房)'과 '씨'가 지닌 심상이다. 시집 『유혹』의 시편에서 '유리' 즉 '창'의 심상은 시인의 내면이 심화된 상징 공간으로 대립적인 요소의 조응을 가능케 하는 화해의 공간이었다. 그러나 이 시기에 이르러 그 '화해의 내면 공간'은 외면적 현실공간으로 변이된다. 다시 말해 한 부분만 비대해진 남자와 박복한 여자를 통해 과잉과 결핍의 부조화된 현실을 풍자하고 있는 것이다. 또 한편 시집 『유혹』의 시편에서 몸의 탄생이 이루어지는 맹아로서 기능했던 '티끌'이 '망종(亡種)'이라고 하는 쓸모없는 존재, 즉 죽음의 씨앗으로 변질되고 있다.

그러한 변질로 해서 몸의 탄생 공간인 원시성의 세계는 약화되고 몸의 타락과 함께 수성(獸性)의 세계가 강화된다. 전자가 순수성의 세계라면 후자는 비순수의 세계이다. 수성(獸性)의 심상은 위의 시에서 나타나듯 '달팽이·뱀·거미·명태·게'처럼 현실 세계를 묘사할 때 기능한다.

실뱀처럼 구렁이처럼
능갈치고 얄미운 길을 밟는데
居間이여! 率直하게 人間的으로
네가 하는 자장가에 귀가 솔았다.
―중략―
쥐 꼬리만한 月給을 닮아 가는
목숨이라고

                                    ―〈拓植 殖産……〉에서

잠자리처럼
스스로 삽으로
웅덩이를 파든지

                                    ―〈王族이 될까 보아〉에서

벌거숭이 꿈마저
사라진 모래밭에
진흙 위를 기기란
오히려 지렁이 자욱처럼
상처를 입는데

                                    ―〈王族이 될까 보아〉에서

지네처럼 알몸에서
설설 길테니

                                    ―〈義로운 靈魂 앞에서〉에서

새양쥐를 새양쥐를
에워싸고 농치는 고양이처럼
우뚝 서있는 그대가 누구인가?
―중략―
뱀 같은 비둘기 같은

미친 微笑가

　　　　　　　　　－〈何如之鄕·五〉에서

이처럼 현실 세계는 아수라장과 같은 혼돈의 공간이다. 결국 시인의
순수 내면 공간에서 몸의 탄생을 가져왔던 어린이와 어진이의 모습은 존
재론적 추락을 할 수밖에 없는 것이다. 그것이 몸의 타락으로 드러난 것
이라 하겠다.

(2) 불안한 영혼의 외침

눈뜸은 불행이다. 시집 『유혹』의 시편에서 시인의 감각은 청각에 의지
하여 마음의 눈으로 순수의 세계를 속삭이고 있었던 반면 시집 『하여지
향』에서 시인의 감각은 청각보다는 시각이나 촉각에 의지한다. 그런데 시
인이 몸으로 체험하는 세계는 전쟁이 더럽힌 시대일 뿐이다.

　　　열 스물 설흔살 때
　　　戰爭 戰爭이
　　　더럽힌
　　　世代 年代 時代가
　　　총알이 박힌 時間
　　　아아 無時間이다!

　　　　　　　　　－〈海印戀歌·四〉에서

게다가 현실은 '영혼(靈魂)을 판 시대(時代)'[13]이며, '음란(淫亂)을 주는
시대(時代)'[14]이다. '이미 이승이 저승에'[15] 불과하기에 그 결과 시인은 현

---

[13] <何如之鄕·五>에서.
[14] <何如之鄕·拾>에서.
[15] <서방님께>에서.

실에 대한 깊은 혐오에 빠져 자기 정체성을 상실하게 된다.

> 가슴에 손을 얹은
> 나를
> 나는 모른다.
> 제풀로 울리는
> 텅 빈
> (이것이 무엇일까.)
> 하늘을 등지고
> 洞窟에 앉은
> 그림일까.
> 빛을 넘어선 빛이
> 웃음을 갓배운
> 갓난아이처럼
> 귀 기울이며
> 솔아 붙은 소라 껍질—
> (이것이 무엇일까.)
> 鍾일까
> 그림잘까—
> 햇살 소리
> 수련하게 소란대는
> 바다를 등지고 앉은—
> 가슴에 손을 얹은
> 나를
> 나는 모른다.

> —〈海印戀歌·貳〉의 전문

몸의 해체 속에서 그래도 시인을 현실 속에 눌러 앉게 하는 것은 순수 내면의 공간이다. 그래서 무의식적으로 시인은 자신의 '가슴에 손을 얹'

고 스스로를 다독이고 있는 것이다. 가슴속에서 울리는 그 내적 속삭임을 몸(촉각)으로 확인하고자 하는 자기 연민의 발로이다. 그러나 왜 자신이 그러한 실존에 부딪치게 되었는지 그는 모른다. 그는 동굴 속의 그림처럼, 말라붙은(솔아 붙은) 소라 껍질처럼 화석화되어, 그의 내면은 이미 공허하게 텅 비어있을 뿐이다. '이것이 무엇일까'라는 회의는, 이렇게 해체된 '이 몸은 무엇일까'라는 영혼의 외침과도 같다. 그것은 섬뜩함이다. 이때 시인의 영혼은 분열하게 되고, '모두가 죄(罪)를 먹고 살아 가'는 죄의식에 빠진다. 황폐한 시대에 이 불안한 영혼이 허무의식 속에서 외치는 소리가 정상적인 코드에 실릴 수는 없을 것이다. 그래서 그의 전도된 언술은 다분히 풍자적이다.

> 솜덩이 같은 몸뚱아리에
> 쇳덩이처럼 무거운 집을
> 달팽이처럼 지고
> 허허 虛脫이냐 解脫이냐
>
> —〈何如之鄕〉에서

> 月賦와 賦役 사일
> <데모>하는 아아 <데모크라시>
> 世上은
> 陸上
> 海上
> 腹上死
>
> —〈何如之鄕·拾壹〉에서

> 才談과 肉談과 私談을 하다
> 感傷과 中傷과 外上을 거쳐
> 民主

　　主義(칠!)

　　　　　　　　　　　　　－〈何如之鄕・六〉에서

　　孤獨이 梅毒처럼
　　疾病 같은 政治가
　　現金이 實現하는 現實 앞에서

　　　　　　　　　　　　　－〈何如之鄕・五〉에서

　　會社 같은 社會가

　　　　　　　　　　　　　－〈何如之鄕・四〉에서

　　이러한 풍자의 핵심은 몸의 타락으로 표상된 불안한 현실에 대한 냉소
에 있다 하겠다.

3) 몸의 재생과 서정적 언어

　　몸의 탄생과 그리고 몸의 타락을 통해 시인은 상징적인 내면세계에서
풍자적인 현실세계로 변이 되는 시작태도를 보여주었다. 그 후 1962년부
터 1974년까지 발표된 시편들을 통해 몸의 재생을 꿈꾸게 된다. 다시금
몸의 탄생 공간인 순수성의 세계를 회복하고자 하는 시기라 할 수 있다.
그러나 시집 『유혹』의 시편에서 보였던 그 공간과는 층위가 다르다. 몸의
타락을 경험한 시인이기에 다시금 내면으로 회귀하는 양상을 보이기보다
는 원초적인 알몸의 시학을 펼치고 있다. 또 다른 존재론적 변화라 할 수
있다. 이들 시편들은 주로 시집 『월정가』에 수록된다.

(1) 원초적 에로스의 공간

부끄러움은
티끌세상 이야기
소용돌이 마구 치는
궁둥이며
깍지낀 넓적다리
그 사이서
하늘이 등 솟음
바다가 꼽추춤 춘다

山精 水精 人情으로
부푼 고래실이여

젖가슴 이랑 이랑
젖물결 살결!
티끌세상은
티끌만을 날리고
부끄러움은
뽀얀 밀물 켤물
바다가 먹고—

億萬年 별 눈초리
億萬年 봄을
토하는 입술이여
두 볼을 마주대는
太古며 未來 무진장!

아아 무섭게 보드러운
첫물 천지에

고욤 젖꼭지!
水平線 地平線도
도루루 말린채로
새순 돋는다
                          ─〈또 第二創世記〉의 전문

  이 시는 생명의 기운으로 가득 차 있다. 앞서 시집『유혹』의 순수 공간
에서 몸의 탄생 장소인 자궁이나 무덤의 공간이 정신적 의미를 내포하고
있다면 여기 '새순'을 돋게 하는 부활의 공간은 육화되어 있다. '궁둥이',
'넓적다리', '젖가슴', '입술', '젖꼭지' 등의 신체어는 다분히 육감적이며
에로스적이다. 시집『하여지향』의 시편들에서 보였던 몸의 파편화된 모
습과 비교할 때, 몸을 분할한 점에 있어서는 동일하지만, 이 시에서 보이
는 몸의 부분 부분은 조화롭게 상승하고 있다. 시집『하여지향』의 시편이
병적 징후를 나타낸다면 이 시에서는 생명의 역동성을 드러내고 있고 그
것은 이 육감적 표상체들과 어울리는 언어의 생동감에서도 충분히 드러
나는 점이다. '소용돌이 마구 치는 궁둥이', '젖가슴 이랑 이랑' 등의 예에
서 확인 할 수 있다. 특히 이 성애적 표현이 주는 심상이 부끄럽기보다는
건강한 것에 주목한다면 그것이 생명의 탄생과 결부된 때문임을 재차 확
인 할 수 있다.

내리는 하얀 눈을
꿈을 밟는데
九孔炭 장수도 素服을 하고
女人들 입술은 꿀 먹은 붉은 꽃판!
숨 가쁘게 玉실을 마구 입고
굽어 오른 街路樹 팔목마다
白玉京을 잉태하며 떨리는 맥박이여!

도시 이게 무슨 잔친데―
구두창 밑까지 하늘이 되는―
이런 다짐으로 너는 쌓인다

                 ―〈六花孕胎〉의 전문

이 시에서도 해체되었던 몸의 재생이 이루어지고 있음을 확인하게 된다. 시적 표현 양상은 훨씬 적극적이며 도전적이다. '육화(六花)'는 '눈(雪)'의 딴 이름으로서 그것이 세상에 쌓이는 모습을 구체적인 성적 노출을 통해 표현하고 있다. 눈이 남성 성기인 '백옥경(白玉京)'을 잉태하는 과정 속에서 시인은 전율한다. 그것은 그 잉태가 갖고 있는 경이적인 변화 때문이다. 그 변화의 핵심은 검은 것(구공탄 장수)이 흰 것(소복)이 되고, 땅(구두창 밑)이 하늘이 되는 존재론적 변화를 의미한다. 이것은 초기 시편, 즉 시집『유혹』에서 발원했던 '춤판(잔치)'이 실현된 것이라 하겠다. 이때 시인은 '티끌'로 돌아가고자 한다.

한 줌 티끌 속을
神經이 뻗고
한줌 그림자가
휘둥그란 눈을 뜬다
실한 아름다움에
어린이처럼

                 ―〈影子의 眼目〉에서

시집『유혹』시편에서 '티끌'은 시인의 내면 속에 자리하고 있는 순수성이었다. 그리고『하여지향』에서는 '망종(亡種)'이라고 하는 비순수의 현실적 존재로 나타난다. 이 시기에 이르러 시인은 '그대'라는 대상 속에서 '티끌'의 심상을 물질화하고 있는 것이다.

그대는 말 없이 새롭게
늘 서 있다
그대는 時間을 막고
空間을 빚어낸다
그대는 空間을 마시고
時間과 합쳐
몸짓을 잃는다
그대는 내 몸을 알려 준다
그대는 내가 설 땅을
점지해 준다
별들에게
자리를 잡아 주는
그대이기에……………

—〈讚歌〉의 전문

　시인은 '날개죽지가 부쉬진 時代에도 / 순간마다 그대 품안이고저'16)
'다시 태나고저 / 새사람이 되고저'17) 한다. '그대'는 어떤 존재인가? 그대
는 시공간을 초월한 영원성 속의 존재이다. '내 몸을 알려주는' 즉 몸을
잉태하고, 몸이 살고, 몸이 죽어 돌아가는 곳, 바로 자연이다. 이 시기에
시인은 유독 자연에 경도되어 있다.

　(2) 자연의 소리

　시인의 자아의식은 내면 속에서 현실 속으로 다시 제3의 공간으로 지
향한다. 그 곳은 알몸의 공간이며 곧 자연의 공간이다. 이때 시인도 한 사
람의 자연인으로 돌아가 산과 바다와 하늘에서 나는 자연의 소리대로 그

---

16) <랑데부>에서.
17) <사랑으로>에서.

렇게 노래한다.

어머니처럼
그대는 높고 넓어
구름이 태날만큼—
무릎위에 나를 안았다.
—중략—
한가닥 실오리를
걸치지 않고
우람하게 해묵은
바위에 기대서면
自然 그대로
남자마다 지닌
자라 모가지가
흉하지 않았다.
—중략—
아아 瀑布를 입은 알몸!
더욱 무엇으로 치장하랴
어느 白雪
어느 眞珠 목걸이?
쏜살같은 물결이
온몸에 薄荷를
부벼 넣었다
—중략—
물, 바위, 수풀,
이렇게 三神이 빚어낸 그대를
힘들 바 없이
선선함이 받들고 있다!
宇宙도 眞理도
빈틈없이 움직이는

生命이기에!

-〈智異山 讚歌〉에서

시인으로 하여금 몸이 해체되는 현실의 고통에서, 그 죄의식과 허무의
식에서 벗어나게끔 계기를 마련한 것이 바로 자연이다. 최초 순수의 공간
인 자궁에서 시인이 어린아이의 모습으로 태어났듯이 시인은 지리산이라
고 하는 자연의 무릎에서 부활한다. 자연이 그의 어머니이기에 그 앞에서
비록 알몸을 드러낸다 해도 하등 부끄러울 것이 없다. 어머니인 자연 그
자체가 아무런 장식도 없는 알몸 그대로이기 때문이다. 이때 시인의 감각
은 후각이 지배하고 있다. 몸의 탄생 공간에서의 내적 속삭임, 즉 청각이
나 현실 공간에서의 시각적 감각에 비해 후각은 보다 원초적이며, 본래적
이다. 몸 그 자체에 보다 더 충실한 감각이라 할 수 있다. 그래서 이 시기
에 언어는 다분히 서정적이다. <내가 다닌 蓬萊山>·<智異山 이야
기>·<濟州섬이 꿈꾼다>·<智異山 메아리>·<바다>·<丹楓>·
<바람과 나무>·<山이 있는곳에서>·<雪嶽山 百潭寺>·<喜方瀑
布>·<개울>·<나무는 즐겁다>·<첫날 바다>·<水仙의 慾>·
<비오는 五臺山> 등의 시편이 그것이다. 시인은 시집『유혹』속에서
'꽃'으로 상징화된 몸을 자연 속에서 구체화시킨다. 그것은 '알몸의 시학'
이라 할 수 있다. 알몸으로 돌아감으로써 시집『하여지향』에서 풍자했던
세상은 '가벼워지고'[18] '싫지 않은 마을'[19]이 된다. 그것은 자연과의 합일
에서만 가능한 것이며, 시인의 시적 세계는 '우주'로 통하며, '중도의 세
계'[20]에 종착하게 된다. 이것은 시인이 말년에 보여준 '초월적 세계'로 통
하게 된다.

---

18) <그대는 내 가슴을……>에서.
19) <싫지 않은 마을> 참조.
20) <宇宙時代 中道讚> 참조.

이상하여라
그 뒤에도 외로움은
젖꼭지를 물린다
노래를 준다
세상이 심지처럼
핏줄을 타오르고
宇宙가 銀河水를 기울인다
아아 목을 축인다

- 〈사랑으로……〉에서

4) 몸의 영원성과 명상적 언어

몸의 재생을 통해 자연과의 조응을 꾀했던 시인의 시작태도는 1975년 이후 임종시까지의 시편들에서 '도(道)'라고 하는 동양적 사고에 기초하여 몸의 영원성을 추구하는 것으로 나타난다. 이 시기는 시집『월정가』의 세계가 보다 심화된 세계라 할 수 있다. 시집『월정가』의 세계를 거치면서 초기 시집『유혹』과『하여지향』에서 나타난 서구지향적 사유체계가 자연스럽게 동양적 사유체계로 전이하게 된다. 그러한 시편들은 유고시집『시신의 주소』에 수록돼 있다.

(1) 초월적 영원성의 공간

내몸은 名山이다
그대몸은 大川이다.
우리몸은 살아가는 理致다.
우리몸은 道理를 이룬다!
우리몸은 죽어가는 이치다

이치는 깨알처럼 쏟아진다
이치는 잠처럼 쏟아진다
그리고도 이치는 햇살처럼 쏟아진다
　　　　　　　　　　　　　　　－〈내몸은〉의 전문

몸은 자연(명산/대천)이다. 시인은 자연의 '도리(道理)'와 합일됨으로써
몸의 이치를 깨닫게 된다.

　　시인에게는 머리가 달린다. 염통이 들린다. 핏줄이 힘줄이, 무성한
　　숲이 달린다. 뼈다귀가 바위처럼 들린다. 산지사방으로 뻗은 핏줄 속
　　을, 마치 실개울처럼 피가 울리며 달린다. 아아 살이 눈사태난다!
　　　　　　　　　　　　　　　－〈아아 처음으로 마지막으로!〉에서

우리 몸이 태어나 살고 죽는 그 과정이 자연의 이법 그 자체이기 때문
에, 우리 몸이 자연의 실현체로서 하나의 소우주가 되는 것이다. 그래서
『시신의 주소』라는 시집 제목이 내포하고 있는 의미는 자연스럽게 인지
된다. 그 이치를 시인은 지금 온 몸으로 천지 사방 곳곳에서 체감하고 있
는 것이다. 그런데 이 시기에 시인은 시간의 단선적 흐름에 대해 회의하
게 된다.

　　세월은 백년을 하루같이 지나치는 손님이다.
　　　　　　　　　　　　　　　－〈천지는 만물을……〉에서

손가락에서 사뭇 가락이 흥청댄다
이는 옛적인가 지금인가 아득히 올 때인가
　　　　　　　　　　　　　　　－〈산골물가에서〉에서

이것은 서양사유에 대한 회의로 이어져 장자의 철학에 몰두하는 면모

로 드러나며, 그 결과 몸은 형체를 상실한다.

> 내 뱃속은 보이지 않는다 나는 모른다
> 내 염통은 보이지 않는다 나는 모른다
> 내 머릿골은 보이지 않는다 나는 모른다
> —⟨내 뱃속은…⟩에서

> 그에게는 눈과 귀와 입이 없다
> 그러면서도 그는 가장 높은 帝王이다—
> —중략—
> 그는 있고 없기 전에 뭉친 마음뭉수리
> 그는 두루 도는 마음뭉수리……두루몸뚱어리……
> —⟨莊子의 詩學⟩에서

그것은 몸의 해체나 타락이 아니라 몸이 영원성을 획득하는 것을 의미하는 것으로, 몸(사물)과 말(시)의 일치를 꿈꾸게 됨으로써 세상으로 향하는 말의 길은 끊기고 초월적 세계만이 남게 된다.

> 몸에 붙지 않는 옷이 있고 말이 있다
> 그러나 몸에 붙는 옷처럼 말이 내 몸에 붙는다
> 마치 영자처럼 귀신처럼 붙는다
> 말을 거울삼아 나를 비춰본다
> 말 속에 있는 내가, 황홀
> 한 내가 바깥세상을 비추어 본다
> 짯짯이 나를 살피는 말이여
> —⟨말과 몸⟩에서

(2) 만대(萬代)를 꿈꾸는 노래

> 말도 안되는 말이지만 어떻게 듣고 보면 참말이 되는 말……
> 진짜! 진짜말! 진주처럼 빛나는 말……참말씨……참외말씨……
> 오이씨 말씨…… 씨가 먹은 말……말이 먹은 씨……말씨……
> 땅……알몸 같은 알찬 말……億萬개 활개치는 나들이옷……
>
> ―〈말도 안되는 말이지만……〉의 전문

그의 시는 언어 도단이다. 그러나 몸과 말의 일치를 통해서 인간이 몸으로서 존재하는 한 그의 말인 그의 시는 영원할 것이다. 이때 그는 다시 '티끌'로 돌아가는 것이다. 아니 그 '씨'를 통해 다시 돌아오는 것이다. '씨'의 끝없는 확산을 통해 그는 늘 있는 것이다. 그렇게 그는 만대(萬代)의 문학을 꿈꾸고 있다. 지금까지 그의 시 역정 속에서 드러나는 실체는 바로 시인의 순수성임을 다음 시는 보여주고 있다.

> 세상은 항시 탁하기마련
> 詩人은 항시 맑아야하기마련
> 맑은 세상이 언제 있었지?
> 탁한 詩人이 언제 있었지?
> 그는 흐리자마자 세상이 된다.
> 年代의 文學이 언제 있었지?
> 萬代의 文學만이 살아남는다
>
> ―〈萬代의 文學〉의 전문

3. 교합과 주체성의 시학

1) 한국 시문학의 새로운 자각―『시학평전』

30년대의 김기림과 최재서의 시론 이후 우리 현대시사에서 하나의 전환점을 이룩했을 뿐만 아니라, 현대시분석에 새로운 지평을 열었다[21]고 평가되고 있는『시학평전』의 내용은 다음의 세 가지로 요약된다[22]. 첫째는 작품 그 자체를 면밀하게 분석하는 실지비평의 방법을 취하고 있고, 둘째는 동서문학배경을 비교하여 그 차이와 대조되는 면을 밝히려 하였으며, 셋째는 시창작의식과 시작의 과정을 드러내려고 한 점을 들 수 있다. 이때 동서양의 문학배경과 문화전통을 중시하여 한국의 시문학을 기름지게 하려는 집필 목적[23]에 주목하여 그 내용을 살펴보면 거기에는 한국 시문학의 의식적 측면과 기법적 측면에서의 고민을 담고 있다. 이러한 고민의 출발은 의식적 측면에서 한국 시문학에 결핍되어 있는 역사의식과 현실감각, 그리고 세계적인 보편성을 획득하지 못하고 있는 예술성과 깊이와 엄밀함이 결여된 시적 표현에 있다. 이와 같은 한국 시문학의 결핍상황을 극복하는 통로로 송욱이 상정하고 있는 것은 서구의 시의식이며 기법이다. 이처럼 한국문화와 외국문화의 변증법적 관계 속에서 우리 문학을 건설하는 방법적 모색이 담겨진 글이『시학평전』이다[24].

(1) 역사의식과 비평의식의 교합

송욱은 시에서 '의식'을 중요시 한다. 특히 의식의 엄밀성과 보편성을 강조하는데 그러한 의식이 시간의식과 결부될 때 하나의 역사의식을 형성한다고 보고 있다. 그래서 역사의식이란 전통을 비판적 시각으로 바라보면서 현실을 직시하고 미래를 예견하는 태도에서 비롯된다. 그러한 역사의식이 동양의 상고주의에서는 찾아볼 수 없다고 판단한다.

21) 김학동 외, 앞의 글(2000), 376면.
22) 송 욱, <序文>,『詩學評傳』, 일조각, 1963, 3면 참조.
23) 앞의 글.
24) 앞의 글, 5면.

이처럼 전통 부재의 역사의식과 대비되고 있는 서구의 역사의식이 T.S 엘리어트의 전통관이다.

> 엘리어트는 전통이 지닌 질서를 날카롭게 의식하는 면에서는 전통
> 주의자이지만 새로운 작품이 전통을 바꿔놓는다고 본 점에서는 모더
> 니스트이다. 그는 언뜻 생각하기에 서로 대립되어 있는 듯이 보이는
> 이 두 면을 한 몸에 지니고 있는 시인이다.[25]

이처럼 송욱은 엘리어트의 역사의식을 매우 동적인 생각, 변증법적인 사상이라고 보았다. 이것이 상고주의에 빠져있는 우리에게 부족한 점이라고 생각한 것이다. 즉 서양은 상호변화의 전통주의지만 동양은 과거지향적인 일방적 전통주의로 변별하고 있다. 여기서 전통지향적이면서 미래지향적인 송욱의 시학이 나온다. 그것이 과거와 현재의 교합을 통해 변증법적 움직임을 갖는 주체성이 있는 미래의 문학이다.

이러한 역사의식은 동서양의 시간관을 비교하면서 드러나고 있다. 성 아우구스티누스의 『고해』를 예로 들어 서양의 시간관을 동적인 것으로 파악하고 거기서 분석, 논리, 운동을 주목한다. 반면에 육기, 나선비구의 불교적 시간관은 비논리적, 비분석적인 정적인 사상이라고 본다. 그래서 서양의 사상사는 의식의 역사인데, 우리의 전통에는 출발부터 의식과 논리의 건축이 없었다[26]고 보았다. 그러므로 송욱이 도모하는 시학은 서양의 의식과 논리를 교합하는 것으로서 역사의식과 더불어 비평의식을 주목하고 있다. 그래서 송욱은 성숙한 시인의 경우에는 제작자와 비평가가 하나의 통일된 인격을 이룬다[27]고 보았고, 젊은 시인은 과거의 모든 작품을 이미 만들어진 것이고, 장차 자기가 써야 할 것은 결코 아니라는 사실

---

25) 『시학평전』, 14면.
26) 앞의 책, 17면.
27) 앞의 책, 26면.

을 똑바로 명심한 뒤에야 비로소 모방하는 단계를 벗어날[28] 수 있으며, 오오든이 말하는 하나의 검열관[29]이 되어야 한다는 것이다.

그 결과 새로운 전통의식을 위한 가정으로서, 송욱은 세계문학전통의 동시적 질서를 생각한다. 이는 문학의 보편성과 세계화를 주장하는 것으로, 동양의 <예술즉여기(藝術卽餘技)> 사상은 부정되고, 유럽문화의 특징인 수학과 과학, 그리고 묘사적 논리가 수용된다.[30] 송욱의 이러한 역사의식과 비평의식은 발레리의 '엄밀성'과 '보편성'에 의지한 생각이라 할 수 있다.

(2) 내면성과 지성의 교합

한국시의 의식적 측면과 더불어 송욱이 지적하고 있는 한국시의 기법과 시적 태도에서의 문제점은 상상력의 결핍과 지성의 결핍이다. 송욱은 코울리지의 상상력 이론과 미국 신비평가인 브룩스의 역설과 아이러니의 미학에 대해 언급하면서, '시를 빚어내는 창조력은 논리나 과학적 합리성을 뛰어 넘은 요소를 반드시 지니고 있는 것'[31]이라 하고 훌륭한 작품은 '역설이 발전하는 과정'이라 정의한다. 이런 측면에서 황진이의 시가 갖고 있는 내면 공간의 안정감 혹은 초월감은 높이 평가되는 반면에, 소월의 자연성이 갖는 반문명성은 비판을 받는다. 여기서 송욱이 주목하는 것은 제작자로서의 시인의 시적 태도이다.

또한 송욱은 미국의 신비평이 갖고 있는 과학적인 분석 태도를 비판하면서 "시는 복잡한 의미의 저편에 여전히 존재한다고 생각되는 시의 범

---

28) 앞의 책, 28면.
29) 앞의 책, 29면.
30) 앞의 책, 38면.
31) 앞의 책, 132면.

위를 넘어서는 그 무엇"[32]이라고 말한다.

> 본느후아는 리챠아즈와는 달리 시도 그 특유한 영역에서 객관적 진
> 리를 표현한다고 생각한다...시는 구체적이며 개체적이고 실존하는 것
> 을 대상으로 삼는만큼, 시가 지니는 객관적 진리는 단일하고 분할할
> 수 없는 것이다....이처럼 시를 추상적 가설로 만드는 리챠아즈의 잘못
> 은 그 원인이 언어가 어떤 사물이나 내용을 전달하는 기호라고 보는
> 생각에 있다고 본느후아는 주장한다...그러나 시에서 언어가 발휘하는
> 기능은 <기호일 뿐만 아니라>, 개체적 존재인 작품을 만드는 활동,
> 즉 존재를 창조하는 활동 그 자체다....이것을 본느후아는 강조한다.[33]

이처럼 송욱은 시의 초월적 내면성을 강조한다. 이러한 내면성의 강조
는 시의 현대성과 맞물려 한국 모더니즘 시를 비판하는 근거가 된다. 이
는 서양의 문학의식을 비판적으로 검토한 후 우리 문학의 현실적 자각을
통해 그것을 수용하려는 수순이라 할 수 있다. 그래서 김기림의 시와 시
론은 다음과 같이 평가된다.

> 기림이 이룩하려던 <시의 과학>은 끝내 몽상에 지나지 않았으며,
> 그의 『시론』은 리챠아즈 기타 외국 문학에서 얻은 단편적 지식의 두
> 루뭉수리를 꿰뚫고 나오는 과학과 새로운 것에 대한 신앙고백이 되풀
> 이 된 것에 지나지 않았다.[34]

마찬가지로 정지용의 시는 "기림보다 더욱 전통을 알고 있었다. 그러
나 그는 전통을 변화시키지는 못했으며 초기에는 전통을 아주 등지고, 후
기에는 전통에 그냥 안주하고 말았다"[35]고 비판한다. 특히 보들레르와 지

---

32) 앞의 책, 155면.
33) 앞의 책, 155면.
34) 앞의 책, 183면.
35) 앞의 책, 206면.

용을 비교하면서 보들레르가 상징주의의 내면화를 훈련했다는 것을 강조한다. 다시 말해 우리 시의 과제의 하나로서 상징주의를 흡수하고 넘어서는 것을 전제로 하고 있다. 이러한 근거로서 보들레르의 시적 재능이 비판하는 지성과 결합되어 있음을 든다. 결국 한국의 모더니즘에는 내면성과 더불어 지성이 결핍되어 있음을 지적한 것이라 하겠다. 이때 송욱이 말하는 '지성'이라는 것은 완고하게 굳어진 것이 아니라 유동적으로 전환, 결합, 교환된 것을 본질로 하고 있다.

궁극적으로 서양의 시인 중에서 송욱은 보들레르를 내면성과 지성을 겸비한 전범으로 들고 있다. 이는 "상징시는 인간 존재의 깊이에서 역사적 현실도 훌륭하게 다룰 수 있다는 사실을 증명하며, 근대문명과 인간성의 어떤 보편적인 본질을 다룬다"[36]는 지적에서도 볼 수 있듯이 한국시의 새로운 시적 태도를 교합적이면서도 주체적인 시각에서 찾으려는 송욱의 시학적 열망을 드러내는 것이라 하겠다. 그래서 송욱은 역사의식과 비평의식을 겸비하고 있으면서도, 기법적으로 현실과 내면적 거리를 두고 비판적 지성을 드러낸 한국의 시인으로 한용운을 지목하고 있는 것이다.

2) 한국문학의 정체성 확립―『문학평전』

『시학평전』이 한국 시문학의 새로운 지평을 열었다면, 『문학평전』은 소설 및 사상 전반에까지 그의 비평영역을 확대한 저작이다. 송욱은 이 책에서 윤리적 비평·사회적 비평·예술적 비평의 방법론을 통해 한국문학의 정체성을 확립하고자 한다. 즉 예술성과 사회성, 윤리와 반윤리, 과학과 상상력, 과거와 현재, 서양과 동양의 변증적 통합 속에 궁극적으로 우리 문학에 대한 주체성 찾기를 모색하였다. 그러므로 『문학평전』은

---

36) 앞의 책, 233면.

송욱의 현실안이 드러나는 저술이다. 그것은 휴머니즘과 반항이라는 용어로 축약된다. 그런 면에서 송욱의 시학은 반항의 시학이기도 하다.

송욱은『문학평전』의「서문」에서 문학의 목표와 문학의 구실, 나아가 참된 문학의 의미를 밝히고 있다. 그는 '문학의 목표'를 자아와 사회와의 관계 속에서 어떤 통일된 의미를 모색하는 것으로 보고 있다.[37] 다시 말해 문학은 자기기만에 빠지기 쉬운 인간성을 드러내어 이것을 통일된 의미로 이끌어 가려는 노력을 그 구실로 하고 있다는 것이다. 그리고 문학 비평의 방법을 윤리적 비평과 사회적 비평, 그리고 예술적 비평으로 나누고 이것을 문학의 기능과 각기 대응시킨다. 그래서 '참된 문학'은 문학의 예술성과 사회성의 적절한 교합으로 보고 있다. 이처럼 교합의 태도를 견지한 표본으로 송욱은 까뮈와 바슐라르를 들고 있다. 즉 까뮈가 유럽사상사를 <반항>의 틀에서 살펴본 다음 예술과 정치의 상호 보완적 역할을 파악한 점과 바슐라르가 과학의 시학을 견지하면서도 인간의 상상력을 존중한 것에 큰 의미를 부여하고 있는 것이다.

우리 문학의 경우에는 이광수와 이상의 경우를 들어 그 윤리와 반윤리를 언급하고 있다. 그 결과 이광수의 소설을 통속적인 것으로 규정하고 나아가 우리 문학의 통속성을 리프먼의 <상투형>개념을 가지고 비판한다. 그리고 동서양의 문학을 비교함으로써 그 문화와 문학의 차이점을 극복하고 공통된 공간을 마련하려고 한다. 이처럼 송욱은 비평 방법의 모색에 골몰한 흔적을『문학평전』에 쏟아내고 있는 것이다.

(1) 예술성과 사회성의 교합

송욱은 이광수의『흙』과『무명』, 이상의『날개』를 비교하여 예술성에

---

37)『문학평전』,「서문」, 1면.

대한 자신의 견해를 밝힌다. 이광수의 작품에서 지적되고 있는 것은 상투
형의 기술과 허구적 윤리성이다. 또한 이상의 소설에서 송욱이 문제삼은
것은 그의 반윤리적인 측면이다. 자의식의 과잉이나 신심리주의, 초현실
주의의 발로라는 이상의 영광은 한낱 사춘기의 자기기만에 불과하다는
평가에 의해 그 빛을 잃고 있다. 이러한 송욱의 비판적 잣대는 문학의 사
회성이다. 이광수와 이상에게는 예술가의 특유한 본래적 윤리를 기대하
기 어렵다는 것이다. 그 근거로 제시되고 있는 작가의 모랄은 달리 말한
다면 그것은 작가의 주체성에 관한 문제였다.

> 감옥과 같은 1930년대 일제하의 이 나라에서도, 어느 정도 근대사회
> 는 비롯되고 있었고, 유럽의 사조는 밀려 들어왔으나, 그것은 결국 일본
> 을 거쳐서 받아들일 수밖에 없어, 일그러지고 물탄 것이 되기 쉬웠다.[38]

이러한 지적 속에는 근대성이라는 것이 단순히 '감정적 포오즈'에 그
쳐서는 안되고 자아와 세계와의 교류를 통해 만들어내는 인간 의식적 측
면의 강조가 있어야 된다는 점이 드러난다. 이때 비교대상으로 삼은 작가
가 사르트르이다. 사르트르의 『공손한 창부』(La Putain respectueuse, 1946)
와 이상의 『날개』의 비교를 통해 이상은 생명에 대한 외경, 사회윤리, 증
언정신이 결여돼 있는 반면, 사르트르는 이러한 점을 모두 소유하고 있다
고 지적한다. 그러나 이러한 지적의 이면에는 1930년대의 문제가 비판의
대상이었다기보다는 1960년대의 상황에 대한 위기의식이 더 농후했던 느
낌이 든다.

송욱은 알베르·까뮈의 저서인 『반항하는 인간』에서 서구인의 반항을
그리고 조선조 말기의 개화과정에 일어난 반항운동을 통해 한국인의 반
항을 살피고 있다. 이 때 송욱의 의도는 우리 문학의 주체성과 사상적으

---

38) 『문학평전』, 79면.

로 기름진 발전을 꾀하는 데 있다. 그 주체적 역사의식은 비이데올로기적인 것으로 외래사상의 신봉과 도피 모두를 비판하는 것이다. 그것은 60년대의 현실적 문제와 결부되어 있다. 즉 이데올로기의 극단적 대립이 그것이다.

송욱의 현실의식은 현실이 부조리하다는 것이다. 여기서 까뮈가 말하는 부조리는 새로운 가치의 창조를 위한 태도를 철저하게 가지려는 하나의 역설적 방법이라고 생각한다. 그래서 부조리의 의식이 철저하면 할수록 우리는 자살이나 살인을 감행하든지 새로운 자기를 창조하든지 두 길밖에 없다는 것이다. 거기에 반항이 있다. 그러나 송욱이 의도한 반항은 결코 자살이나 살인이 아니라 창조에 있음은 그의 주체의식에서 그 근거를 찾을 수 있다. 그리고 반항 의식은 <자유냐 죽음이냐> 하는 의식이기도 하다. 이 때 반항은 반드시 이기적인 동기에서만 일어나는 것이 아니다. 결국 송욱이 까뮈의 <반항의식>에서 주목한 것은 반항이 지니는 이타성이다. 이는 문학의 예술성과 관련하여 사회성의 중요성도 간과해서는 안된다는 그의 일관된 논지에서도 확인할 수 있는 것이다. 그가 대상으로 삼고 있는 반항은 어디까지나 사회적인 반항이기 때문이다. 그것은 다시금 그의 일관된 비평정신인 주체성과도 연결이 된다.

송욱이 60년대라는 현실을 인식하는 데 있어 문제삼는 것은 인간적 가치이다. 즉 까뮈가 말하는 반항이다. 모든 사람의 연대의식 위에 그 도덕적 가치를 이룩하려는 노력이다. 그것은 자연스럽게 송욱의 휴머니즘에 대한 생각으로 이어진다. 여기서 인간에 대한 사유는 신과의 관계에서 이루어지게 된다. 송욱의 신관은 까뮈의 신관을 통해 드러난다. 까뮈는 형이상학적 반항인을 통해 신과 대결하게 되는데 그것은 인간중심적인 휴머니스트의 면모이다. 까뮈가 신을 부정할 때 그것은 신의 존재를 부정하기보다는 신에 대한 도전이 된다. 거기에 인간의 역사가 존재하게 된다.

그 역사 속에서 까뮈가 인간의 자유를 중요한 원동력으로 삼았듯이 송욱
역시 인간의 자유를 근간으로 하는 윤리와 혁명에 초점을 맞추고 있다.
이때 윤리와 혁명은 인간의 자유에 값하는 덕목이 된다.

　여기서 송욱은 역사적 니힐리즘에 대해 언급하게 된다. "역사적 니힐
리즘은 모든 윤리적 규범을 무시하고 역사만을 거룩한 것으로 섬기는 것
을 말한다"[39]. 이렇게 볼 때 이광수는 역사적 니힐리즘에 빠져 있다고 하
겠다. 이광수는 인간의 윤리를 무시하고 당대 역사적 현실에 복무한 점이
인정되기 때문이다. 이러한 역사지상주의는 당대 정치권력에 대한 굴복
을 의미하는 것으로 이에 대한 거부가 반항정신인 것이다. 결국 이광수는
파시즘에의 신봉자일 따름이다.

　송욱은 60년대를 니힐리스트들이 옥상을 차지한 시대로 파악하고 있
다. 그래서 허무화의 기술만이 발전한 시대라고 진단하고 있다. 신이 떠
나버린 자리에 역사가 들어서 있는 형상이 60년대임을 송욱은 간파하고
있다. 그 역사는 공산주의와 파시즘이라는 도덕적 니힐리즘이기도 하다.
혁명은 역사의 산물이다. 그러므로 역사의 가치는 반항에서 이루어져야
한다는 논리이다.

　송욱이 까뮈의 반항을 수용한 이유는 예술이 무엇인가 혹은 예술은 어
때야 하는가에 대한 고민이었다. 예술 또한 반항의 자질을 갖고 있기 때
문이다. 이렇게 볼 때 반항의식은 창조욕구라 할 수 있다. 이러한 반항정
신의 예술적 표출이 시에서 나타난 것이 쉬르레알리즘이다. 신에 대한 도
전, 인간중심의 사고에서 까뮈가 언급한 형이상학적 반항의 일단을 볼 수
있다. 초현실주의 시의 비합리성, 신이 빈자리에 놓은 신비주의, 욕망의
시학 등은 반항의 시학이기도 하다. 전체성이 아닌 통일성에 대한 갈망,
전체성은 혁명의 시학이고 통일성은 반항의 시학이다. 송욱이 초현실주

---

39) 앞의 책, 126면.

의에 집착하는 데서 60년대의 잔상을 역추적할 수 있다. 그 전체성과 합리성의 차꼬에 채여 송욱도 또한 신음하고 있음을 짐작할 수 있다. 그 시대가 예술의 무덤이 되는 시대이기도 하다는 것을 말이다.

송욱은 또한 예술에서의 스타일을 중요시 한다. 예술가는 스타일을 통해 특이한 것과 보편적인 것의 통일성을 이루어내기 때문이다. 까뮈는 예술에서 스타일을 추구할 때 그 시대는 통일성을 열렬히 갈망하는 시대로 본다. 그처럼 송욱도 60년대를 예술적 전환기로 파악하고 있는 것이다. "까뮈는 소설을 동의(同意)의 소설과 이의(異議)의 소설로 구별한다. 그리고 형식과 스타일을 부정 혹은 거부의 힘이라고 생각한다"40). 왜곡이야말로 예술과 항변의 표지이다. 그리고 반항의 창조성과 풍요성도 거기서 나타난다. 이것은 스타일을 통해 이루어진다. 그러므로 위대한 예술형식은 가장 훌륭한 반항의 표현이다. 위대한 예술, 스타일, 참된 반항, 이 세가지는 양식화와 실재의 긴장된 조화에 있는 것이다. 다시 말하면 내용과 형식의 유기적 통일성을 의미하며, 예술성과 사회성의 교합을 의미한다. 까뮈가 극복하려는 것은 역사지상주의, 혁명, 니힐리즘이다. 여기서 반항이 새로운 모랄로 등장하는 것이고, 그 반항의 참된 모습이 예술이다. 이것이 송욱의 시학이다. 역사지상주의는 반윤리적인 면에서, 혁명은 전체성을 신봉한다는 점에서, 니힐리즘은 휴머니즘에 대한 거부이기에 극복의 대상이 되는 것이다. 반항의 철학은 모험의 철학이다. 그러나 주목해야 하는 것은 송욱이 비록 까뮈의 반항정신을 아날로지하지만 그 반항의식을 우리의 역사 속에서 찾으려 하고 있다는 것이다.

---

40) 앞의 책, 142면.

(2) 동서시학의 교합

송욱은 시에서도 형식과 내용이 미학적으로 조합된 예술의 시학을 정립하기 위해 동서의 시학을 비교한다. 김억과 시몬즈를 비교하면서 함께 비판하고 있는데, 우리시에 대한 김억의 절망에 대해 송욱은 김억이 우리 현대시의 초창기에 있었기 때문일 것이라고 진단한다. 이러한 진단 속에서 송욱은 주체적 비평정신의 일면을 보인다. 즉 송욱은 우리 문학의 자기비하, 자기 분열, 열등감을 극복해야 한다고 보고 있다. 그리고 김억이 시몬즈의 시관을 무드(mood)로 본 것에 대해, 그 정조로 번역된 것이 감정과 마음의 상태인 '기분'이라고 지적한다. 그래서 김억의 시학을 송욱은 '기분(氣分)의 시학(詩學)'으로 평하고 있다. 그런데 이 '기분의 시학'은 불란서 상징시학이 아니라 영국 퇴폐주의라고 본다. 김억은 시몬즈의 시론을 평론집『산문과 운문에 관한 연구』(Arthur Symons ; Studies in Prose and Verse, 1922)의 서문을 통해 인용하게 된다. 송욱은 이 저술을 통해 시몬즈의 '기분의 시학'을 살피고 있다.

즉 시몬즈의 예술지상론은 예술의 원리가 도덕의 원리 위에 위치한다고 본다. 도덕은 시대사조에 따라 변할 수 있지만, 예술은 영원하기 때문이라는 것이다. 인간성이란 자연의 일부로서 영원한 실체이며 그 실체를 아름답게 빚어내는 것이 예술의 기능이라고 본다. 여기에 대해 송욱은 도덕의 변화는 곧 예술의 변화를 가져올 수 있다는 점과 인간성 역시 달라진다는 논리를 들어 진실에 가깝지 않다고 본다. 단지 시몬즈가 살던 당대의 도덕성에 대한 반발로서 표출된 견해라고 비판한다.

또 하나 시몬즈의 시론에서 송욱이 관심을 가진 것은 상징에 관한 생각이다. 시몬즈는 우리 눈앞에 있는 세계 전체를 하나의 상징으로 본다. 그래서 외계의 현상을 도덕적으로 판단하여 시의 주제로서의 적당, 부적당을 가리고, 외계의 현상보다는 인간의 내심이 더욱 무한하며, 영원하다

고 주장한다. 송욱은 이러한 시몬즈의 생각이 상징주의로부터 기분 혹은
감정적 주관론으로 치우친 것임을 지적한다. 그리고 시몬즈는 도덕을 종
으로 삼을 수 있는 영원한 예술의 주제로서 '인간의 기분(the moods of
men)'만을 든다. 그 '잔물결'의 기분이 표출된 것이 시라는 것이다. 그러
나 시의 주제가 단순히 기분의 존재밖에 되지 않는다는 것이 송욱에게는
불만이며, 예술의 영원성은 시의 순간성으로 해서 마찬가지로 영원하지
못할 수 있다는 모순에 빠짐을 지적한다. 여기서 이러한 시몬즈를 위대한
시인으로, 비평가로서 지목한 김억의 안목이 문제가 된다. 결국 송욱은
김억이 수용한 상징주의가 시몬즈의 기분의 시학처럼 그 분위기만을 수
용한 것임을 비판하고 있는 것이다. 김억이 불란서 상징시인 중에 베를레
느를 중요하게 생각한 것을 그 증거로 들고 있다. 송욱에게 있어 시몬즈
와 김억의 시학은 기분의 시학 곧 순간성의 시학에 지나지 않았다. 사람
과 예술에서 중요한 것은 기분만이 아니라 무언가 더 영원한 것이 있을
거라는 믿음이 그에게는 있었던 것이다. 그것이 실천된 것이 송욱의 시인
것이다.

　시몬즈의 '기분의 시학'은 소월의 「시혼」[41]에 나타나는 영원불변설에
영향을 미쳤다고 송욱은 파악한다. 즉 시몬즈가 예술의 원리는 영원하다
고 주장한 것이 소월에게 영향을 미쳤다는 것이다. 그러면서 시몬즈와 소
월의 시론이 갖고 있는 유사성을 예를 들어 비교한다. 소월은 인간에게는
그림자와 같이 가까운 영혼이 있다고 한다. 그 영혼의 실체가 영원불변한
시혼의 본체라고 주장한다. 그래서 시작품은 음영, 즉 그림자라고 한다.
여기서 송욱은 시몬즈의 '기분의 시학'이 소월에게 와서 '그림자의 시학',
'음영(陰影)의 시학'으로 둔갑했다고 말한다. 이에 대해 송욱은 소월이 동
양 사람으로서 무(無)에 대한 애착을 표시한 것이라고 해석한다. 이러한 결

---

41) 『개벽』 59호.

론에 도달한 것은 송욱의 주체적 시학에서 비롯된 것이라 볼 수 있다. 소월이 비록 시몬즈의 시론을 수용하려 했지만, 결국은 자신이 경험한 동양적 의식에서 자유로울 수 없었다는 것을 부각시킴으로써 주체적 시론의 확립이 송욱에게 중요한 문제임을 암시하는 것이라 하겠다. 이러한 동양 지향적 의식은 송욱의 유고시집인 『시신의 주소』에서 그대로 실천된다.

또 한번 언급되는 것이 시몬즈의 '기분의 시학'을 수용한 김억의 '정조의 시학'이다. 김억이 절망한 것은 우리의 언어였다. 그래서 그는 표현보다는 주관적인 시상(詩想)을 우선시 한다. 그것이 시라는 것이다. 이에 대해 송욱은 예술에 있어서의 표현지상적 태도와 표현의 힘을 중시하는 주장을 한다. 그리고 시인과 비시인을 구별하는 기준이 시상의 차이가 아니라 표현의 힘에 차이에 있음을 덧붙인다. 나아가 김억이 시론에도 절망하게 되고 그것이 찰나의 정조, 단순성과 소박성에 자리를 양보하게 된 것이라고 본다. 김억의 이러한 생각은 '순실한 순실성'으로 표현된다. 이러한 지적 속에서 송욱의 시론은 김억의 시론과 대척점에 자리하고 있음을 알 수 있다. 즉 시상에 의지하는 관념성, 즉 단순성에서 벗어나 표현의 힘에 의지하는 시의 영원성에 시의 본체를 두고 있다. 이러한 표현의 힘이 표출된 것이 『하여지향』을 비롯한 그의 시들이라 하겠다. 김억의 '단순시학(單純詩學)', '소박시학(素朴詩學)'이 가 닿은 것은 상징시의 음악성이다. 이처럼 김억이 음악성을 강조하게 된 것은 베를레느의 영향이라고 송욱은 판단한다. 여기서 김억이 불란서 상징주의를 일면만 인식했음을 지적한다. 그것이 '뉘앙스의 시학'이다.

결론적으로 시몬즈는 상징을 정조나 기분으로 잘못 이해했고, 그것을 그대로 수용한 것이 김억이나 소월의 '그림자의 시학'과 '단순시학'이라는 것이다. 그래서 김억은 오직 소월의 시만에 만족하게 되는 것이고 그 실천이 소월의 <금잔디>, <진달래꽃>이 된다. 여기서 송욱은 60년대

시단이 김억이나 소월의 범주에서 벗어나지 못하고 있음을 지적한다. 아직도 상징주의를 소화하지 못하고 있음을 비판한다.

송욱은 릴케와 나옹, 그리고 황진이의 공간에 대한 감수성 즉 그들의 내면공간의 성질이 어떤 것인가를 통해 동서양의 내면성을 비교한다. 릴케는 시간조차도 물질화하지만, 나옹은 육체를 비물질로, 정신적 경지로 몰고 간다. 여기에 황진이는 무한대의 우주와 자신을 일체로 만드는 내면 공간을 마련한다. 이들 동서양의 시를 비교하면서 송욱은 동서양의 사상을 비교하게 된다. 그리고 그것은 인간성의 거리이기도 하다는 점을 강조한다.

(3) 과학과 상상력의 교합

송욱은 창작과 비평을 겸하면서 작품의 일관성을 가늠하는 잣대를 찾는다. 이러한 고민 속에서 그가 도달한 것은 철학적 회의이다. 즉 자신의 행위와 존재에 문제의식을 갖게 된다. 그 보편적이고 초월적인 철학으로서 다음을 거명한다. 앙리·베르그송의『웃음. 희극적인 것의 의미에 관한 논문』(Le Rire, Essai sur la signification du comiqu, 1926), 사르트르의『존재와 허무』(L'Étre et le néant, 1943). 그러나 이 두 철학자에 대해 의문을 품는다. 베르그송의 기계적 사고와 사르트르의 시에 대한 무관심 때문이다. 이 때 시와 예술의 창조와 비평에 도움이 될 만한 철학자로서 가스통·바슐라르를 거명한다. 바슐라르의 시학에서 송욱이 주목한 것은 다음과 같다.

첫째, 바슐라르의 시론이 철학적 시론이면서도 구체적이라는 것이다. 그래서 작품의 세부까지 밝혀낼 수 있는 방법이 된다는 점이다. 그 이유가 불, 물, 흙, 공기 등 물질을 바탕으로 한 상상력을 염두에 두기 때문이라는 것이다. 둘째, 바슐라르 시론의 비사회적이고 비역사적인 측면이다. 물질을 우리의 내면성의 깊이와 대응하고 있는 깊이로 보고 있기 때문이다. 물질을 바탕으로 시의 세계, 문학의 판도를 조명하고 있다는 것이다. 그러나 그 비사회성과 비역사성이 오히려 보편성을 갖게 된다는 점을 주목한다. 더더욱 중요한 것이 바슐라르의 철학적 시론이 시의 비평이나 감상뿐만 아니라, 시의 창조력과 시흥까지 북돋아 준다는 것이다. 그것이 셋째이다.

송욱은 바슐라르의 세 번째 시론인 『물과 꿈. 물질적 상상력에 관한 논문』(L'Éau et les rêves: Essai sur l'imagiantion dela matière, 1942)을 인용하여 동서시(東西詩)에 나타난 물의 심상에 대해 언급한다. 먼저 '물질적 상상력(질료적)과 그 심화작용'에서 시는 두 가지 상상력의 협력에 의해서 이루어진다고 한다. 형식상상력과 물질상상력이 그것이다. 전자는 시각(視覺)에 의한 것이고, 후자는 내면적인 몽상과 같다. 여기서 물질적 상상력은 정신이 아니라 다만 형식에 대립되는 것이다. 그러면서도 물질적 상상력이 물질 속에 파고들면 '존재의 싹'에 다다르게 되고 거기에 내면적 형식이 있다고 한다. 송욱은 이 내면적 형식이 플라톤의 이데아적 형식과는 다른 것이고 그것을 뒤집는 것이라 말한다.

그 열린 상상력이라는 것은 우리의 상상력이 불, 공기, 물, 흙과 결합되어 이루어내는 꿈과 같은 것이다. 여기에서도 송욱은 항상 동서양을 비교한다. 상상력에 있어 그 공통점을 찾는데, 예로 든 경우가 중국 송대 곽희의 화론 『임천고치』이다. 바로 물과 대지와의 관계에 대한 생각이다.

다음으로 송욱은 물의 내밀성(intimité)에 주목한다. 워어즈워드(1770~1850)의 장시 『서곡(The Prelude)』 속에 나오는 '추억의 깊이'와 '물의 깊이'가 갖는 친밀성이다. 즉 물의 내면적 깊이와 우리 존재의 내면적 깊이가 서로 조응하는 것이 내밀성이다. 송욱은 이것이 곧 보들레르가 말한

'조응(correspondance)'이라 보고 있다.

이어 송욱은 물의 아름다움과 그 양과 깊이를 노래한 시인으로 폴·끌로델(Paul Claudel ; 1868~1955)을 든다. '꿈의 풍경'을 본 끌로델의 상상력을 인용하며 물이 가지고 있는 역동성 즉 탄력을 주목해야 한다고 말한다. 물과 불이라는 상극이 만나 역동성을 갖게 된다는 것이다. 거기에 몽상이 자리하고 있다. 송욱은 물의 탄력에 이어 물이 가지고 있는 원초성과 그 통일력에 주목한다. 역시 폴·끌로델의 <영혼과 물>이라는 시를 예로 든다. 그 통일력에 핵심은 조화이다. 물이 나타내는 모습은 비록 변화가 많지만, 물의 시학은 통일성을 지니고 있다는 것이다. 물의 언어와 인간의 언어가 그 액체성으로 해서 통일을 이룬다는 것이다.

다음은 물이 가지는 모성성이다. 어머니와 아들의 관계처럼 자연이 무한에 투사된 모친이라고 바슐라르는 말한다. 여기서 송욱은 아들이 어머니를 향하는 사랑, 즉 시인이 자연에 투사하는 상상력의 힘이 바로 이미지라고 한 것을 주목한다. 송욱은 이것이 시를 비롯한 모든 예술의 근본원리라고 본 것이다. 바다에 대한 모성을 표현한 사례로 든 것이 정지상의 시 <대동강>이다. 이 시에서 작별의 슬픔이라는 경험이 비와 같다고 보고, 이러한 경험이 우리의 내면적 깊이 속에 깊이 메아리칠 때 영원한 '꿈의 풍경'이 펼쳐진다는 것이다. 이 작별의 마음이 물과 조응하는 또다른 예로 황진이의 한시 <봉별소판서>를 든다. '매화의 향기가 피리소리에 응답한다는' 구절을 들어 그 아름다운 내면적 통일성을 주목한 것이다. 이것은 보들레르의 상징미학과 통하는 것이다. 이와 함께 폴·에뤼아르(Paul Éluard ; 1895-1952)의 바다와 물에 관한 작품을 예로 든다.

이러한 사례를 통해 송욱은 정지상의 시에 나타난 물이 엘뤼아르의 물보다는 그 물질성이 여리기는 하지만, 한국인의 눈물에 '육체'를 마련한 것을 높이 평가한다. 여기서 궁극적으로 송욱의 비평양상이 주체성에 있음을 확인하게 된다. 다시 말해 동서양 작품의 비교는 우리 고유의 예술성을 확립하려는 모색에서 비롯된 것이라 할 수 있다.

또 한번 물에 관한 시학을 펼친 글이 바로 「나르시스와 명경지수」이다. 우선 『노자』에 나타난 물을 주목한다. 노자가 물을 무위의 상징, '천하에서 가장 부드러운 것', 생명의 본질과 절대적 선의 상징으로 본 점이다. 이것은 바슐라르가 물에 대해 언급한 내밀성과 여성성과 같은 맥락이 된다. 회남자(淮南子)의 경우도 물을 일정한 모습이 없는 것으로 파악한 바 있다. 이 무형자의 지향이 물질인 물에서 시작하여 빛을 거쳐 다다르려 한다는 점에서 물질적 상상력이 바탕이 되고 있다는 측면에서 그러하다.

여기서 송욱은 나르시시즘을 통해 물이 갖고 있는 이미지의 실체에 접근하려 한다. 그는 물을 거울과 같다고 보고 거울에 비치는 얼굴에 의미에 대해 존재론적인 물음을 던진다. 이러한 보편적 물음에 대한 해답을 『삼국유사』에 나오는 '앵무새 이야기'에서 찾는다. 나르시시즘의 본질이 짝없는 사랑과 죽음이라는 것이다.

나아가 송욱은 물이 갖는 상상력의 본질에 접근하기 위해 물과 거울의 유사성을 파괴하는 시도를 한다. 즉 물(샘물)은 열린 세계이고, 거울은 닫힌 세계라는 것이다. 이것은 달리 말하면 자연과 인공간의 차이와도 같다. 그래서 시적 경험이 완전하게 표출되기 위해서는 인공적 사물로부터 출발하여 자연의 물질에 도달해야 한다고 말한다. 그 전범으로 송욱은 말라르메를 든다. 물론 거울을 소재로 한 시다. 여기서 말라르메를 가공되고 의식적인 시를 쓰는 시인이라고 평가하며 그의 시가 성공하는 것은 물이라고 하는 자연적 물질의 이미지가 도와주었기 때문에 거울 속에서 내면적 공간의 넓이가 심화될 수 있었다는 것이다. 또한 말라르메의 시에서 보이는 관능미의 비밀이 정신적이며 관념적인 차원을 떠나서, 물질적인 상상력의 발판을 마련할 때 풀릴 수 있다고 말한다.

이는 시각이라는 감각이 관능에 이르는 과정이다. 물을 바라보는 것은 단순한 시각적 가치이다. 그러나 물이 그 바라보는 대상을 나타내려는 의지는 관능적인 가치라 할 수 있다. 이러한 나르시스의 양면성이 이상화되어 우주 전체의 나르시시즘으로 확대된다. 이때 송욱이 거론하고 있는 시인이 가스께(Joachim Gasquet, 1873 - 1921)이다. 이 시인이 『나르시스』에서 "세계(世界)는 스스로 자신을 훌륭하게 압축해서 표현한 나르시스이다"라고 말한 점을 주목한 것이다. 이와 같은 차원에서 바슐라르가 쉘리와 키이츠를 언급하고 있다. 물이 나르시스의 도구로서 작용한 경우이다.

또한 송욱은 바슐라르가 나르시시즘을 심미적 규범을 절대시하는 범미주의의 싹이 된다는 점에 주목하여 범미주의에 천착하게 된다. 그것이 바로 '우주의 나르시시즘'과 흡사하다고 지적한다. 즉 개인의 나르시시즘과 우주의 나르시시즘이 서로 작용하면서 융합되어 가는 과정이 범미주의적 경험이라고 일컫는다. 달리 말해 시각과 그 대상의 결합이 상상력의 기본 원칙이 된다는 결론에 도달한 것이다.

송욱은 이것을 토대로 동양의 나르시시즘을 찾는다. 백낙천의 수지(水止, 고요하고 가만히 있는 물)의 시경(詩境)을 분석함으로써 동양에서 보이는 물과 인간의 상상력에 대해 언급한다. 그 결론은 『중용』의 사상에 입각해 있다는 것이다. 서구의 문학에서 모든 작가나 작중 화자가 자신의 모습을 물에 비쳐보는 것에 비해 백낙천은 물속의 자신의 그림자보다는 물 속의 학과 물고기를 응시할 뿐이다. 그렇기 때문에 보는 것과 보이는 것, 즉 주체와 객체의 대립이 존재하지 않는다. 다만 백낙천은 '보는 안목'과 '보이는 대상'의 통일을 꾀한다고 본다. 이러한 차이를 송욱은 나르시스와 군자의 차이라고 말하며 나아가 한국에 있어 근대 이전의 시세계와 근대 이후의 시세계를 갈라놓는 잣대로 파악한다. 그 실례로 『유산가』와 정지용의 『아침』[42]을 예로 든다. 전자가 근대 이전의 시세계를, 후자가 근대 이

후의 시세계를 드러내고 있음은 자명하다. 그런데 여기서 송욱은 후자의
시가 관능적 이미지를 갖게 된 것이 유럽시의 영향으로 파악한다. 그리고
한국시에서 관능적 이미지가 부족한 것이 관능에 대한 심리적 부자유 때
문이라고 파악한다. 실제 이 관능적 감각은 송욱의 시에서 실천되고 있음
을 볼 때 한국시의 문제점을 지적하고 그 대안을 모색하는 과정이 그의
시와 시론의 핵심이라 할 수 있다.

3) 시 분석의 실제 ─『'님의 침묵' 전편해설』

『시학평전』과『문학평전』에서 펼쳤던 송욱의 교합과 주체성의 시학이
실지비평으로 적용된 것이『'님의 침묵' 전편해설』이다. 이 해설서는 만
해의 문학과 사상에 대한 송욱의 남다른 관심을 드러내고 있다. 송욱은
시집『님의 침묵』전체의 주제를 '의정(疑情)에서 깨달음에 이르는 과정'으
로 보고 있다. 그리고 선종사에 있어서 깨달음의 경지를 '사랑의 시'로서
드러내어 우리들로 하여금 가까이 할 수 있게 하고 또 알 수 있게끔 하였
던 만해의 선구적 위상을 높이 평가하고 있다.[43] 한 마디로 송욱은 이 시
집을 깨달음의 경험을 내용으로 한 '증도가[44]'라 부르고 있다.

(1) 사상과 표현의 교합

송욱은『님의 침묵』에서 '헤아릴 수 없는 깊이'를 발견하고, 그 깊이의
정체를 밝히려 한다. 그리고 그 깊이의 출처를 다음과 같이 말한다. 첫째,
불교의 교리에 대한 심오한 지식과 지혜, 둘째, 의정에서 깨달음에 이르

---

42) "아아 유방처럼 솟아오른 수면!".
43) 김학동 외, 앞의 책, 379면.
44) 『'님의 침묵' 전편해설』, 3~4면.

는 과정을 다룬 주제의식, 셋째, 그러한 주제를 표현하기 위해 취했던 '사랑의 시'라는 형식 등이 그것이다.[45]

"모든 중생은 불성(佛性)을 지니고 있으나 망념(妄念)이 일면 본래의 맑고 깨끗한 본성(本性)을 잃어버리게 되는데 마음을 닦으면 그 본성을 되찾게 된다. 마음을 닦는 것은 오직 선(禪)의 방법, 즉 화두(話頭)를 통해 의정(疑情)을 불러일으키고, 그로부터 깨달음에 이르는 길 뿐이다"[46]라는 만해의 사상을 인용하면서 송욱은 만해 시의 미학을 의정과 깨달음의 교합에서 찾는다. 이러한 측면에서 『님의 침묵』의 시편들을 '증도가' 즉 깨달은 사람의 노래로 규정한다. 송욱은 이러한 깨달음의 핵심을 '사랑'으로 파악하면서, 그 사랑이 중생에게로 향하는 '자비'로 본 것이다. 그러므로 『님의 침묵』의 시작 자체가 보살 행위의 일종이 되는 것이다.

이처럼 한 개인의 수양이 깨달음의 경지를 통해 이타적으로 표출될 때, 시간과 공간의 한계를 극복하고, 그 사랑은 가족, 사회와 국가, 그리고 우주와 일체 중생에게로 확장될 수 있다는 점을 간파한 것이다. 송욱은 이러한 교합의 시학을 가능하게 한 계기를 '희생'으로 설명한다. 그래서 『님의 침묵』의 시편들이 "어떤 것을 위하여 자기를 희생할 때에는 그 어떤 것으로 변하기 때문에 희생을 통해서 자아가 확장될 수 있고, 생명이 문한화(無限化)될 수 있다"는 만해의 깨달음이 담겨있다고 할 수 있다.[47]

송욱은 만해의 '희생'에 대한 깨달음이 사회와 정의의 주제적 개념으로 해석될 수 있는 근거를 타고르와의 비교를 통해 설명한다. 산문시 형식을 빌어 종교적 세계를 서정적 사랑의 시로 표현했다는 점과 자타불이(自他不二), 즉 개별적 자아와 보편적 자아가 다르지 않다고 보는 사상적 공통점을 발견한다. 그러나 이러한 공통점에도 불구하고 만해와 타고르

---

45) 앞의 책, 1~2면.
46) 앞의 책, 378~379면.
47) 앞의 책, 393면.

의 차이를 사회적 윤리에서 찾는다. 즉 타고르의 <원정>과 『님의 침묵』
을 비교하면서, 타고르는 사색과 명상에 잠겨 생명의 기쁨을 노래한 반면,
만해는 아공(我空)과 혁명의 경지를 모색하는 데까지 나아갔다는 것이다.
이러한 만해의 혁명 정신을 송욱은 깨달음의 연장선상으로 보고 있다. 혁
명의 의지 또한 모든 중생을 구제하고자 하는 열망에서 비롯되었기 때문
이다.

송욱은 『님의 침묵』에서 보살과 혁명가의 면모뿐만이 아니라 시인의
모습을 주목한다. 깨달음의 경지를 언어로 표현해냈다는 점을 높이 평가
하는 것이다. 이를 '선(禪)에서 문자를 보고 문자에서 선(禪)을 얻는 태도'
라고 부른다. 이는 송욱이 견지하고 있는 '교합'이라는 시학적 잣대가 그
대로 적용된 것이라 할 수 있다.

이처럼 사상과 표현이 교합된 경지를 김기림과 정지용의 비교를 통해
강조한다. 다시 말해 김기림은 현대성이라는 사상만 지닐 뿐 표현의 측면
에서는 미숙하여 예술로 승화시키지 못했으며, 정지용은 예술성은 확보
하였지만 사상적 공허함은 감추지 못하였다고 본 것이다.[48]

(2) 전통과 근대의 교합

송욱은 『님의 침묵』이 '모국어로 쓰여졌으면서도 우리의 전통 사상을
잃지 않은' 점을 주목한다. 이는 표현과 사상의 교합만을 의미하는 것은
아니다. 송욱은 이러한 교합이 전통의 계승, 과거와 현대의 교합을 의미
한다고 본 것이다. 모국어를 통한 작품활동 자체는 우리 문학의 근대성을
징표하는 근대적 행위임과 동시에 거기에 담겨진 깨달음의 사상은 전통
적인 것이기 때문이다.

---

48) 송 욱, 「유미적 초월과 혁명적 아공」, 『시학평전』, 296면.

만해의 전통적 사상의 근대화 시도는 동서양의 사상을 비교하면서 설명되고 있다. 『님의 침묵』의 미학을 불란서 상징미학과 비교하면서 동양적 불교전통이 갖는 '색즉시공'의 존재와 무, 실재와 현상은 하나이지만, 서양은 그것을 이분법적으로 분리하는 전통을 가지고 있다고 지적한다. 그러므로 '색즉시공'이야말로 모든 중생에게서 자타불이(自他不二), 견성(見性), 그리고 자아확장의 가능성을 보장해주는 동양사상의 근본원리이고 이를 만해의 시가 담아내고 있다는 것이다.

이는 『님의 침묵』이 지닌 사상을 동양사상의 정점으로 보려는 송욱의 의도가 담긴 것이라 할 수 있다. 다시 말해 전통의 역사의식을 『님의 침묵』에서 찾으려는 것이다. 이것은 『'님의 침묵' 전편해설』 <서문>에서 확인할 수 있다. 즉 『님의 침묵』만이 전통을 제대로 잇는 유일한 작품이며, 근대문학에 가까이 간 유일한 경우로 꼽고 있다. 다음은 그러한 송욱의 생각을 여실히 드러내고 있다.

> 우리가 현대시를 참다운 예술로서 이룩하자면 전통에 관하여 넓고도 깊은 동적인 생각을 항시 지니고 있어야 한다. 그러니까 시의 주제를 넓히어 사상과 현실에 더욱 접근하기 위하여서나, 올바른 우리의 전통관이 생생하게 용솟음치게 하기 위하여서나, T.S. 엘리어트와 같은 영·미의 거장으로부터 또한 많이 배워야 할 것이다.
>
> 그러면 우리의 시 현대화는 아닐지라도 우리 사상전통의 근대화에 위대한 행적을 남긴 사람은 없는 것인가? 그리고 이러한 위대한 인물이 시와 관계가 있는 경우에는 더욱 우리에게는 귀중한 선구자가 아닌가? 여기서 우리는 누구보다도 먼저 손꼽아 생각할 수 있는 인물은 바로 만해 한용운이다.[49]

---

49) 『'님의 침묵' 전편해설』, 295면.

4) 참된 문화의 인식 —『문물의 타작』

『문물의 타작』은 송욱의 네 번째 평론집으로, 초기부터 각 지상에 발표된 시사적인 평문과 기행문을 비롯하여 평론 및 논문을 수록하고 있다. 송욱은 이 책의 서문에서 "문화가 아니라 나는 문물을 문제로 삼고자 한다"[50]고 적고 있다. 이는 지금까지의 교합과 주체성의 시학적 개념을 사물과의 올바른 관계에서 찾고자하는 노력이라 할 수 있다. 즉 우리의 몸과 마음의 관계, 나와 세계, 현재와 과거, 동양과 서양의 관계를 사물이란 거울을 통하여 타작(打作)해 보자는 것이다.[51] 이러한 송욱의 의도가 반영된 부분은 주로 책의 3부이다.

(1) 생각과 사물의 교합

3부의 <표현의 철학>에서 송욱은 '현상학자로서 사르트르보다 좀더 나은 철학자'로서 모리스 메를로 뽕띠의 사상을 중심으로 '생각과 사물의 관계'를 설정하여 그 개념을 정립하고 있다.

송욱은『문물의 타작』에서 자아와 세계를 이어주는 것은 신체이며 자아와 사물을 연결하는 것은 존재로서의 말이라고 지적하고 있다. 이러한 말, 신체, 그리고 사물에 대한 사유의 과정은 상상력에 의해 현실을 초월한다는 것보다는 생활세계에 더욱 단단한 뿌리를 두고 현존재의 구체적인 경험의 영역에 접근하려는 모색의 움직임으로 파악된다.[52]

이것은 메를로 뽕띠의 사상에 대한 경도로부터 시작되는데, 송욱이 그로부터 구축하고자 했던 인식의 틀은 내면적인 정신현상학이다. 즉 나와

---

50) 『문물의 타작』, 1면.
51) 앞의 책.
52) 김학동 외, 앞의 책, 297면.

타인, 사물의 관계를 공유하는 감각세계에서 보편성을 획득하려는 점이다. 그러한 동일한 세계-내-존재 인식을 통해 세계 내의 소외를 극복하고자 한 것이다.

이때 메를로 뽕띠의 신체와 사물, 나와 타인의 교합적 개념은 상호 주관적인 의사소통을 전제로 하고 있다. 나와 타인 사이의 공통된 사상의 영역은 말함과 표현에 의지하고 있기 때문이다.[53] 송욱은 이러한 말과 사물의 대한 인식을 F.퐁쥬를 통해 소개한다.

F.퐁쥬는 우리 정신과 사물, 혹은 사상의 관계를 타동사와 목적어의 관계와 같다고 본다. (.....)바꾸어 말하면 예술가와 사물의 관계는 존재 양식이기도 하다. 그처럼 많은 사물이 있으니까 그처럼 많은 존재 양식이 있을 수 있으며, 이러한 존재양식의 표현이 바로 예술 작품이다. 그리고 오직 예술가만이 사물이란 표적을 맞출 수 있다[54]고 말한다. 이는 사물과의 관계 속에서 인간을 새롭게 조망하고자 하는 송욱의 주체적인 열망과 부합되는 것이라 할 수 있다.

(2) 생명과 사물의 교합

3부의 <동서생명관의 비교>, <동서사물관의 비교>에서는 동서의 생명관과 사물관을 노자, 베르그송, 하이데거, 사르트르, 율곡, 퇴계 등의 사상을 중심으로 문화적 배경을 비교하여 동서 문물의 차이를 고찰하고 그것을 통해 참된 문화의 인식을 도출하고 있다.

동서 문화의 비교는 앞서의 저작에서도 일관된 송욱의 시각으로서 어디까지나 우리말로 시를 잘 쓰기 위함[55]이라는 주체적인 인식에서 비롯하

53) 『문물의 타작』, 131면.
54) 앞의 책, 86면.
55) 앞의 책, 69면.

고 있다. 주목할 점은『문물의 타작』에 이르러 송욱은 시뿐만이 아니라
문학을 넘어선 문화 혹은 문물의 사상적 기반을 동양에서 찾으려 했다는
데 있다. 그래서 생각과 사물이 말이라는 표현을 통해서 통합되었고, 이제
는 그 단계를 넘어 사물에서 참된 생명의 모습을 보아내고자 하는 것이다.

   송욱은 실존적 상실감으로서 무를 인식한다. 그리고 사물에 자아를 투
영하고 생명력을 부여함으로써 그 무의 존재인식을 떨쳐버리려 한다. 궁
극적으로 그 무조차도 수용하고 마는 노장사상에 이르게 되는 것이 송욱
시학의 정점이라 할 수 있다.

   이는 동양에서는 노자·장자, 그리고 불교가 보여 주듯이 존재와 무가
언제나 융합될 수 있다는 사상이 전통을 이루고 있는 반면에, 서양에서는
기독교에서 말하는 인격신을 통한 만물 창조설은 물론 철학사 전체가 존
재에 치중하고 있는 사상 전통을 가지고 있기 때문에, 무가 가치인데 비
하여 서양에서는 반가치가 되기 때문이다. 이는 노자에 나타나는 동(同)의
논리와 하이데거나 헤겔에서 볼 수 있는 대립의 논리, 즉 동일성과 타성
의 대립을 엄격히 고집하는 논리의 차이라고도 할 수 있다.56)

   <道의 신기하고 묘한 곳>을 보고자 하면, <항시 없음(常無)>을
   거쳐야 한다. 즉, 차별을 초월하며 존재의 모체인 참된 無를 거쳐야
   한다.(....) 노자에 있어서 특히 놀라운 점은 無가 죽음이 아니라 모든
   생명의 근원이며 자연의 본질과 일치한다는 생각이다. (...)부드럽고 약
   한 것은 無의 상징인 동시에 생명의 이미지인 것이다. (...)물은 無의
   이미지이며 도가 모습으로 나타난 상징이다.57)

   이처럼 '무'가 모든 존재의 시작이며, 생명의 근원임을 인식하는 데서,
사물의 모습은 생명을 상상하게 하는 이미지로 시인에게 다가 올 수 있음

56) 앞의 책, 183면.
57) 앞의 책, 139~183면.

을 송욱은 간파하고 있는 것이다. 그리고 생명과 사물의 교합이 주체적으로 이루어진 표본으로 서정주와 한용운의 시를 꼽는다.

결국 송욱에게 있어 참된 문화적 인식이라는 것은 현실의 실존적 상실감을 극복하고 인간의 본성이 갖고 있는 무의 상태, 즉 도를 인식하는 보편적 태도라 할 수 있다.

4. 결론

지금까지 송욱의 시적 변이 양상을 '몸'의 심상과 그에 따른 시적 언술을 통해서 살펴보았다. 대략 4기로 구분되는 시적 변이양상을 정리하면 다음과 같다. 첫째, 시집 『유혹』의 시편들이 해당되는 시기로 이때 시인은 '몸의 탄생'을 주술적 언어를 통해 상징적으로 표상하고 있다. 내면 풍경 속에 상징화된 그러한 세계는 원시성과 순수성을 드러내고 있다. 둘째는 시집 『하여지향』의 시편들로, 현실비판적인 시적 태도가 주조를 이룬 시기이다. '몸의 타락'을 풍자적 언어를 통해 묘사함으로써, 현실의 병적이고, 불안한 징후를 드러내고 있다. 이 시기에 시인은 죄의식과 허무의식에 빠져있다. 세 번째 시기는 시집 『월정가』의 시편들을 중심으로 '몸의 재생'을 서정적 언어로써 기술하고 있다. 이때 시인은 초기에 상징적으로 추구했던 '몸'의 원시성, 즉 건강성을 '자연과의 조응'에서 추구한다. 전기에서 보였던 현실비판적 시각은 제거되고 화해의 분위기가 조성된다. 네 번째 시기는 유고시집 『시신의 주소』에 나타난 초월적 세계이다. 이 시기에 시인은 서양적 사유에서 탈피하여 동양적 도의 원리에 집착함으로써 '몸과 말' 즉 '사물과 시'의 일치를 꾀한다. 그 결과 시적 진술은 언어도단의 경지에 이르게 된다. 즉 그의 시는 침묵에서 출발하여 외침의 과정을 거치고 자연의 소리를 통해 하나의 노래가 된 것이다.

이와 같은 시적 변이의 원인을 찾는다면 먼저 세계와 자아와의 관계 속에서 시인이 수행했던 형식주의적인 시작태도를 들 수 있다. 송욱의 시작 역정은 다분히 한국의 전후 현대사와 맞물려 있다. 그러므로 그의 시적 상상력은 세계에 대한 자기 반응의 산물일 수밖에 없다. 전쟁의 외상으로부터 오는 실존적 회의 속에서 그의 상상력은 내면을 지향하게 되고, 그 내면 지향은 사회적인 목소리를 요구하는 시대 상황에 반응하여 현실 지향적인 태도로 변화되었으며, 다시금 내면으로 회귀하는 양상을 띠게 된다. 이러한 과정의 산물이 일련의 시편들로 엮어져 하나하나의 마디를 형성하게 되는 것이다. 그러나 이러한 변이의 과정은 하나를 버리고 완전히 다른 하나를 선택하는 것이 아니라, 하나 속에서 또 다른 하나를 양생(養生)해 내는 과정이라 하겠다. 그가 갖고 있는 시에 대한 순수성이 내면을 지향할 때는 악마적 속성을 지니다가도 외면적 현실을 지향할 때는 지사적 풍모를 요구하며, 그러한 양면의 갈등 속에서 결국은 내면도 현실도 초월한 선적 세계의 한 존재를 추구하게 된다.

또 하나 송욱의 시적 변이와 결부되어 언급될 수 있는 것이 시와 시론과의 관계이다. 초기 미당 서정주의 영향 속에서 보들레르의 상징적 색채가 시집 『유혹』을 지배하고 있으며, 신비평과 프랑스 비평을 소개하고 있는 『시학평전』과 시집 『하여지향』이 동반하고 있으며, 『문학평전』에서 보였던 동양미학에 대한 경도가 시집 『월정가』와 괘를 같이 하고 있다. 유고 시집 『시신의 주소』는 동서시학의 결합을 모색했던 결과물이라 하겠다.

이상에서 볼 때, 송욱의 시적 변이 양상은 세계 인식 측면에서 지사의 풍모를 꿈꾸지만 다시 내면으로 돌아가는 구심적 태도의 반영이며, 시론과의 관계 속에서는 동양 시학을 모색하지만 서양 시학을 버릴 수 없는 원심적 태도를 고수하고 있다.

제2부

역사의 와전과 서정주

서정주 시에 나타난 '꽃'의 문화사

1. 서론

서정주의 시에 나타나는 '꽃'이미지는 보들레르의 '악의 꽃'을 떠올리게 한다. 보들레르가 자신의 시적 영토를 확보하기 위해 악에서 아름다움을 뽑아냈듯이 서정주 역시 인간질곡의 밑바닥에서 시의 출발을 선언하였기 때문이다.[1] 이러한 상호관련성은 『화사집』에 국한되는 것으로 일반화되어 있다. 그래서 이후 시작 과정에서 나타나는 꽃 이미지는 『화사집』에서 보였던 부정적 요소를 극복하고 세계와의 균형과 조화를 통해 긍정적인 속성을 띠게 된다.[2] 이처럼 '꽃'의 이미지를 통해 본 서정주의 시적 통시성은 세계와 자아의 동일성을 추구하는 과정이라 할 수 있다. 그러나 그 과정은 역설적으로 '꽃'이라는 존재에 '악'으로 '이름 붙여진' 부분이 거부되는 배제의 역사이기도 하다.[3]

---

1) "나는 보들레르의 글을 처음 사귀던 때나, 지금이나 그가 우리 세계 시문학 속에서 가장 뼈저리게 자기를 시에 희생한 사람이기 때문에 친밀감을 느껴오고 있는 것이다. 나는 그가 한낱 미의 사도인 점을 좋아하는 게 아니라 그가 세계 시문학사 속의 여러 시인들 중에서 제일 철저하게 인간질곡의 밑바닥을 떠메고 형벌 받던 시인인 점을 좋아한다"(서정주, 「미당자서전1」, 『서정주전집4』, 민음사, 1994, 33면).
2) 유혜숙, 『서정주 시의 이미지 연구』, 시문학사, 1996, 228~265면 참조.
3) 이것은 일종의 '터부'라 할 수 있다. 단편화된 연속체 속의 '이름 붙여진' 부분의 승인을 거부하는 행위라고 말 할 수 있다. 이렇게 제외되어 잘린 '혼돈' 부분은 문화 프락시스의 기호학적 작용에 의해 주변적인 부분에 모습을 나타내면서 존재하게 된

역사는 어떤 의미에서 배제한 것의 총체일지도 모른다.[4] 이러한 측면에서 '꽃'이미지를 통해 본 서정주의 시작 과정은 '악의 꽃'에서 '악'을 삭제하고 제거하여 관념의 '꽃'만 남기는 행위라 할 수 있다. 그러므로 기존 논의에서 주목하고 있는 '꽃'에 대한 유불선(儒佛仙)의 관념적 이미지는 일면적 양상만을 드러낸다.

서정주가 구현한 꽃들의 이면에 숨은 목소리에 귀를 기울여 보자. 그것은 아름답지 않을 것이다. 회피하려는 태도는 무엇인가 추한 구석을 갖고 있다. 꽃의 향기와 아름다움을 강조하면 할수록, 그 이면에는 죽음의 냄새를 느끼게 된다. 꽃이 자양분으로 하는 것이 죽음과 쾌락과 부패라는 사실에 초점을 맞추어 서정주 시의 꽃에 관심을 두기보다는 그 꽃을 피우게 한 요소에 관심을 둘 때 그러하다. 자연의 꽃은 신화이다. 생몰의 과정을 통해 존재의 순간성을 극복하고 영원성을 획득하는 신비를 인간으로 하여금 체험케 한다. 그러나 그러한 신화적 꽃이 총체적으로 상징하는 통합체는 '죽음'이다.

이처럼 미당 시에 나타난 '꽃' 이미지는 삶의 본질적 은유라기보다는 상징론적 질서의 통합체로서 현실을 알레고리하고 있다. 그것은 서정주의 일부 시편에 국한된 분석 대상을 전편으로 확대하여 그 전면적 실체에 접근할 때 드러나는 것이다.

다. 단지 이부분은 지각의 주변을 떠돌며, 환상 혹은 무의식을 통해서 질서화된 의식에 작용한다. 터부 및 상징이 증식하는 곳은 밝고 어두움이 분명하지 않은 부분이다(야마구치 마사오, 김무곤 옮김, 『문화의 두 얼굴』, 민음사, 2003, 74면).

4) E. R. Leach, "Anthropological Aspects of Language : Animal Categories and Verbal Abuse", New Direction in the Study of Language, E. H. Lenneberg ed., MIT Press, 1966, 앞의 책, 73면에서 재인용.

2. '꽃', 혼돈의 표현

꽃의 일반적 상징성은 이중적이다. 영혼의 미덕이며, 생의 정수이기도 하지만, 불안정성을 내포하며, 죽은 자들의 영혼을 상징하기도 한다.[5] 이러한 이중성은 꽃의 자연적 자질에 의해 결정된다. 땅을 토대로 하면서 수분을 흡수해 생겨난 꽃은, 하늘이 지상에 내려보낸 것인 비, 이슬 등을 받아들이는 그릇이며, 꽃이 피는 과정 자체는 하늘의 뜻이 지상에서 구현되는 과정으로 여겨져 완전성을 상징한다. 그리고 꽃은 내적인 연금술로서 본체와 영기, 물과 불의 화합을 실험한 결과로서 피어나는 어떤 정신적 상태에 도달하는 것을 상징하게 된다. 반면에 외떨어진 공간에서 성장하여, 그늘을 만들며, 영원하지 못하고 피었다 지는 존재의 순간성을 보인다.

이처럼 꽃의 이미지는 항상 이중적인 영상이며, 반대 극의 직접적인 대립에 의해서 분할되고 있다. 그것은 항상 분열의 문제를 반영하고 있다. 그러므로 꽃은 전통적으로 우리 문화에서 성녀(聖女)의 화신이기도 하지만, 사녀(邪女)의 화신이기도 하다. 그리고 재생을 상징하기도 하지만, 죽음을 상징하기도 한다. 이러한 분열은 분명 혼돈의 상태이다.

서정주는 꽃이 지닌 이러한 빛과 어둠의 경계에서 일상적 현실에서는 수습하기 어려운 삶의 난제들을 해결한다. 즉 스스로를 특정한 시간의 경계 위 또는 안에 둠으로써, 굴절과 비굴을 강요하는 시간과 공간의 틀에서 스스로를 해방시키고, 자신의 행위, 언어가 잠재적으로 가지고 있는 부정적 요소와 직면하여 '다시 태어난다'는 체험을 획득한다.

---

5) 꽃의 상징성은 다음 두 상징사전을 참조.
  ① Ad de Vries, "flower", Dictionary of Symbols and Imagery, North-Holland Publishing Co., Amsterdam, London, 1974.
  ② Dictionnaire des symbolesII, Seghers, 328~331면.

꽃이 가지는 부정적 요소를 제거하는 과정은 서정주의 시에서 재생을
통한 영원성 추구라는 비술적(秘術的)이고, 직시적인 초월로 드러난다. 이
는 한국 시문학의 한 측면을 배제하는 것이기도 하다. 그래서 다음과 같
은 지적은 미당 시에 나타난 꽃의 이미지가 어떤 측면인가를 잘 보여주고
있다.

> 서정주는 정부다. 그가 그의 당대에 보여주고 있는 비술적 카리스마
> 와는 달리 한국 시문학사는 그를 언어의 정부(政府)로서 논술할 필요
> 가 있다.6)

> 서정주의 직시적인 초월은 적어도 표면에 있어서도 조지훈이나 박
> 목월의 경우에 있어서보다 더 종교적이고 철학적이다.7)

이러한 언급은 서정주의 '꽃'이미지가 언어, 즉 문화적 기호의 측면으
로, 나아가 철학적 측면으로 해석되어야 함을 강조하는 것이라 하겠다.
분명히 서정주는 청록파처럼 자연의 도에 순종하여 자연을 따르고 그대
로 즐긴 것은 아니기 때문이다.8) 이러한 측면에서 서정주가 기피하고 있
는 장소, 그 그늘진 곳을 대상화해 보자. 그의 무의식 속에 혼돈의 상태로
존재하면서, '꽃'으로 표현된 그 근원에 가 닿게 될 것이다. 그 근원적 악
의 속성을 철학적인 문맥으로 바꿔 말하면, "커뮤니게이션의 거부, 순수
한 자의성(恣意性)과 부조리성으로 가득한 세계, 세상에서 정의되는 모습
에 자신을 내맡기지 못하는 불가능성, 가장 일반적인 차원에서는 해방된
공격성, 그리고 증식불가능이라는 표현으로 나타난다"9).

---

6) 고 은, 「서정주 시대의 보고」, 《문학과 지성》, 1973. 봄호, 181면.
7) 김우창, 「한국시의 형이상」, 《세대》, 1968, 163면.
8) 김학동은 자연을 수용하는 우리 시인들의 태도를 그처럼 언급하고 있다(김학동, 「국
   문학과 자연」, 《서강》 8호, 서강대, 1978, 31~43면).
9) 신화적인 악을 유비적으로 꽃 이미지가 지니는 악의 속성에 대입해 보았다(야마구

문화는 다양한 기호를 통해서 '혼돈'을 본연의 시스템의 안쪽으로 끌어들이려고 한다. 사람들은 한편으로는 혼돈을 계속 배제하면서도, 문화 전체의 필수 불가결한 부분인 그것을 한 쪽 편에 몰아넣음과 동시에 보호해 두어야 하는 것이다[10]. 그러므로 우리가 서정주의 시에서 '꽃'을 읽는다고 할 때 그것은 그 동안 보호되었으면 하는 의미뿐이었다. 이제 텍스트 자체의 해석적 차원에서 벗어나 문화적이고 사회적인 기호의 측면에서 '꽃'을 바라본다면, 자연스레 배제된 존재로서의 '꽃'의 상징성이 드러날 것이다. 이러한 꽃의 상징성을 통해 서정주 시의 통시적 지형도를 다음과 같이 설정하였다.

3. 초목(草木)언어 시대의 타자성

서정주의 시는 시집『화사집』의 세계와 그렇지 않은 세계로 엄격히 구분된다. 어찌 보면 각기 다른 시인의 시세계라 해도 무방하다. 이 단절의 원인을 기존 논의는 시인의 의도적인 태도 변화에서 찾고 있다. 그래서 서양적 가치에 대한 반성과 동양적 정신세계에 대한 발견이라는 큰 테마 속에서 하나의 가치는 완전히 삭제되고 만다. 서정주의 시를 통시적으로 읽을 수 없는 것은 서정주라는 개인이 너무나 많은 시를 창작해서도 아니요, 그의 시세계가 동일성을 찾을 수 없을 만큼 너무나 다양해서도 아니다. 문제는 그 비어있는 장소의 사회적인 내용을 텍스트 자체의 의미만을 가지고는 채울 수 없기 때문이다. 그 비어있는 곳을 채우는 기호작용적 통합체(semiosic syntagms)[11]로서 '꽃'의 상징성을 추적하는 가운데 그 불

치 마사오, 앞의 책, 31면 참조).
10) 앞의 책, 106~107면.
11) 시인과 텍스트와 변형과 연계된 기호작용적 통합체는 시인의 시적/미학적/정신적/높은 상태와 그의 대부분의 변형과 그의 원래 주제의 비시적/실용적/물질적/낮은 상태

확정적 지점이 해석의 장으로 이해될 수 있을 것이다.

시집 『화사집』의 시세계는 서정주에게 있어 초목언어의 시대[12]에 해당한다고 할 수 있다. '초목언어(草木言語)' 즉 풀과 나무가 말을 하는 혼돈의 시대이다. 그래서 인간과 꽃이 구별되지 않고 서로 교환되는 상태에 있다. 시 <화사>에서 꽃은 뱀의 몸둥이에 얹혀 동물적인 움직임을 획득하고 있으며, 시 <문둥이>에서처럼 문둥이와 함께 울고 있다. "꽃처럼 붉은 우름을 밤새 우렀다"의 의미를 해석할 때, '붉다'라는 시각적 이미지만을 생각한다면 꽃은 꽃대로 문둥이는 문둥이대로 별개의 객체가 되지만, '울다'라는 행위에 초점을 맞춘다면, 문둥이는 꽃처럼 울고 있는 것이다. 꽃과 문둥이가 함께 울고 있는 세계는 달빛 아래서 더 한층 처절하다. 단순히 붉은 이미지의 공유보다는 역동적이라 할 수 있다.

> 가시내두 가시내두 가시내두 가시내두
> 콩밭 속으로만 작구 다라나고
> 울타리는 막우 자빠트려 노코
> 오라고 오라고 오라고만 그러면
>
> 사랑 사랑의 石榴꽃 낭기 낭기
> 하누바람 이랑 별이 모다 웃습네요
> 풋풋한 山노루떼 언덕마다 한마릿식
> 개고리는 개고리와 머구리는 머구리와
>
> 구비 江물은 西天으로 흘러 나려……

간의 조정할 수 없는 대립에 의해 구축된다(Robert Hodge, 『Literature as Discourse』, Polity Press, 1990, 115면 참조).

12) 야마구치 마사오, 앞의 책, 7~24면 참조. 이 용어는 원시적 혼돈을 표현하는 데 사용된 것으로 '풀과 나무가 말을 잘할 수 있었을 때'를 지칭함으로써 혼돈을 통해 인간의 의식이 전개되는 양상을 대상화하는 개념이라 할 수 있다.

　　땅에 긴 긴 입마춤은 오오 몸서리친
　　쑥니풀 지근지근 니빨이 히허여케
　　즘생스런 우슴은 달드라 달드라 우름가치
　　달드라.

—〈입마춤〉의 전문

　이 시의 '석류꽃'은 정물(靜物)이 아니다. 산노루떼와 개고리(두꺼비)와 머구리(개구리)와 강과 별과 함께 웃고 있는 동물(動物)이다. 이처럼 '석류꽃'이 다른 의미로 해석될 수 있는 공간은 경계의 바깥쪽에 있기 때문이다. 1연의 '울타리'는 그런 측면에서 경계를 표징하는 기호가 된다. 그 경계는 다의적인 의미가 중첩되는 곳[13]이다. 그러나 텍스트 자체의 의미 해석을 통해서 획득할 수 있는 그 중첩된 의미는 불확정적이다. 다만 설정할 수 있는 것은 경계를 넘어 혼돈의 공간으로 인도하는 '가시내'의 존재성이다. 그러나 그 존재의 상징성은 비어 있다.

　'땅에 긴 긴 입마춤'하는 '석류꽃'처럼 꽃이 인간과 함께 의사소통하는 신화시대를 상정할 때, 서정주의 자화상은 새로운 정체성을 갖게 된다. 서정주와 교환될 수 있는 꽃의 이미지가 통상 인식하고 있는 식물적 아름다움의 범주로 제한된다면, 시집 『화사집』에 표현된 시인의 정체성과 그 꽃은 너무 이질적이기 때문이다. 다시 말해 혼돈의 시대에서만이 시인의 정체성은 대상화된다. 그런 측면에서 시 〈자화상〉은 새롭게 해석될 수 있다.

　　애비는 종이었다. 밤이기퍼도 오지않었다.
　　파뿌리같이 늙은할머니와 대추꽃이 한주 서 있을뿐이었다.
　　어매는 달을두고 풋살구가 꼭하나만 먹고 싶다하였으나……흙으로
　　바람벽한 호롱불밑에

---

13) 경계는 안과 밖, 생과 사, 이쪽 편과 저쪽 편, 문화와 자연, 정착과 이동, 농경과 황폐, 풍요와 멸망이라는 다의적 이미지가 중첩되는 곳이다(앞의 책, 94면).

손톱이 깜한 에미의아들.
甲午年이라든가 바다에 나가서는 도라오지 않는다하는 外할아버지
의 숯많은 머리털과
그 크다란눈이 나는 닮었다한다.
스믈세햇동안 나를 키운건 八割이 바람이다.
세상은 가도가도 부끄럽기만하드라
어떤이는 내눈에서 罪人을 읽고가고
어떤이는 내입에서 天痴를 일고가나
나는 아무것도 뉘우치진 않을란다.

찰란히 티워오는 어느아침에도
이마우에 언친 詩의 이슬에는
멫방울의 피가 언제나 서껴있어
볓이거나 그늘이거나 혓바닥 느러트린
병든 숫개만양 헐덕어리며 나는 왔다.

—〈自畵像〉의 전문

"스믈세햇동안 나를 키운건 八割이 바람이다"라는 표현은 시 <자화
상>의 핵심적 테마로 자주 언급되는 것이다. 이 문구는 서정주 시의 특
질로서 '은유의 대담성'[14]을 보이고 있고, '떠돌이의식'[15]이 반영된 천민
문화와 그 전통의 반영이라 할 수 있다. 그러나 이 의미 해석의 단순성은
서정주 시인의 정체성이 무엇이냐 하는 물음에 시원한 답을 하고 있는 것
은 아니다. 단지 '바람'이라고 하는 현상적 이미지에만 의지하고 있을 뿐
이다. 그래서 그 '바람'이 경계를 넘도록 유혹하는 시 <입마춤> 속의 저
'가시내'의 손짓이라면, 서정주의 정체성의 '팔할'은 경계를 넘어 혼돈의
세계 속 '석류꽃'처럼 인지될 수 있을 것이다. '석류꽃'이 존재하는 공간

14) 김종길, 「미당시의 특질」, 《시와 시학》, 1996. 가을호, 81면.
15) 김시태, 「서정주론」, 《시문학》, 1992. 2, 34면.

은 여성이 이끈 세계이다.

이 시의 절정은 "나는 아무것도 뉘우치지 않을란다"라는 지점에 있다. 주체의 이러한 강한 열림은 어디서 비롯되는가? 그것은 타인으로부터 낙인찍힌 '죄인'과 '천치'의 타자성을 자기 이미지로 수용함으로써 가능하다. 이 두 이미지는 온전히 아버지와는 멀리 있는 모계적 상징이다. 사람들은 시인의 '눈'에서 '죄인'을 읽고, '입'에서 '천치'를 읽는다. '외할아버지의 크다란 눈'과 '풋살구가 먹고 싶은 어머니의 입'이 갖는 자질은 시인의 눈과 입에 그대로 반영되어 있다. 그러므로 시인이 죄인과 천치를 부끄러워하지 않겠다는 것은 자신의 삶의 정체성을 모계적 상상력 속에 두겠다는 선언과 같다.

그렇다면 '죄인'과 '천치'의 타자성이 갖는 문화적 성격은 무엇인가? 이 비어있는 사회적인 내용을 이 텍스트 자체의 의미해석을 통해서는 찾을 수 없다. 파라텍스트(paratext)로 존재하고 있는 서정주의 자전적 언급을 통해 그 실마리를 찾게 된다. 서정주는 '나의 문학인생 7장16)'이라는 글에서 시집 『화사집』에 이르는 개인 서사를 '공산주의의 극복'과 '서구적인한 휴매니스트가 되어서'로 압축하여 적고 있다. 그가 극복하고자 했던 '공산주의자'와 '반서구적 인간형'은 온전히 '죄인'과 '천치'의 타자성과 동일하다. 즉 근대 한국 사회에서 금기시되었던 담론을 공유하고 있다.

그러나 이러한 타자성은 부족언어가 지배하는 문화의 시대로 접어들면서 삭제되고 배제된다. 결국 그를 키운 나머지 '이할(二割)'을 통해 '팔할'의 타자성은 부정되고 금기시 된다. 그래서 '석류꽃'과 같은 역동적 이미지의 꽃은 '대추꽃'과 같은 단단한 이미지로 대체된다. 위의 시는 그러한 그의 문화적 프리즘을 그대로 반영하는 서사라 할 수 있다. 적어도 이 초목언어의 시대에는 그러한 시인의 타자적 정체성이 '팔할'의 비율만큼 지

16) 서정주, 「나의 문학인생 7장」, ≪시와 시학≫, 1996. 가을호, 42~43면.

배하고 있는 것이다.

4. 부족(副族)언어 시대의 부조리성

시집『화사집』이후 시집『질마재신화』이전까지 꽃의 이미지는 '신라'라고 하는 한 부족[17]의 문화 속에 편입된다. 그것은 앞서 '초목언어 시대'의 시 <자화상> 속에서 시인을 갈등하게 하고 죄의식을 갖게 했던 그를 키운 나머지 '이할(二割)'의 세계다. 그 세계를 단적으로 이미지화 한 말이 '피'다. 그리고 그 '피'의 상징성은 '이마'라고 하는 공간성을 통해 정신주의적인 관념성을 띠고 있다. 거기에서 '꽃'은 인간처럼 말하는 이제까지의 육체성을 버리고 정신이나 윤리로 존재한다. 다음 시는 서정주 스스로가 시작생활에 한 전기를 가져온 것이라 언급한 작품이다[18]. 이 시를 통해 부족언어 시대의 꽃이 지닌 상징적 의미를 확인할 수 있다.

        가신이들의 헐덕이든 숨결로
        곱게 곱게 씻기운 꽃이 피였다.
        흐트러진 머리털 그냥 그대로,

---

17) 유종호는「소리지향과 산문지향」이라는 글에서 서정주를 부족방언의 요술사라 호칭한다(유종호,「소리지향과 산문지향」, 박철희편,『서정주』, 서강대 출판부, 1998, 182면). 이때 부족은 '시인부락'의 동인들을 지칭하는 것이지만, 문화기호로서 '부족'의 의미는 서정주의 정신적 지향점으로서의 신라정신을 담고 있는 문화지체(文化肢體)를 의미한다.

18) 시 <꽃>은 1943년 창작되어 1945년 ≪민심≫ 10월호에 게재되어 다시 1946년『귀촉도』에 실린다. 서정주는 이 시에 대해 다음과 같이 말하고 있다. "이 <꽃>이라는 작품은 내 시작생활에 한 전기를 가져온 작품이다. 시집『화사집』속의 백열한 그리스 신화적 육체나 부엉이 같은 암흑이나 절망이나 그런 것들에서도 인젠 떠나서 죽은 저 너머 선인들의 무형화된 넋의 세계에 접촉하는 한 문을 이 작품의 원상(原想)은 잡아 흔들고 있는 것이다"(서정주,「미당자서전2」,『서정주전집5』, 민음사, 1994, 135면).

그 몸ㅅ짓 그 음성 그냥 그대로,
옛사람의 노래는 여기 있어라.

오―그 기름묻은 머리ㅅ박 낱낱이 더워
땀 흘리고 간 옛사람들의
노래ㅅ소리는 하늘우에 있어라.

쉬여 가자 벗이여 쉬여서 가자
여기 새로 핀 크낙한 꽃 그늘에
벗이여 우리도 쉬여서 가자

맛나는 샘물마다 목을추기며
이끼 낀 바위ㅅ돌에 택을 고이고
자칫하면 다시못볼 하눌을 보자.

—〈꽃〉의 전문

이 시는 아직 서정주가 '신라주의'를 표방하기 이전의 작품이다. 그럼
에도 불구하고 이미 신라정신의 원형을 감지할 수 있다. 그것은 자연에
혼재되어 있는 정령들이 인간의 운명을 지배하고 있다는 점에서 근거를
찾을 수 있다. 인간과 꽃의 교류는 단절적이며 일방적이다. 시인이 안주
하려고 하는 '꽃그늘'은 가시내의 손짓처럼 작고 여성스러운 것이 아니
라, '크낙한' 것이다. 그 꽃이 만든 그늘은 '옛사람'의 숨결과 노래로 가득
차 있다. 즉 초목언어 시대의 그 타자성은 삭제되고, 중심적 담론이 지배
하고 있다. 죽음을 가지고 생명을 구하는 행위는 조리(條理)에 어긋나는
것이다. 이 죽음의 문화는 집단적이며 맹목적이다. 그리고 그 문화가 강
요하는 것은 윤리적이다. 그것은 신라인의 정신세계에서 꽃이 하나의 가
치 기준의 상징으로 자리하고 있다는 데서 그러하다. 꽃을 의인화한 신라
풍류도의 화랑과 원화가 국가적인 가치 기준의 상징[19]이라는데서 그 하

나의 근거를 찾을 수 있을 것이다.

　이처럼 시집『귀촉도』와『서정주 시선』의 일부 시편,『신라초』와『동천』의 세계는 자연의 부조리성이 지배하는 세계다. 즉 죽음과 삶의 친화성. 그것은 일면 긍정적 가치로 여겨지기도 하지만, 삶을 구축하는 죽음의 의미가 해석되지 않는다면 불확정일 수밖에 없다. 그것 또한 텍스트 자체의 의미에서 찾을 수 없는 비어있는 사회적인 내용이라 할 수 있다. 그것을 채우는 언어로 이 부족언어 시대를 관통하고 있는 기호이자 행위는 '문지르다'이다.

　　　아홉밤 아홉낮을 빌고 빌어도
　　　덧없이 스러지는 푸른 숨ㅅ결이
　　　저꽃으로 문지르면 도라 오리야
　　　　　　　　　　　　　－〈門열어라 鄭道令아〉에서

　　　少女여. 비가 개인날은 하늘이 왜 이리도 푸른가. 어데서 쉬는 숨ㅅ
　　　소리기에 이리도 똑똑히 들리이는가.
　　　무슨 꽃으로 문지르는 가슴이기에 나는 이리도 살고싶은가.
　　　－〈무슨꽃으로 문지르는 가슴이기에 나는 이리도 살고 싶은가〉에서

　　　백일홍꽃 망울만한 백일홍 꽃빛 구름이
　　　하늘에 가 열려 있는 것을 본 일이 있는가.
　　　－중략－

　　　그의 가진 것에다 살을 비비면 病이 낫는다고,
　　　　　　　　　　　　　　　　　　－〈晋州 가서〉에서

---

19) 김영숙,「전통생활 속의 꽃 문화에 관한 연구」,《문화전통논집》제9집, 2001. 12, 96면 참조.

이처럼 병들고, 죽어가는 목숨이 다시 사는 것은 어떻게 해석해야 하는가? 서정주 개인의 욕망이라 해도 그것은 무엇인가? 이 자연의 부조리성이 가능한 것을 불교적 담론에 의지해서 해석한다면, 그 또한 단순하다. 그때의 죽음은 그저 현상적인 죽음에 그치는 것인가? 그렇다면 다시 사는 것은 무슨 의미인가? 그 의미의 간극을 메우는 지점을 '문지르다'라는 일종의 접촉행위 속에서 찾을 수 있다. 그것은 제도적인, 문화적인 교섭의 상징이다. 다시 말해 혼돈에 질서를 부여하려는 일종의 삭제행위라 할 수 있다. 혹은 일종의 망각행위라 할 수 있다. 그 망각행위의 의미를 서정주의 자서(自敍)에서 찾게 된다. 서정주가 신라정신에 골몰한 것은 1951～1952년 사이의 광주 피난 시절이었다[20]. 한국전쟁이라는 죽음의 공간에서 삶을 의탁할 수 있는 정신적 지주로 교섭한 곳이 신라라는 부족(部族)의 공간이다. 그런데 그 공간은 어찌 보면 초목언어 시대에 공존했던 가부장적 담론이 지배하는 곳이라 할 수 있다. 그것은 당시 동시에 발생했던 그의 신경쇠약증세에서 확인할 수 있다.

> 나는 6.25 사변 이래 늘 내 의식에 직접 접촉해 와서 치열한 공격과 협박을 퍼부어 온 정체불명의 공중의 소리 속에 끊임없는 불안을 겪어 가야만 했다. "저 문둥이, 저 흉악한 문둥이, 네가 쓴 시 '문둥이'를 생각해 봐라. 얼마나 흉악한가. 여러분들 저 서정주라는 놈하고."[21]

이러한 증언 속에 그가 두려워하는 것이 드러나고 있다. 그는 정신적 이상 상태에서 스스로 과대망상에 빠진 공산당 오열, 문둥이, 살인자, 근친강간, 간통, 횡령 등의 혐의 때문에 자살까지 감행한다. 이러한 인자들은 초목언어 시대에 공존했던 그 문화적 프리즘이라 할 수 있다. 즉 '죄인'

---

20) 서정주, 「미당자서전2」, 『서정주전집5』, 223～224면.
21) 앞의 책, 253면.

과 '천치'. 이것을 삭제하도록 강요하는 목소리는 윤리와 질서를 강요하는 거대담론이라 할 수 있다. 이 신경증의 원인을 망각하고 지울 수 있는 것, 즉 묻지를 수 있는 것은 거대담론에 합당한 문화를 수용하는 수밖에 없는 것이다. 그것이 부족언어로 표현된 꽃의 부조리성이라 할 수 있다.

5. 화석(化石)언어 시대의 증식 불가능성

시집 『질마재신화』 이후 꽃으로 본 서정주의 시세계는 신라부족 문화에서 더 퇴행하여 화석화된다. 꽃은 새롭게 피지 않으며, 그의 시는 오직 질마재 마을에서 태어난 이후 성장 과정과 자전적 사건을 추적하는 고고학에 지나지 않는다. 증식이 불가능한 꽃은 물리적인 죽음을 의미한다. 그러므로 이 시기는 서정의 파멸을 보여주고 있다. 그 파멸 속에 남는 것은 서사이며, 꽃의 이미지도 더 이상 진행되지 않는 화석화된 상징성으로 반복되어 나타난다.

꽃 옆에 가까이 가는 아이들이 있으면, 할머니들은
「애야 눈 아피 날라. 가까이 가지 마라.」
고 늘 타일러 오셨읍니다.
그래서 질마재 마을 사람들은 해마다 피어나는 山과 들의 꽃들은 이쁘다고 꺾기는커녕, 그 옆에 가까이는 서지도 않고, 그저 다만 먼 발치서 두고 아스라히 아스라히만 이뻐해 왔읍니다.

— 〈꽃〉에서

石榴꽃이 피었네. 長鼓나 칠까?
小鼓 치며 마후래기 춤으로 할까?
그도 저도 놓아두고 바다로 가서
헤엄이나 한 十里쯤 치고 오실까?

여보게 春香이네 가야금 소리로
저녁 술참 石榴꽃이 피었네 피었네.
건달뱅이 하늬바람 데리고 누워
낮잠이나 한바탕 자고 보세나.

　　　　　　　　　－〈石榴꽃이 피었네〉전문

山속의 구멍 속에서는
트로이의 귀신들이 숨어 와 살며
오리들한테 물도 먹여 주었고,
伊太利의 作曲家 베르디의 귀신과
스위스 메터호른山의
귀신들도 함께 와서
아조 드문 장미花로 피어 있었지.

　　　　　　　－〈네바다 砂漠의 山들 이야기〉에서

이 세 편의 시는 각각 시집 『질마재신화』와 『노래』, 『山詩』에서 뽑은
것이다. 시 <꽃>에서는 금기의 문화가, 시 <석류꽃이 피었네>에서는
욕망의 문화가, 시 <네바다 사막의 산들 이야기>에서는 범신주의적 혼
령의 문화가 시 속에 새겨져 있다. 왜 새겨져 있다고 언급할 수밖에 없는
가? 이러한 꽃의 이미지들이 초목언어 시대와 부족언어 시대의 흔적에 불
과하기 때문이다. 그러므로 다시 이들 꽃의 원천인 질마재 마을로 돌아가
꽃의 화석을 통해 그 상징성을 되짚어 보자.

서정주는 그의 자서전에서 질마재 마을 사람들의 정신을 유자(儒者), 자
연주의, 심미파로 나눈다[22]. 그는 유자에 대해서 무서움과 인색이라는 이
미지를 갖고 있다. 그래서 자연주의를 좋아하게 되는데, 그것은 사람을
피하고, 자연 속에 거하려는 경향 때문이라고 설명한다. 그리고 그것을

---

22) 서정주, 「미당자서전1」, 『서정주전집4』, 44~53면.

문맹이지만, 생활 전통이라 칭한다. 심미파에 대해서는 의젓하지 못하고, 숨기고 하는 경향이 있지만, 유자에 대한 반발로 이러한 정신적 경향을 따랐다고 한다. 심미파는 '쌍놈'이라는 계급적 부류로 한정하고 남색(男色)을 하는 일탈자들로 인식한다. 이렇게 본다면 위의 시는 각각 순서대로 유자의 정신과 심미파, 자연주의의 정신을 그대로 담고 있다. 그러므로 '석류꽃'은 서정주의 욕망을 자극하는 심미주의적 상징성을 가지고 있고, '장미화'는 죽은 영혼이 환생하여 삶의 영원성을 상징하고 있다. 그러나 이 두 문화에 온전히 몰입할 수 없는 것이 서정주의 한계라 할 수 있다. 그 경계가 되는 것이 유자의 문화이다. 초목언어의 시대에는 심미주의와 유자의 문화를 결합시키려고 시도했지만, 좌절되고 부족언어의 시대로 도피하고 만다. 그럼에도 부족언어 시대의 강한 윤리성은 그를 신경쇠약으로까지 몰고 가서 유자적 문화를 역설적으로 강화한다.

이러한 차원에서 서정주는 스스로의 정체성을 다음과 같이 정의한 바 있다[23]. 첫째, 가정사회와 민족사회와 인류사회의 책무를 충실히 수행하는 사회인. 둘째, 과거와 미래와의 연관 속에서 역사적 의의를 잘 파악하고 운영할 줄 아는 역사인. 셋째, 우리들이 늘 숨쉬며 사는 자연의 한 주체로서 자연인격. 넷째, 삶의 연속성을 견지하는 영원인. 이 네 갈래의 정체성과 대립되는 것이 있는데, 서정주는 그것을 '속물'이라는 사회적 언어로 약호화한다. 그 '속물'의 상징성은 무엇인가? 결국 초기 초목언어 시대에 서정주를 키운 그 바람의 속성이 아닌가? 배제의 의미가 그를 지배적으로 키운 인자라는 그 역설에서 다시 한번 그것을 부정하는 증식 불가능성의 정체를 확인하게 되는 것이다.

문화의 두 가지 기본적 과정은 배움과 발견, 즉 확립된 의미의 중계와 새로운 의미의 탐색에 있다[24]. 서정주의 시에서 꽃은 배움의 대상이기도

---

23) 서정주, 「나의 문학인생 7장」, 50~51면.

하지만 발견의 대상이다. 의미를 중계하기도 하지만 새로운 의미를 탐색하기도 한다. 그런 점에서 이 화석언어 시대의 꽃은 발견의 대상도 아니며, 새롭게 탐색된 의미를 갖고 있지도 않다. 그런 점에서 다음 시는 화석언어 시대의 꽃의 이미지를 상징적으로 표현하고 있다.

> 山에 가서 땀 흘리며 줏어온 산돌.
> 하이얀 순이 돋은 水晶 산돌을
> 菊花밭 새에 두고 길렀습니다.
>
> 어머니가 심어 피운 노란 국화꽃
> 그 밑에다 내 산돌도 놓아두고서
> 아침마다 물을 주어 길렀습니다.
>
> －〈菊花와 산돌〉전문

위의 시는 시집 『안 잊히는 일들』에 게재된 작품으로 화석화된 꽃의 이미지를 단적으로 보여주고 있다. 즉 꽃은 이미 시간의 궤적을 밟아 지고 만다는 것을 부정할 수 없다. 그 꽃을 심어 피운 인간의 삶도 적멸하듯 사라지고 없을 것이다. 그 자리에 덩그마니 놓여있는 돌에 대고 물을 주고 있는 시인의 생기 없는 세계를 우리는 보고 있는 것이다.

6. 결론

지금까지 서정주시에 나타난 '꽃' 이미지를 삶의 본질적 은유로 파악하는 기존의 해석적 차원을 넘어 상징론적 질서의 통합체로서 현실을 알레고리하고 있음을 밝히고자 하였다. 텍스트의 측면에서 서정주 시의 통

---

24) 프란시스 뮬런, 임병권 역, 『문화/메타문화』, 한나래, 2003, 129면.

시적 변화는 시집 『화사집』의 세계와 『화사집』이 아닌 세계로 분리된다. 전자의 세계는 초목언어의 시대로 꽃이 인간처럼 행위하는 신화의 시대이다. 반면에 후자는 부족언어의 시대로 신화가 갖는 혼돈의 자질이 배제된 문화의 시대라 할 수 있다. 이때 서정주 시인도 주술사에서 부족장으로 변화된다.

이러한 텍스트의 의미 변화 속에 사회적인 내용은 비어있다. 다시 말해 꽃 이미지 속에 내재하고 있는 텍스트의 의미에는 사회적 내용이 비어 있다. 그러나 이러한 빈 공간을 가로지르는 기호작용적 통합체의 압력하에 문화적이고 사회적인 의미가 빠르게 채워진다. 전통적 문학 비평에 있어서 이 의미는 허용되지 않는다. 시로서 텍스트의 의미 밖이다.

그런 점에서 서정주 시에서 변주되는 꽃의 상징성은 그 자신의 개인적 문화사라 할 수 있다. 죄인과 천치의 타자성을 자신의 정체성으로 삼아 역동적인 시세계를 전개했던 것이 초목언어의 시대라면, 그러한 타자성을 배제하고 금기시 하며 신라라고 하는 한 제한된 구역으로 도피하는 좌절의 시세계를 보인 것이 부족언어의 시대라 할 수 있다. 반면 이 두 세계에서 완전히 퇴행하여 화석화 한 시세계가 『질마재신화』 이후 말년의 시세계라 할 수 있다. 이때 꽃의 내용과 형식에서 우리는 서정의 파멸을 보아야 하며, 오직 서사의 고고학만이 존재함을 볼 수 있다. 결론적으로 서정주 시에 나타난 꽃의 문화사는 체념과 의지, 용기가 서로 결합을 꿈꾸다가 좌절하고 마는 죽음의 역사라 할 수 있다.

꽃의 환타지와 이데올로기

1. 서론

"왜 한국의 시인들은 서구의 시인들 같이, 바다라는 분열·난파·갈망을, 출범을 말해주는 동적인 이미지를 시적 오브제로 택하지 않고 그 자체로 충족해 있으며 응고하여 얼어붙어 있는 꽃이라는 아주 정적인 이미지를 시적 오브제로 택하고 있을까?[1]" 이러한 의문을 미당에 대입하면서, "왜 한국의 비평가들은 꽃이라는 오브제에서 바다가 갖고 있는 분열·난파·갈망과 같은 동적인 이미지를 읽지 못할까?" 질문을 던져본다. 미당의 시에 나타난 꽃 이미지는 그만큼 다의적이기 때문이다. 그리고 그러한 다의적 이미지는 주체의 해석을 통해 그 의미가 원활히 드러난다는 사실을 간과하기 때문이다[2]. 그것은 주체의 욕망 그 자체가 이미지로 실현되

---

1) 김 현, 「꽃의 이미지 분석」, 『상상력과 인간/시인을 찾아서』, 문학과 지성, 1993, 65면.
2) 다의적인 이미지를 해석하는 주체는 이미지가 내포하고 있는 온갖 의미를 내적으로 체험해야 그 의미를 해석할 수 있는 주체이다. 바슐라르가 데카르트 합리주의가 표명하고 있는 생각하는 주체의 항구성을 맹렬하게 비난했듯이, 바슐라르의 뒤를 이은 새로운 인식론자들은 주체의 항구성, 단일성, 부동성을 모두 부정한다. 즉 역사, 지식, 교육, 이미지로부터 분리된 순수한 주체는 없다. 따라서 텍스트의 의미는 언제나 주체의 해석에 의해서만 그 의미가 드러난다. 한 주체가 이 세계 속에서의 한 존재로서의 자신의 정신적·구체적 경험에 비추어 텍스트의 의미를 찾아낼 수 없다면 그때 그 텍스트는 하나의 수수께끼가 되어버린다(진형준, 「이미지론」, 《불어불문학연구》 43집, 2000, 305면).

는 것이기 때문이다. 그러므로 꽃 이미지를 통하여 그 이미지가 무엇을 의미하느냐보다는 꽃 이미지가 촉발하는 주체의 정신적 경험을 사회적인 담론의 측면에서 규명하고자 한다[3].

미당의 시에서 꽃은 불연속적이고 차별적인 당대의 시대성을 드러내는 자율적 구성체로서의 이미지이다. 그러므로 꽃을 중심으로 한 개인적 신화는 자연스럽게 창조적 자아와 사회적 자아가 공존하는 양면적인 주체의 모습을 띠게 된다[4]. 이렇게 볼 때, 꽃 이미지는 미당의 시에 드러난 주체의 사물 표상이며, 언어표상이라 할 수 있다. 나아가 사회적으로 공유된 상징표현으로서, 상호주관적으로 작용하여 사회적 기능과 사회적 의미를 가지게 된다[5]. 이는 꽃이라는 하나의 기표에 두 가지 기의가 공존함을 의미한다. 그러한 측면에서 이 두 가지 기의를 환타지(phantasy)와 이데올로기(ideology)로 설정하고, 이데올로기적 구조와 환타지의 층위에서 생산된 미당 시에 나타난 꽃 이미지의 질서를 파악하고자 한다.[6]

미당 시에서 꽃 이미지는 '꽃다님'과 '국화'와 '사소(娑蘇)의 꽃'이라는 구체적인 기표를 통해 변주된다. 미당의 역사성을 통해서 본다면, 각각

---

3) 이미지에 대한 총체적 이해는 인간에 대한 총체적 이해를 필경 요구하게 된다. 합리와 불합리, 논리와 모순, 필연과 우연, 중요한 것과 하찮은 것을 모두 포괄하는 그런 총체적 이해(앞의 글, 306면 참조).

4) 샤를 모롱의 심리비평을 따르면, 시인으로서의 창조적 자아와 인간으로서의 사회적 자아 모두가 주체의 무의식을 함축한다. 그러므로 개인적 신화가 드러나 있는 작품을 사회적 자아가 경험한 삶과 비교함으로써 개인적인 신화의 흔적을 '확인'하는 것이 본고의 기획이다(장 벨맹-노엘, 최애영·심재중 역, 『문학텍스트의 정신분석』, 현대신서, 2001, 72~79면 참조).

5) 무의식의 담론의 표상으로서, 문학 텍스트는 항상 동시적으로 이데올로기적 의미와 환타지 의미를 생산하게 되며, 그 두가지는 모두 사회적 환타지로서 함께 고려되어야만 한다(Antony Easthope, 『Poetry and Phantasy』, Cambridge University Press, 1989, 43면).

6) 이러한 관계를 개념화한 용어가 '비늘구조(imbrication)'이다. 마치 생선 비늘처럼 개별적 항목들이 다닥다닥 붙어서 겹쳐 끼워져 만들어진 구조로서, 이데올로기적 구조와 환타지의 구조가 일치되면서 의미를 생산하게 된다(앞의 글, 43~44면 참조).

시집 『화사집』과 『귀촉도』・『서정주 시선』과 『신라초』・『동천』의 표상
이다.7) 그러므로 이러한 기표에 포개진 환타지적 기의와 이데올로기적
기의의 층위가 함께 전개되는 양상을 드러내고자 한다.

2. 환타지와 이데올로기8)

미당의 시는 환타지의 한 형식으로 이해할 수 있다. 이때 환타지는 상
호 주관적이고 사회적인 형식 안에서 작동한다. 그러므로 미당의 시가 환
타지이면서 동시에 역사적인 형식을 구현할 것이라는 것을 가정한다. 그
것은 미당의 시에서 환타지의 측면뿐만 아니라 이데올로기적 측면 또한
중요한 가정이 될 수 있음을 말하는 것이다.

정신분석에서 환타지(phantasy)라는 용어는 일상적 용어인 환상(fantasy)
에는 없는 의미를 지니고 있다. 그것은 환타지가 '사고를 경험으로 전환
하는' 효과를 지니고 있기 때문이다. 다시 말해 환타지는 환상이 지니는
단순한 백일몽으로서의 무의식뿐만 아니라 의식적인 효과를 지니고 있다.
그러므로 미당의 시에서 분석하고자 하는 대상은 시적 주체의 무의식적
충동(drive) 혹은 욕동(trieb)의 형식으로 의미화되는 자연과 문화 사이의
접점에 위치해 있다. 그러한 측면에서 미당 시에 나타난 꽃은 자연의 한
모습이기는 하지만, 사물이기보다는 상징, 즉 자연적인 대상이기보다는
재현된 것으로서의 문화의 양상을 띠고 있는 것이다. 그러므로 꽃 이미지

---

7) 이 이후의 시집들은 이러한 기표의 반복에 지나지 않는다. 차이가 있다면 이전의
   시집들이 존재의 무화를 통해 이미지를 전달했다면, 이후는 무화된 존재를 재구성해
   서 제시하고 있다는 것이다. 이것에 관한 논의는 다른 차원에서 다루어질 문제이므
   로 다른 지면을 기약한다.
8) 이 장의 내용은 Antony Easthope, 『Poetry and Phantasy』(Cambridge University Press,
   1989)의 「Poetry and Psychoanalysis」와 「Ideology and Phantasy in Poetry」를 참조함.

는 미당 개인의 사적인 환타지를 넘어서서 이미 사회화되어 있다. 이때
사회화된 환타지는 이데올로기적인 구조와 의미와 깊이 관련되면서 그
본질을 변화시킨다.

이처럼 이데올로기적 구조는 환타지의 구조와 일치되면서 의미를 생산
한다. 그것은 가령 시 <꽃밭의 독백>에 등장하는 '사소(娑蘇)의 꽃'을 i)
노래와 말, 산돼지와 산새가 갖는 지상적 한계성과 꽃의 우주적 시공을
대비시키며, 입사의 진통으로9), ii)사소의 꽃이 문이며 그 문이 우물이라
는 분석은 그 우물에 대고 하는 사소의 "門 열어라 꽃아"가 영원세계에
대한 희구인 동시에 개벽과도 같은 새로운 세상의 시작, 새로운 국가의
시작, 즉 신라 역사 창업에 대한 기원으로10) 이해하였던 것과 같이 기표
하나가 두 가지 의미에 열려있다는 것으로 파악해서는 안 된다. 그러한
측면에서 하나의 텍스트 속의 기표의 질서는 하나의 이데올로기적 구조,
그리고 환타지의 층위에서의 특정한 조직을 동시에 생산해낸다고 볼 수
있다. 이것은 다음과 같이 도식화 할 수 있다.

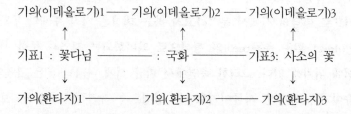

중앙 부분에 주어진 질서, 기표1－기표3에서의 개별 텍스트의 기표들
이 있다. 즉 시집 『화사집』의 기표 '꽃다님', 『서정주 시선』의 기표 '국

---

9) 엄경희, 「서정주 시의 자아와 공간·시간 연구」, 박사학위논문, 이화여자대학교,
   1999, 77~79면.
10) 이상숙, 「서정주 「꽃밭의 독백」재론－"娑蘇"와 "꽃"을 중심으로」, ≪한국시학연구≫
   7, 2002, 209~210면.

화',『신라초』의 '사소의 꽃'이 있다. 이들 각각은 환타지적 기의 위에 펼쳐지면서, 이데올로기적 기의와 함께 하나의 구조를 형성한다. 각각의 시집에서 주어진 기표들은 부분적이고 특정한 의미에 의해 독해될 수 있을지라도 하나의 시는 이데올로기적 구성체 속에서 다른 텍스트와의 상호텍스트적 관계로부터 동떨어져서 생각할 수 없다. 다시 말해서 기의 측면에서 꽃 이미지는 하나의 역사성을 갖게 되며, 그것은 기표의 층위에서보다 더 집중적인 주목을 요하는 동질성을 갖게 된다. 각각의 기의들은 불연속성과 차별성을 가지면서 당대의 시대성을 가지고 다른 시대와 연결되어 있다. 그것은 앞뒤 시간의 부정이며, 계승이기 때문이다.

미당의 시를 사회적 환타지의 형식으로 이해할 필요가 있다는 점에서, 여러 상이한 역사적 국면을 가로질러 시들을 바라볼 수 있다. 이후의 장에서는 환타지의 층위와 이데올로기적 층위에서 주체의 구성 양상을 살펴보게 될 것이다. 그리고 그러한 양상은 라캉이 말한 인간 영역의 3계인 상징계, 상상계, 실재계에 포섭되어 전개됨으로써 미당이 경험한 당대의 모든 갈등의 원천 및 인간의 조건을 서술하게 될 것이다.

3. '꽃다님'과 상상계

1) 어머니의 상(像)과 나르시시즘

미당의 시에서 꽃 이미지를 통해 변별되는 시기는 셋으로 나눌 수 있다. 그 첫 번째 시기가 시집 『화사집』의 세계이다. 이때 꽃 이미지를 말해주는 기표는 '꽃다님'이다. 이제 꽃은 수직적 자세에서 하늘을 향했던 상승의 고고한 이미지가 사라지고 수평적 자세를 취함으로써 두 가지 자질을 획득하게 된다. 슬픔과 징그러움이 그것이다. 시 <화사>는 그러한 꽃의 본질을 독자에게 경험하게 하는 서사라 할 수 있다.

麝香 薄荷의 뒤안길이다.
아름다움 베암……
을마나 크다란 슬픔으로 태여났기에, 저리도 징그러운 몸둥아리냐

꽃다님 같다.
너의할아버지가 이브를 꼬여내든 達辯의 혓바닥이
소리잃은채 낼룽그리는 붉은 아가리로
푸른 하눌이다. ……물어뜯어라. 원통히무러뜯어,

다라나거라. 저놈의 대가리!

돌 팔매를 쏘면서, 쏘면서, 麝香 防草ㅅ길
저놈의 뒤를 따르는 것은
우리 할아버지의안해가 이브라서 그러는게 아니라
石油 먹은듯……石油 먹은듯……가쁜 숨결이야

바눌에 꼬여 두를까부다. 꽃다님보단도 아름다운 빛……

크레오파투라의 피먹은양 붉게 타오르는 고흔 입설이다……슴여라!
베암.

우리순네는 스믈난 색시, 고양이같이 고흔 입설……슴여라! 베암.
　　　　　　　　　　　　　　　　　　　　　-〈花蛇〉의 전문

'슬픔'은 시적 자아의 과거를, '징그러움'은 시적 자아의 현재를 담고
있는 기표다. 이들 기표의 통합이 '꽃다님'이며, 그것은 시적 자아의 과거
와 현재가 고스란히 담겨진 기표이다. 그래서 '슬픔'은 시인도 의식하지

못했던 인류의 원죄로 인식되었으며, '징그러움'은 시인 자신의 운명적 통찰로 읽히기도 했다.[11] 또한 그래서 3연의 "다라나거라. 저 놈의 대가리!"라는 배제의 외침은 원죄와 운명의 굴레로부터 벗어나려는 자아의 승화된 언어라 할 수 있다. 그러나 서사의 진행은 배제라기보다는 기만에 가깝다. 혹은 억압에 가깝다.[12]

원죄와 죄악의 꽃임에도 불구하고 왜 자꾸 입을 벌리고 있는가? 2연에서 물어뜯고 있는 대상은 무엇인가? 그리고 그 물어뜯는 행위의 연장선에서 숨차도록 폭음하는 4연의 기표들은 무엇인가? 마침내 입술 속으로 스며드는 행위는 무엇인가? 이것은 폭식증 환자의 기만행위와 같은 것이다[13]. 이루어질 수 없는 욕망을 채우려는 그 허기를 음식을 취함으로써 대신했던 그 행위와 유사하다. 즉 음식과 허기의 관계처럼 '뱀과 침투'의 관계는 그것이 아직은 어떠한 욕망에서 비롯되었는지 밝혀지지 않는 그러한 단계에 있는 것이다. 다만 우리가 이 시에서 확인할 수 있는 것은 '습여라'라고 명령하는 그 침투의 과정이 어떤 대상과의 동일시로 파악된다는 것이다. 그 대상은 원죄의 원흉인 '뱀'의 기표를 가지고는 침투할 수 없음으로 시인은 '꽃다님'과의 상호작용을 통해 이루어내고 있다. 뱀의 대가리를 억압하고 위협했던 인간의 발목을 동여매는 '꽃다님'이기 때문이다. 그래서 뱀은 '아름다운 빛'으로 질적 변형을 일으킨다. 그것이 '화사'이다. 징그러웠던 것이 아름다움으로 변화하는 이 환타지는 무엇인가? 이것은 헤겔이 말한 '아름다운 영혼'의 변증법이라 할 수 있다.[14] 자신의

11) 조연현, 「서정주론」, 박철희편, 『서정주』, 서강대출판부, 1998, 15~23면.
12) 배제가 무의식으로부터 특정 개념, 생각, 이미지, 기억 또는 기표를 배척하는 것이라면 억압은 그런 것들을 무의식 속에 간직하고자 하는 것이다(Malcolm Bowie, 이종인 역, 『라캉』, 시공사, 1999, 161면).
13) 기만은 상상계를 가리키는 용어이다. 폭식증 환자의 사례는 로버트 린드너가 쓴 『The Minute Hour』를 참조(앞의 책, 341면).
14) 앞의 책, 147~148면 참조.

장애를 이 세상에 투사하고 모든 사람들에게 마음의 법칙을 부과함으로
써 자신의 장애를 치유하고자 하는 것이다. 이 타자의 세계로의 진입을
통해 궁극적으로 동일시하려는 대상이 다음 시에서 드러난다.

> 애비는 종이었다. 밤이기퍼도 오지않었다.
> 파뿌리같이 늙은할머니와 대추꽃이 한주 서 있을뿐이었다.
> 어매는 달을두고 풋살구가 꼭하나만 먹고 싶다하였으나……흙으로
> 바람벽한 호롱불밑에
> 손톱이 깜한 에미의아들.
> 甲午年이라든가 바다에 나가서는 도라오지 않는다하는 外할아버지
> 의 숯많은 머리털과
> 그 크다란눈이 나는 닮었다한다.
> 스믈세햇동안 나를 키운건 八割이 바람이다.
> 세상은 가도가도 부끄럽기만하드라
> 어떤이는 내눈에서 罪人을 읽고가고
> 어떤이는 내입에서 天痴를 읽고가나
> 나는 아무것도 뉘우치진 않을란다.
>
> 찰란히 티워오는 어느아침에도
> 이마우에 언친 詩의 이슬에는
> 멫방울의 피가 언제나 서껴있어
> 볓이거나 그늘이거나 혓바닥 느러트린
> 병든 숫개만양 헐덕어리며 나는 왔다.
>
> 　　　　　　　　　　　　　　　　　　　—〈自畵像〉의 전문

　　이 자화상이 펼치고 있는 절망의 장은 아버지의 결여로부터 발생한 것
이다. '밤이 기퍼도 오지 않는', 그리고 '바다에 나가서는 도라오지 않는'
아버지들의 부재는 무수한 기표의 생성을 가져온다. '죄인'과 '천치'의 기
표가 그것이다. 이러한 상상계의 비참함은 자아에게 가해지는 비난이라

할 수 있다. 그래서 시인 스스로가 아버지라고 하는 생성의 기원으로부터
자기 자신을 제거하고 만다. 그러한 패악적 판단이 "스믈세햇동안 나를
키운건 八割이 바람이다"라고 하는 자기 부정의 언어로 나타난 것이다.
　죄인과 천치는 어머니의 상(像)이다. 내 눈에서 죄인을 읽는 것은 타자
이다. 내 입에서 천치를 읽는 것도 타자이다. 그처럼 주체는 타자의 읽힘
에 의해 나르시시즘적 이상적 자아(moi ideal)[15]로 탄생한다. 그 탄생의 일
성이 "나는 아무것도 뉘우치진 않을란다"에 실려 있다. 그 나르시시즘적
환타지는 병든 숫캐와 같은 경멸과 비난을 순식간에 이슬에 섞여 있는 몇
방울의 피 속에 주체를 안치시킨다. 그 피는 꽃 이미지의 다른 기표다. 앞
서 시 <화사>에서 보았던, 꽃다님의 기표의 변주다. 꽃다님이 '슬픔'과
'징그러움'을 '아름다운 영혼'으로 승화했듯이, 죄인과 천치의 슬픔을 시
로 승화시키는 변증법이라 할 수 있다. 이때 그 시를 읽는 것은 독자이며
동시에 시인이다. 마찬가지로 자신의 모습을 죄인과 천치로 읽었던 '어떤
이'는 타자이며 동시에 그 자신이다. 그것은 스스로에게 몰두하고 있는
나르시시즘이다. 그래서 시인은 풋살구를 먹는 어머니의 상으로 스며드
는 것이다. 그리고 그 옆에 '대추꽃'으로 서 있는 자아를 만들어 내고 있
다. 이처럼 주체는 뱀에서 꽃다님으로 다시 대추꽃으로 변화하여 수직적
상승을 하고 있다. '대추꽃'의 단단함과 완고함은 폭력적이다. 그것은 일
종의 성적 욕망의 표상이라 할 수 있다. 그래서 어머니의 상을 하고 있는
'게집애'들에게로 스며들고 있다. 즉 천치와 죄인의 상을 하고 있는 여성
들에게 침투하고 있다. 그리고 시집 『화사집』의 '문둥이'는 타자가 시인
을 소외시켰던 이미지다. 미당이 이러한 이미지에 집착하는 것은 그것이
어머니의 상이기 때문이다. 그리고 문둥이의 원초적 행동과 동일시하려

---

15) 상상계의 개인은 동일성, 유사성, 자기복제성의 많은 사례들을 자기에게 집중시켜
　　'자기 자신'이 되고 싶어하고 또 그 상태에 머무르려고 한다(앞의 글, 140면).

는 것은 원초적 나르시시즘의 선언이라 할 수 있다.

이상 살펴본 것처럼 기표 꽃다님은 어머니의 상과 동일시하려는 주체의 나르시시즘적 욕망의 표상이라 할 수 있다. 이때, 주체가 겪는 사회적 외상은 소외로부터 비롯된 것이며, 그것의 집착이 파괴적 욕망으로 분출되고 있는 것이다. 소외는 어머니의 상에 대한 집착을 가져왔을 뿐만 아니라 아버지의 존재를 왜곡시켰다. 결국 아버지의 결여는 아버지에 대한 환상을 갖게 되고, 그 권력에 저항하면서도, 그 권력에 투항하고 마는 나르시시즘적 자살을 하고 만다. 결국 주체는 어머니와 함께 한 묶음이 되어 그들을 비난의 대상으로 전락시켰던 아버지의 모습으로 전이된다.

2) 이질 혼성과 식민주의

환타지 층위에서 기표 '꽃다님'은 어머니의 상으로 스며들기 위한 욕망의 표상이며, 그것은 자연스럽게 나르시시즘적 욕망이기도 하다. 그러한 무의식적 작용은 일종의 이상화(idealization)과정[16]으로서 개인적 환상을 벗어나 사회적인 소외와 권력의 문제와 상호 작용하고 있다. 그리고 '꽃다님'은 사회적 증상[17]으로 읽힐 수 있는 이데올로기적 결절점이기도 하다.

시집 『화사집』에서 주체에게 가해진 억압은 '비난'이다. 주체는 끊임없이 그 상황으로부터 벗어나기 위해 스스로를 동일시 할 수 있는 대상을 탐색한다. 환타지의 층위에서는 그것이 어머니의 상으로 나타나지만, 그

---

16) 이상화는 온갖 완벽한 장점들과 무한한 능력들로 대상을 치장함으로써 타인과 비슷해지고 싶은 욕망으로서 일종의 콤플렉스의 발현이라 할 수 있다(장 벨맹-노엘, 앞의 글, 23면).
17) 병리적인 불균형, 비대칭, 균열 등을 말한다(슬라보예 지젝, 이수련 역, 『이데올로기라는 숭고한 대상』, 인간사랑, 2002, 48~51면 참조).

어머니는 천치와 죄인의 이미지를 갖고 있기 때문에, 실상은 '대추꽃'과 같은 보다 완고한 권력을 추구하게 된다. 그것은 아버지를 대체하는 어떤 것이다.

아버지의 부재 속에서 시집 『화사집』에 나타난 주체는 시 <벽>에서처럼 언어를 잃어버린 정지된 '진달래꽃'과 같은 상태에 있다. 일관되게 추구하는 것은 시 <부활>에처럼 나를 확인하는 것이다. 동일시의 과정을 통해서만 주체는 존재감을 느끼게 된다. '화사'는 그러한 동일시의 표상이다. 그러나 꽃과 뱀이라는 이종간의 혼성은 너무 낯설고 수용하기 힘든 것이다. 식민지의 주체가 수용해야만 하는 이 강박된 상황을 시인은 거부할 수 없다. 오히려 그 이상한 결합을 합리화하기 위해 '화사'를 '꽃다님'에 대입한 것이라 할 수 있다. '꽃다님'은 이종간의 혼성이 가져오는 혼란을 완화할 수 있기 때문이다.

결국, 이종간의 결합, 즉 국권상실과 식민지 상태라는 주체의 혼란 상태를 벗어나기 위해 극도의 파괴적인 동일시와 환상적인 이상화를 추구하지만, 주체의 모습에는 늘 식민주의 이데올로기가 뱀처럼 징그럽게 따라 붙고 있다. '천치'와 '죄인'의 낙인은 '어떤 이'라고 하는 타자의 시각을 통해 읽히는 것이다. '나는 아무 것도 뉘우치지 않을 란다'라는 나르시시즘도 식민화된 주체의 경멸적 의미를 역설적으로 보여주는 것이라 하겠다. '뉘우침'은 주체의 이상증세를 인정하는 것이기 때문이다. 식민의 이데올로기는 주체로 하여금 기존에 정형화된 꽃 이미지에 스스로를 투사할 수 없게 했다. 아버지의 부재 때문이다. 그렇게 꽃이 뱀으로 변하고 다시 댓님으로 변형되는 과정에서 돌아오지 않는 아버지의 자리에 일본 제국주의의 권력이 차지하고 있다. 미당은 그 권력에 순응할 수밖에 없는 착란의 상태에 있는 것이다. 그런 측면에서 '꽃다님'은 일종의 결박을 의미하는 식민주의 이데올로기를 표상하고 있다고 할 수 있다.

4. '국화'와 실재계

1) 본원적 실체와 니힐리즘

미당의 시에서 상상계를 지배하고 있는 꽃 이미지는 '꽃다님'이었다. 꽃
이미지를 통해 본 두 번째 세계는 시집『귀촉도』를 거치며『서정주 시선』
에 이르기까지 '국화'의 이미지가 지배하고 있다. '국화'는 '꽃다님'과 같
은 원초적 환상을 띠는 이미지가 아니다. 그 꽃은 실상 그대로이다. 이 실
체는 '꽃다님'과는 다른 종류의 환타지를 제공하고 있다. 그것은 주체가
거울단계를 거치면서 도저히 상상할 수 없었던, 불가능한 자아의 모습이
다. 시 <국화옆에서>는 이러한 주체의 니힐리즘적 환타지를 보여주고
있다.

> 한송이의 국화꽃을 피우기위해
> 봄부터 솥작새는
> 그렇게 울었나보다
>
> 한송이의 국화꽃을 피우기위해
> 천둥은 먹구름속에서
> 또 그렇게 울었나보다
>
> 그립고 아쉬움에 가슴 조이든
> 머언 젊음의 뒤안길에서
> 인제는 돌아와 거울앞에 선
> 내 누님같이 생긴 꽃이여
>
> 노오란 네 꽃닢이 필라고
> 간밤엔 무서리가 저리 네리고

내게는 잠도 오지 않았나보다

—〈국화옆에서〉의 전문

이 시에서 주체는 꽃 본래의 모습을 보게 된다. 그것은 실로 환지(幻脂)
와 유사해진 본원적 신체[18]와도 같다. 천치와 죄인의 어머니 상과 함께
하나를 이루고 있었던 '꽃다님'은 어머니의 상과 분리되어 '누님'의 꽃으
로 드러난다. 어머니가 부재한 자리에 누가 와 있는가? 거울 앞에서 선
'누님'은 결코 어머니의 상이 아니다. 그것은 너무도 완벽하여 실현 불가
능한 인간의 모습을 하고 있다. 그것을 기존 논의에서는 관조의 자세라고
부르기도 했다. 『화사집』에서 보였던 상상계적 환타지의 애절한 설움을
극복함으로써 모든 성취의 밑바닥에 깔려 사라진 무수한 인고와 공정의
어려움까지를 너그럽게 포용할 수 있게 되었다는 것이다.[19] 그러나 관조
의 자세는 불가능하다. 주체는 '거기'에 있는 것이 아니라 '여기'에 있기
때문이다. '여기'는 주체가 배제하기 위해 기만했던 아버지의 존재 곁이
다. 도저히 아버지와는 합치될 수 없는 여기 거울 앞에 앉아 있는 자신을
발견하고 주체는 잠들 수 없다. 그것은 주체가 넘을 수 없는 문턱과 같은
것이기 때문이다. 지금 주체는 경계에 있다. 애초에 그는 완고한 자세로
앉아 있는 아버지로부터 벗어나기 위해 아버지를 삭제하고 거기에 어머
니의 상을 앉혔다. 그럼에도 불구하고 늘 같은 자리로 돌아오는 고착성
때문에 고통스러워한다. 잠들지 못하는 상태는 꿈과 현실의 경계에서 서
성거리고 있는 주체의 모습을 잘 드러내주고 있다.

이 반복적 되돌림은 시간의 문제이다. 이 순환적 시간론의 확인은 사법
적이고, 징벌적인 권위의 상징으로서 아버지의 복원을 의미한다. 한 송이
의 국화꽃을 피우기 위해 '솥작새'와 '천둥'과 모든 우주가 처절하게 복무

---

18) 장 벨맹—노엘, 앞의 글, 40면.
19) 천이두, 「지옥과 열반」, 박철희 편, 앞의 책, 26~27면.

해야 한다는 그 윤리적 완고함은 충만처럼 보이지만 허위이기도 하다. 그래서 그것은 가까이 할 수 없는 숭고한 대상이기도 하다.[20] 그러므로 '국화옆에서'는 '아버지옆에서'로 고쳐 읽게 된다. 이 질식할 것 같은 상태는 왜 만들어지는 것인가? 그것은 니힐리즘적 환타지의 반영이라 할 수 있다. 주체가 직면해 있는 상태는 '불안'이다. 그 귀신들린 듯한 상태에 직면해 있는 주체를 구출하는 사회적 기제로서 니힐리즘은 누구로부터 주어진 것인가는 별개로 놓더라도 주체에게는 새로운 국면이라 할 수 있다.

주체는 고통의 세계에 자신을 계속해서 내맡기고 사는 것을 더 이상 견뎌내지 못한다. 반복적으로 변화하는 시간의 흐름 속에서 주체는 결국 변화하지 않는 완전한 세계를 고안한다. 그처럼 미당 시에서 본원적 실체로 등장하는 꽃의 이미지는 영원할 것 같고 불변할 것 같은 관념적 실재성의 세계이며, 변화를 두려워하는 주체의 적개심을 확인하게 된다. 이것은 몰락하는 삶 속에서 주체가 스스로를 보호하고 치유하려는 금욕적 실천이라 할 수 있다.[21] 다음 시는 그 생의 부정 속에 생을 긍정하는 니힐리즘적 환타지를 잘 보여주고 있다.

> 꽃밭은 그향기만으로 볼진대 漢江水나 洛東江上流와도같은 隆盛한 흐름이다. 그러나 그 낱낱의 얼골들로 볼진대 우리 조카딸년들이나 그 조카딸년들의 친구들의 웃음판과도 같은 굉장히 질거운 웃음판이다.

20) 실재엔 아무 것도 결여된 것이 없다. 그러나 동시에 실재는 상징적 질서 한가운데에 뚫린 구멍, 간극이다. 그것은 숭고한 대상이다. 만약 우리가 그것에 너무 가까이 가게 된다면 그것은 그 숭고한 특질을 상실하고 일상적이고 속된 대상으로 변해버릴 것이다(슬라예보 지젝, 이수련 역, 『이데올로기라는 숭고한 대상』, 인간사랑, 2002, 287~288면 참조).
21) 금욕적인 이상은 생을 유지시키는 비결이다. 금욕적인 이상은 생의 부정 속에 생을 긍정하는 계기를 가지고 있다. 그것은 하나의 의지이며 차라리 무를 향한 의지이다. 니힐리즘으로서의 형이상학은 무에의 의지인 것이다(이동현, 「니힐리즘의 본질과 존재물음」, ≪철학논구≫, 1999, 78~79면 참조).

세상에 이렇게도 타고난 기쁨을 찬란히 터트리는 몸둥아리들이 또
어디 있는가.
　ー중략ー
　하여간 이 한나도 서러울것이 없는것들옆에서, 또 이것들을 서러워
하는 微物하다도 없는곳에서, 우리는 서뿔리 우리 어린것들에게 서름
같은 걸 가르치지말일이다. 저것들을 祝福하는 때까치의 어느것, 비
비새의 어느것, 벌 나비의 어느것, 또는 저것들의 꽃봉오리와 꽃숭어
리의 어느 것에 대체 우리가 행용 나즉히 서로 주고받는 슬픔이란 것
이 깃들이어 있단말인가.

ー〈上里果園〉에서

　이 시에서는 변화에 대한 현실도피적 징후를 읽을 수 있다. 상상계적
환타지가 노출했던 '꽃다님'의 디오니소스적 파멸의 폭력성이 갑작스레
어떻게 극도의 낙관적 상태로 주체를 이끌 수 있는 것인가? '국화'의 그
아폴로적 합리성은 어디서 비롯되는가? 이것은 변화하는 세계에 대한 적
개심이다. 아니면 지난 시간의 고통을 낙관적인 전망을 통해 보상받으려
는 의지의 표현이라 할 수 있다.
　상리과원의 꽃들이 펼치는 이 아폴로적인 환희의 향연에서 디오니소스
적 현실은 망각될 뿐이다. 이 비극적 희극의 현장에서 주체가 느끼는 예
감은 불안이며 위기가 아닐 수 없다. 애써 현실을 외면하고 도피함으로써
그 위기를 극복하려는 것이다. 그 위기는 '기쁨을 터트리는 몸둥아리들'
에서 비롯된다. 주체가 동일시했던 그 징그러운 몸이 아니라, 기쁨으로
충만해 있는 몸, 바로 유토피아다. 이 불변하는 실재 앞에 주체는 오히려
불안을 느낀다. 상상계의 나르시시즘적 환타지는 본래의 신체를 숨기고
이질적인 것과의 혼성을 통해 안주하려는 성질을 갖고 있었다. 그러나 꽃
이 어떠한 이질적 요소와도 결별하면서 스스로를 드러낸다는 것은 자기
인식에 대한 성찰을 요구하는 것이다. 그러한 요구 앞에서 주체는 스스로

설 수 있는 자신감이 결여되어 있다.

시인은 자신이 그 동안 가르쳤던 '설움'의 법칙을 그만 두어야 한다. 그것이 통하지 않는 변화를 목도하고 있는 것이다. 이것은 일종의 수동적인 니힐리즘[22]이다. 이제까지의 모든 가치가 무의미하고, 그 속에서 아무런 의미도 찾을 수 없는 것이다. 이처럼 시 <풀리는 한강가에서>도 '한평생 울고 가려했'던 시인의 그 슬픔에 대한 나르시시즘을 무너뜨리고 본원적 실체, '민들레'의 환타지를 확인하게끔 하는 변화를 보여주고 있다.

2) 희생화 경향과 가족주의

니힐리즘적 환타지는 식민시대를 살았던 사람들의 전형적인 정신상태를 지칭하는 것이다. 그 중에서도 식민지 시대의 환상에서 벗어나지 못했거나, 식민지 이전의 시대로 복원하는 것에 대한 환멸이 작용하는 것일 수도 있다. 미당이 표상하고 있는 본원적 실체로서의 '국화'는 사회, 정치적 의미가 삭제되고 윤리적 의미로 착색되어 있다. 그것은 한국전쟁을 거치면서 식민지 시대의 환상을 드러내놓을 수는 없지만, 그것을 대체할 이념도 거부하는 것이라 하겠다. 이러한 경향은 주체 스스로를 희생의 중심에 놓으려는 욕망에서 비롯된다.

그 욕망은 주체로 하여금 과거를 돌이켜 보게 하며 역경을 충분히 견뎌냈기 때문에 더 이상 어떠한 결핍에도 종속되지 않을 권리를 갖고 있다고 믿게 한다. 그래서 '국화'의 이미지는 지난날 식민시대를 거치면서 훼손되었던 나르시시즘과 자존심에 대한 보상의 이데올로기를 담고 있다. 그러나 그것은 불행으로 점철된 무거운 과거를 전적으로 짊어진 사람들의 행동이 아니라, 그 불행으로부터 예외적 존재였던 사람들의 이미지일

22) 연효숙, 「위기와 니힐리즘 그리고 유토피아」, ≪시대와 철학≫ 10집, 1999, 84면.

뿐이다.[23] 이들은 그러한 특권을 은폐하고 보호받기 위해 도덕적 우월감
을 제시한다. 아무도 윤리적 문제에 있어 자유로울 수 없다는 측면에서
고통은 이들을 보다 우월한 인간의 계층 속으로 들어가도록 해준다. 그러
한 측면에서 '상리과원'의 그 아름다움의 위용은 당대의 가족주의 이데올
로기를 보여주는 것이라 할 수 있다.

'꽃다님'의 이미지 속에 비난과 절망의 대상이었던 주체는 혈연중심의
가족주의 이데올로기를 통해 도저히 불가능한 자리인 아버지의 이미지를
갖게 된다. 그것은 해방 이후 식민주의 이데올로기를 그대로 안은 채 가
족주의 담론 속으로 도피함으로써 과거와 현재의 관계를 새롭게 설정하
게 되었음을 의미한다. 과거는 니힐리즘의 환타지 속에서 망각되었고, 오
직 현재의 벅찬 생명의 의지만이 진리로 자리하고 있다. '국화'의 이데올
로기는 지금 '여기' 국화 옆의 생명의 숭고함만을 최고선처럼 묘사하고
있지 과거 '저기'에 존재했던 반생명적 기만은 가려져 있다.

5. '사소의 꽃'과 상징계

1) 아버지의 말과 로맨티시즘

미당의 꽃 이미지 중 세 번째 단계는 신라정신으로 대변되는 '사소의
꽃'이다. '꽃다님'의 이미지는 어머니의 상과 동일시하려는 주체의 모습
이다. 그것은 이질적 혼성을 통한 이상적 자아 추구의 나르시시즘적 환타
지이다. 반면에 '국화'는 현실의 꽃으로, 주체가 잠시 머물 수밖에 없는

---

23) 자신의 비참을 자본주의와 제국주의의 탓으로 돌리게 하는 역사적 큰 구실들이 사
라지는 때부터, 지배의 위치에 있던 사람들은 스스로를 피지배의 희생자로 둔갑시켜
박해를 갈망한다. 착취당한 자를 닮으려고 하는 예외적 존재들의 갈망은 엘리트들이
선과 악을 초월하여 존재코자 하는 것이다. 이러한 지배층의 희생화 경향은 다음 글
을 참조함(파스칼 브뤼크네르, 『순진함의 유혹』, 동문선, 1999).

실현 불가능한 실재계이다. 미당은 그 시기에 잠시 니힐리즘적 환타지에
빠져 있었다. 그 당시 보여준 본원적 실체의 완벽함은 오히려 현실에서
실현될 수 없는 것이기 때문이다. 이후 꽃은 다음 시에서처럼 말(言)을 얻
게 된다.

> 피가 잉잉거리던 病은 이제는 다 낳았습니다.
>
> ─중략─
>
> 아버지.
> 아버지에게로도,
> 내 어린 것 弗居內에게로도, 숨은 弗居內의 애비에게로도,
> 또 먼 먼 즈믄해 뒤에 올 젊은 女人들에게로도,
> 生金 鑛脈을 하늘에 폅니다.
>
> ─〈娑蘇 두 번째의 편지 斷片〉에서

이 시기에 주체는 정신병적 징후를 보이고 있다. '피가 잉잉거리던 病'
이다. 이 징환(symptoms)은 발화(speech)는 아니지만, 이 징환을 통해서 주
체의 문제를 해결할 수 있다면 그것은 일종의 발화의 기능을 하고 있
다.[24] 미당은 '꽃다님'의 상상계적 환타지 속에서 어머니의 상에 자아를
동일시하려는 욕망을 보였다. 그 나르시시즘적 환타지는 주체가 스스로
어떤 존재로서 만들어야 하는 자아의 모습을 만들지 못했던 자아소외의
반응이라 할 수 있다. 그 자아소외로부터 벗어나게 된 단계가 '국화'의 이
미지가 지배하는 세계이다. 이때 분명히 주체는 자아의 실체를 확인한다.
그러나 그 모습은 스스로가 극복해낸 것이 아니라 외부의 변화에 의해 강
요된 것이라 할 수 있다. 그러므로 미당은 곧바로 상징계적 질서 속으로

---

24) Collete Soller, 「The Symbolic Order」, 『Reading Seminars I and II Lacan's Return to
   Freud』, State University of New York Press, 1996, 40면.

도피하고 만다. 그 도피는 니힐리즘적 자아를 오래 견딜 수 없었던 미당의 환상적 징환 때문이다. 그러므로 그 자아를 극복하는 방식으로 선택한 것이 '아버지의 말'이라 할 수 있다.

> 노래가 낫기는 그중 나아도
> 구름까지 갔다간 되돌아오고,
> 네 발굽을 쳐 달려간 말은
> 바닷가에 가 멎어버렸다.
> 활로 잡은 山돼지, 매[鷹]로 잡은 山새들에도
> 이제는 벌써 입맛을 잃었다.
> 꽃아. 아침마다 開闢하는 꽃아.
> 네가 좋기는 제일 좋아도,
> 물낯바닥에 얼굴이나 비취는
> 헤엄도 모르는 아이와 같이
> 나는 네 닫힌 門에 기대 섰을 뿐이다.
> 門 열어라 꽃아. 門 열어라 꽃아.
> 벼락과 海溢만이 길일지라도
> 門 열어라 꽃아. 門 열어라 꽃아.
> 　　　　　　　　　　　　 ─〈꽃밭의 獨白〉의 전문

'사소의 꽃'은 주체와 타자를 중재(mediation)하는 기능과 함께 '계시(revelation)'라고 하는 완전히 다른 기능을 가지고 있다.[25] 이것은 과학적이기보다는 종교적인 것이다. 중재의 측면에서 '사소의 꽃'은 부재했던 아버지의 존재 속으로 들어감을 암시하는 것이다. 계시의 측면에서 말하는 주체와 듣는 주체 사이의 만남, 즉 공동체 의식의 투사가 '사소의 꽃'이라 할 수 있다.

'노래'와 '말(馬)'과 '사소의 꽃' 중에서 시인이 '사소의 꽃'을 중재와 계

---

25) 앞의 글, 41면.

시의 행위로 선택하는 잣대로 삼은 배경에는 『삼국유사』에 담긴 신라의 정신이 있다. 즉 '노래'와 '말'의 일방적 발화보다는 '사소의 꽃'에 담긴 신라인들의 의사소통적 행위를 선택한 것이다. 미당이 첨언했듯이 처녀로 잉태하여, 아버지 없는 박혁거세를 신라시조로 만든 어머니 사소의 이야기가 낭만적 환타지를 구성하고 있는 것이다. 다시 말해 아버지 부재를 극복하고 그 아버지의 세계와 합일되면서, 개벽의 신화를 창조하는 계시를 성취하는 환상이 주체의 무의식 속에 자리하고 있는 것이다.

그러므로 "문 열어라 꽃아"라는 발화는 말하는 주체로서 아버지의 발화이기도 하지만, 여성을 중재로 하여 듣는 주체로서의 시인의 발화이기도 하다. 아버지와 시인이 함께 하는 울림은 한 때 착란으로 들리기도 했다. 그래서 시 <사소 두 번째의 편지 단편>에서 피는 잉잉거린다고 표현하고 있는 것이다. 이때 꽃은 우월한 대상으로서 취급되는 여성, 즉 '사소'의 이미지를 갖고 있다. 사소는 미당에게 있어 최고의 대상으로 상상된다. 즉 유럽의 궁정풍 사랑26)의 로맨티시즘처럼 여성을 이상화시키고 있다. 그것은 시 <노인헌화가>에서 극명하게 드러난다. 노인과 수로부인의 관계는 여성에 대한 미당의 관념을 잘 드러내는 것이라 할 수 있다. 꽃을 매개로 이루어지는 그 사랑 안에는 주체의 만족하지 못하는 욕망으로서 세속적 가치를 만들어 낸다. 간통적인 관계의 설정을 통해 여성은 남성의 능동적인 욕망의 수동적인 대상으로 고착되고 고정된다. 받들어 올림은 움직일 수 없게 여성을 일으켜 세우는 것이다. 사소의 꽃이 그렇다. 남성이 그 사랑을 통해 보상과 가치를 얻는 사랑, 그러므로 이러한 로맨티시즘적 환타지 속의 대상은 신이 아니라 평범한 여성이다. 그런 측면에서 본다면 종교적인 것이 아니라, 세속적이며, 인본주의적인 것이다. 우아함이라는 세속적인 상태로 이끄는 것이다.

---

26) Antony Easthope, 『Poetry and Phantasy』, Cambridge University Press, 1989, 65면.

미당은 사소를 통해 충족될 수 없는 욕망을 표출한다. 수로부인에게 헌화하는 노인처럼 사랑의 의무를 갖게 되고, 그 반대 급부로 재생을 꾀한다. 이 사회적 자아의 좌절된 욕망 속에 윤리적인 가치와 자격이 부여되어 있으며 그러한 가치와 자격은 개인적 차원의 것들이 아님은 분명하다.

2) 기억의 복원과 국가주의

'사소의 꽃'을 통해 표출된 주체의 사회적 욕망의 좌절은 무엇인가? 다시금 '꽃다님'의 상상계로 돌아간다. 그때 시 <자화상>에서 시인은 "스물세햇동안 나를 키운건 팔할이 바람이다"라고 말한다. 이 나르시시즘적 환타지 속의 주체는 그러나 좌절하고 만다. 미당은 그 기억을 다시 복원하고 있는 것이다. 그 기억을 통해 미당이 복원한 외상은 신념을 소유할 수 없었던 자아의 불완전한 모습이다. 항시 주체를 기회주의자처럼 인식하게끔 했던 그 바람의 존재는 독자적 생의 유지를 가능하게 하는 논리라기보다는 상처일 뿐이다. 그 상처는 '천치와 죄인'의 이미지 속에 그대로 반영된다.

결국 미당에게는 '바람'의 논리를 가능하게 하는 더 큰 타자의 담론이 필요한 것이다. 그 명제는 시 <선덕여왕의 말씀>에 나오듯 "서라벌 천년의 지혜가 가꾼 국법보다도 국법의 불보다도 늘 항상 더 타고 있거라" 하는 명제이다. 타오르는 주체의 존재 방식은 '바람'이 아니라, 신라의 지혜와 같은 큰 담론의 장에서 가능하다는 신념을 갖게 된 것이다. 이 신념은 로맨티시시즘의 자기 확장적 상상력의 극대화에서 비롯된다 하겠다. 즉 자아가 외부세계와의 상관성을 잃고 주관적 도취에 빠져, 불안정하고 무상한 세계로부터 벗어나기 위해 초월성을 희구하게 되어 구체적인 경험세계를 소홀히 하게 됨을 말한다.[27]

개인의 이러한 주관적 도취에 앞서 전후 근대화 논리 속에서 하나의 신념으로 도취되었던 국가주의의 담론의 장이 있었음을 부인할 수 없다. 그 담론의 이데올로기가 상징적으로 주체의 무의식속에 체계화된 것이라 할 수 있다. 돌이켜 볼 때, '꽃다님'의 이질 혼성적 이미지는 식민주의의 근대적 개인의 환상을 드러낸 것이며, '국화'는 해방이후 식민지 시대를 살았던 개인의 문제를 봉합하는 과정에서 가족주의 이데올로기라는 전통적 감성에 호소하려는 욕망을 드러낸 것이라 하겠다. 이러한 역사를 지내 온 주체에게는 신화가 필요하다. 그것은 개인의 세속적이고 기회주의적인 정체를 국가의 욕망 속에서 상징적으로 해결하려는 것이다.

여기서 문학은 특히 미당의 시는 신라라고 하는 국가적 신화의 초월적 담론이 필요했다고 할 것이다. 그것은 일종의 민족주의 담론이라 할 수 있다. 신라의 신화는 무엇인가? 그것은 가장 슬프고 비참한 존재가 자기 이미지에서 일종의 위안을 얻으며, 결국 가장 고통받는 자가 결국 승리한다는 신화라 할 수 있다[28]. 『삼국유사』에 등장하는 꽃이야기는 그러한 신화의 기록이며, 상징체계라 할 수 있다. 이러한 상징체계는 시집『신라초』가 발간될 당시를 전후한 시대의 국가적 목표와 동일시되는 것이라 할 수 있다.[29] 국가가 국민 개인에게 국가의 신념을 강요하듯, '사소의 꽃'은 실체 없는 상징의 꽃을 독자에게 제시하고 있는 것이다.

---

27) 강경화, 「Blake와 낭만주의의 자아탐구」, 《밀턴연구》 제8집, 1998, 14면.
28) 많은 민족들이 이러한 신화에 집착한 것이 근대 국가의 모습이었다(박지향, 『일그러진 근대』(푸른역사, 2003, 38면). 식민지 시대를 거치고 개인적 공황상태에 있었던 미당에게는 신라의 그러한 초월적 속성이 큰 타자로 자리했을 것이다.
29) 해방 이후 일본식 국가주의는 물러갔지만 국가주의 그 자체는 한국사회에 그대로 남았고, 지배자들은 이를 이용하여 보다 쉽게 국민들을 통제하고자 했다. 이승만 정권은 국가주의와 반공주의를 결합하여 국민을 지배하고자 했고, 이것은 장기집권과 독재로 이어졌다. 1960년 4·19혁명에 의해 국가주의와 반공주의는 일시 위기를 맞았지만, 이듬해 5·16군사쿠데타로 다시 소생할 수 있었다(박찬승, 「20세기 한국 국가주의의 기원」, 《한국사연구》, 2002, 200면).

6. 이후의 기표들

시집『신라초』와『동천』을 거치면서 꽃의 상징적 환타지와 이데올로기가 고착된다. 미당의 시에서 꽃 이미지를 드러내는 기표들은 이전의 환상을 그대로 반복하는 것에 불과하다. 다만 그러한 고정성에서도 변주가 가능했던 것은 미당의 시적 인식과 재능에 있다고 할 것이다. 시집『동천』에 실린 다음 시는 이후 전개될 기표들의 양상을 가늠할 수 있다.

내가
돌이 되면

돌은
연꽃이 되고

연꽃은
호수가 되고

내가
호수가 되면

호수는
연꽃이 되고

연꽃은
돌이 되고

-〈내가 돌이 되면〉의 전문

'나-돌-연꽃-호수-나'로 변화되는 주체의 모습은 일종의 둔갑술과도 같다. '돌'처럼 죽음의 상태에 있다가도 다시 생명을 얻고, 다시 '호

수'처럼 침잠하여 죽음에 이르는 이 삶과 죽음의 길항 관계의 중심에 꽃이 있다. 꽃의 이 매개적 성격이 미당의 물리적 생명이 유지되는 한 계속될 것임을 예측할 수 있는 것이다.

첫 번째로 구분할 수 있는 시집들이 『서정주전집』·『떠돌이의 시』·『서으로 가는 달처럼』이다. 이들 시집 속에서 꽃은 치유의 상상력을 보여주고 있다. 『서정주전집』에서 시 <모란 그늘의 돌>은 꽃을 통해 주체의 상처를 치유하려는 환타지를 보여주고 있다. 시인이 꽃 그늘에 있는 것은 뭔가 새로운 변화를 꾀하는 행위이기 때문이다. 그것은 시 <꽃>에서처럼 전쟁의 상흔까지도 어루만져 새롭게 살을 돋게 하는 기적을 보여주고 있다. 그리고 시 <소찬가>에서 마침내 죽어서도 살아나는 재생의 반복적 모티프를 보여주고 있다. 이러한 치유의 환타지와 병행하는 것이 '둔갑술'의 이데올로기다. 시집 『떠돌이의 시』에서 시 <한국의 종소리>·<슬픈 여우> 등은 역사적 변혁기를 거치면서 살아남은 사람들의 존재 이데올로기를 보여주고 있는 것이다. 시집 『서으로 가는 달처럼』에서도 영생과 갱신이라는 꽃의 치유 기능이 드러나고 있다. 이러한 치유의 환타지와 둔갑의 이데올로기는 어머니 상과의 동일시를 통해 주체가 겪고 있는 정체성의 상실을 치유하고자 했던 '꽃다님'의 나르시시즘적 환타지와 식민주의적 이데올로기의 반복적 기표라 할 수 있다.

두 번째로 묶을 수 있는 시집이 『학이 울고간 날들의 시』이다. 이 시집은 앞서 분류한 시집의 치유의 상상적 세계와는 달리 역사의 초월적 상징에 의지함으로써 80년대의 국가적 이데올로기를 대변하고 있다. 시 <동맹>에서 유화 부인과 동굴과 신과의 만남이라는 신화적 상징체계를 통해 숭고의 이데올로기를 전달하고 있다. 이것은 주술행위다. 꽃의 처녀성을 숭상하면서 그 '구멍'의 상징을 통해 '복(福)'을 받을 수밖에 없는 섭리를 강조하고 있다. 이것은 꽃이 가지고 있는 계시의 기표다. 이것은 로맨티시즘적 환타지와 국가적 이데올로기를 기의로 하는 기표라 할 수 있다.

세 번째는 시집『안 잊히는 일들』·『노래』·『팔할이 바람』·『늙은 떠돌이의 시』이다. 이 시집들은 미당이 경험했던 사람들의 모습을 꽃 그 대로의 본원적 실체 속에 담고 있다. 미당의 전기적 역사성을 그대로 수 용하고 있는 것이다. 이 기표들은 시집『안 잊히는 일들』의 시 <공덕동 살구나뭇집과 택호>에서처럼 살구꽃 나무가 한 집안의 호구를 책임진다 는 가족주의적 이데올로기를 기의로 하고 있다. 과거의 기억 속에 자리하 고 있는 수많은 꽃들을 다시 한 번 호명하고 있을 뿐이다.

이러한 반복적 기표들 중에서 변용이 있었다면, 시집『질마재 신화』와 『산시』이다. 시집『질마재 신화』에는 기표로서의 꽃이 거의 등장하지 않 는다. 시집『질마재 신화』가 옛소설이나 역사소설이 다하지 못한 소임을 극히 경제적으로 대행하고 있으며, 신화라기보다는 리얼리스틱한 현실의 단면이고 또 그 해석[30]이라는 측면에서, 이미지가 전달하는 무의식의 환 타지와 이데올로기적 측면의 기의는 존재하지 않는다. 주체가 철저히 배 제되어 있기 때문이다. 시집『산시』에서 기표 꽃은 주체의 무의식이 투사 되는 대상이 아니라 주체와 동등한 위치를 갖는 그런 존재다. 그러므로 꽃은 둔갑술에 의해 변형되는 것이 아니라 그 자체로서 인간과 동등하게 존재한다. 오히려 시 <카메룬 나라의 카메룬산이 어느날 하신 이야기> 의 꽃나무처럼 인간에 대한 연민 때문에 자신의 꽃송이를 양자녀시키는 자비심을 베푸는 자아 의식을 소유한 객체로 등장한다. 이는 인간과 다를 바 없기도 하지만, 오히려 신의 위치를 점하고 있는 듯하다.

---

30) 유종호,「소리지향과 산문지향」, 박철희 편, 앞의 글, 176면.

7. 결론

지금까지 꽃 이미지를 매개로 미당 시 전편에 흐르는 무의식적 환타지와 거기에 병행하는 이데올로기를 살펴보았다. 꽃 이미지가 촉발하는 주체의 정신적 경험을 사회적인 담론의 측면에서 접근해 보았을 때, 그 동안 정형화된 이미지로 고착되었던 꽃 이미지는 다의적인 기의를 동반하는 구조를 보이고 있음을 확인할 수 있었다.

첫째, 시집『화사집』에서 꽃 이미지는 '꽃다님'이라고 하는 기표를 통해 어머니의 상과 동일시하려는 주체의 욕망을 드러낸다. 이는 소외된 주체의 나르시시즘이라 할 수 있으며, 이질 혼성에 의한 식민주의적 이데올로기가 함께 작동하고 있다 할 것이다. 둘째, 시집『서정주 시선』에 등장하는 기표 '국화'는 본원적 신체로서의 주체를 드러내며 니힐리즘적 환타지를 제공하고 있다. 이는 당대에 스스로를 희생의 중심에 놓고 과거의 행적을 기만하려 했던 사회적 기류를 반영하고 있으며, 그것은 가족주의적 이데올로기로 표상되고 있음을 볼 수 있었다. 셋째, 시집『신라초』와 『동천』에 이르는 신라정신의 세계는 '사소의 꽃'으로 기표화되었다. 이 기표에 담긴 기의는 아버지의 말을 통해 로맨티시즘적 환타지를 담고 있는데, 여기에 기억의 복원을 통해 상징적 체계 속에서 개인을 억압했던 당대의 국가주의적인 이데올로기가 함께 하고 있었음을 살펴보았다.

이러한 기표들은 미당의 역사성 속에서 주체 형성의 체제와 형상들을 보여주고 있다. 그러나 상상계에서 상징계를 거쳐 실재계로 들어가는 이 지배적 과정에 있어 미당은 이상 징후를 보이고 있다. 이것이 순차적인 층위는 아니지만 상징계와 실재계의 전도는 미당 시에서 주체가 퇴행하고 있음을 보여주는 것이다. 그러한 퇴행의 반복적 기표가 '사소의 꽃'이미지 이후 등장하는 이미지 속에서 드러난다.

　이러한 퇴행 속에서도 시집 『질마재 신화』와 『산시』에 등장하는 꽃들
은 기존의 기표가 갖고 있는 환타지와 이데올로기 체계밖에 존재하는 기
표들이다. 차제에 이에 대한 언급이 있어야 할 것이다.

고열한 생명의식과 존재의 타자성

- 시집 『화사집』을 대상으로

1. 서론

『화사집』(남만서고, 1941)은 미당의 첫 시집으로 졸라의 소설 『파스칼 박사(Le Docteur de Pascal)』에 대한 바슐라르의 언급을 빌려온다면, '독한 술을 마신 인간의 증발에 관한 이야기'다.[1] 이는 '불에 의해 신성화한 비밀의 소원,' 즉 '불에 타 죽는 것에의 호소'이다. 이러한 호소에는 엠페도클레스 콤플렉스가 작가의 무의식 속에 작용하고 있다고 바슐라르는 지적하고 있다. 엠페도클레스는 스스로를 신격화하고 신비화시키기 위해 에트나 화산 속에 몸을 던졌다는 전설의 인물이다. 그러나 불에 타 죽으려는 미당의 호소는 반엠페도클레스적이다. 그의 증발은 신격화도 신비화도 그 어떤 고귀함도 아닌 세속적 욕망에서 비롯된다. 미당 시의 출발은 여기서부터다. 기존 논의에서 수없이 반복해서 지적하고 있는 '원죄'로부터 벗어나고자 하는 시적 몸부림이 지옥과 같은 타락에 한 발 더 다가서는 역설적 행위였다는 전제로부터 시작하는 것이다.

"'침투하는' 것, 사물의 '내부'까지, 존재의 내부에까지 뚫고 들어가려는 이 희망은 내부의 심오한 열에, 직관에 하나의 견인작용을 한다"[2]. 다

---

1) 바슐라르, 민희식 역, 『불의 정신분석/초의 불꽃외』, 삼성출판사, 1994, 19면.
2) 앞의 책, 67면.

시 말해 우리의 눈이 닿지 않는 곳, 손이 닿지 않는 곳, 거기에 열은 넌지시 스며든다. 그러한 내부에서의 교감, 열의 공감은 『화사집』에서 지옥에의 타락이라는 미당의 어떠한 꿈의 구조를 보이고 있다. 그것은 스스로에 대한 따뜻한 감정, 즉 자기연민이면서 끝없는 하강3)을 상징하고 있다. 이러한 점에서 미당이 『화사집』에 투영한 꿈의 구조는 세속적이다.

김학동은 서정주와 보들레르를 비교문학적 방법으로 다룬다는 것은 『화사집』에 나타난 고열한 생명상태와 육체성의 표현을 두고 보들레르적 속성이라고 한 서정주 자신의 말에 의존한 과제일 뿐이라 지적한다4). 이 언급에서 『화사집』에 대한 논의가 비록 비교문학적 방법을 택하지 않았다 하더라도 얼마나 빈번하게 서정주 자신의 말에 연연해왔는가를 반성하게 된다. 다시 말해 『화사집』에 대한 독법이 보들레르에 대한 독법이 되어서는 안 된다는 것이다. 그것은 온전히 미당에 대한 독법이어야 한다. 오히려 미당이 『화사집』에서 구사한 서구시적 실험이 그에게 너무나 벅차고 힘겨운 작업이었음을 지적하고 『화사집』의 육체적 관능과 고열한 생명상태에서 벗어나 동양적 감성으로 회귀하여 정감의 시세계를 보이는 것이 미당의 시적 작업이라고 평가한 것이 더 설득적이다.5)

이러한 측면에서 『화사집』을 지배하고 있는 '고열한 생명상태'에 주목할 필요가 있다. 그것은 이후 미당의 시세계를 지배하고 있는 이미지와 모티프의 원천이 되고 있기 때문이다. 그 고열한 상태를 해명하는 것이 미당 시 해석의 출발점임을 전제로 하여 『화사집』에 나타난 이미지를 분석하고자 한다.

---

3) 바슐라르는 노발리스의 작품에서 이러한 열의 교감을 산의 따뜻함과 동굴과 광산에서의 하강적 상징으로 보고 있다(앞의 글에서).
4) 김학동, 「서정주의 시에 미친 보들레르의 영향」, 박철희 편, 『서정주』, 서강대학교 출판부, 1998, 197면.
5) 앞의 글, 196면.

2. 불의 잉태와 주체의 열림

미당의 시는 무의식적인 자기혐오로부터 출발한다. 그래서 그는 스스로 화형당하려는 욕망에 사로잡혀 있다. 그 욕망은 인간인 프로메테우스가 신인 제우스의 불을 훔쳐온 것처럼 자기 안에 불을 잉태하는 것과 같다. 그것은 불손한 행위이다. 반역이며 혁명이다. 그러나 그 불에 대한 욕망이 판도라의 상자를 여는 것으로 귀결되듯이 『화사집』은 판도라의 상자처럼 악의 근원을 잉태하고 있는 것이다. 그런 측면에서 다음 시는 불을 잉태한다는 것이 어떤 의미인가를 상징적으로 보여주고 있다.

애비는 종이었다. 밤이기퍼도 오지않었다.
파뿌리같이 늙은할머니와 대추꽃이 한주 서 있을뿐이었다.
어매는 달을두고 풋살구가 꼭하나만 먹고 싶다하였으나……흙으로
바람벽한 호롱불밑에
손톱이 깜한 에미의아들.
甲午年이라든가 바다에 나가서는 도라오지 않는다하는 外할아버지
의 숯많은 머리털과
그 크다란눈이 나는 닮었다한다.
스물세햇동안 나를 키운건 八割이 바람이다.
세상은 가도가도 부끄럽기만하드라
어떤이는 내눈에서 罪人을 읽고가고
어떤이는 내입에서 天痴를 읽고가나
나는 아무것도 뉘우치진 않을란다.

찰란히 티워오는 어느아침에도
이마우에 언친 詩의 이슬에는
멫방울의 피가 언제나 서껴있어
볓이거나 그늘이거나 혓바닥 느러트린

　　병든 숫개만양 헐덕어리며 나는 왔다.
―〈自畵像〉의 전문

　　이 시의 절정은 "나는 아무것도 뉘우치지 않을란다"라는 지점에 있다.
주체의 이러한 강한 열림은 어디서 비롯되는가? 그것은 타인으로부터 낙
인찍힌 '죄인'과 '천치'의 자기 이미지를 긍정함으로써 가능하다. 이렇게
본다면 그가 겪는 '부끄러움'의 죄의식은 결코 이 '죄인'과 '천치'의 이미
지때문이 아님이 분명하다. 그 부끄러움의 근원은 이 시 첫머리에 있다고
할 것이다. 즉 오지 않는 아버지에 있다. 시인은 아버지의 결핍과 단절이
자신 때문일지 모른다는 무의식적인 죄의식에 사로잡혀 있는 것이다. '스
믈세햇동안 나를 키운건 팔할(八割)이 바람'이라고 하는 구절은 시인과 아
버지의 결핍관계를 잘 대변하는 언술이라 하겠다. 부성적(父性的) 권위를
부정하는 시인의 태도는 신의 입장에서 보면 신의 권위에 도전했던 프로
메테우스의 그것과 비교될 만 하다. 스스로를 악령의 위치에 서게 함으로
써 단죄의 통과의례를 통해 아버지와의 결핍관계를 해소하고 다시 태어
나기를 소망하는 것이다.

　　그래서 시인이 그러한 죄의식으로부터 벗어나기 위해 택한 것은 오히
려 '죄인'과 '천지'의 이미지이다. 이 두 이미지는 온전히 아버지와는 멀
리 있는 모계적 상징이다. 사람들은 시인의 '눈'에서 '죄인'을 읽고, '입'
에서 '천치'를 읽는다. '외할아버지의 크다란 눈'과 '풋살구가 먹고 싶은
어머니의 입'이 갖는 자질은 시인의 눈과 입에 그대로 반영되어 있다. 그
러므로 시인이 죄인과 천치를 부끄러워하지 않겠다는 것은 자신의 삶의
정체성을 모계적 상상력 속에 두겠다는 선언과 같다.

　　시인의 이러한 모계지향은 "파뿌리같이 늙은할머니와 대추꽃이 한주
서있을뿐이었다. 어매는 달을 두고 풋살구가 꼭하나만 먹고 싶다하였으

나...."라는 언술에서 구체적으로 확인할 수 있다. 이 구절에서 시인은 어디에 위치하는가? 문장 병행상 위 구절을 "파뿌리같이 늙은 할머니와 대추꽃같은 ( )이 한주 서 있을 ...."라고 다시 배열한다면, ( ) 속에는 시인이 주체가 될 수 있다. 그러므로 시인은 '파뿌리─풋살구─대추꽃'으로 연결되는 식물적 상상력 속에 자신을 위치시키고 있으며, 그러한 상상력은 '바람'과 '대추꽃'을 연결시키며, 아버지와의 단절과 결핍을 극복하고 독존하려는 의지로 발전하고 있다. 그것은 '바람'이 지시하는 자유의 이미지와 '홀로선 대추나무'가 갖고 있는 단단함의 이미지가 동일한 상징성을 충분히 내포하고 있기 때문이다.

특히 '달을 두고 풋살구가 먹고 싶은' 어머니의 행위와 '대추꽃', '이마 위에 얹혀진 시의 피'와의 연결은 비로소 시인의 상상력이 불을 잉태하게 됨을 확인시키고 있다. '달을 둔다'는 행위는 '달이 차다'라는 말로도 해석된다. 그러므로 어머니는 아이를 배어 낳을 달이 되어 풋살구가 먹고 싶은 것이다. 그 잉태의 상상력은 대추나무에서 '대추꽃'을 피우고, 그의 시에 '피'를 섞게 한다. 그러므로 그 '피'의 자질은 아버지로부터 비롯된 원죄를 부정하고, 자신의 주체적 열림을 희원하는 고열한 생명의식이라 할 수 있다.

시집 『화사집』의 세계는 "스물세햇동안 나를 키운건 八割이 바람이다"라는 시적 언술에서 볼 때, '바람'이 팔할(八割)을 차지하고 있고, 불확정적 요소가 나머지 이할(二割)을 차지하고 있다. 그동안 '바람'에 대한 의미 해석은 기표 차원에서 공전하고 있다고 해도 무방하다6). 그것은 미당을 지배하고 있는 나머지 이할(二割)과의 관계 속에서 '바람'의 의미를 해석하지 않았기 때문이다. 그 해결되지 않는 세계는 미당에게 있어 특히, 시

---

6) 조연현은 '바람'의 실체를 숙명적 시련으로 언급하고 있다. 이는 시집 『화사집』의 역동적 시세계와는 배치되는 해석이라 할 수 있다(조연현, 「서정주론」, 박철희편, 『서정주』, 서강대출판부, 1998, 18면).

집 『화사집』에 있어 이미 드러난 '바람'의 이미지보다 더 핵심적 요소가 될지도 모른다.[7] 미당 시의 성분비는 '시의 이슬에 맺힌 피'의 비례에서 찾을 수 있다. 이것을 다시 미당의 성장 동력비와 비교한다면 자연스럽게 팔할과 이할의 관계를 갖게 된다. 그러므로 미당 시는 이할이 피의 상상력에 속하며, 팔할이 이슬의 상상력 속에 속한다고 할 것이다. 이러한 측면에서 판도라의 상자가 악의 근원만을 잉태한 것이 아니라 희망을 마지막으로 간직하였듯이 『화사집』이 악을 통해 자신의 존재의식을 확인하는 주체의 열림이라는 시적 과정임을 확인하게 된다.

3. 피의 상징성과 이할(二割)의 세계

시집 『화사집』의 이할(二割)은 불확정적이다. 이것은 아무래도 '바람'이 전의 세계이다. 단적으로 말한다면 그 세계는 열기에 휩싸여 있다. 그 열기의 공간에 시적 주체는 위치해 있다. 이것은 일종의 불태움의 욕망이다. 스스로를 화염 속에 밀어 넣음으로써 생기를 얻고자 하는 무의식적 지향이라 할 수 있다. 이 탈중력의 이미지[8]는 원심적인 속성을 내포하는 것이지만, 경계를 구획하고 스스로를 유폐시킨다는 점에서 구심적이다.[9] 다시

---

7) 김윤식은 시인으로서 미당의 온갖 광기를 피와 이슬의 피치 못할 작동에서 비롯되었다고 적고 있다. 그래서 『화사집』 이후의 미당의 시적 과정을 '피와 이슬의 분리' 과정으로 파악하고 있다(김윤식, 『미당의 어법과 김동리의 문법』, 서울대학교출판부, 2003, 127~145면 참조).

8) 김열규는 미당의 시에서 이러한 탈중력의 이미지가 요긴하게 쓰이고 있다고 언급하며, 그 충만된 원심력을 지적한다. 그러나 일정공간 속에 유폐된 행위에 지나지 않음을 볼 때 오히려 구심적 성격이 농후하다. 그러한 점에서 시집 『화사집』의 역동성을 새롭게 인식하게 된다(김열규, 『한국문학의 전통과 변혁』, 서강대학교 인문과학연구소, 1981, 58면 참조).

9) 김윤식은 이슬의 상상력을 원심적으로 피의 상상력을 구심적으로 파악하고 있다. 이러한 언급은 피와 이슬의 단순한 이항대립, 즉 '나'와 '나 아닌 것'의 이분법일 뿐이다. 그러나 본고가 지적하는 상상력의 원근법은 시인의 총체성을 반영하고 있다.

말해 불태워짐으로써 팽창하고자는 부정의식은 열기를 발산하고 있지만
'피'의 상징성 속에 응축되고 있다. 스스로를 화형시키려는 욕망은 불타
고 있는 유폐된 공간 속에 스스로를 밀어 넣는 행위이기 때문이다.

1) 열기의 이미지와 방취력(防臭力)

> 麝香 薄荷의 뒤안길이다.
> 아름다운 베암⋯⋯.
> 을마나 크다란 슬픔으로 태여났기에, 저리도 징그러운 몸둥아리냐
>
> 꽃다님 같다.
> 너의할아버지가 이브를 꼬여내든 達辯의 혓바닥이
> 소리잃은채 낼룽그리는 붉은 아가리로
> 푸른 하눌이다. ⋯⋯물어뜯어라. 원통히무러뜯어,
>
> 다라나거라. 저놈의 대가리!
>
> 돌 팔매를 쏘면서, 쏘면서, 麝香 防草ㅅ길
> 저놈의 뒤를 따르는 것은
> 우리 할아버지의안해가 이브라서 그러는게 아니라
> 石油 먹은듯⋯⋯石油 먹은듯⋯⋯가쁜 숨결이야
>
> 바눌에 꼬여 두를까부다. 꽃다님보단도 아름다운 빛⋯⋯
>
> 크레오파투라의 피먹은양 붉게 타오르는 고흔 입설이다⋯⋯슴여라!
> 베암.

즉 분리될 수 없는 시인의 통일적 상상력이라 할 수 있다(앞의 글, 129면).

우리순네는 스물난 색시, 고양이같이 고흔 입설……슴여라! 베암.
                                                    ─〈花蛇〉의 전문

이 시에서 우리는 화자의 육적 심리(myopsyché)[10]를 확인하게 된다. 즉 뱀(뱀의 몸전체)은 화자가 갖고 있는 기관 중의 하나인 '혀'(혹은 입)에 사로 잡혀 그것을 섬기고 있음을 알게 된다. 그 혀는 '이브를 꼬여내든 달변의 혓바닥'이고, '푸른 하늘'을 '물어 뜯는' '붉은 아가리'다. 그리고 종내는 크레오파트라와 순네의 입술 속으로 스머드는 존재다. 여기서 원죄의 구속이라는 혀의 신화적 상징성이 피먹은 시인의 존재적 상징성으로 변화되는 과정을 보게 된다. 이 변화의 의미는 무엇인가? 그것을 '스며들다'라는 말에서 찾게 된다. '스며들다'의 행위는 불 속으로 자신을 밀어 넣는 행위이다. 즉 '붉게 타오르는 고흔 입술' 이 갖는 불의 이미지 속으로 몸 (혀)의 이미지가 투신하는 것이다. 다시 말해 불의 잉태를 의미한다.

이 때 '피'는 '피먹은양 붉게 타오르는 고흔 입설'에서 자연스럽게 불의 속성을 갖게 된다. 이 '피'의 상징성이 원죄에 국한되지 않고 시인의 존재성을 드러내는 것으로 확장될 수 있는 것은 열기가 갖는 연금술 때문이다. 뱀의 뒤를 좇아 불 속으로 스며드는 그 행위는 '석유 먹은 듯… 석유먹은듯…가쁜 숨결' 속에 원죄의 무게를 버리고 상승하고 있다. 존재의 내부까지 뚫고 들어가려는 이 희망은 내부의 심오한 열에 의해 하나의 견인작용을 하는 것이다. 그러므로 피는 열기에 의해 담금질된 희망의 발효 상태라 할 수 있다.

그런데 눈이 닿지 않고 손이 닿지 않는 내부에서의 이 교감, 이 열의 공감으로 우리는 이 시속에서 하강하는 상징을 되찾게 된다.[11] 그것은 원

---

10) 어떤 동물의 몸 전체는 자주 자신이 갖고 있는 기관 주의 하나에 사로잡혀 그것을 섬긴다는 점에서 동물의 삶은 특별한 기관들과 근육을 계수화(係數化)하는 것 같다 (바슐라르, 앞의 책, 112면).
11) 앞의 책, 67~68면 참조.

죄의 굴레를 벗게 한 열기의 상승적 의미가 하강의 의미를 갖게 되는 것
이다. 그 하강적 상징성은 '사향 박하의 뒤안길'이라는 배제된 공간으로
표현된다. 시인은 지금 거기에 있는 것이다. 그 공간은 다음 시에서처럼
'보리밭', '꽃밭새이', '두럭길', '콩밭', '푸른 나무그늘의 네거름길' 등으
로 공간적 변주를 하고 있다.

보리밭에 달 뜨면
애기 하나 먹고

꽃처럼 붉은 우름을 밤새 우렀다
　　　　　　　　　　　　　　　　　－〈문둥이〉에서

따서 먹으면 자는 듯이 죽는다는
붉은 꽃밭새이 길이 있어
－중략－
밤처럼 고요한 끌른 대낮에
우리 둘이는 웬몸이 달어…
　　　　　　　　　　　　　　　　　－〈대낮〉에서

바윗속 山되야지 식 식 어리며
피 흘리고 간 두럭길 두럭길에
－중략－

땅에 누어서 배암같은 게집은
땀흘려 땀흘려
어지러운 나－ㄹ 업드리었다.
　　　　　　　　　　　　　　　　　－〈麥夏〉에서

가시내두 가시내두 가시내두 가시내두

콩밭 속으로만 작구 다라나고
울타리는 막우 자빠트려 노코
오라고 오라고 오라고만 그러면

—〈입마춤〉에서

푸른 나무그늘의 네거름길우에서
내가 붉으스럼한 얼굴을하고
앞을볼때는 앞을볼때는

내裸體의 에레미야書
毘盧峰上의 强姦事件들.

—〈桃花桃花〉에서

이 일련의 공간이 드러내는 공통점은 열기로 가득 차 있다는 것이다. 시 <문둥이>에서 시적 자아는 육적 심리의 극한을 보여주고 있다. 그것은 비천한 존재의 상징성, 즉 존재의 비애를 죄의 근원인 불을 삼키듯 아기를 삼킴으로써 변화시키려는 악마적 몸부림이다. 이 또한 불의 잉태인 것이다. 그 속에 존재의 열림을 바라는 시적 자아의 비원(悲願)이 있기 때문이다. 시 <대낮>의 '꽃밭'은 죽음의 공포도 꺾지 못하는 공간이다. 거기에는 비록 죽을지라도 혹은 죽을지도 모른다는 의혹 속에서도 몸을 달구어야 하는 시인의 위험한 탐닉이 존재하고 있다. 그 열기의 공간은 다시금 '두럭길'로 변주된다. 그 공간 속에서 앞서 언급한 시의 '문둥이'와 '계집'은 서로 만나고 있다. 그들의 자질은 다분히 하강적 이미지다. 시인의 무의식 속에서 그러한 이미지는 다시금 공간을 만들고 그 공간은 신들이 버린 죄악의 역사적 장소가 된다. 이슬라엘 민족의 멸망을 예견했던 예레미야의 기록처럼 그 열기의 원천은 살인과 죽음과 분노와 유혹과 멸망이라고 하는 하강적 이미지의 연소이다. 이 모든 금기의 세속적 굴레를 불태움으로써, 그 열기를 자양분으로 하여 시인은 새로운 삶으로의 도피를 희망하고 있는 것이다. 그 열기의 공간은 쉽게 허용되는 공간이 아니다. 오직 시인만이 그 경계 안에서 자유롭다. 화염 속에 스스로를 집어넣는 이 행위 속에서 부여될 수 있는 불의 가치는 어디에서 그 근원을 찾을 수 있는가? 그러한 불의 가치 부여작용의 가장 중요한 근거의 하나는 방취력(防臭力)일 것이다.[12]

시 <화사>에서 '사향'은 방향성이 매우 강한 물질이다. 그러므로 뱀이 근절할 수 없게 하는 역할을 하게 된다. 그래서 뱀은 도피할 수밖에 없다. '박하' 역시 냄새와 관계있는 물질이다. 그러므로 뱀이 위치하는 공간은 습하고 역하다. '뒤안길'의 공간적 의미는 화사의 아름다움과는 배치되는 것이다. 이때 뱀은 피문은 여자의 입 속으로 스며들어 스스로 화형당함으로써 새로운 삶의 길을 모색한다. 그것은 불의 가치인 방취력 즉 정화작용에 의지하는 행위다.

결국, 문둥이가 아이를 잡아먹는 것, 아편을 따서 먹고 죽는 것, 산되야지가 스스로를 자해하는 것, 콩밭 속에서 침몰하는 것, 한 인간이 몸을 통해 멸망하는 것 모두는 하강적 공간에서 불태워짐으로써 재가 되고 만다. 그 이후 다시 사는 것을 시인은 모색하는 것이다. 그 하강적 투신이 미당의 고열에 찬 생명의식이라 할 수 있다.

---

12) 이것은 정화작용의 가장 직접적인 근거의 하나이다. 냄새는 가장 위선적이고 긴요한 현존에 의해서 자기를 부여하는 원시적이고 오만한 물질이다. 그것은 바로 우리의 내부로 침투한다. '불은 모든 것을 정화'한다고 말할 때 그것은 구토를 일으키는 냄새를 제거하기 때문에 그렇게 말하는 것이다. 취각의 심리 작용은 향연의 원리, 감각적 가치, 물질적 불순성의 소멸을 말한다(바슐라르, 앞의 책, 121면).

2) 구심적 상상력과 경계의식

앞서 시집 『화사집』의 이미지가 고열에 찬 생명의식을 담고 있음을 살펴다. 그러한 생명의식은 어떠한 상상력에 기반하는 것이며, 어떻게 해석되어야 하는 것인가? 불의 잉태라는 행위 자체가 원심적이기보다는 구심적이라 할 수 있다. 그리고 미당이 모색하는 공간 역시 '스며들다'라는 행위에서 나타나듯 팽창이기보다는 축소 혹은 응축적인 이미지를 갖고 있다. 그러므로 열기의 원심력이 피의 구심력으로 응축되는 시적 과정은 역설적이다.

> 덧없이 바래보는 壁에 지치어
> 불과 時計를 나란히 죽이고
> 어제도 내일도 오늘도 아닌
> 어긔도 저긔도 거긔도 아닌
>
> 꺼저드는 어둠속 반딧불처름 까물거려
> 靜止한 「나」의
> 「나」의 서름은 벙어리처럼……
>
> 이제 진달래꽃 벼랑 햇볓에 붉게 타오르
> 는 봄날이 오면
> 壁차고 나가 목매어 울리라! 벙어리처럼,
> 오! 壁아.
>
> ―〈壁〉의 전문

이 시에서 전개되고 있는 시인의 내면세계는 침잠하고 있다. 앞서 열기로 들떠 있던 그의 모습은 찾을 수 없다. 이 시가 등단 시임을 생각할때, 이미 그의 시세계에서 고열에 찬 생명의식은 벽안에 갇혀 있었던 것인지도 모른다. 그래서 열기로 가득찬 그의 원심적 세계는 하나의 숨겨둔 마지막 희망에 불과한 것이며, 지금은 벽 안에 갇힌 구심적 세계에 놓여 있다고 하겠다. 그래서 그가 죽인 '불'과 '시계'는 경계를 짓는, 소통할 수 없는 내면의식의 정지된 산물이라 할 수 있다.

'불'과 '시계'는 모두 생명성을 지닌 존재다. 이 생명의 불과 시계를 지피고, 움직이게 할 수 있는 것은 무엇인가? 이러한 시적 고민의 전개 양상이 시집 『화사집』이라 할 수 있다. 그래서 앞서 미당이 불을 통해 스스로 화형당함으로써 정화되는 과정을 살필 수 있었다.

그러나 문제는 '시간'의 문제다. 시간은 현실적이고 외적 세계를 담보하는 상징성을 갖는다. 불의 잉태를 통해 내적 세계의 생명성은 확보되었지만, 아직 그에게 현실적인 혹은 역사적인 문제는 해결되지 않고 있다. 그의 내면 세계가 외면으로 팽창되지 못하는 이유가 여기에 있다. 내면적 세계와 외면적 세계의 불일치가 그의 시적 원동력이기는 하지만, 양자의 세계를 경계지음으로써 시집 『화사집』이 펼치는 이할의 세계는 열하지만, 냉한 모순의 세계라 할 수 있다. 그러나 불행히도 벽을 설정한 것은 시인 자신이다. '덧없이 바래보는' 그 무기력이 불의 세계와 시간의 세계를 통합하지 못하는 원인이라 할 수 있다.

> 분명히 저놈은 무슨불평을 품고있는 것이다.
> 무엇보단도 나의詩를, 그다음에는 나의表情을, 흐터지머리털 한가
> 닥까지, ……낮에도 저놈은 엿보고있었기에
> 멀리 멀리 幽暗의 그늘, 외임은 다만 수상한 呪符.
> 피빛 저승의 무거운물결이 그의쪽지를 다적시어도
> 감지못하는 눈은 하눌로, 부흥……부흥……부흥아 너는
> 오래전부터 내 머릿속 暗夜에 둥그란 집을 짓고 사렀다.
> ─〈부흥이〉에서

'부흥이'는 시인의 구심적 상상력을 잘 보여주는 무의식의 산물이다. 시인은 부엉이의 반복되는 울음처럼 스스로에게 어떤 강박을 주고 있다. 그 압박하는 울음은 수상한 표징이다. 그래서 미당의 구심적 상상력의 원동력은 '수상한' 어떤 기제에 의해 작동하고 있다. 즉 자신의 시와 표정을 감시당하고 있다는 그 억압은 '의심'이라는 사회적 행동이었음을 드러내는 것이라 하겠다. 이 의심의 정체는 이 텍스트 안에서는 해결될 수 없는 부분이다. 우리가 앞서 불의 잉태라는 것이, 여자의 입 속으로 스며드는 행위로 이미지화되었음을 볼 때, 부엉이의 반복된 강박은 시인에게 가해지는 의심의 발언들일 것이다. 그 '입'이라는 의심의 근원으로 스며듦으로써 자신에게 가해지는 수상한 눈초리를 회피해 보려는 행위가 불태움이라 할 수 있다. 그렇게 볼 때, 열기의 근원에는 이와 같은 외적 현실에 대한 경계의식이 자리잡고 있다할 것이다. 그런 측면에서 시 <문>은 시집 『화사집』의 피의 상징성과 시인의 의식을 그대로 담고 있는 시이다.

　　밤에 홀로 눈뜨는건 무서운일이다
　　밤에 홀로 눈뜨는건 괴로운일이다
　　밤에 홀로 눈뜨는건 위태한일이다

　　아름다운 일이다. 아름다운 일이다. 汪茫한 廢墟에 꽃이 되거라!
　　屍體우에 불써 이러나야할, 머리털이 흔들흔들 흔들리우는, 오―이 時間. 아까운 時間.

　　피와 빛으로 海溢한 神位에
　　肺와 발톱만 남겨 노코는
　　옷과 신발을 버서 던지자.
　　집과 이웃을 離別해 버리자.

오-少女와같은 눈瞳子를 그득이 뜨고
뉘우치지 않는사람, 뉘우치지않는사람아!

가슴속에 匕首감춘 서릿길에 타며 타며
오느라, 여긔 知慧의 뒤안깊이
秘藏한 네 荊棘의 門이 운다.

　　　　　　　　　　　　　　　　－〈門〉의 전문

　이 시에서 피의 이미지는 꽃의 이미지로 변주되면서, 그 상징성을 드
러낸다. 바슐라르13)는 꽃이 대지의 열기가 만들어낸 대지의 내적인 불이
며, 대지는 어린이의 무의식으로 마음 속, 어머니의 가슴과 마찬가지로
따뜻한 어머니의 유방이라고 말한다. 그러므로 대지는 생명과 팽창의 열
기로 가득차 있다. 그러나 미당의 대지는 '왕망한 폐허'일 뿐이다. 미당이
홀로 피워낸 꽃은 공포와 고통과 위기가 응축되어 있다. 이 한 없는 하강
이 피의 상징성이라 할 수 있다.
　'밤'은 무의식의 세계다. 그 무의식으로 들어간다는 것은 그것도 홀로
간다는 것은 무섭고, 괴롭고, 위태로운 일일 것이다. 자아가 확인하고 싶
지 않는 존재가 거기 기다리고 있기 때문이다. 혹은 의식화 할 수 없는
무엇인가가 그를 기다리고 있기 때문이다. 결국, '꽃'은 의식화된 무의식
의 실체다. 그래서 아름다운 것이다. '밤'을 통과한 실체이기 때문이다.
그러나 문제는 '시간'에 있다. 이때 시간은 무엇인가? 바로 의식화된 실존
이다. 시인은 그것을 택하지 않는다. 위 시에서 신의 위치에 있는 피의 질
감이 빛을 띠고 있기는 하지만, 옷과 신발과 이웃과 가족을 포기한 선택
일 뿐이다. 그러므로 시 <부흥이>에서 언급했던 구심적 상상력의 '수상
한' 기제는 바로 고열한 생명을 의식화하는 과정에서 의식을 거부하고 무

─────────────────────
13) 앞의 책, 68면.

의식의 세계로 도피해 버리는 것이라 할 수 있다. 미당의 이상적 존재의
식은 '소녀와 같은 눈동자를 그득이 뜨고 뉘우치지 않는 사람'이다. 그러
나 그는 지혜의 뒤안 깊이 위치하고 있다. 그가 들어서려는 문이 현실을
외면한 내면적 탐구에 머무는 것이기에 스스로도 그것을 '형극'이라 표현
하고 있는 것이다. 현실과 내면을 엄격히 구분짓고 그 경계에서 현실을
의식적으로 밀어내고 내면으로 침잠하는 의식의 불안을 『화사집』의 이할
의 세계가 보여주고 있는 것이다.

3) 존재의 무화와 이종교배

미당이 스스로를 화형시켜 유폐시킨 그 열기의 세계가 피의 상징성이
지배하는 이할의 세계임을 살펴보았다. 시집 『화사집』에서 이 구심적 세
계는 다음 시에서 단적으로 그 실상을 보여주고 있다.

> 흰 무명옷 가람입고 난 마음
> 싸늘한 돌담에 기대어 서면
> 사뭇 숫스러워지는 생각, 高句麗에 사는 듯
> 아스럼 눈감었든 내넋의 시골
> 별 생겨나듯 도라오는 사투리.
>
> 등잔불 벌서 키어 지는데……
> 오랫동안 나는 잘못 사렀구나.
> 샤알·보오드레-르처럼 설스고 괴로운 서울女子를
> 아조 아조 인제는 잊어버려,
>
> 仙旺山그늘 水帶洞 四十번지
> 長水江 뻘밭에 소금 구어먹든

曾祖하라버짓적 흙으로 지은집
오매는 남보단 조개를 잘줍고
아버지는 등짐 서룬말 졌느니

여긔는 바로 十年전 옛날
초록 저고리 입었든 금女, 꽃각시 비녀하야 웃든 三月의
금女, 나와 둘이 있든곳.

머잖어 봄은 다시 오리니
금女동생을 나는 얻으리
눈섭이 검은 금女 동생,
얻어선 새로 水帶洞 살리.

                  -〈水帶洞詩〉의 전문

　미당의 역사성을 통해 살펴본다면, 이 시는 실연 이후 가정을 꾸렸던 미당의 개인서사시라 할 수 있다.[14] 더불어 이 시는 시집 『화사집』의 이미지 작동 원리를 잘 보여주고 있다. 이 시에는 한 여인과 또 다른 여인의 사이에 "오랫동안 나는 잘못 사렀구나"하는 경계가 있다. '서울여자'는 낯설고, 고통스럽게 이미지화 되어 있고, 금녀의 동생은 고향의 모습으로 이미지화 되어 있다. 오랫동안 잘못 살았다는 이 존재의 타자성은 어디에서 연유하는가? 분명 서울여자로 상징화된 시세계는 이할의 피의 상상력이 지배하는 세계이다.

　서울여자는 화산의 분화구와 같은 것이다. 미당은 거기에 스스로를 던짐으로써 새롭게 존재하려는 자유를 획득하고자 한 것이다. 그 과정은 사르트르가 말한 현존재의 무화(néantisation)처럼 보인다[15]. 미당의 기억 속

---

14) 서정주, 『미당자서전2』, 민음사, 1994, 47~49면.
15) 사르트르의 이미지 무화 방식은 두 가지로 압축할 수 있는데, 하나는 현존을 무로
　　제시하는 것이고, 다른 하나는 무를 현존으로 제시하는 것이다(임진수, 「이미지의 상

에 자리하고 있는 것은 역사적 시간들이었다. '고구려'의 경험까지도 축적된 그 실체는 바로 그의 시 속에 언제나 맺혀 있는 피, 바로 그것이다. 그 피의 존재는 곧 미당의 몸 속에 축적되어 있는 것임을 부정할 수 없다. 그러므로 그 축적된 시간의 기억을 삭제하고 다른 이미지 속에 자신을 대입시켜 보려는 노력이 앞서 살펴본 불의 잉태과정이며, 열기의 공간이라 할 수 있다. 현존재의 무화는 불 속으로 들어가는 것처럼 고통스럽고, 내면 속에만 유폐된 낯선 곳이다. 그래서 시집 『화사집』의 이할 속에 등장하는 시적 대상은 이종교배를 통해 신체화(corporisation)되고 있다16). 동물, 식물, 광물, 인간, 사물 사이의 모든 구분을 없애면서 이질적인 다른 요소들과 결합하려는 무의식 속에는 현존재를 지운 이후 그 존재를 새롭게 육체화하려는 나아가 구체적으로 동물화하려는 욕망이 자리하고 있다.

이처럼 존재의 타자화된 욕망의 단적인 모습이 '화사(花蛇)'인 것 같다. 즉 꽃과 뱀의 이종결합은 미당의 무의식 속에 자리하고 있는 시간의 문제를 일거에 무화시켜버리고 초현실적인 이미지를 만들어 낸 것이다.

> 해와 하늘 빛이
> 문둥이는 서러워
>
> 보리밭에 달 뜨면
> 애기 하나 먹고
>
> 꽃처럼 붉은 우름을 밤새 우렀다
>
> ─〈문둥이〉의 전문

상력(1)」, ≪불어불문학≫ 제13집, 1987, 61면). 이렇게 볼 때, 시집 『화사집』의 이할의 세계는 존재를 무로 제시하려는 것이라 할 수 있다.
16) 조윤경, 「몸의 이미지와 일탈의 글쓰기」, ≪불어불문학연구≫ 제55집, 2003, 607면 참조.

앞서 이 시는 불의 잉태를 통해 존재의 비원을 극복하고자 하는 자아의 몸부림으로 파악했다. 그리고 그 '보리밭'이 상징하고 있는 공간의 열기를 언급했다. 여기서 문둥이가 아기를 먹는 속설은 그로테스크한 이미지를 만들고 있다. 그 의미는 갱생을 위한 비원의 차원에서 이해될 수 있을 것이다. 그리고 존재의 무화를 통해 그 비원이 작동하고 있음을 보게 된다. 다시 살펴보면, 해와 하늘이 지배하고 있는 세계는 분명 현존재가 속해 있는 공간이다. 문둥이의 존재성을 무화시키기 위해 미당이 삭제하려는 것이 바로 '빛'의 세계다. 그러므로 '애기를 먹는 행위'는 일종의 이종교배에 의한 신체화된 이미지라 할 수 있다. 여기서 무엇이 신체화되었는가? 바로 '꽃'이다. 꽃은 예전의 현존하던 대상이 아니다. 문둥이의 상을 하고 있는 존재는 무화되고 동물적 움직임을 하고 있는 꽃의 이미지가 제시되고 있는 것이다. 여기서 달과 애기와 꽃의 이종교배가 이루지는 현장을 우리는 목도하고 있는 것이다.

> 땅에 긴 긴 입마춤은 오오 몸서리친
> 쑥니풀 지근지근 니빨이 히허여케
> 즘생스런 우슴은 달드라 달드라 우름가치
> 달드라.
>
> ─〈입마춤〉에서

> 어느 바람속에서도 부끄러운 열매처럼 부끄러운 게집애.
> 靑蛇.
> 뽕나무에 오디개 먹은 靑蛇.
> 天動먹음은,
> 번갯불 먹음은, 쏘내기 먹음은,
> 검푸른 하늘가에 草籠불달고…
>
> ─〈瓦家의 傳說〉에서

시 <입맞춤>에서는 땅과 쑥과 자아와 이종교배가 이루어져서 현실에는 존재하지 않는 짐승으로 신체화된다. 미당이 제시하는 그 웃음과 울음의 존재를 우리는 파악할 수 없다. 단지 '달다'라는 미각적 이미지 속에서만 그 의미가 존재하고 있는 것이다. 단맛의 정체는 발효되어 나온 새로운 것이다. 그것은 미당의 욕망이기도 하다.

시 <와가의 전설>역시 청사와 천둥과 번개와 소나기의 이종교배 속에서 한 소녀의 존재는 새롭게 이미지화 된다. 그것은 현실이 아니고 전설일 수밖에 없다. 미당에게 있어 현실은 삭제되어야 하기 때문이다. 그렇지 않으면 '토혈하며 소리없이 죽어갔다는 숙'을 우리는 만날 수 없는 것이다. 미당도 마찬가지다. 이종교배를 통한 신체화 된 이미지 속에서만 그 소녀는 살아있는 것이다.

이 육체화된 이미지가 보들레르의 것이라고 판단하는 것은 뱀의 피부에 얹혀진 꽃무늬만을 보고 말하는 것이 된다. 그러나 그 뱀이 꽃처럼 향기를 내고, 꽃이 동물처럼 살아 움직이는 실체로 판단하게 될 때, 미당의 이할의 세계가 드러나게 된다. 그 세계는 존재가 즉, 피가 무화된 이미지의 세계이다. 미당의 역사 속에 자리하는 그 서울여자처럼 미당을 열기 속으로 빠져들게 한 고열한 생명의식이 자리한 세계이다. 그렇다면 나머지 금녀의 동생 이미지 속에 자리한 세계가 나머지 팔할의 세계가 될 것임은 자명하다.

4. 이슬의 상징성과 팔할(八割)의 세계

시집 『화사집』의 이할(二割)이 열기에 싸여있는 것에 비해 나머지 팔할(八割)은 이슬의 상징성이 지배하는 세계라 할 수 있다. 스스로 불태움의 욕망 속에 자리하던 시인은 폐쇄된 내면의 구심적 공간에서 오히려 생기

를 상실함으로써 공포와 고통과 위기를 맞게 된다. 이때 그를 키운 '바람'
에 의해 그는 새롭게 증류된 기생력을 발휘한다. 그 세계가 바로 모성적
상상력이 지배하는 타자의 세계다.

1) 바람의 이미지와 기생력(起生力)

'바람'은 증발된 열기 즉 자신을 풀어놓음으로써 얻는 생기이다. 그것
은 고열에 찬 내면이 기생하는 존재의 열림이다. 다시 말해 바람은 일종
의 풀무작용이라 할 수 있다. 꺼져 가는 생명에 생기를 불어넣는 것이다.
그것은 불에 의해 열리지 않았던 물체가 내부로부터 무너지고 자신이 소
유한 전체를 긍정하고 수용하는 존재의 열림이라 할 수 있다.

> 눈물이 나서 눈물이 나서
> 머리깎어 느리여도 능금만 먹곺어서
> 어쩌나……하늬바람 울타리한 달밤에
> 한집웅 박아지꽃 허이여케 피었네
> 노루우는 달빛에 기인 댕기를.
> 山봐도 山보아도 눈물이 넘처나는
> 蓮順이는 어쩌나…… 입술이 붉어 온다.
>
> ─〈가시내〉의 전문

가시내는 고열에 찬 생명의식에 싸여 있다. 그것은 잉태에 대한 무의
식적 지향이다. '능금'은 시 <자화상>에서 나왔던 그 수태의 이미지를
담고 있다. 즉 '달을 두고 풋살구가' 먹고 싶은 어미는 이 시에서 '가시내'
로 변주되었다. '입술이 붉어 오는' 고열 상태를 불러온 것은 바로 바람(서
풍, 하늬바람) 때문이다. 그러므로 통상 '바람'이 갖는 역경이나 시련의 이

미지는 또 다른 가치를 갖고 있음을 알 수 있다. 그것은 시인을 무너뜨리는 기제로 작용한다. 내면 속에 간힌 시인을 의식의 세계로 노출시키는 것이다. 일종의 열정이며, 도전이며 죄악일 수 있다. 이때의 죄의식은 원죄의식과는 다른 것이다. 무의식적으로 응축된 죄의식이 아니라 의식화되어 현실과 대면하는 역동적인 존재감이라 할 수 있다.

> 복사꽃 피고, 복사꽃 지고, 뱀이 눈뜨고, 초록제비 무처오는 하늬바람우에 혼령있는 하눌이어. 피가 잘 도라…… 아무病도 없으면 가시내야. 슬픈일좀 슬픈일좀, 있어야겠다.
>
> —〈봄〉의 전문

바람 속에는 복사꽃과 뱀과 초록제비가 존재한다. 바람이 이와 같이 여러 형상으로 변형될 수 있다는 상상력이 이미지의 팽창을 돕고 있다. 이 변화의 가치가 바람의 실체이기 때문에 피는 잘 돌며, 병으로부터 자유롭게 된다. 고열로 응축된 피가 병이 되었다는 사실을 이미 확인한 바 있다. 응축이 아닌 유동적 변화성에서 바람의 기생력을 찾을 수 있는 것이다. 그런데 바람을 일으키는 원동력은 무엇인가? 그것이 '슬픔'이다. 시인에게 있어 슬픈 일이란 시 <자화상> 속의 천치와 죄인의 상징성이 갖는 존재의식이다. 그 모성적 타자성을 통해 시인은 비로소 피가 잘도는 무병의 상태로 기생(起生)하는 것이다.

> 서녘에서 부러오는 바람속에는
> 오갈피 상나무와
> 개가죽 방구와
> 나의 여자의 열두발 상무상무
>
> 노류야 암노루야 홰냥노루야

　　늬발톱에 상채기와
　　퉁수ㅅ소리와

　　서서 우는 눈먼 사람
　　자는 관세음.

　　서녘에서 부러오는 바람속에는
　　한바다의 정신ㅅ병과
　　징역시간과

─〈西風賦〉의 전문

　'서녘바람'은 자극적이다. 이 자극이 기생력을 발휘하는 것임을 알 수 있다. 그리고 그 자극의 원천에서 상채기와 퉁수소리와 눈먼 사람과 관세음이 함께 하는 바람의 흡인력과 팽창을 느끼게 된다. 이는 상처와 신명이 그리고 무지와 깨달음을 함께 갖고 있는 것이 바람의 실체임을 보여주는 것이다. 그러므로 시인은 이 양가적 가치와 태도로 살아왔음을 알 수 있다.

　바람 속에 존재하는 정신병과 징역시간은 이미 이할의 세계에서 등장했던 이미지들이다. 정신병은 고열에 찬 생명의식이며 내면적인 것이다. 징역시간은 시 <벽>에서 확인했듯 시인이 배제했던 현실적 삶이라 할 수 있다. 이 내면과 외면의 가치가 통합되어 고열에 찬 생명의식에 기생력을 불어넣는 것이다.

2) 원심적 상상력과 방임의식

　시집 『화사집』의 이할(二割)의 세계가 고열에 찬 생명의식을 담고 있으며 그러한 생명의식은 불의 잉태라는 구심적 상상력 속에서 작동하고 있음을 살핀 바 있다. 그리고 미당이 모색하는 공간 역시 응축적인 이미지를 갖고 있음을 살폈다. 이에 반해 팔할(八割)의 세계는 바람의 이미지를 통해 원심적인 상상력을 구축하며 팽창하고 있다. 그것은 일종의 떠돌이 의식 혹은 방임의식의 반영이라 할 수 있다. 선과 악의 경계 속에서 벗어나지 못했던 시인의 의식이 자유를 획득하는 것이라 하겠다.

> 내 너를 찾어왔다…… 臾娜. 너참 내앞에 많이있구나 내가 혼자서 鐘路를 거러가면 사방에서 네가 웃고오는구나. 새벽닭이 울때마다 보고 싶었다…… 내 부르는소리 귓가에 들리드냐. 臾娜, 이것이 몇萬時間만 이냐. 그날 꽃喪阜 山넘어서 간다음 내눈동자속에는 빈하눌만 남드니, 매만저 볼 머릿카락 하나 머릿카락 하나 없드니, 비만 자꾸오고…… 燭 불밖에 부흥이 우는 돌門을열고가면 江물은 또 몇천린지, 한번가선 소식없든 그 어려운 住所에서 너무슨 무지개로 네려왔느냐. 鐘路네거 리에 뿌우여니 흐터저서, 뭐라고 조잘대며 햇볕에 오는애들. 그중에도 열아홉살쯤 스무살쯤 되는애들. 그들의눈망울속에, 핏대에, 가슴속에 드러앉어 臾娜! 臾娜! 臾娜! 너 인제 모두다 내앞에 오는구나.
>
> ─〈復活〉의 전문

이 시를 통해 우리는 미당이 현실적 상상력을 회복하고 있음을 확인하게 된다. '이브' 한 사람의 원죄 속에 구속되어 있던 그의 상상력이 원심력을 발휘하며 확산되고 있는 것이다. 이미 죽은 유나의 존재감을 "너 참 내 앞에 많이 있구나"하는 새로운 발견을 통해 느끼고 있다. '새벽 닭이 울 때'의 시간은 바로 밤이라는 무의식에서 의식으로 돌아오는 지점이다. 이때 내면으로의 도피를 막고 세상 속으로 자아를 확산시킬 수 있는 것은 바로 바람의 기생력이다. 유나는 어떻게 부활하는가? 그 생명은 어디서 오는가? 바로 '뭐라고 조잘대며 햇빛에 오는 애들'의 순진함과 활기 속에서 오는 것이다. 그것은 바람과 같은 것이다. 시 <문>에서 살펴보았던

밤의 무의식을 의식화하는 '뉘우치지 않는 사람'의 변주라 할 수 있다.

그러므로 죽은 유나가 죽음의 문을 열고 나온 무지개의 이미지는 다분히 고열에 찬 생명의식의 증류된 의식을 반영하고 있다. 그것이 '이슬'의 세계가 아닌가? 죽음을 극복하고 부활하는 세계이며, 내면으로 응축되어 축소하는 움츠림의 세계가 아니라 현실에서 그 생명의 흔적을 탐색하는 적극적 삶의 의지의 세계이다. 그것이 불에 던져진 자아를 열기 속에 가두었다가 바람을 통해 증류시킨 결정체이며, 바로 '이슬'이다. 그것은 '열하홉살 스무살쯤되는 애들, 그들의 눈망울'의 이미지로 드러나는 것이다.

이 뉘우침이 없는 주체의 열림은 스스로를 풀어놓는 방임상태에서 가능한 것이다. 그 자유를 획득하는 길은 주체가 중심으로부터 벗어나 주변성에 눈을 돌리고 자신의 타자성을 인정하는 가운데 가능한 것이다. 미당은 시집 『화사집』에서 그 존재의 타자성을 모성적 상상력을 통해 확인하고 그것을 수용한다. 그것은 일종의 식물적 상상력이다. 내면의 고열한 생명의식이 불을 잉태할 때 동물적인 육적 심리가 드러났듯이 바람의 이미지는 유체 심리를 담고 있다.

> 물에서 나옵니까.
>
> 머리카락이라든지 콧구멍이라든지 콧구멍이라든지
> 바다에 떠보이면 아름다우렸다.
>
> ─〈高乙那의 딸〉에서

> 赤途해바래기 열두송이 꽃心地,
> 횃불켜든 우에 물결치는 銀河의 밤.
> 자는 닭을 나는 어떻게해 사랑했든가
>
> ─〈雄鷄(上)〉에서

귀기우려도 있는것은 역시 바다와 나뿐.
밀려왔다 밀려가는 무수한 물결우에 무수한 밤이 往來하나
길은 恒時 어데나 있고, 길은 결국 아무데도 없다.
―중략―
아라스카로 가라 아니 아라비아로 가라
아니 아메리카로 가라 아니 아프리카로
가라 아니 沈沒하라. 沈沒하라!

―〈바다〉에서

　콧구멍과 아름다움은 거리가 있다. 그럼에도 거기서 아름다움을 느끼
는 것은 콧구멍을 통해 흡입되는 공기 즉 바람의 존재를 아름답게 본 것
이다. 그것이 바다라는 유체 속에 자유롭게 몸을 맡긴 존재의 가벼움에서
비롯된다 할 것이다.

　그렇다면 계간(鷄姦)은 어떤 의미로 받아들여야 하는가? 초점을 '닭'에
두는 것이 아니라 '자는' 상태에 둘 때, 그 사랑의 의미는 또 다른 존재의
식의 발현임을 알 수 있다. 그것은 태양이 해바라기 꽃에 자신의 존재를
심고, 다시 횃불로 옮겨지며 궁극적으로 차가운 밤하늘 저 별들의 무덤 속
으로 물결치듯 사라지는 이미지의 변용 속에서 찾을 수 있다. 고열한 생명
이 증류되는 과정이라 할 수 있다. 그러므로 '어떻게 사랑했든가' 하면,
'자고 있는' 자신의 타자성 속으로 시인은 스스로를 놓아 버린 것이다.

　그러므로 "길은 항시 어데나 있고, 길은 결국 아무데도 없다"는 경계
없는 공간 속에 시인은 서 있다. 그 공간은 희망과 절망의 교차점이다. 혹
은 선과 악의 이중성을 함께 갖고 있는 지점이다. 이 양 극단을 함께 포괄
하는 방임의 자세를 통해 그는 아라스카든 아라비아든 아메리카든 어디
든 존재하게 된다.

3) 존재의 재구성과 초육체성

앞서 시 <수대동시>를 통해 이할의 세계가 존재의 무화를 이미지의
작동원리로 하고 있으며, 구체적으로 시적 대상의 이종 교배 속에 동물적
욕망을 신체화하고 있음을 살펴보았다. 대비적으로 이슬의 기생력이 지
배하는 팔할의 세계는 이 무화된 존재를 재구성하고 있다고 말할 수 있
다. 다시금 시 <부활>을 살펴보자.

> 내 너를 찾아왔다…… 臾娜. 너참 내앞에 많이있구나 내가 혼자서 鐘
> 路를 거러가면 사방에서 네가 웃고오는구나. 새벽닭이 울때마다 보고
> 싶었다…… 내 부르는소리 귓가에 들리드냐. 臾娜, 이것이 몇萬時間만
> 이냐. 그날 꽃喪阜 山넘어서 간다음 내눈동자속에는 빈하눌만 남드니,
> 매만저 볼 머릿카락 하나 머릿카락 하나 없드니, 비만 자꾸오고…… 燭
> 불밖에 부훙이 우는 돌門을열고가면 江물은 또 몇천린지, 한번가선
> 소식없든 그 어려운 住所에서 너무슨 무지개로 네려왔느냐. 鐘路네거
> 리에 뿌우여니 흐터저서, 뭐라고 조잘대며 햇볕에 오는애들. 그중에도
> 열아홉살쯤 스무살쯤 되는애들. 그들의눈망울속에, 핏대에, 가슴속에
> 드러앉어 臾娜! 臾娜! 臾娜! 너 인제 모두다 내앞에 오는구나.
>
> —〈復活〉의 전문

앞서 시 <수대동시>에 등장했던 '서울여자'는 '유나'로 부활했다. 미
당은 이 시에서 무화된 이미지를 다시금 현존재로 제시하고 있는 것이다.
이것을 볼 때, 피와 이슬의 관계는 존재의 무화냐, 아니면 무화된 존재의
제시냐로 압축할 수 있다. 미당은 이 시에서 그가 무화시켰던 시간 속의
존재를 의식하고 있다. "이것이 몇만시간이냐"이 가늠할 수 없었던 시간
의 거리감도 단순간에 극복하는 이 놀라운 기생력을 통해 존재는 다시 살
아나는 것이다. 앞서 무화된 존재는 단지 시각적으로 우리에게 보여질 뿐
이었다. 동물적 움직임마저도 시각화해버렸기 때문이다. 그래서 '서울여

자'는 서로 교통할 수 없는 그림으로 존재할 뿐이었다. 미당의 역사 속에
서도 그 '서울여자'는 만나되 서로 대화하지 못했던 대상일 뿐이다.[17]

그러나 이 시에처럼 '서울여자'는 수많은 모습으로 존재하게 된다. 그
리고 그 존재성은 청각적 이미지를 통해 전달되고 있다. 서울의 종로 네
거리 사방의 웃음소리 속에 존재하는 것이다. 미당은 소통할 수 없었던
내적 욕망의 대상을 외부 세계, 즉 이슬이 지배하는 그 세계에서 발견한
것이다. 그래서 다시 기생하는 부활이 되는 것이다.

그러므로 시집 『화사집』에 등장하는 시적 대상은 앞서 살펴보았듯이
이종교배에 의한 동물적 신체화를 보이기도 하지만, 이처럼 내적 세계에
서 벗어나 외부의 현실과 만날 때, 초육체성을 보인다. 초육체성은 "다양
하고 수많은 육체성을 종합하는 상위 단계를 의미한다"[18]. 그래서 초육체
성을 지닌 존재는 관습적인 이미지를 넘어서서 끊임없이 재구성되도록
변용하는 복수적이고 다형태적인 존재로 나타난다. 미당은 그 다형태적
인 이미지를 무지개의 이미지에 실어서 제시함으로써, 종로네거리의 열
아홉 살쯤 아이들의 존재감을 독자에게 심어주고 있는 것이다.

> 아름다운 일이다. 아름다운 일이다. 汪茫한 廢墟에 꽃이 되거라!
> 屍體우에 불써 이러나야할, 머리털이 흔들흔들 흔들리는, 오-이
> 時間. 아까운 時間
>
> ―〈門〉에서

---

17) 그의 자서전에는 이렇게 적혀 있다. "나는 기름때가 번지르르한 검정 세루의 학생
정복에 발뒤꿈치를 기운 양말을 신고 이 여자의 하숙을 찾아가서는 우두커니 장승
처럼 앉아서 이 여신을 질투하고 사랑했지만 말은 영 한마디도 하지를 못했다. 그러
다가 몇 줄의 연애편지라는 걸 써 놓았는데, 그건 <나는 당신의 옷고름 하나에도
감당하지 못할 버러지 같은 겁니다> 어쩌고 한 그런 것이었던 듯하다. 김동리가 마
지못해 이걸 갖다가 전하긴 한 모양인데, 물론 한 마디의 대답도 오지 않았다"(서정
주, 앞의 글, 48면).
18) 조윤경, 앞의 글, 626면.

이 시에 등장하는 꽃은 신체화된 꽃이 아니다. 미당은 그 존재가 무화
된 꽃을 재구성하여 제시하고 있다. 그것은 새로운 미학의 설정이라 할
수 있다. 즉 죽음을 극복한 것이다. 육체의 한계를 극복한 초육체적 현존
재를 제시하는 것이다. 그 문을 통해 미당은 시집『귀촉도』로 가고 있는
것이다. 이 팔할의 세계에서 기억의 복원이 이루어지고 있으며, 역사가
되살아나고 있다. 그리고 다음 시에서처럼 공간 또한 초월의 미학 속에
편입되고 있다.

> 아라스카로 가라 아니 아라비아로 가라
> 아니 아메리카로 가라 아니 아프리카로
> 가라 아니 沈沒하라. 沈沒하라. 沈沒하라!
> 오—어지러운 心臟의 무게우에 풀닢처럼 훗날리는 머리칼을 달고
> 이리도 괴로운나는 어찌 끝끝내 바다에 그득해야 하는가.
> 눈뜨라. 사랑하는 눈을뜨라……청년아.
> 산 바다의 어느 東西南北으로도
> 밤과 피에젖은 國土가있다.
>
> —〈바다〉에서

이할의 피의 상징성이 지배하는 세계에서 공간은 오직 내면의 욕망만
이 자리하는 곳이다. 즉 공간적 존재 역시 무화되어 있다. 이 시를 통해
팔할의 이슬의 상징성이 지배하는 세계에서 비로소 공간은 재구성되고
있다. 그것도 경계를 벗어나 개방되어 있다. 여기서 존재의 재구성은 "눈
을 뜨라"는 언명을 통해 모색되고 있으며, 그것은 시각적 이미지의 재구
성이기도 하다. "눈을 뜨라"는 이 말은 시 〈수대동시〉에서 언급했던,
"오랫동안 나는 잘못 살었구나"와 같은 맥락의 언술이라 할 수 있다.
이처럼 피와 이슬의 관계는 존재의 무화와 무화된 존재의 재구성의 관
계처럼 밀접하다. 시집『화사집』은 그 두 존재의 타자적 성격이 공존하는

것이고, 그것을 기존 논의에서는 외래지향적 상상력과 전통적 상상력의 대립으로 보고 있지만, 그것은 다분히 이미지의 변주로 파악된다. 그러므로 시집 『화사집』 이후의 시세계는 초육체성의 세계이면서, 거기에는 피의 세계가 맺혀있음을 간과해서는 안될 것이다.

5. 결론

시 <자화상>에서 미당은 자신의 '시의 이슬에는 몇방울의 피가 언제나 서껴있'다고 말한다. 이슬은 시적 정신의 증류상태로서 정제된 이미지를 담고 있다. 여기에 혼합되어 있는 피는 응축된 미당의 욕망을 드러낸다. 이 두 세계의 공존은 시집 『화사집』의 세계를 역동적으로 만든다. 새 생명으로의 이행은 마찰과 갈등을 일으키기 때문이다. 그것은 각기 존재했던 것들이 만나서 일으키는 충돌로서 열을 발생하게 된다. 그러므로 그 열은 새 존재를 꿈꾸는 징표와도 같다. 그것은 일종의 발효작용이라 할 수 있다. 결국 화산과 같은 열기 속으로 자신을 밀어 넣는 그 고열에 찬 행위는 원죄로부터 벗어나려는 부정의식의 발로라 할 수 있다.

그러나 세속성(profanität)과 비밀(Geheimnis)은 결단코 두 가지 연결될 수 없는 방식으로 분리되지 않는다.[19] 그런 측면에서 이 시집은 인간중심주의의 한계를 언급하고 있다. 즉 그간의 신비화된 중심으로부터 나와 세속화된 질서를 탐닉하는 모습을 보인다. 그것은 보들레르를 흉내낸 부분이다. 그러나 본시 미당은 밀교적 태도를 갖고 있는 사람이다. 즉 편협한 인간중심주의에 머물 수 없는 방랑의 정신이 자리하고 있다. 그러므로 미

---

19) 세속성의 상황은 그 자체가 신비로 차 있고 신비를 지시한다. 세속성의 인간은 신비의 선(先)표징Vorzeichen 하에 있다. 진정한 속(俗)Profan은 진정한 성(聖)Heiligkeit과 하나이다(김영한, 『하이데거에서 리꾀르까지』, 박영사, 1993, 164면).

당의 시적 편력은 『화사집』에서 보였던 세속주의를 거둬내는 과정이다. 이후 그의 시세계가 귀촉도로 간다든지, 질마재로 간다든지, 신라로 간다든지 하는 것은 인간중심적 현실에서 찾을 수 없는 영혼의 존재를 찾아서 가는 것이다. 그 세계를 그 간의 기존 논의에서는 동양사상으로의 회귀라고 했지만, 왜 그가 동양적 미감으로 돌아올 수밖에 없는지는 설명하고 있지 않다. 핵심은 미당이 인간보다는 '사물에서 영혼을 발견하는 종교적이고 원시적인 자세를 갖고 있기 때문이다'. 그래서 인간의 일들은 사실 중요하지 않다. 인간사가 그의 관심사가 아니다. 그러니까 세속화와 신비화의 양축이 그의 시적인 전체 흐름임을 말할 수 있다. 그 흐름 속에서 의식으로부터 타자화된 무의식의 존재를 실감하게 되는 것이고, 부계적 질서가 지배하는 세계보다는 모성의 상상력 속에서 자신의 존재성을 확인하게 된다.

발효와 증류의 시학

― 시집 『귀촉도』를 대상으로

1. 서론

시집 『귀촉도』는 미당의 두 번째 시집으로, 1948년 4월 1일 선문사(宣文社)에서 발행되었다. 총 24편의 시가 4부로 나뉘어 실렸는데, 이중 시 <밤이 깊으면>(인문평론, 1940.5)을 비롯한 12편의 시가 기존 잡지와 신문에 실린 것으로 확인되었다. 이처럼 확인된 작품연보를 따랐을 때, 시집 『귀촉도』는 1940년에서 1948년 사이에 쓰여진 시들의 묶음이라 할 수 있다.

시집 『귀촉도』에 대한 기존 논의는 시사적으로는 이 시집이 서구문화의 잔영을 일소하고 한국적 정서에 밀착한 점을 평가[1]하고 있으며, 시 생산의 측면에서 설화의 변용적 수용[2]을, 주제적 측면에서 재생의 상상력이 지배하고 있음[3]을 강조하고 있다.

이러한 기존 논의 중 조연현의 다음과 같은 언급[4]에 주목하고자 한다. 조연현은 시집 『귀촉도』의 재기의 노래가 시집 『화사집』의 그 숨막힐 듯

---

1) 김춘수, 「≪귀촉도≫기타」, 『서정주연구』, 동화출판사, 1975, 28~35면.
    박철희, 「현대 한국시와 그 <서구적>잔영(하)」, ≪예술논문집≫ 제10집, 예술원, 1971,
    1~18면.
2) 오세영, 「설화의 시적 변용」, 『미당연구』, 민음사, 1991, 417~454면.
3) 김춘수, 앞의 글.
4) 조연현, 「서정주론」, 『서정주연구』, 동화출판사, 1975, 9~17면.

한 강렬한 몸부림의 노래에 비하여 아직도 그 호흡은 가냘프고 그 열모와 의욕은 아직도 완전한 한 개의 질서나 통일을 이루지 못하고 있음을 단점으로 지적하였다.

조연현의 언급처럼 시집『귀촉도』는 완전한 한 개의 질서 속에서 통일을 이루지 못한 듯이 보인다. 작품연보를 통해 볼 때, 이 시집은 해방을 중심으로 해서 시인의 삶의 공간이 뚜렷이 양분되어 있다. 해방이전에 쓰여진 <밤이 깊으면>이나 <만주에서>와 같은 시에서는 식민지 한국 민중의 고향상실과 유랑의식이 드러나고 있는 반면에, 해방 이후의 작품에서는 시 <무슨 꽃으로 문지르는 가슴이기에 나는 이리도 살고싶은가>처럼 삶에의 욕구로 가득 차 있다. 시세계 역시 현실적인 세계와 신비적 색채가 농후한 환상 세계가 공존하며 충돌하고 있다. 이러한 시세계의 공존은 '꽃'과 '임'의 이미지, '열기'와 '냉기'의 의미 충돌로 실체적으로 드러난다.

결국, 시집『귀촉도』의 시세계는 이 무질서한 이미지와 공간과 의미의 질료를 하나의 범주 속에 통일시킴으로써 밝혀질 수 있다는 결론에 도달하게 된다. 다시금 조연현의 다음 언급5)을 주목하자. 조연현은 시집『귀촉도』에서 볼 수 있는 시인의 재기하려는 몸짓이라든지 재생하려는 새로운 노래는 시인의 주체의 재형성에서 초래되었다고 보았다. 그러므로 시집『귀촉도』는 재생의 노래이면서, 나아가 주체의 재형성을 도모하고 있는 존재론적 변화의 노래라 할 수 있다. 다시 태어남을 넘어서 아예 새롭게 태어남을 의도하고 있는 시인의 시적 의도를 읽을 때, 시 속에 설화의 환상적 세계가 왜 수용되었으며, '꽃'과 '임'의 의미는 무엇이며, '열기'와 '냉기'는 어떤 작용을 하고 있는가가 밝혀질 것이다.

---

5) 조연현, 앞의 글.

2. 발효와 증류의 시작 과정

『귀촉도』는 '꽃'과 '임'의 이미지가 일관되게 개입된 시집이다. 그리고 그러한 이미지들은 '발효'와 '증류'의 과정을 모티프로 해서 정제되고 분류되어 시인의 심상을 드러내고 있다. 이러한 과정에서 '열'은 시인의 심적 상태를 대변하는 중요한 현상이라 할 수 있다. 즉 발효의 상태를 암시하는 언술이라 할 수 있다. 이 발효의 과정은 재생의 과정이며, 증류의 과정은 존재론적 변화를 암시한다. 이 존재론적 변화의 과정에서 '서방정토'는 발효 끝에 존재하는 '꽃'을 '임'으로 변화시키는 증류의 과정을 수행하는 공간이 된다. 바로 냉각기와 같은 것이다. 재생의 과정에서 '열기'가 발생하였듯이, 존재론적 변화의 과정에서는 '냉기'가 그 변화의 역할을 담당한다. 즉 시적 자아가 '서방정토'의 공간에 들어가는 순간을 기화 상태로 볼 수 있다. 그 기화된 상태를 식힘으로써 시적 자아는 순수하게 정제된 '임'의 모습으로 맑게 태어나는 것이다. 이러한 측면에서 다음 시는 미당시에서 발효와 증류의 시학을 하나의 모티프로 얻을 수 있는 시작 전개과정을 잘 드러내고 있다.

> 바보야 하이얀 문들레가 피었다
> 네눈섭을 적시우는 룡천의 하눌밑에
> 히히 바보야 히히 우습다
> 사람들은 모두다 남사당派와같이
> 허리띄에 피가묻은 고이안에서
> 들키면 큰일나는 숨들을 쉬고
> 그어디 보리밭에 자빠졌다가
> 눈도 코도 相思夢도 다없어진후
> 燒酒와같이, 燒酒와같이
> 나도 또한 나라나서 공중에 푸를리라.

—⟨문들레꽃⟩의 전문

본래 시 <문들레꽃>은 ≪삼천리≫(1941.4)에 발표될 당시에 위처럼 분연되지 않은 상태였다. 그렇기 때문에 위 시에서 시인이 의도하는 의미의 단락을 쉽게 확정할 수 없다. 다시 말해 3행의 언술이 어떠한 원인에서 발생되었고, 그 웃음이 갖는 시인의 정서적 태도가 무엇인지 불분명하다. 또한 7~8행의 행위주체가 '남사당派와 같은 사람들'로 한정되어 시인의 행위로 전이되어 공유하지 못하는 단순성을 보이게 된다. 이 시는 『미당시전집』(민음사, 1991)에 <멈둘레꽃>으로 다음과 같이 분연되어 게재되었다.

> 바보야 하이얀 멈둘레가 피었다.
> 네 눈썹을 적시우는 용천의 하눌밑에
> 히히 바보야 히히 우습다.
>
> 사람들은 모두다 남사당派와같이
> 허리띠에 피가묻은 고이안에서
> 들키면 큰일나는 숨들을 쉬고
>
> 그어디 보리밭에 자빠졌다가
> 눈도 코도 相思夢도 다 없어진후
>
> 燒酒와같이 燒酒와같이
> 나도 또한 나라나서 공중에 푸를리라.
>
> ―〈멈둘레꽃〉의 전문

이처럼 4연으로 분연된 상태에서 볼 때, 1연 3행에서 보이는 '웃음'의 행위는 2연에서 기인하게 된다. 통사적 일관성의 측면에서 2연 3행을 '들키면 큰일나는 숨들을 쉬고(있으니 우습다)' 정도로 본다면, 괄호 속의 내용이 생략되었다고 보아도 무방할 것이다. 그래서 시인의 웃음은 '떠돌이의 주눅든 삶'에 대한 새로운 인식에서 비롯된다고 할 수 있다. 즉 '피가 묻은 고이안'처럼 원죄의 깊은 심연에서 두려움에 위축된 삶을 바보 같은 삶이었다고 쉽게 웃어넘기게 된 것이다. 그처럼 원죄의 굴레에서 벗어날 수 있도록 삶의 인식에 변화를 가져오게 한 것은 1연 1~2행에서 보듯 설움 속에서 핀 꽃, 민들레꽃 때문이라 할 수 있다. '용천'이라는 척박한 공간에서 신고를 이기고 피어난 민들레의 강한 생명력에서 시인은 새 삶의 희망을 획득하게 된 것이다. 그 과정을 압축적으로 드러낸 것이 3~4연이라 할 수 있다.

발효와 증류의 과정을 거쳐 무색의 소주가 되듯이, 시인은 '보리밭에 자빠져' 발효되기를 기다린다. 그러다 마침내 '눈도 코도 상사몽'도 없는 기체상태에서 공중에 푸르게 떠올라 증류되어 정제될 것을 소망하고 있는 것이다. 이때 '눈과 코와 상사몽'은 시인을 원죄의식 속에 가두었던 서구적 지성의 시각과 체취와 이루어질 수 없는 지적 몽롱상태였음을 '보리밭'의 투박한 한국적 정서에 던져진 자아의 방기행위에서 찾게 된다. 그것은 미당의 시 역정에서 나르시시즘적 감상주의를 지향하게 되는 전환적 의미로서 시집 『귀촉도』가 자리하게 됨을 말하는 것이라 하겠다.

3. '꽃'과 자아의 발효 과정

1) '만주'와 산화(酸化)의 공간

미당은 시집 『화사집』에서 몸의 해체를 통해 자아를 탐미적으로 탐색한 바 있다. 그러나 그 지성적 자아탐색은 관념에 지나지 않기에 그가 직면한 실존적 물음에 현실적 해답을 주지 못한다. 미당을 사로잡고 있는 존재의 문제는 피할 수 없는 운명의 고정성이라 할 수 있다. 그래서 그는 늘 자신을 현실과 분리시켜 다른 공간에 가져다 놓으려 한다. 그리고 그 공간에 존재하는 또 다른 대상에 자신을 이입시킴으로써 삶의 굴레를 벗어나고자 한다. 그러한 측면에서 '만주'는 내면 속에 갇혀 있던 자아를 관념 속에서 분리시켜 현실적 공간에 설정한 것이라 하겠다.

> 밤이 깊으면 淑아 너를 생각한다.
> ─중략─
> 먹구름먹구름속에서 내이름ㅅ字부르는 소리를
> ─중략─
> 사실은 내 脊髓神經의 한가운데에서,
> 씻허연 두줄의잇발을내여노코 나를 부르는 것.
> ─중략─
> 피와같이
> 피와같이
> ─중략─
> 내 칼 끝에 적시여 오는 것.
>
> 淑아, 네 생각을 인제는 끊고
> 시퍼런 短刀의 날을 닦는다.
>
> ─〈밤이 깊으면〉에서

'밤이 깊으면', 즉 시인이 내면에 집착하게 될 때, 그를 사로잡는 것은 피할 수 없는 운명의 소리다. 그것은 '숙'이라는 쫓기는 사람의 불우와 가난과 죽음의 소리이자 '시인의 척수'를 차지한 내면의 소리다. 그러므로 시인은 '피와 같은' 그 운명의 굴레로부터 도피하여 현실적 자아와 이상적 자아를 분리시키려 하고 있다. 그 분리의 행위를 떠받치고 있는 것은 망각이며, 삶에의 동물적 욕구이다.

잊어 버리자. 잊어 버리자.
히부얀 종이燈ㅅ불밑에 애비와, 에미와, 게집을,
그들의 슲은 慣習, 서러운 言語를,
찌낀 흰옷과 같이 벗어 던져 버리고
이제 사실 나의 胃腸은 豹범을 닮아야 한다.

―〈逆旅〉에서

이처럼 시인은 '숙'이라고 하는 숙명적 인간의 옷을 벗고 오직 동물적
감각만이 존재하는 원시성 속에서 자신의 이상적 자아를 구축하려고 한다.
이때 그 원시성은 『화사집』에서 보였던 퇴행적 감각이 아니라, 살아야겠
다는 생의 감각이다. 그러므로 그처럼 삶에의 욕구가 가득 찬 시적 자아가
지향하는 공간이 '만주'로 자리하는 것은 어쩌면 당연하다. '만주'는 "내가
달린들 어데를 가겠습니까", "마지막 불을 이름이 사실은 없었읍니다"라
고 고백하게 만드는 공간이기 때문이다. 그곳은 시인을 괴롭혔던 운명마저
도 사치로 전락하게 하는 무한의 공간이며, 산화(酸化)의 공간이다.

    참 이것은 너무 많은 하눌입니다. 내가 달린들 어데를 가겠읍니까.
紅布와같이 미치기는 쉬웁습니다. 몇千年을, 오―몇千年을 혼자서
놀고온 사람들이겠습니까.

    鍾보단은 차라리 북이었읍니다. 이는 멀리도 안들리는 어쩔수도 없
는 奢侈입니까. 마지막 불을 이름이 사실은 없었읍니다. 어찌하야 자
네는 나보고, 나는 자네보고 웃어야하는것입니까.

    바로 말하면 하르삔市와같은 것은 없었읍니다. 자네도 나도 그런것
은 없었읍니다. 무슨 처음의 복숭아꽃 내음새도 말소리도, 病도, 아무
껏도 없었읍니다.

―〈滿洲에서〉의 전문

'하르삔'도 '복숭아꽃 내음도 말소리도, 病도' 산화시켜버린 그 부재의 공간에서 시인은 또 다른 고백을 하게 된다. '하르삔'을 지향했던 이상적 자아도, '처음'부터 그를 지배했던 원초적 향수와 인습과 원죄의식도 모두 산화된 공간에서, "어찌하야 자네는 나보고, 나는 자네보고 웃어야하는 것입니까"라는 진술을 통해 만주의 하늘 아래에, 같은 운명을 지닌 사람들 속에 자신이 있었음을 고백한다. 그처럼 만주는 시인이 그동안 혼자서 이고 있던 하늘만이 존재하는 것이 아니라, 수많은 사람들이 너나 없이 받쳐든 하늘아래의 공간이기 때문이다.

이러한 부재의 공간에서 오히려 시인은 그에게 가해진 운명의 고통을 무화시키고 그동안 그를 억눌렀던 죽음의 종인 '조종(弔鐘)'을 버리고 삶의 의지를 드러내는 '북'을 획득하게 된다. 그러므로 '만주'는 절망의 공간, 부재의 공간이기도 하지만, 모든 것을 산화시켜 새로운 삶의 의지를 불러일으키게 하는 발효의 공간, 재생의 공간이기도 하다. 그러므로 시인은 비로소 다음과 같이 회심의 미소를 짓게 되는 것이다.

> 바보야 하이얀 멈둘레가 피였다.
> 네 눈썹을 적시우는 용천의 하늘밑에
> 히히 바보야 히히 우숩다.
>
> ─〈멈둘레꽃〉에서

2) '열기(熱氣)'와 재생 작용

부재의 공간인 '만주'에서 산화의 작용을 통해 재생의 발효를 시작한 시인은 그 벅찬 삶에의 욕구를 "무슨꽃으로 문지르는 가슴이기에 나는 이리도 살고 싶은가"라고 토해낸다. 이때 그 발효의 징후는 다음과 같이 산화되어 혼돈에 빠진 상태에서 일어나는 열기에서 찾을 수 있다.

다만 느끼는건 너이들의 숨ㅅ소리. 少女여, 어디에들 安住하는지.
너이들의 呼吸의 훈짐으로써 다시금 도라오는 내靑春을 느낄따름인
것이다.
　－중략－
　손까락 끝에 나의 어린 피ㅅ방울을 적시우며, 한名의少女가 걱정을
하면 세名의少女도 걱정을허며, 그 노오란 꽃송이로 문지르고는, 하
연 꽃송이로 문지르고는, 빠ㄺ안 꽃송이로 문지르고는 하든 나의 像
처기는 어찌면 그리도 잘 낫는것이였든가.
　－〈무슨꽃으로 문지르는 가슴이기에 나는 이리도 살고 싶은가〉에서

　이처럼 ‘소녀들 호흡의 훈김’으로써 시인은 재생하고 있다. 그러한 생
의 환희는 꽃의 정령이라 할 수 있는 ‘섭섭이, 서운니, 푸접이, 순네’가 시
인의 아픈 상처에 각기 다른 색의 꽃송이를 가지고 문지르는 행위에서부
터 발효되고 있다. 그 문지르는 행위에서 발생하는 ‘열기’는 『화사집』에
서 보였던 단말마적 갈증을 일으키는 화기(火氣)가 아니라, 생명의 온기라
할 수 있는 화기(花氣)라 할 수 있다. 그처럼 재생의 발효열을 지핀 것은
시 〈밤이 깊으면〉에서 시인을 가위눌리게 했던 죽어간 ‘숙’의 원성(怨聲)
이 아니라, 즉 시인 내부에서 들리는 피의 소리가 아니라, 그를 지키고 있
었던 ‘어머니의 손길’이었다.

　　내가 가시에 찔려 앞어헐때는, 네名의少女는 내곁에 와 서는 것이
　었다. 내가 찔레ㅅ가시나 새금팔에 베혀 앞어헐때는, 어머니와 같은
　손까락으로 나를 나시우러 오는것이였다.
　　－〈무슨꽃으로 문지르는 가슴이기에 나는 이리도 살고 싶은가〉에서

　재생의 발효 과정은 밀어처럼, 은밀하게 진행되는 것이다. 배부른 장독
속의 놀라운· 발효의 변화를 시인은 상정하고 있다.

순이야, 영이야, 또 돌아간 남아.

굳이 잠긴 재ㅅ빛의 문을 열고 나와서
하눌ㅅ가에 머무른 꽃봉오리ㄹ 보아라.

한없는 누예실의 올과 날로 짜 느린
채일을 물은 듯, 아늑한 하눌ㅅ가에
뺨 부비며 열려있는 꽃봉오리ㄹ 보아라

순이야, 영이야, 또 돌아간 남아.

저,
가슴같이 따뜻한 삼월의 하눌ㅅ가에
인제 바로 숨 쉬는 꽃봉오리ㄹ 보아라

—〈密語〉의 전문

위 시에서 '잠긴 잿빛의 문' 속은 죽음의 상태, 발효이전의 잡스러운 것들이 분립되어 상태이다. 이때 문을 연다는 것은 서로 서로 어울려 발효를 일으키게 됨을 암시한다. 그래서 '하늘가에 핀 꽃봉오리'는 발효의 상징적 상태라 할 수 있다. 그러므로 시인은 재생의 발효 공간으로 발효의 열기가 은근히 차있는 '따뜻한 삼월'을 설정하고 있으며, '바로 숨쉬는 꽃봉오리'를 재생의 발효균으로 정당화시키고 있다.

이처럼 시인을 생명으로 들뜨게 하는 그 발효의 열기는 어디에서 오는 것인가? 그것은 '가신이들의 헐덕이든 숨결'이었으며, '기름묻은 머리ㅅ박 낱낱이 더워/땀 흘리고 간 옛사람들의/노래ㅅ소리'(<꽃>에서)였다. 시인의 몸은 전통의 숨결과 소리에서 열을 받아 신딸이 몸이 아프듯 신열에 들떠 있다. 그 단계를 거쳐 새로운 단계로 넘어갔을 때, 지상의 차원이 아닌 천상의 가벼운 차원으로 새롭게 거듭나게 된다. 이처럼 '발효'는 이전

의 삶과 현재의 삶이 혼재하여 서로 엉키어 다툼하는 과정이며, 거기에서
신열처럼 재생의 발효열이 발생한다.

3) '꽃'으로 분리된 시적 자아

시인은 '만주'라는 부재의 공간에서 원죄의 상처를 꽃으로 문지르고
재생의 열기 속에 하나의 꽃으로 분리되어 재생한다. 그 꽃은 전통의 숨
결과 소리가 만들어낸 시인의 이상적 자아이며, 혁명이다.

> 가지가 찢어지게 열리는 꽃은
> 날이 날마다 여기와 소근대든
> 바람의 바람의 소망이리라.
>
> ―〈革命〉에서

이처럼 시인을 키웠던 그 '바람'이 떠돌다 정착한 대상이 '꽃'이라 할
수 있다. 거친 바람 속에 혼돈에 싸여 있던 잡스런 자아의 정체성이 발효
의 과정을 거치면서 새로움을 획득한 것이다. 그리고 그 꽃은 '누님'의 모
습에 투사됨으로써 구체성을 띠게 된다.

> 누님.
> 눈물 겨웁습니다
>
> 이, 우물 물같이 고이는 푸름 속에
> 다수굿이 젖어있는 붉고 흰 木花 꽃은,
> 누님.
> 누님이 피우셨지요?

퉁기면 울릴듯한 가을의 푸르름엔
바윗돌도 모다 바스라저 네리는데……

저, 魔藥과 같은 봄을 지내여서
저, 無知한 여름을 지내여서
질갱이 풀 지슴ㅅ길을 오르 네리며
허리 굽흐리고 피우셨지요?

—〈木花〉의 전문

  '붉고 흰 목화'는 발효 끝에 곰핀 푸른 곰팡이와 같은 상태이다. 곰핀
장맛처럼 새롭게 우러난 누님의 인생사가 재생의 발효과정을 그대로 담
고 있는 것이다. '마약과 같은 봄'과 '무지한 여름'에 목화를 달구었던 열
기는 자연히 발효의 열기가 되어 누님을 인생의 정점인 가을에 가져다 놓
았다. 이 계절의 순환이 그대로 재생의 과정을 보여주고 있는 것이다. 그
인고의 발효과정 끝에 시적 자아는 꽃처럼 다시 태어났다. '거울 앞에 흰
옷 입고 앉'(<누님의 집>에서)아 있는 누님처럼 시인의 내면적 거울에 비친
다시 태어난 자아의 모습이다. 그리고 그 꽃은 누님의 모습에서 다시금
거슬러 올라가 '어머니'의 이미지를 담고 있다. 결국 시인의 상처를 아물
게 한 것은 스스로 해체하려했던 시인의 몸을 정작 존재케 한 그 모성이
라 할 수 있다. 그래서 다음과 같이 시인은 바다로 돌아가는 행진곡을 부
르고 있다.

결국은 조끔ㅅ식 醉해가지고
우리 모두다 도라가는 사람들.

목아지여
목아지여

목아지여
목아지여

멀리 서 있는 바다ㅅ물에선
亂打하여 떠러지는 나의 鍾ㅅ소리.

—〈行進曲〉에서

4. '임'과 자아의 증류 과정

1) '서방정토'와 증류의 공간

　미당의 떠돌이 의식이 원죄의 내면적 공간에서 부재의 공간인 '만주'
로 스스로를 이동시켰듯이 재생 이후 또 다른 공간에 자신을 가져다 놓는
다. 그곳이 서방정토이다. 이 공간은 재생이 이루어졌던 지상의 고체화된
공간이 아니라, 육체성을 완전히 벗어난 기체화된 공간이다. 이는 발효이
후 증류의 과정을 거쳐 전혀 새롭고 순수한 증류수를 얻어내듯 시적 자아
를 존재론적 변화에 이르게 하는 공간이다.

　　첩첩 山中에
　　첩첩이 피는 닢에
　　눈 부비며 우름우는 뻐꾹새와같이

　　하누 바람, 마ㅎ바람
　　회오리 바람같이,
　　움직이는 바다ㅅ물에 사는 고기같이

　　내, 오늘은 西歸로 간다.
　　네활개 치며 西歸로 간다.

옴기는 발길마다
구름이 일고,

내뿜는 숨ㅅ결에
날개 돋아 나

내, 오늘은 西歸로 간다.
너 보고저워 西歸로 간다.

　　　　　　　　　　　　　　 －〈西歸로 간다〉의 전문

　'첩첩 산중'은 발효 이전의 잡스런 것들이 중첩된 시인의 심적 상태를
그리고 있다. 이때 그 산중 첩첩 마다에 피는 꽃잎은 발효의 상태를 보인
다. '회오리 바람' 역시 파도 속에 첩첩이 피는 꽃의 다른 모습이며, 그것
역시 발효의 과정을 보이고 있다. 즉 '눈을 비빈다'든지, '움직인다'는 것
은 죽어있던 상태에서 재생의 움직임을 나타내는 것이다. 이때 서귀는 증
류된 기체상태로서 '네활개를 친다'는 데서 발효 후의 가벼워진 존재의
모습을 잘 드러내고 있다. 그래서 '이는 구름'과 '내뿜는 숨결'은 발효의
열기를 잘 드러내고 있다. 그러나 아직 증류의 과정이 끝나지 않았기에
정제된 '임'의 모습은 드러나지 않고, 시인은 그 임을 지향할 뿐이다. 시
인은 아직 증류의 상태, 즉 서방정토에 이르지 않았기 때문이다.

그리움으로 여기 섰노라
湖水와 같은 그리움으로,

이 싸늘한 돌과 돌 새이
얼크러지는 칙년출 밑에
푸른 숨결은 내것이로다.

세월이 아조 나를 못쓰는 띠끌로서
허공에, 허공에, 돌리기까지는
부푸러오르는 가슴속에 波濤와
이 사랑은 내것이로다.

오고 가는 바람속에 지새는 나달이여.
땅속에 파무친 찬란헌 서라벌.
땅속에 파무친 꽃같은 男女들이여.

오ㅡ생겨 났으면, 생겨 났으면.
나보단도 더 나를 사랑하는 이
千年을, 千年을 사랑하는 이
새로 해ㅅ볕에 생겨 났으면

새로 해ㅅ볕에 생겨 나와서
어둠속에 나ㄹ 가게 했으면,

사랑한다고……사랑한다고……
이 한마디ㅅ말 님께 아뢰고, 나도,
인제는 바다에 도라갔으면!

허나 나는 여기섰노라.
앉어 게시는 釋迦의 곁에
허리에 쬐그만 香囊을 차고

이 싸늘한 바위ㅅ속에서
날이 날마닥 드리쉬고 내쉬이는
푸른 숨ㅅ결은
아, 아직도 내것이로다.

　　　　　　ㅡ〈石窟庵觀世音의 노래〉의 전문

위의 시는 그와 같은 증류의 기체상태가 어떻게 설정되고 있는지 잘 보여주고 있다. 1연에서 '그리움'의 대상은 아직 분명하지 않다. 다만 '호수'가 바다를 그리워하지만 그 곳에 갈 수 없는 운명을 갖고 있듯, 시인도 현재의 정체된 운명의 틀을 깨치고 새로운 존재를 지향하고 있음이 분명하다. 그래서 2연의 '푸른 숨결'은 재생 이후 발효되어 기화된 시인의 의식이라 할 수 있다. 아직 증류의 과정을 거쳐 정제되지는 못한 상태라 할 수 있다. 거기에는 필수적으로 그 기체상태를 냉각시킬 수 있는 어떤 장치가 필요하다. 그 공간이 서방정토라 할 수 있다.

3연의 '파도'와 '사랑'은 발효의 열기를 의미한다. 이러한 '사랑'의 열기 속에서 옛적 서라벌에는 발효의 끝, 즉 재생의 꽃인 찬란한 서라벌과 그 곳의 사람들이 있었다. 4연은 그러한 발효의 과정을 그리고 있다. 그러나 그들이 증류된 순수의 상태, 즉 존재론적 변화를 겪은 존재는 아니다.

그러므로 5연의 '새로운 햇볕'은 과거 서라벌의 열기를 수용한 발효에 대한 희원이라 할 수 있다. 현재 시인은 미동도 없는 죽음의 상태에 있다. 6연의 '어둠'은 아직 발효의 열기가 일어나지 않은 시인의 의식상태를 드러내고 있다.

그래서 시인은 7연에서 '바다'를 지향하고 있다. '바다'가 '임'의 변주일때, '호수'는 결국 '시적 자아'라 할 수 있다. 시인이 바다, 즉 임에게로 갈 수 있는 것은 '사랑'이라는 발효열을 거친 후이다. 그러나 8연에서처럼 시인의 깨달음은 발효의 과정에 머물지 않고, 아예 존재론적 변화를 시도하는 증류의 과정에 있다. 그러므로 '여기' 석굴암관세음의 깨달음과 같은 증류의 과정을 거쳐야만 진정 '임'에게로 갈 수 있는 것이다. 이때 '향낭'은 시인의 의식이 지상의 고정된 상태에서 벗어나 기화된 상태를 지향하고 있음을 의미하는 보조물이라 할 수 있다.

그러나 9연에서처럼 부처의 도움을 얻어 기화된 시인의 꽃은 향기롭지만, 다시 한번 '싸늘한' 바위 속에서 증류의 과정을 거쳐야만 한다. 그 '푸른 숨결'은 '임'에 이르려는 간절한 희구다. 그러나 세월이라는 시간의 흐름이 필요하다. 그것은 발효와 증류의 시간과 같은 것이다.

결국 『귀촉도』에서 존재론적 변화의 증류 공간으로서 '서방정토'와 같은 환상의 세계와 설화가 수용될 수밖에 없는 것은 그 존재론적 변화가 갖고 있는 환상성때문이라 할 수 있다. 다시 말해 시적 자아의 재생의 과정은 '만주'와 같은 현실적 공간에서 '꽃'과 같은 실체적 모습으로의 변화가 가능하지만, 자아의 존재론적 변화는 현실적 인연의 고리를 아예 끊어버리려는 시도이기 때문에 현실에서는 불가능하다. 그러므로 시인이 지향하는 '임'의 모습은 현실에서 구체화되지 못하고 설화의 공간에서 등장하게 된다.

2) '냉기'와 존재론적 변화 작용

시집 『귀촉도』는 시적 자아가 '임'에게로 이르려는 희구의 노래를 주조로 하고 있다. 아니면 시인 스스로 '임'이 되고자 하는 바램의 노래이다. 그 희구와 바램의 과정은 '열기'와 '냉기'라는 촉매에 의해 가속이 된다. '열기'는 '꽃'으로 승화되는데, 그 꽃은 상처를 문지르는 재생의 정화다. 이때 시인은 그 재생에 머물지 않고, 새로운 변신을 추구한다. 재생은 단순히 이전의 상태로 돌아가는 것이지만, 시인은 이전의 상태에 머물지 않고 새로운 존재론적 변화를 추구한다. 그 존재론적 변화의 최선이 '임'이며, 시인은 그러한 '임'에게로 가고자 하거나, 아예 그 '임'으로 변화되길 바란다. 그 존재론적 변화의 과정에서 중요한 역할을 담당하는 공간이 '서방정토'이다. 그런데 그 공간은 지상에서 겪은 상처와 아픔으로 점철된 눈물의 액화된 공간이 아니라, 기화된 상태이다. 그 기화를 가능케 한 것이, 즉 그 서방정토에 이르도록 가능하게 한 것이, '열기'를 통해 핀 '꽃'이다. 이때 그 기화된 서방정토는 완전하지만 시인이 추구하는 '임'이 존재하는 공간은 아니다. 임은 기화된 상태에서 '냉기'를 통해 냉각됨으로써 액화의 과정을 거쳐 새롭게 증류된 상태로 태어나게 된다. 그 증류된 상태는 액화된 증류수의 상태로, 그 이전의 액체는 아니다. 전혀 새롭게 정제된 상태, 즉 순수 그 자체이기 때문이다.

> 우리들의 사랑을 위하여서는
> 이별이, 이별이 있어야 하네
>
> 높았다, 낮았다. 출렁이는 물ㅅ살과
> 물ㅅ살 몰아 갔다오는 바람만이 있어야하네.
>
> ─중략─
>
> 눈썹같은 반달이 중천에 걸리는
> 七月 七夕이 도라오기까지는,
>
> 검은 암소를 나는 먹이고
> 織女여, 그대는 비단을 짜ㅎ세.
>
> ─〈牽牛의 노래〉에서

'우리들의 사랑'은 시인이 지향하는 증류된 상태이다. 그러나 그 사랑은 '이별'이라고 하는 냉각이 있어야 한다. 그처럼 '눈썹같은 반달'은 '서늘함'의 이미지를 갖고 있다. 그러므로 '눈섭같은 반달이 중천에 걸리는' 과정은 기체를 다시금 새로운 액체로 변화시키는 증류의 정제 작용을 보여주는 것이라 하겠다.

이때 시인을 지배하고 있는 '바람'은 재생의 과정에서 시인을 부재의 공간으로 내몰았지만, 존재론적 변화의 증류과정에 있어서는 견우와 직녀의 '불타는 홀몸'을 식히듯 재생의 발효열을 냉각시켜 새로운 공간으로 가져다 놓는다. 그러므로 이별의 슬픔은 시인을 성숙하게 하는 냉기와도 같은 것이다.

> 눈물 아롱 아롱
> 피리 불고 가신님의 밟으신 길은
> 진달래 꽃비 오는 西域 三萬里.
> 흰옷깃 염여 염여 가옵신 님의
> 다시오진 못하는 巴蜀 三萬里.
>
> 신이나 삼어줄ㅅ걸 슳은 사연의
> 올올이 아로색인 육날 메투리.
> 은장도 푸른날로 이냥 베혀서
> 부즐없은 이머리털 엮어 드릴ㅅ걸.
>
> 초롱에 불빛, 지친 밤 하늘
> 구비 구비 은하ㅅ물 목이 젖은 새,
> 참아 아니 솟는가락 눈이 감겨서
> 제피에 취한새가 귀촉도 운다.
> 그대 하늘 끝 호을로 가신 님아

— 〈歸蜀途〉의 전문

이 시는 메울길 없는 임과의 거리를 한탄하는 시이다. '제 피에 취한 새'로 분한 시인이 아무리 은장도 푸른 날로 머리를 베혀 메투리를 삼아 준다 할지라도 이미 차원이 다른 공간에 존재하는 '임'과 만날 수 없다. 시인의 행위는 발효의 차원에 머물고 있지만, '임'은 이 그 과정을 거쳐 증류된 상태이기 때문이다. 그것이 현상적으로는 저승에 간 '임'과 현생

의 '자아'의 거리이지만, 임은 '진달래 꽃비 오는' 서방정토에 있고, 시인
은 아직도 '제피에 취'해 있는 운명의 굴레에 갇혀있기 때문이다. 그러므
로 이 시의 주조를 이루는 슬픔은 시인이 임의 경지에 이르지 못한 아픔
이라 할 수 있다.

> 쉬여 가자 벗이여 쉬여서 가자
> 여기 새로 핀 크낙한 꽃 그늘에
> 벗이여 우리도 쉬여서 가자
>
> — 〈꽃〉에서

그래서 시인은 이처럼 '크낙한 꽃 그늘에'서 스스로를 냉각시키고자하
는 것이다. 그 길이 임에게 이르는 증류의 과정이기 때문이다.

3) '임'으로 정제된 시적 자아

재생의 과정에서 시인은 갖가지 악마적 모습에서 꽃으로 분리되어 나
온다. 그러나 그 꽃의 존재성은 아직도 지상적 차원에 머물고 있기 때문
에, 시인은 윤회의 고리와 같은 자신의 운명으로부터 벗어나지 못한다.

> 눈이 부시게 푸르른 날은
> 그리운 사람을 그리워 하자
>
> 저기 저기 저, 가을 꽃 자리
> 초록이 지쳐 단풍 드는데
>
> 눈이 나리면 어이 하리야
> 봄이 또오면 어리 하리야

내가 죽고서 네가 산다면!
네가 죽고서 내가 산다면?

눈이 부시게 푸르른 날은
그리운 사람을 그리워 하자

　　　　　　　　　　－〈푸르른 날〉의 전문

'눈이 부시게 푸르른 날'은 '제피에 취해 살'았던 암흑으로부터 개안하
는 날이다. 그러므로 그때 시인은 '서방정토'로 가서 존재론적 변화의 완
성을 이룬 <귀촉도>의 '임'을 생각한다. 그 '임'에 대한 그리움은 '임'의
존재 차원을 깨닫는 것이다. 그 깨달음에 다다라 3연처럼 반복되는 윤회
의 과정은 시인과 무관하게 되는 것이다.

그러므로 윤회의 고리를 끊기 위해서는 4연에서처럼 '나의 죽음'이 있
어야 한다. 또 다른 시적 자아인 '네'가 살 수 있기 때문이다. 그때 윤회는
끝나게 된다. 그래서 '너'는 비로소 윤회를 거듭하는 '나'의 다른 모습 속
에서 '그리운 임'으로 정제되어 일치되는 것이다.

이렇게 시인은 재생의 과정 끝에 발효되어 분리된 꽃도 누님도 버리고,
새로운 '임'을 지향한다. 그것은 아래 시에서처럼 설화 속의 정도령과같
은 모습을 하고 있다.

눈물로 적시고 또 적시여도
속절없이 식어가는 네 흰 가슴이
저 꽃으로문지르면 더워 오리야

아홉밤 아홉낮을 빌고 빌어도
덧없이 스러지는 푸른 숨ㅅ결이
저꽃으로 문지르면 도라 오리야

애비 에미 기럭이 서리ㅅ발 갈고 가는
九空 中天우에 銀河水 우에
아— 소슬한 青紅의 꽃 밭. ……

門 열어라 門 열어라
鄭도령님아.

—〈門열어라 鄭道令아〉의 전문

　1연과 2연은 '꽃'으로 문지르는 행위를 통해 발효의 과정 속에서 발생하는 열과 그 재생의 과정을 보여주고 있다. 하지만 "저꽃으로 문지르면 더워 오리야"라는 반복되는 회의 속에서 '눈물로 적시고 또 적신', '아홉밤 아홉낮'의 발효의 과정도 시인을 '임'에 이르지는 못하게 한다.

　결국 '소슬한 청홍의 꽃 밭'에서 냉각되어 발효의 열기를 식히는 그 증류의 과정 끝에 정제된 정도령의 모습으로 시인은 등장하게 된다. 그는 설화의 혁명적 인물이기보다는 시인의 떠돌이 의식을 간직한 상상적 인물형이라 할 수 있다.

5. 결론

　시집 『귀촉도』는 재생의 노래이면서, 나아가 주체의 재형성을 도모하고 있는 존재론적 변화의 노래다. 그것은 존재의 발효와 증류의 변화 과정이라 할 수 있다. 이러한 시적 과정을 토대로 시 속에 설화의 환상적 세계가 왜 수용되었으며, '꽃'과 '임'의 의미는 무엇이며, '열기'와 '냉기'는 어떤 작용을 하고 있는가 하는 문제들을 살펴 보았다. 이를 통해 시집 『귀촉도』에 나타난 미당의 시세계를 다음과 같이 점검하였다.

　먼저 '만주'라는 공간의 설정은 내면 속에 갇혀 있던 자아를 관념 속에

서 분리시켜 현실적 공간에 위치시키려는 시인의 의도라 할 수 있다. 그
곳은 시인을 괴롭혔던 운명마저도 사치로 전락하게 하는 무한의 공간이
며, 산화(酸化)의 공간이다. 시인은 '만주'라는 부재의 공간에서 원죄의 상
처를 꽃으로 문지르고 재생의 열기 속에 하나의 꽃으로 분리되어 재생한
다. 그 꽃은 전통의 숨결과 소리가 만들어낸 시인의 이상적 자아이며, 혁
명이다.

　다음 설정된 서방정토는 재생이 이루어졌던 지상의 고체화된 공간이
아니라, 육체성을 완전히 벗어난 기체화된 공간이다. 이는 발효 이후 증
류의 과정을 거쳐 전혀 새롭고 순수한 증류수를 얻어내듯 시적 자아를 존
재론적 변화에 이르게 하는 공간이다.

　이러한 공간 속에서 시집 『귀촉도』는 시적 자아가 '임'에게로 이르려
는 희구의 노래를 주조로 하고 있다. 아니면 시인 스스로 '임'이 되고자
하는 바램의 노래이다. 그 희구와 바램의 과정은 '열기'와 '냉기'라는 촉
매에 의해 가속이 된다. '열기'는 '꽃'으로 승화되는데, 그 꽃은 상처를 문
지르는 재생의 정화다. 이때 시인은 그 재생에 머물지 않고, 새로운 변신
을 추구한다. 재생은 단순히 이전의 상태로 돌아가는 것이지만, 시인은
이전의 상태에 머물지 않고 새로운 존재론적 변화를 추구한다. 그 존재론
적 변화의 최선이 '임'이며, 시인은 그러한 '임'에게로 가고자 하거나, 아
예 그 '임'으로 변화되길 바란다.

제3부
전후 시인의 생애와 작품 연보

박재삼의 생애와 작품 연보

1. 생애 연보

▌1933(1세)

4월 10일, 동경부(東京府) 남다마군(南多摩郡) 도성촌실야구(稻城村失野口) 1004번지에서 아버지 박찬홍(朴贊洪)과 어머니 김어지(金於之)의 차남으로 태어났다. 본관은 밀양(密陽)이고, 아호는 없다. 창씨명은 신정재삼(新井在森)이다.

그의 가족상황으로는 부모와 위로는 형 봉삼(鳳森 : 1930)이 있고, 누이동생으로 순애(順愛 : 1937)와 순업(順業 : 1942), 그리고 남동생으로 수삼(樹森 : 1951~53)이 있었으나 어려서 사망했다.

초등학교 입학 전에 한문서당에 다녔다고 하며, 당시 그의 아버지는 모래 채취 노동을 하여 생계를 어렵게 꾸려갔다고 한다.

▌1936(4세)

7월, 그의 가족들은 일본에서 살다가 귀국하여 어머니의 고향인 경남 삼천포읍 서금리(西錦里) 72번지에 정착하다.

▌1940(8세)

4월, 삼천포 히노데(日出) 국민학교에 입학하다. 이 학교는 한동안 수남

(洙南)국민학교로 개칭되었다가, 또 다시 교명을 삼천포초등학교로 바꾸어 현재까지 이어지고 있다.

1946(14세)

6월 25일, 수남초등학교 6년 과정을 마치고 신설된 삼천포 중학교에 진학하려 했으나, 기부금 3천원이 없어서 포기할 수밖에 없었다.

그는 초등학교 전 과정을 통해서 학업성적이 극히 뛰어났다. 그의 생활기록부 '교과 개평난'에 따르면, 두뇌가 명석하고 재능이 매우 뛰어난 천재라 적고 있다. 그것은 각 학년 담임교사의 공통된 견해였다.

이 무렵에 그의 집안은 무척 가난했던 것으로 보인다. 그는 6학년 과정을 마치고 진주사범학교 입학시험에 응시했으나 불합격했다. 이에 대하여 담임교사는 무척 안타까워하고 한탄하는 말을 그의 학적부에다 기록하고 있다.

그는 초등학교를 마치고 진학하지 못하여 신문배달 일을 하고 있었는데, 마침 삼천포여자중학교의 가사 담당 여선생이 그 학교로 오라고 하여 그곳에서 급사로 일하게 된다.

1947(15세)

9월, 삼천포중학교 병설 야간중학교 1학년에 입학하다. 낮에는 여자중학교에서 급사로 일하고, 밤에는 수업을 받았다.

이때 마침 그곳 삼천포중학교 교사로 재직하고 있었던 시조시인 김상옥(金相沃)선생의 영향을 받아 문학에 심취하게 되다.

1948(16세)

교내신문인 ≪삼중(三中)≫에 동요 <강아지>와 시조 <해인사>를 발표하다.

▌1949(17세)

경영 부진으로 야간중학교가 폐쇄되어 주간 중학교로 흡수되다. 그래서 그는 야간중학교에서 전교 수석을 한 덕택으로 학비를 면제받고 주간 중학교 학생이 되었다.

10월, 진주에서 개최된 제1회 영남예술제(개천예술제) '한글시 백일장'에서 시조 <촉석루>로 차상에 입상되었다. 이 때에 장원은 이형기가 차지했다고 한다. 박재삼·이형기·최계락 등이 친교를 맺게 된 것은 이 무렵부터라는 것이다. 이 때 이형기는 진주농림학교에 재학중이었다.

▌1950(18세)

진주농림학교에 다니던 김재섭(金載燮), 김동일(金棟日)과 함께 동인지 ≪군상(群像)≫을 펴냈다고 전해지는데, 그 실체는 확인할 수 없다.

▌1951(19세)

7월 16일, 4년제 중학 과정을 수료하다.

9월 25일, 삼천포고등학교 2학년에 편입하다. 이 때에 중학교 6년 과정을 개편하여 중학교 3년, 고등학교 3년으로 했다. 따라서 박재삼은 당시 중학교 4년에 재학하고 있었기 때문에 고등학교 2년으로 진학하게 된 것이다.

그는 이때부터 술을 마시기 시작했다고 한다.

11월 ≪嶺文≫에 시 <모랫벌에서>를 발표하다.

▌1953(20세)

3월 21일, 삼천포고등학교 2회로 졸업하다.

1월, 시조 <금관(金冠)>을 ≪시조연구≫지에 발표하다.

10월, 시조 <강물에서>가 모윤숙에 의해 1회 추천을 받아 ≪문예≫지에 발표되다.

피란지 부산 동광동 3가 8번지에서 제 2대 민의원이었고 중학교 시절 교장 선생이었던 정헌주(鄭憲柱)의 집에서 식객노릇을 하였다.

▌1954(21세)

은사 김상옥 선생의 소개로 현대문학사에 취직하여 창간 준비를 도왔다. 당시 주간은 조연현, 편집장은 오영수, 편집사원으로 임상순, 김구용이 있었다.

▌1955(22세)

4월 1일, 고려대학교 문리과대학 문학부 국문학과 1학년에 입학하다.

1월, 시 <정경(情景)>을 ≪예술집단≫에 발표하다.

6월, 시조 <섭리(攝理)>가 유치환에 의해 2회 추천을 받아 ≪현대문학≫지에 실리다.

11월, 시 <정적(靜寂)>이 서정주에 의해 최종회 추천을 받아 ≪현대문학≫지에 실리면서 문단에 정식으로 데뷔하다. 이 때에 김관식도 함께 천료(薦了)되었다고 한다.

▌1957(24세)

4월 1일부로 그는 등교 정지 처분을 받았다가 10월 10일부로 제적 처분을 받게 된다. 이 때에 박재삼은 대학교 3학년에 재학중이었다.

3월, 시 <춘향의 마음>으로 현대문학사가 제정한 제2회 신인문학상을 수상하다.

이때의 상금은 대학등록금으로 쓰였다고 한다.

10월, 고려대학교를 중퇴하고 ≪문예춘추≫ 편집 기자로 들어가 근무하다.

▌1958(25세)

1월 20일, 육군에 입대하여 1년 6개월 동안 근무하고 제대하게 된다.

▌1961(28세)

구자운, 박성룡, 박희진, 성찬경 등과 함께『60년대 사화집』동인으로 활동하다.

▌1962(29세)

친구 박종근의 중매로 삼천포 출신의 김정립(金正立)과 결혼하여 종로구 누상동 166의 20번지 소재의 하숙집에서 신접살림을 차리다.

11월, 제1시집『춘향의 마음』을 신구문화사에서 펴내다.

▌1963(30세)

2월 27일, 고려대학교에 복학하다.

4월 30일, 장녀 소영(召英) 이 서울 성동구 금호동에서 출생하다. 지인이 운영하던 가구 공장의 사택으로 정확한 지번은 알 수 없다.

10월 1일, 고려대학교 제적 중퇴하다.

▌1964(31세)

3월, 현대문학사를 사임하고,≪문학춘추≫지 창간과 함께 삼중당에 입사하다.

≪문학춘추≫의 판권이 다른 곳으로 넘어가게 되어 퇴사하다.

▌1965(32세)

경우당(景友堂)에서 발행하는 월간≪바둑≫지 편집장을 맡다. 그러나 6개월 만에 그만두고 다시 대한일보사 기자로 취임하다.

▌1966(33세)

1월11일, 장남 상하(祥夏)가 서울 성동구 금호동에서 출생하다.

▌1967(34세)

대한일보사에서 퇴사하다.

문교부가 수여하는 '문예상'을 수상하다.

이 때 남정현의 <분지(糞地)>사건 공판의 충격을 받아 고혈압으로 쓰러져 입원하다. 이로 말미암아 곤궁한 생활이 시작되었고, 고혈압은 6개월 후에 완치되었다.

▌1969(35세)

삼성출판사 편집기자로 입사하다.

1월, 다시 고혈압으로 쓰러지다. 이때의 고통과 이 고통에서 벗어난 기쁨을 시로 엮은 것이 제2시집 『햇빛 속에서』이다.

▌1970(36세)

2월, 동대문구 답십리동 11-83번지에 처음으로 집을 마련하다.

7월, 제2시집 『햇빛 속에서』를 한국시인협회 주관으로 문원사에서 간행하다.

≪서울신문≫ · ≪대한일보≫ · ≪국제일보≫에 바둑관전기를 쓰기 시작하다.

8월 13일, 차남 상규(祥圭)가 동대문구 답십리동 11-83번지에서 출생하다.

▌1971(37세)

4월, 아들 상규가 뇌막염으로 메디칼 센터에 입원했다가 17일만에 퇴원하다.

▌1972(38세)

직장 생활에서 벗어나 전업작가의 길을 택하다. 이 때에 그는 주로 산문을 쓴 원고료로 생활을 했다고 한다.

▌1973(39세)

일본어로 된 전적들을 번역하여 그 원고료를 받아 생계를 유지해 갔다고 한다.

▌1974(40세)

12월, 한국시인협회 사무국장에 피선되다.

▌1975(41세)

1월, 제3시집 『천년의 바람』을 민음사에서 간행하다.
대한기원 이사로 선임되다.

▌1976(42세)

11월, 삼천포초등학교 동창 김욱상의 도움으로 제4시집 『어린 것들 옆에서』를 현현각에서 펴내다.

▌1977(43세)

제9회 한국시인협회상을 수상하다.
10월, 제1수필집 『슬퍼서 아름다운 이야기』를 경미문화사에서 펴내다.
2월, 동대문구 묵동 177-3번지로 이사하다.

▌1978(44세)

9월, 제2수필집 『빛과 소리의 풀밭』을 고려원에서 출간하다.

▌1979(45세)

4월, 제5시집『뜨거운 달』을 근역서재에서 출간하다.

▌1980(46세)

6월, 제3수필집『노래는 참말입니다』를 도서출판 열쇠에서 출간하다.

3월, 위궤양으로 한양대학병원에 보름 간 입원하다.

제6시집『비 듣는 가을나무』을 동화출판공사에서 간행하다.

▌1981(47세)

11월, 또 다시 위궤양과 고혈압으로 40여일 간 한양대학병원에 입원하다.

▌1982(48세)

5월, 제4수필집『샛길의 유혹』을 태창문화사에서 출간하다.

제7회 노산문학상을 수상하다.

▌1983(49세)

1월,『바둑한담』을 중앙일보사에서 출간하다.

4월, 수필선집『숨가쁜 나무여 사랑이여』를 도서출판 오상에서 출간하다.

11월, 제7시집『추억에서』를 현대문학사에서 출간하다.

제10회 한국문학작가상을 수상하였다.

▌1984(50세)

11월, 제5수필집『너와 내가 하나로 될 때』를 문음사에서 출간하다.

11월, 자선시집『아득하면 되리라』를 정음사에서 출간하다.

▌1985(51세)

9월, 제9시조시집『내 사랑은』을 영언문화사에서 출간하다.

11월, 제8시집『대관령근처』가 정음사에서 출간되다.

■ **1986(52세)**

7월, 제10시집『찬란한 미지수』를 도서출판 오상에서 출간하다.

제6수필집『아름다운 삶의 무늬』를 어문각에서 출간하다.

중앙일보사에서 주관하는 시조대상을 수상하다.

■ **1987(53세)**

3월, 시선집『바다 위 별들의 하는 짓』을 문학사상사에서 출간하다.

3월, 시선집『울음이 타는 가을강』을 혜원에서 출간하다.

6월, 제11시집『사랑이여』를 실천문학사에서 출간하다.

11월, 제7수필집『차 한 잔의 팡세』를 자유문학사에서 출간하다.

11월, 시선집『가을바다』를 자유문학사에서 출간하다.

11월, 제2회 평화문학상을 수상하였다.

■ **1988(54세)**

11월, 시선집『햇빛에 실린 곡조』를 지성문화사에서 출간하다.

제7회 조연현문학상을 수상하다.

■ **1990(56세)**

2월, 제12시집『해와 달의 궤적』을 신원문화사에서 출간하다.

■ **1991(57세)**

7월, 제13시집『꽃은 푸른빛을 피하고』를 민음사에서 출간하다.

'인촌상(仁村賞)'을 수상하다.

▌1993(59세)

10월, 제14시집 『허무에 갇혀』를 시와 시학사에서 출간하다.

▌1994(60세)

1월, 수필집 『아름다운 현대의 다른 이름』을 한미디어에서 출간하다.

6월, 시선집 『울음이 타는 가을강』을 한미디어에서 출간하다.

▌1995(61세)

1월, 『박재삼 시 전작선집』을 영하출판사에서 출간하다.

백일장 심사 도중 신부전증으로 쓰러지다.

▌1996(62세)

4월, 제15시집 『다시 그리움으로』를 실천문학사에서 출간하다.

▌1997(63세)

6월 8일, 지병으로 서울 삼성의료원에서 사망하다. 그의 유해는 충남 공주시 의당면 도신리 '구시례'산 기슭에 묻혀 있다.

그의 시비는 고향 삼천포 시내의 노산공원에 세워져 있다. 비면에는 <천년의 바람>이 새겨져 있다.

▌1998

6월, 『박재삼시전집』이 민음사에서 출판되다.

2. 작품 연보

1951 : 모랫벌에서   嶺文(11)   시

1953 : 金冠   시조연구(1)   시조
       江.물에서   문예(11)   시조

1955 : 情景   예술집단(1)   시
       攝理   현대문학(6)   시
       靜脈   현대문학(11)   시

1956 : 照耀   현대문학(1)   시
       採石場에서   현대문학(1)   시
       구름결에   현대문학(5)   시
       감나무 그늘에서   현대문학(5)   시
       풀밭에서   문학예술(6)   시
       無題   신문화(7)   시
       갈대샘 敍景   문학예술(11)   시
       春香의 마음(四篇)   현대문학(11)   시

1957 : 봄바다에서   현대문학(3)   시
       두 개의 못물   현대문학(12)   시

1958 : 垂楊散調   현대문학(5)   시조
       꽃나무   현대문학(6)   시
       섬   한국평론(7)   시
       눈물나는 일   한국평론(10)   수필
       無題   사조(12)   시

1959 : 울음이 타는 가을江	사상계(2)	시
眩惑	현대문학(7)	시
1962 : 춘향의 마음	신구문화사(11)	시집
1964 : 밤바다에서는	사상계(3)	시
돌아서서 피고 지는 恨의 象徵,	세대(4)	수필
봉선화와 韓國의 女性論		
나의 新作發表 新作五篇	세대(9)	시
배가 갑니다	신동아(11)	시
散策, 오늘의 流行語를 따라서	세대(11)	수필
小曲	문학춘추(12)	시
1965 : 옹기전에서	현대문학(1)	시
魯山의 어린이 놀이터	세대(6)	수필
늪	사상계(8)	시
1966 : 술을 알맞게 마셔라,	세대(2)	산문
佛敎十戒律의 現代的 修正		
好日	시조문학(4)	시조
어느날의 歸路	문학(5)	시
꿈같은 한때	시문학(6)	시
某月某日	현대문학(9)	시
無題	현대문학(9)	시
어린이 合唱	현대문학(9)	시11
1967 : 옛노래	신동아(1)	시
고향비슷한 情懷,	사상계(1)	산문

나의 處女作과 그 周邊

哭趙源一兄	시조문학(2)	조사
故鄕소식	세대(9)	시

1968 : 가을에   현대문학(3)   시

잠이 먼 밤에   사상계(7)   시

새벽잠에 홀로 깨어   월간문학(12)   시

1969 : 小曲   현대시학(5)   시

空日   아세아(2)   시

노래의 임자   월간문학(8)   시

어느날   시인(8)   시

雪嶽山 詩抄   시인(12)   시

1970 : 바위산에서   현대문학(1)   시

햇빛 속에서   문원사(7)   시선집

죽음의 노래 외   현대문학(12)   시

1971 : 그 기러기 마음을 나는 안다   창작과 비평(3)   시

구름의 主人   창작과 비평(3)   시

사랑은   창작과 비평(3)   시

四行詩 넷   창작과 비평(3)   시

나는 高血壓을 이겼다,   세대(6)   시

한 詩人이 겪은 鬪病記錄

無題   월간문학(6 · 7)   시

장마와 아이   현대문학(8)   시

자다가 웃고   현대문학(8)   시

홀로 깨어	현대문학(8)	시
1972 : 小曲	월간문학(1)	시
산에서	지성(2)	시
아기 발바닥에 이마 대고	지성(2)	시
어떤 로멘티스트의 挫折,	세대(3)	전기
放浪詩人 千·祥炳 一代記		
分散된 主題의 追求, 映畫「石花村」	신동아(5)	산문
靜寂의 病만 쳐져	월간문학(7)	시
同時代人의 영향, 나의 데뷔 時節	풀과 별(8)	산문
아지랑이	문학사상(11)	시
1973 : 病後	시문학(1)	시
간절한 소망	시문학(1)	시
新綠을 보며	창작과 비평(6)	시
찬란한 반짝임만	창작과 비평(6)	시
여름 가고 가을 오듯	창작과 비평(6)	시
한 山水畫家	창작과 비평(6)	시
南海岸 언덕들	창작과 비평(6)	시
캄캄한데 있으면서	시문학(7)	시
달밤이 어느새	심상(11)	시
아득하면 되리라	현대문학(11)	시
한 風景	한국문학(11)	시
無題	월간문학(12)	시
1974 : 自由와 拘束, 春香傳과	문학사상(3)	산문
나의 春香이 마음, 古典의 現代化		

두어가지 경험, 推敲의 實例	심상(8)	산문
내경험위에서, 徐廷柱의「無題」	심상(9)	산문
둔갑	문학사상(10)	시
천년의 바람	민음사(12)	시집

1975 : 천년의 바람	민음사(1)	시집
봄바다	시문학(5)	시
어떤 歸路	시문학(5)	시
方言으로 한글을 살린다	세대(10)	대담

1976 : 鳶은 소년 따라	한국문학(1)	시
바람과 햇빛	한국문학(5)	시
별을 우러르며	한국문학(9)	시
꽃장수 처녀	시문학(9)	시
어린 것들 옆에서	현현각(11)	시집

1977 : 魯山에 와서	문학사상(2)	시
겨울나그네	문학사상(3)	시
踏十里를 떠나며	월간문학(4)	시
첫사랑 그 사람은	현대시학(5)	시
바람을 기다리지 말고	시문학(5)	시
꽃장수 처녀	한국문학(7)	시
슬퍼서 아름다운 이야기	경미문화사(10)	수필집

1978 : 因緣의 노래	한국문학(4)	시
無題	현대시학(7)	시
四行詩 三篇	현대시학(7)	시

病床에서	시문학(7)	시
悔恨	월간문학(7)	시
빛과 소리의 풀밭	고려원(9)	수필집
1979 : 빗장 밖에서	한국문학(1)	시
뜨거운 달	근역서재(4)	시집
어느 散策길	월간문학(9)	시
제비에게	문학사상(10)	시
비오는 날	시문학(12)	시
散步길에서	중앙(12)	시
1980 : 追憶에서	세계의 문학(3)	시
햇볕을 보며	현대시학(4)	시
追憶에서	한국문학(5)	시
노래는 참말입니다	도서출판 열쇠(6)	수필집
追憶에서, 50년대 작품	현대시학(8)	시
追憶에서	월간문학(10)	시
서울의 하늘아래(박희진 저)	한국문학(10)	서평
비 듣는 가을나무	동화출판사(?)	시집
1981 : 철저히 詩를 한 사람, 朴龍來詞을 보내며	한국문학(1)	산문
追憶에서	한국문학(7)	시
追憶에서	월간문학(7)	시
追憶에서	월간조선(10)	시
1982 : 追憶에서	문학사상(1)	시

追憶에서	현대문학(1)	시
小說·鄭然喜	소설문학(2)	산문
追憶에서	한국문학(3)	시
샛길의 유혹	태창문화사(5)	수필집
追憶에서	문학사상(10)	시
기본적인 생각	현대문학(10)	산문
自由自在한 것; 徐廷柱 連載詩	현대문학(12)	서평
『안 잊히는일들』을 읽고		
1983 : 바둑한담	중앙일보사(1)	산문
追憶에서	현대문학(1)	시
追憶에서	현대문학(1)	시
追憶에서	현대문학(1)	시
追憶에서	현대문학(1)	시
追憶에서	현대문학(1)	시
追憶에서	현대문학(1)	시
追憶에서	현대문학(1)	시
追憶에서	현대문학(1)	시
追憶에서	문학사상(1)	시
追憶에서	한국문학(2)	시
숨가쁜 나무여 사랑이여	도서출판 오상(4)	수필선집
無 안에서의 詩와 사랑;	문학사상(5)	산문
思想으로서의 佛敎文化		
追憶에서	시문학(5)	시
追憶에서	시문학(5)	시
나의 文學, 나의 詩作法	현대문학(9)	대담
가을에 느끼는 것	경남문학(11)	시

추억에서	현대문학사(11)	시집
1984 : 車窓에서	월간문학(3)	시
하늘의 일	문학사상(5)	시
너와 내가 하나로 될 때	문음사(11)	수필집
아득하면 되리라	정음사(11)	자선시집
1985 : 몸뚱이의 悲哀	현대문학(1)	시
戀歌	현대문학(1)	시
日月같이 빤히	월간문학(6)	시
變轉無常	월간문학(6)	시
열매를 보며	월간문학(6)	시
光明을 하나 더 얹어	시문학(7)	시
빛나는 圖章	시문학(7)	시
中文에 와서 품은 의문	현대시학(8)	시
慕瑟浦를 내려다보며	현대시학(8)	시
내 사랑은	영언문화사(9)	시조집
대관령 근처	정음사(11)	시집
간절한 소망	어문각(?)	시선집
1986 : 글을 쓰는 시간	소설문학(3)	산문
백일장 생각	소설문학(4)	산문
어떤 驚異	한국문학(6)	시
單首三 篇	시문학(7)	시
내 꿈의 전부였던 바다 : 삼천포	문학사상(7)	산문
찬란한 미지수	오상(7)	시집
울 밑에 선 봉선화	자유문학사(7)	수필집

가락의 멋진 宮殿	현대문학(8)	시
허무를 향해	현대문학(8)	시
그리운 도덕질	현대문학(8)	시
無題	현대문학(8)	시
캄캄한 距離感	현대문학(8)	시
여름 景致	현대문학(8)	시
내 사랑은	나래시조문학(9)	시
單首三 篇	현대시학(9)	시
슬픔을 탈바꿈 하는	문학사상(10)	시
音樂	소설문학(10)	시
아름다운 삶의 무늬	어문각(?)	수필집
1987 : 바다 위 별들의 하는 짓	문학사상사(3)	시선집
울음이 타는 가을 강	혜원출판사(3)	시선집
박재삼시집	범우문고(6)	시선집
가을 바다	자유문학사(11)	시선집
사랑이여	실천문학사(6)	시집
차 한잔의 팡세	자유문학사(11)	수필집
1988 : 용서하며 용서받으며	해문출판사(1)	수필집
사랑한다는 말을 나	고려서당(7)	수필집
그대에게 하지 못해도		
햇빛에 실린 곡조	지성문화사(11)	시선집
1989 : 베란다의 달	의식(1)	수필집
白水, 그 人間과 文學	시조문학(3)	산문
시쓰듯 연애하듯	세명서관(?)	

슬픔과 허무의 바다	예가출판사(8)	수필집
1990 : 해와 달의 궤적	신원문화사(2)	시집
우리詩의 正體性을 생각한다	현대시학(12)	대담
미지수에 대한 탐구	문이당(3)	수필집
1991 : 꽃은 푸른빛을 피하고	민음사(7)	시집
울음이 타는 가을강	미래사(11)	시선집
1992 : 사랑하는이의 머리칼	동서문화사(12)	시집
1993 : 친구여 너는 가고	미래문화사(2)	시선집
아름다운 사람	시세계(5)	시선집
허무에 갇혀	시와 시학사(10)	시집
1994 : 아름다운 현대의 다른 이름	한미디어(1)	수필집
나는 아직도	오늘의 문학사(1)	시선집
울음이 타는 강	한미디어(6)	시집
1995 : 박재삼시 전작집	영하출판사(1)	시선집
1996 : 다시 그리움으로	실천문학사(4)	시집
1997 : 사랑하는 사람을 남기고	오상(6)	시선집
1998 : 박재삼시전집	민음사(6)	시전집
2002 : 우리고향 우리집	경남(4)	시선집

천상병의 생애와 작품 연보

1. 생애 연보

1930(1세)

1월 29일 일본 효고현 희로시(嬉路市)에서 부 천두용(千斗用)과 모 김일선(金一善) 사이에서 2남 2녀 중 차남으로 태어났다. 간산시(間山市)에서 국민학교를 졸업하고 중학교 2년 재학 중 해방을 맞아 귀국함. 본관은 영양(穎陽)이며, 원적은 경남(慶南) 창원군(昌原郡) 진동면(鎭東面) 진동리(鎭東里) 287, 본적은 진동리 299번지이다.

1945(16세)

일본에서 귀국하여 마산시 오동동 94-4에 정착하다. 11월 5일 마산중학교에 2학년으로 편입 전학하다.

1월 시 <묘정의 노래>를 ≪예술부락≫에 발표하다.

1949(20세)

7월 마산 중학교 5학년 재학 중 ≪죽순≫에 시 <피리>, <空想>을 발표하다.

1950(21세)

마산 주둔 미군기지에서 쌀 1가마의 삯을 받고 통역을 하다.

1951(22세)

7월 3일 마산중학교를 10회로 졸업하고 한국 전쟁 중 부산에 옮겨 와 있던 서울대 경제학과에 입학하다. 학적부 상에는 이 당시 철도공무원이 었던 형 주병(柱炳)이 보증인으로 되어 있고 주소는 부산시(釜山市) 수정동 (水晶洞) 323번지로 되어 있다.

12월 송영택, 김재섭 등과 함께 동인지 ≪처녀≫지를 발간하다. 여기에 시 <갈매기> 외 2편과 평론 「그리움에는 이유가 있다. 시와 그 청년들은 가고있다」를 게재하다.

1952(23세)

1월 ≪문예≫에 시 <강물>이 유치환에 의해 1회 추천이 되었으며, 5 - 6월 합본호에 시 <갈매기>가 모윤숙에 의해 추천이 완료되었다.

1953(24세)

2월 ≪문예≫에 평론 「나는 거부하고 반항할 것이다」가 1차 추천되다.

11월 ≪문예≫에 「사실의 한계 - 허윤석 론」이 조연현에 의해 추천 완료되다.

1954(25세)

3월 ≪신작품≫에 시 <다음>을 발표하다.

1955(26세)

1월 ≪예술집단≫에 시 <등불>을 발표하다.

5월 ≪현대문학≫에 평론 「한국의 현역대가, 주체의식의 관점에서」를 발표하다.

1956(27세)

3월 ≪신세계≫에 평론 「숙명의 문학평론가, 곽종원씨의 평론집」을 발표하다.

9월 ≪현대문학≫에 시 <덕수궁의 오후>를 발표하다.

1957(28세)

3월 3일 미등록으로 인하여 서울대에서 제적처리됨. 학적부에는 54년까지 등록한 것으로 되어 있다. 이후 문인활동에 전념하다.

5월 ≪한글문예≫에 평론 「지성과 시의 문제」를 발표하다.

9월 ≪현대문학≫에 시 <어두운 밤에>를 발표하다.

1959(30세)

3월 ≪자유공론≫에 평론 「불교사조와 한국문학」 외 1편을 발표하다.

5월 ≪사상계≫에 시 <새>를 발표하다.

1960(31세)

1월 ≪자유문학≫에 시 <새·2>를 발표하다.

1961(32세)

10월 ≪자유문학≫에 시 <장마>를 발표하다.

1962(33세)

5월 ≪현대문학≫에 수필 「독설재건」을 발표하다.

11월 19일 ≪국제신문≫에 수필 「바닷가─ 日之光陰」을 게재하다.

▌1963(34세)

6월 10일자부터 12월 22일자까지 《국제신문》에 수필을 연재하다.

▌1964(35세)

3월 《현대문학》에 수필 「서울부재」를 게재하다.

친구의 소개(부산대 안장현교수로 추정)로 김현옥 부산시장의 공보비서가 되다. 이후 2년간 재직하다.

▌1965(36세)

3월 《여상》에 시 <새>를 발표하다.

▌1966(37세)

시 <새> 외 4편과 평론 「비전달의 밀폐성」, 수필 「생활의 휴일」을 발표하다.

▌1967(38세)

7월 소위 동백림간첩단 사건에 연루되어 체포되다. 죄명은 불고지죄와 북한의 자금을 수수했다는 혐의다. 이후 한승원 변호사가 무료변론을 맡는다. 6개월간 옥고를 치루다.

시 <새> 외 1편과 수필 「수자에 대하여」를 발표하다.

▌1969(40세)

시 <새, 아폴로에서> 외 7편과 평론 「신동엽의 시, 고 신동엽의 문학과 인간」을 발표하다.

▌1970(41세)

시 <아가야> 외 14편과 평론 「젊은 동양시인의 운명」을 발표하다.

■ **1971(42세)**

　7월 행방불명되다. 행려병자로 서울 시립 정신병원에 입원하다. 사망으로 추정되어 유고집 『새』가 12월 조광출판사에서 발간되다.

■ **1972(43세)**

　5월 14일 김동리의 주례로 36세의 목순옥과 동원예식장에서 결혼하다. 부산 출신의 목순옥은 천상병의 사회 친구인 목순복의 동생으로 본관은 사천(泗川)이다. 당시 목순복은 '교육주보사' 편집장으로 있었으며, 목순옥도 함께 근무하고 있었다.

　시 <수락산하변> 외 7편을 ≪다리≫ 등에 발표하다.

■ **1973(44세)**

　시 <바다생선> 외 2편과 평론 ≪김현승론≫을 ≪월간문학≫과 ≪시문학≫ 등에 각각 발표하다.

■ **1974(45세)**

　시 <동창> 외 4편을 ≪문학사상≫ 등에 발표하다.

■ **1975(46세)**

　시 <노래> 외 3편을 ≪월간문학≫ 등에 발표하다.

■ **1976(47세)**

　시 <북창>, <꽃은 훈장>, <나무> 등을 ≪현대문학≫, ≪월간문학≫ 등에 발표하다.

■ **1977(48세)**

　시 <만고강산>, <무덤>, <마을> 등을 ≪시문학≫, ≪한국문학≫,

≪현대문학≫ 등에 발표하다.

1978(49세)

시 <구름> 외 5편을 ≪월간문학≫ 등에 발표하다.

1979(50세)

5월 시집 『주막에서』를 오상출판사에서 발간하다.

시 <구름 위> 외 3편을 ≪월간문학≫ 등에 발표하다.

1980(51세)

시 <동네> 외 4편을 ≪현대문학≫ 등에서 발표하다.

1981(52세)

시 <어린이들> 외 7편을 ≪세계의 문학≫ 등에 발표하다.

1982(53세)

시 <곡 석제대사> 외 6편을 ≪월간문학≫ 등에 발표하다.

1983(54세)

시 <새소리> 외 8편을 ≪월간문학≫ 등에 발표하다.

1984(55세)

12월 시집 『천상병은 천상 시인이다』를 오상출판사에서 발간하다.

시 <막걸리> 외 4편을 ≪월간문학≫ 등에서 발표하다.

1985(56세)

1월 시선집 『구름 손짓하며는』을 문성당에서 발간하다.

시 <김종삼씨 가시다> 외 3편을 ≪현대문학≫ 등에 발표하다.

1986(57세)

시 <하늘2> 외 4편을 ≪한국문학≫ 등에 발표하다.

1987(58세)

5월 시집『저승가는 데도 여비가 든다면』을 일선출판사에서 발간하다.

시 <행복>, <장모님>, <어머니 생각>을 ≪한국문학≫과 ≪문학사상≫에 발표하다.

1988(59세)

1월 3일 만성간경화증으로 춘천의료원에 입원하다. 사경을 헤매다 극적으로 소생함.

9월 ≪문학정신≫에 시 <배>, <흙>을 발표하다.

1989(60세)

3인시집『도적놈 셋이서』를 인의에서 발간하다.

시 <내가 좋아하는 여자> 외 6편과 수필「정신일도하사불성?」을 ≪문학정신≫과 ≪제일제당≫ 등에 발표하다.

1990(61세)

10월 산문집『괜찮다 괜찮다 괜찮다』를 강천에서 발간하다.

시 <신체장애자들이여> 외 7편과 수필「일곱 살짜리 별명」을 ≪외국문학≫, ≪금성정밀≫ 등에 발표하다.

1991(62세)

7월 시집『요놈 요놈 요 이쁜놈』을 답게에서 발간하다.

11월 시선집『아름다운 이 세상 소풍 끝내는 날』을 미래사에서 발간하다.

시 <진이> 외 5편과 수필「돈아 생기면 몽땅 주련다」외 1편을 ≪동서문학≫과 ≪국민카드≫ 등에 발표하다.

1992(63세)

시 <신춘> 외 3편과 수필「자네같이 인득이 많은 사람도 드물 거네」를 ≪동서문학≫과 ≪한국논단≫ 등에 발표하다.

1993(64세)

4월 28일 오전 11시 20분 의정부 의료원에서 숙환으로 사망하다.

8월 유고시집『나 하늘로 돌아가네』를 청산에서 발간하다.

동화집『나는 할아버지다 요놈들아』를 민음사에서 발간하다.

6월 수필「현대문학」을 현대문학에 발표하다.

1996

4월『천상병 전집』이 평민사에서 묶이다.

2. 작품 연보

1949 : 피리		죽순(7)	시
공상		죽순(7)	시
1951 : 갈매기		처녀지(12)	시
나무		처녀지(12)	시
약속		처녀지(12)	시
갈대		처녀지(12)	시
그리움에는 理由가 있다, 詩와		처녀지(12)	평론
그 靑年들은 가고 있다			
1952 : 강물		문예(1)	시
갈매기		문예(5)	시
無名		신작품(6)	시
탁상의 역사		상대평론(9)	수필
1953 : 나는 拒否하고 反抗할 것이다,		문예(2)	평론
來日의 作家와 詩人			
無名戰死		전선문학(5)	시
사람들을 防衛하는 唯一한 關係,		현대공론(10)	평론
「가부리엘·말셀」과의 共感을 위하여			
寫實의 限界-허윤석論		문예(11)	평론
實存主義小考, 그 總體的인		협동(11)	평론
觀點에서 볼 때			
오후		신작품(?)	시
1954 : 다음		신작품(3)	시

푸른 것만이 아니다	신작품(?)	시
1955 : 등불	예술집단(1)	시
韓國의 現役大家,	현대문학(5)	평론
主體意識의 觀點에서		
1956 : 宿命의 文學評論家,	신세계(3)	평론
郭種元氏의 評論集		
德壽宮의 午後	현대문학(9)	시
1957 : 지성과 시의 문제	한글문예(5)	평론
批評과 方法, 그 序	현대문학(7)	평론
어두운 밤에	현대문학(9)	시
1959 : 불교사조와 한국문학	자유공론(3)	평론
독자성과 개성에 대하여	자유문학(3)	평론
새	사상계(5)	시
1960 : 새 · 2	자유문학(1)	시
1961 : 장마	자유문학(10)	시
1962 : 바닷가 一日之光陰	국제신문(11.19)	수필
毒舌再建	현대문학(5)	수필
1963 : 세대교체	국제신문(6.10)	수필
무서운 성의	국제신문(6.21)	수필

야구광	국제신문(8. 2)	수필
밀가루 변색	국제신문(8.21)	수필
選擧笑話	국제신문(9.12)	수필
잘못 판단하면	국제신문(9.25)	수필
식자우환	국제신문(11.14)	수필
유자성묘	국제신문(12.4)	수필
문화제 소감	국제신문(12.22)	수필
1964 : 예술 알면 배부르요?	국제신문(2.20)	수필
서울不在	현대문학(3)	수필
몽고 사람	국제신문(3.30)	수필
꽁초 두 개	국제신문(6. 13)	수필
생일	국제신문(9. 24)	수필
1965 : 새	여상(3)	시
1966 : 비전달의 밀폐성	시문학(1)	평론
새	시문학(2)	시
주막에서	현대시학(6)	시
새	문학(7)	시
간봄	시문학(7)	시
生活의 休日	자유공론(8)	수필
새	문학(9)	시
1967 : 새	현대문학(5)	시
수자에 대하여	세대(6)	수필
삼청공원에서	자유공론(7)	시

1969 : 새, 아폴로에서	월간문학(4)	시
哭 申東曄	현대문학(6)	시
申東曄의 詩, 故 申東曄의 文學과 人間	월간문학(6)	평론
주일 · 1	한국일보(10)	시
주일	현대시학(11)	시
회상	현대시학(11)	시
편지	현대시학(11)	시
국화꽃	현대시학(11)	시
鎭魂歌	현대문학(11)	시
1970 : 아가야	여원(2)	시
음악	동아일보	시
크레이지 · 배가본드	창작과비평(6)	시
귀천	창작과비평(6)	시
들국화	창작과비평(6)	시
한낮의 별빛	창작과비평(6)	시
서대문에서	창작과비평(6)	시
미소, 새	현대문학(7)	시
나의 가난은	시인(7)	시
不惑의 秋夕	시인(11)	시
간의 반란	시인(11)	시
한가지 소원	시인(11)	시
晩秋	시인(11)	시
金冠植의 入棺	현대문학(11)	시
泣斬馬謖, 趙泰一형에의 回信	월간문학(12)	시
젊은 동양시인의 운명	창작과비평(겨울)	평론

1971 : 銀河水에서 온 사나이, 尹東柱論　　월간문학(2)　　　시

　　　회상 · 2　　　　　　　　　　　　월간문학(2)　　　시

　　　小陵調　　　　　　　　　　　　월간문학(2)　　　시

　　　그날은　　　　　　　　　　　　월간문학(2)　　　시

　　　近作抄, 光化門에서　　　　　　현대문학(8)　　　시

　　　꽃의 위치에 대하여　　　　　　현대문학(8)　　　시

　　　이스라엘 민족사　　　　　　　현대문학(8)　　　시

　　　편지　　　　　　　　　　　　　현대문학(8)　　　시

　　　광화문에서　　　　　　　　　　현대문학(8)　　　시

　　　새　　　　　　　　　　　　　　조광출판사(12)　 시집

1972 : 水落山下邊　　　　　　　　　　다리(7)　　　　　시

　　　郊外의 냇물가에서　　　　　　월간문학(8)　　　시

　　　비 · 7　　　　　　　　　　　　창작과비평(9)　　시

　　　비 · 8　　　　　　　　　　　　창작과비평(9)　　시

　　　비 · 9　　　　　　　　　　　　창작과비평(9)　　시

　　　비 · 10　　　　　　　　　　　창작과비평(9)　　시

　　　비 · 11　　　　　　　　　　　창작과비평(9)　　시

　　　비　　　　　　　　　　　　　　시문학(10)　　　시

1973 : 바다생선　　　　　　　　　　　월간문학(1)　　　시

　　　金顯承論　　　　　　　　　　　시문학(1)　　　　평론

　　　시냇물가(2)외4편　　　　　　　기원1,2(가을)　　시

　　　仙境　　　　　　　　　　　　　현대문학(12)　　시

1974 : 同窓　　　　　　　　　　　　　문학사상(4)　　　시

　　　肝외　　　　　　　　　　　　　현대시학(8)　　　시

눈	현대시학(8)	시
仙境	현대문학(9)	시
약수터	현대문학(9)	시
1975 : 노래	월간문학(5)	시
비	현대문학(11)	시
비발디	월간문학(11)	시
눈(眼)	한국문학(12)	시
1976 : 北窓	현대문학(6)	시
꽃은 훈장	월간문학(7)	시
나무	현대문학(9)	시
1977 : 萬古江山	시문학(5)	시
무덤	한국문학(7)	시
마음 마을	현대문학(7)	시
1978 : 구름	월간문학(3)	시
하느님	현대문학(5)	시
오순이양 굳세어라	주간조선(9. 10)	시
敎皇 바오로 六世 逝去	월간문학(11)	시
바람에게도 길이 있다	창작과비평(12)	시
어느 결혼식	창작과비평(12)	시
1979 : 구름 위	월간문학(4)	시
故鄕思念	시문학(7)	시
하늘	시문학(7)	시

비오는 날	현대문학(11)	시
주막에서	민음사(5)	시집

1980 :	동네	월간문학(1)	시
	하늘나그네	현대문학(6)	시
	구름집	한국문학(8)	시
	물받기	현대문학(10)	시
	스포오츠	현대문학(11)	시

1981 :	어린애들외	세계의문학(3)	시
	初老	현대문학(3)	시
	연동교회	현대문학(3)	시
	人形	월간조선(7)	시
	촛불	월간문학(8)	시
	예수님 肖像	현대문학(10)	시
	甘泉寺	한국문학(12)	시

1982 :	哭 石齋大師	월간문학(1)	시
	生日없는 놈	현대문학(2)	시
	光化門근처의 행복	한국문학(3)	시
	찬물	월간문학(8)	시
	먼 구름	신동아(8)	시
	그 분은 지금 어디에	월간조선(9)	시
	나의 幸福	한국문학(11)	시

1983 :	새소리	월간문학(1)	시
	나의 自畵像	한국문학(8)	시

사랑	현대문학(10)	시
세상	월간문학(11)	시
나의 가난함	현대문학(12)	시
새 세 마리	한국문학(12)	시
아버지 祭祀	문예중앙(겨울)	시
참새	문예중앙(겨울)	시
무궁화	문예중앙(겨울)	시
1984 : 막걸리	월간문학(5)	시
먼 山	한국문학(6)	시
날개	현대문학(12)	시
막걸리	월간문학(12)	시
들국화	월간문학(12)	시
천상병은 천상 시인이다	오상출판사(12)	시집
1985 : 金宗三氏 가시다	현대문학(2)	시
아내	한국문학(3)	시
하늘	문학사상(4)	시
아이들	월간문학(11)	시
구름 손짓하며는	문성당(1)	시집
1986 : 하늘2	한국문학(2)	시
새벽	동서문학(4)	시
아침	월간문학(8)	시
흐름	현대문학(9)	시
네 살짜리 은혜	문학사상(10)	시

1987 : 행복	한국문학(5)	시
장모님	문학사상(5)	시
어머니 생각	문학사상(11)	시
저승가는 데도	일선출판사(5)	시집
여비가 든다면		

| 1988 : 배 | 문학정신(9) | 시 |
| 흙 | 문학정신(9) | 시 |

1989 : 내가 좋아하는 여자	문학정신(6)	시
오월의 신록	월간문학(6)	시
萬年藥이라고 장모님께서	문학정신(6)	시
말씀하시니		
다시금 秘苑에 와서	문학정신(6)	시
김영자여류화백 頌	문학정신(6)	시
이런 일도 다 있었으니……	문학정신(6)	시
정신일도 하사불성?	제일제당(9)	수필
도적놈 셋이서	인의(?)	3인시집

1990 : 신체장애자들이여	외국문학(봄)	시
여덟 살 때의 秘蹟	외국문학(봄)	시
일곱 살짜리 별명	금성정밀(7)	수필
아끼자 모든 것을	문학정신(10)	시
전국의 농민들이시여	문학정신(10)	시
신세계(新世界)의 아가씨	문학정신(10)	시
사원들에게		
고목	문학정신(10)	시

우리집	문학정신(10)	시
괜찮다 괜찮다 다 괜찮다	강천(10)	산문집
1991 : 진이	동서문학(1)	시
돈아 생기면 몽땅 주련다	국민카드(3)	수필
내房	월간문학(4)	시
白鳥 두 마리	월간문학(4)	시
우리집 똘똘이	젖샘(4)	수필
서로 사랑하며	동아의보(6)	수필
요놈 요놈 요 이쁜놈	답게(7)	시집
청춘이 그립다	녹십자(8)	수필
장마철	세계의문학(가을)	시
집뜰	세계의문학(가을)	시
노령	세계의문학(가을)	시
아름다운 이 세상 소풍 끝내는 날	미래사(11)	시선집
1992 : 新春	동서문학(봄)	시
겨울이야기	동서문학(봄)	시
자네같이 인득이 많은 사람도	한국논단(4)	수필
드물 거네		
가을	현대문학(12)	시
1993 : 현대문학	현대문학(6)	수필
나는 할아버지다 요놈들아	민음사(?)	동화집
나 하늘로 돌아가네	청산(8)	유고시집
1996 : 천상병 전집	평민사(4)	전집

이수복의 생애와 작품 연보

1. 생애연보

▋1924(1세)

2월 16일, 전남(全南) 함평군(咸平郡) 함평면(咸平面) 함평리(咸平里) 193 번지 산음부락에서 출생하다. 본적은 전남(全南) 함평군(咸平郡) 함평면(咸平面) 장교리(長交里) 120번지이며, 본관은 함평(咸平)이다. 유족으로 부인 김재희(76)와 셋째 아들 이석이 확인된 상태다. 이석은 광주 남구 방림1동에 거주하고 있는 것으로 추정된다. 상세한 가족관계와 성장과정은 현재 유족과의 연락 두절로 확인이 불가하다.

▋1945(22세)

9월 22일 목포 소재 문태중학교에 4학년으로 전학하다. 학적부상에는 초등학교와 전학전 학교는 기재되어 있지 않았다. 문태중학교 재학 당시 주소가 전남 함평군 함평읍 234번지로 되어있는 것을 볼 때, 함평에서 목포까지 통학한 것을 추정된다. 문태중학교 행정 담당자에 따르면 함평 근처 영산포역에서 목포역까지 기차를 이용했을 것이라고 한다.

▋1946(23세)

6월 25일 문태중학교를 졸업하다. 이후 서울대 전신인 경성대학 예과에 진학한 것으로 추정 된다.

▌1947(24세)

'국립서울종합대학안(국대안)' 파동이 계속 되고 있는 상황에서 서울대 학부에 진학하지 않고 낙향하여 광주 수피아 여고 교사로 취임한 것으로 추정된다.

▌1954(31세)

서정주에 의해 시 <동백꽃>으로 ≪문예≫ 3월호에 제1회 추천을 받다.[1]

▌1955(32세)

3월, 서정주에 의해 <실솔>로 ≪현대문학≫에 제2회 추천을 받다.

6월, 서정주에 의해 <봄비>로 ≪현대문학≫에 제3회 추천을 받고 정식으로 문단에 데뷔하다.

9월, 시 <無等賦>를 ≪현대문학≫에 발표하다.

10월, 소설 <가물>을 ≪현대문학≫에 발표하다.

▌1956(33세)

<무서움>・<무덤과 나비>・<별을 우러러> 등의 시작품을 ≪시연구≫・≪현대문학≫・≪시정신≫ 등에 발표하다.

11월, 소설 <두꺼비 허물>을 ≪현대문학≫에 발표하다.

▌1957(34세)

<착륙기>・<푸른 밤>・<꽃씨>・<꽃상여 엮는 밤> 등과 같은 많

---

1) 1955년 3월호 ≪현대문학≫지에 <蟋蟀>로 제2회 추천을 하면서 "벌써 재작년에 한 차례 나를 통해 소개되었던 분으로서……"라고 한 서정주의 추천사의 내용은 잘못이다. 재작년이 아니라, 바로 그 전해에 해당된다.

은 시작품을 ≪현대문학≫에 발표하다.

1958(35세)

<齟齬>·<외로운 시간>·<모란頌(Ⅰ)>·<小曲> 등의 시작품을 ≪현대문학≫에 발표하다.

제3회 현대문학 신인문학상을 수상하다.

1959(36세)

<黃菊微吟>·<겨울>·<隆冬十四行>·<가을에> 등의 시작품을 ≪현대문학≫에 발표하다.

1960(37세)

<未明>·<石榴>·<四月 以後> 등의 시작품을 ≪현대문학≫에 발표하다.

1961(38세)

<살아가는 동안>·<艦>·<아침>·<아려 앓다 자다>·<風雨夕> 등의 시작품을 ≪현대문학≫에 발표하다.

1962(39세)

<바다의 율동>·<황소 사설> 등의 시작품을 ≪현대문학≫에 발표하다.

1963(40세)

3월, 조선대학교 국어국문학과 3학년으로 편입하다.

<迎春賦>·<木浦港 은행나무>·<지리설> 등의 시작품을 ≪현대문학≫에 발표하다.

▌1964(41세)

<裸木>·<모란송·2> 등의 시작품을 ≪현대문학≫에 발표하다.

▌1965(42세)

2월 조선대학교 국문과를 졸업하다. <깊숙한 품속 같은>·<다리> 등의 시작품을 ≪문학춘추≫·≪현대문학≫ 등에 발표하다.

▌1966(43세)

2월, 시 <돌맹이나처럼>을 ≪현대문학≫에 발표하다.

▌1967(44세)

2월, 시 <장미가 말없이 붉게 피게>를 ≪현대문학≫에 발표하다.

▌1968(45세)

2월 28일, 시집 『봄비』를 현대문학사에서 간행하다. 기존 논의에서는 이 시집이 1969년에 나온 것으로 보고 있는데, 사실은 그렇지가 않다. 범대순에 따르면 5월에 시집 봄비 출판기념회를 가졌음을 볼 때 그러하다. 그런데, 시인이 쓴 후기의 제작이 '1969년 1월'로 되어 있는데, 이런 차이는 무엇 때문에 그렇게 되었는지 확인할 수가 없다.

8월, 시 <하 아까움이여>를 ≪현대문학≫에 발표하다.

▌1969(46세)

<詩魂>·<그 나머지는>·<윤삼월>·<절정을 탄다>·<여름의 장> 등의 시작품을 ≪현대문학≫·≪월간문학≫·≪현대시학≫ 등에 발표하다.

1970(47세)

<눈오는 밤>·<小曲>·<작도> 등의 시작품을 ≪현대문학≫에 발표하다.

1971(48세)

<귀뚜라미>·<일지>·<추일>·<小曲> 등의 시작품을 ≪현대문학≫·≪시문학≫ 등에 발표하다.

1972(49세)

<주조음>·<想>·<뒤쫓고 있는>·<노을> 등과 같은 많은 시작품을 ≪현대시학≫·≪시문학≫ 등에 발표하다.

1973(50세)

3월 1일 순천고등학교로 자리를 옮기다.

<小曲>·<연습곡>·<잎무늬>·<실전>·<눈의 달>·<구름의 想> 등의 시작품을 ≪현대문학≫·≪시문학≫·≪현대시학≫·≪풀과 별≫·≪심상≫·≪월간문학≫ 등에 발표하다.

1974(51세)

<구름의 想>·<별이 돋기까지>·<번개불> 등의 시작품을 ≪시문학≫·≪현대문학≫ 등에 발표하다.

1975(52세)

<눈 서정>·<별>·<구름의 想>·<香爐>·<메아리> 등의 시작품을 ≪한국문학≫·≪월간문학≫·≪현대문학≫·≪시문학≫ 등에 발표하다.

■ **1976(53세)**

2월 28일 부로 광주제일고등학교에 부임하다.

<인삼우표>·<구름의 惻>·<연근단면>·<돌 서정> 등의 시작품을 ≪현대시학≫·≪현대문학≫ 등에 발표하다.

■ **1977(54세)**

5월, <메아리>를 ≪현대문학≫에 발표하다.

■ **1978(55세)**

<가을날>·<파도> 등의 시작품을 ≪현대시학≫·≪현대문학≫ 등에 발표하다.

■ **1979(56세)**

<말>·<낮달>·<풍경>·<산조> 등의 시작품을 ≪현대문학≫·≪월간문학≫·≪시문학≫ 등에 발표하다.

■ **1980(57세)**

<낮달>·<백자 연뽕석수> 등의 시작품을 ≪현대문학≫에 발표하다.

■ **1981(58세)**

3월 1일부로 전남고등학교로 부임하다. 행정 담당자에 따르면 당시에 영어과목을 담당했다고 한다.

<아침>·<메아리>·<산성> 등의 시작품을 ≪현대문학≫에 발표하다.

■ **1983(60세)**

3월, <별구름>을 ≪월간문학≫에 발표하다.

1986(63세)

3월 1일 부로 광주 주암고등학교로 부임하다.

4월 9일, 사망하다. 주암고등학교 재직증명 서류에는 사망일자가 10일로 되어있으며, 사망원인은 과로사였다. 묘소는 가족과의 연락 두절로 현재 확인불가 상태이다.

2000

10월, 시비와 동상을 그의 고향인 전남 함평읍 함평리에 건립하는 한편, 생가도 복원키로 부인 김재희 여사와 아들 등 유족들과 함께 기념사업 문제를 논의하다.

2003

5월 6일 오전, 함평군 함평읍 함평천 수변공원에 문화예술인 등 100여 명이 참석한 가운데 시비 제막식이 열렸다. 시비에는 그의 대표작 <봄비>의 전문과 함평군을 상징하는 '호랑나비'가 새겨지고, 시인의 생전 모습이 화강암에 조각되어 있다.

2. 작품 연보

1951 : 悔恨   갈매기(2)   시
아침   갈매기(5)   시

1952 : 龜   신문학(7)   시

1954 : 冬柏꽃   문예(3)   시
葡萄   신작품(12)   시

1955 : 실솔   현대문학(3)   시
봄비   현대문학(6)   시
無等賦   현대문학(9)   시
가물   현대문학(10)   소설

1956 : 무서움   시연구(5)   시
和解   시연구(5)   시
무덤과 나비   현대문학(6)   시
별을 우럴어   시정신(9)   시
두꺼비 허물   현대문학(11)   소설

1957 : 着陸記   현대문학(4)   소설
푸른 밤   한글문예(5)   시
近作五篇   현대문학(6)   시
꽃喪興 엮는 밤   현대문학(12)   시
黃土山에서   현대문학(12)   시

1958 : 齟齬	현대문학(1)	소설
외로운 時間	현대문학(6)	시
모란頌	현대문학(8)	시
小曲	현대문학(11)	시

1959 : 黃菊微吟	현대문학(1)	시
겨울	현대문학(1)	시
隆冬十四行	현대문학(7)	시
가을에	현대문학(10)	시

1960 : 未明	현대문학(3)	시
石榴	현대문학(5)	시
4月以後	현대문학(8)	시

1961 : 살아나가는 동안	현대문학(1)	시
艦	현대문학(1)	시
아침	현대문학(1)	시
아려 앓다 자다	현대문학(8)	시
風雨夕	현대문학(8)	시

1962 : 바다의 律動	현대문학(9)	시
황소 辭說	현대문학(12)	시

1963 : 迎春賦	현대문학(3)	시
木浦港 銀杏나무	현대문학(6)	시
地理說	현대문학(11)	시

1964 : 裸木	현대문학(4)	시
모란頌(Ⅱ)	현대문학(8)	시
1965 : 깊숙한 품속같은	문학춘추(1)	시
다리	현대문학(10)	시
1966 : 돌멩이나처럼	현대문학(2)	시
1967 : 薔薇가 말없이 붉게 피게	현대문학(2)	시
1968 : 봄비	현대문학사(2)	시집
눈을 감고	봄비(2)	시
MOSAIC 作業	봄비(2)	시
정을 놓고서	봄비(2)	시
塑像	봄비(2)	시
하 아까움이여	현대문학(8)	시
1969 : 詩魂	월간문학(1)	시
그 나머지는	현대문학(1)	시
閏三月	현대문학(3)	시
절정을 탄다	현대시학(7)	시
여름意匠	현대문학(10)	시
망설임	현대문학(10)	시
1970 : 눈오는 밤	현대문학(3)	시
小曲	현대문학(7)	시
作圖	현대문학(9)	시

1971 : 귀뚜라미	현대문학(1)	시
日誌외1	시문학(7)	시
秋日	시문학(11)	시
小曲	시문학(11)	시

1972 : 主調音	현대시학(2)	시
想	현대시학(2)	시
思母曲	현대시학(2)	시
숲	현대시학(2)	시
鄕歌	현대시학(2)	시
뒤쫓고 있는	시문학(3)	시
노을	시문학(3)	시
女性의 社會進出과 女警	경찰고시(4)	산문
숨소리	시문학(5)	시
小曲・3	시문학(5)	시
小曲・4	시문학(5)	시
小曲	시문학(8)	시
産室	시문학(8)	시

1973 : 小曲	현대문학(1)	시
耳鳴	월간문학(1)	시
鍊習曲	시문학(4)	시
失傳	풀과별(5)	시
잎무늬	현대시학(6)	시
눈의달	월간문학(7)	시
햇살	시문학(8)	시
구름의 想	심상(11)	시

反面	심상(11)	시
1974 : 구름의 想	시문학(4)	시
구름이 닦아 준다	시문학(4)	시
별이 돋기까지	현대문학(4)	시
가늘은 心紋	현대문학(7)	시
外面	현대문학(7)	시
秋日	현대문학(11)	시
번갯불	현대문학(11)	시
1975 : 눈抒情	한국문학(1)	시
별	월간문학(2)	시
구름의 想	현대문학(5)	시
가늘은 心紋	현대문학(5)	시
大木의 아들	현대문학(5)	시
白磁水甁	현대문학(5)	시
鐘	현대문학(5)	시
香爐	시문학(5)	시
유화례先生頌	시문학(5)	시
翼	시문학(5)	시
가늘은 心紋	한국문학(11)	시
메아리	현대문학(12)	시
1976 : 人蔘 우표	현대시학(4)	시
구름의 想	현대시학(4)	시
蓮根斷面	현대문학(5)	시
돌 抒情	현대문학(12)	시

1977 : 메아리	현대문학(5)	시
1978 : 가을날	현대시학(1)	시
파도	현대문학(6)	시
1979 : 말	현대문학(1)	시
낮달	월간문학(7)	시
風景	시문학(7)	시
파도	현대문학(8)	시
散調	현대문학(8)	시
낮달	현대문학(8)	시
낮달	현대문학(12)	시
休日	현대문학(12)	시
薔薇 귓속말	현대문학(12)	시
1980 : 낮달	현대문학(6)	시
白瓷 연뽕硯水	현대문학(10)	시
1981 : 아침	현대문학(1)	시
메아리	현대문학(1)	시
山城	시문학(10)	시
1983 : 별구름	월간문학(3)	시

김종삼의 생애와 작품연보

1. 생애 연보

▌1921(1세)

3월 19일, 황해도 은율(殷栗)에서 아버지 김서영(金瑞永)과 어머니 김신애(金信愛) 사이에서 4남 중 차남으로 태어났다. 본관은 안산(安山)이며, 아호나 필명은 따로 없고, 주로 본명으로 작품활동을 하다. 아버지는 평양에서 동아일보 지국을 운영했으며, 어머니는 기독교 집안의 외동딸로 한경직(韓景職) 목사와 인연을 갖고 있었다. 아버지가 평양으로 이사한 후 김종삼(金宗三)은 은율에 남아 다른 형제들과 떨어져 외갓집에서 어린 시절을 보냈다. 형 김종문(金宗文)은 평양에서 자랐으며 후에 군인 겸 시인이 된다. 동생 김종인(金宗仁)은 일본에서 거주하다 최근에 사망했으며, 김종수(金宗洙)는 결핵을 앓다가 22세에 스스로 목숨을 끊었다. 이후 김종삼의 시에서 막내 동생 종수의 죽음은 큰 부분을 차지한다.

원적은 황해도로서 정확한 지번을 확인할 수 없다.

본적은 서울시 성북구 성북동 164-1로 되어 있다.

▌1934(13세)

3월, 평양 광성보통학교를 졸업하다.

4월, 평양 숭실중학교에 입학하다.

▌1937(16세)

7월, 숭실중학교를 중퇴하다. 1971년 현대시학사 작품상 수상소감에 따르면, 소학교 때부터 낙제하기 일쑤였고, 중학교에 가서도 마찬가지였음을 토로하고 있다.

▌1938(17세)

4월, 일본에 가 있던 형 김종문의 부름에 따라 도일하여 동경 도요시마(豊島)상업학교에 편입학하다.

▌1940(19세)

3월, 도요시마상업학교를 졸업하다.

▌1942(21세)

4월, 일본 동경문화학원 문학과에 입학하다. 야간학부로서 낮에는 막노동을 하며 밤에 공부하는 주경야독의 시절을 보냈다.

▌1944(23세)

6월, 동경문화학원을 중퇴하고, 영화인과 접촉하면서 조감독직으로 일하다.

동경출판배급주식회사에 입사했으나, 그 해 12월에 회사를 그만두었다.

▌1945(24세)

8월, 해방이 되자 곧바로 일본에서 귀국하여 형 김종문의 집에 머물러 살았다. 조카 김영한에 따르면 당시 김종문은 군사영어학교에 입교하여 국방관사에서 기거했다고 한다.

1947(26세)

2월, 최창봉(崔彰鳳)의 소개로 극단 '극예술협회'에 입회하여 연출부에서 음악을 담당하다. 이 무렵 시인 전봉건(全鳳健)의 형인 전봉래(全鳳來) 등과 교류하게 된다.

1953(32세)

5월, 형 김종문 시인의 소개로 군 다이제스트 편집부에 입사하다. 시인 김윤성(金潤成)의 추천으로 《문예》지에 등단 절차를 밟으려 했으나 거부당하다. '꽃과 이슬을 쓰지 않았고', 시가 '난해하다'는 이유에서였다. 5월, 종합잡지 《신세계》에 <원정(園丁)>을 발표함으로써 문단에 데뷔하게 된다.

1954(33세)

6월, 시작품 <돌>을 《현대예술》에 발표하다.

1955(34세)

12월, 국방부 정훈국 방송과에서 음악담당으로 일하기 시작하다. 이후 10년간 그 곳의 상임 연출자로 근무하다.

1956(35세)

4월, 형 김종문 시인의 주선으로 석계향(石桂香)의 수양녀 친구였던 27세의 정귀례(鄭貴禮)와 결혼하다. 신부는 경기 화성 출신으로 수원여고를 나와 수도여자사범대학을 졸업한 후 직장생활을 하고 있었다. 석계향은 당시 문인들과 교분이 많았던 인사였다.

11월, 《문학예술》과 《자유세계》에 시 <해가 머물러 있다>와 <현실의 석간> 등을 각각 발표하다.

▌1957(36세)

4월, 김광림(金光林)·전봉건(全鳳健) 등과 함께 3인 연대시집『전쟁과 음악과 희망과』를 자유세계사에서 발간하였다. 그는 이 시집에 <개똥이> 외 9편의 작품을 수록하였다. 5월에 ≪문학예술≫에 <종달린 자전거>를, 9월에 ≪자유문학≫에 <배움의 전통> 등을 발표하다.

▌1958(37세)

10월, 장녀 혜경(惠卿)이 성북구 성북동 164-1에서 출생하다. 현재 부인 정귀례는 서울 상계동 12단지 7동 805호에 장녀 혜경 가족들과 함께 살고 있다. 시작품 <시사회>와 <쑥내음 속의 동화>를 ≪자유문학≫과 ≪지성≫에 각각 발표하다.

▌1959(38세)

시작품 <다리밑>·<드빗시 산장부근>·<원색> 등을 ≪자유문학≫과 ≪사상계≫에 각각 발표하다.

▌1960(39세)

시작품 <토끼똥·꽃>·<十二音階의 層層臺>·<주름간 대리석> 등을 ≪현대문학≫지에 발표하다.

▌1961(40세)

4월, 차녀 혜원(惠媛)이 종로구 도염동 53번지에서 출생하다. 시 <전주곡>과 <라산스카>를 발표하다.

▌1963(42세)

현재의 KBS 제2방송인 동아방송 총무국에 촉탁으로 입사하다.

▋1964(43세)

10월, 신구문화사에서 발간된 34인 공동시집『전후문제시집』에 시 <주름간 大理石> 외 14편이 수록되다. 12월, 시작품 <발자국> 등을 ≪문학춘추≫에 발표하다.

▋1965(44세)

시작품 <무슨요일일까>・<생일> 등을 ≪현대문학≫과 ≪문학춘추≫에 각각 발표하다.

▋1966(45세)

시작품 <샹뼁>・<背音>・<地帶> 등을 ≪신동아≫・≪현대문학≫・≪현대시학≫ 등에 각각 발표하다.

▋1967(46세)

4월, 동아방송 제작부에서 일반사원으로 취직하여 근무하다. 배경음악을 담당하였다. 1월, 신구문화사에서 발간된『52인 시집』에 <앙포르멜> 외 12편의 시작품을 발표하다.

▋1968(47세)

11월, 김광림・문덕수 등과 함께 성문각에서 3인 시집『本籍地』를 발간하다. 이 시집에 그는 <물桶> 외 7편의 작품을 수록하고 있다.

▋1969(48세)

6월, 첫 개인시집『十二音階』를 삼애사에서 출판하다. 이 시집에는 <平和> 외 34편의 작품을 수록하고 있다.

▌**1970(49세)**

　시작품 <民間人>·<연인의 마을> 등을 ≪현대문학≫과 ≪현대시학≫ 등에 각각 발표하다.

▌**1971(50세)**

　10월, 시작품 <民間人>·<연인의 마을>·<67년 1월> 등으로 제2 회 현대시학 작품상을 수상하다. 부상으로 연구비 20만원이 주어졌고, 심 사위원은 박남수, 조병화, 박태진이었다. 시작품 <개체>·<엄마> 등을 ≪현대문학≫과 ≪현대시학≫ 등에 각각 발표하다.

▌**1973(52세)**

　시작품 <고향>·<시인학교>·<첼로와 PABLO> 등을 ≪문학사상≫· ≪시문학≫·≪현대시학≫ 등에 각각 발표하다.

▌**1974(53세)**

　시작품 <유성기>·<투병기> 등을 ≪현대시학≫·≪문학과 지성≫ 등에 각각 발표하다.

▌**1975(54세)**

　시작품 <투병기>·<산>·<허공> 등을 ≪현대문학≫·≪시문 학≫·≪문학사상≫ 등에 발표하다.

▌**1976(55세)**

　5월, 방송국에서 정년 퇴임하다.
　시작품 <궂은 날>·<꿈속의 나라> 등을 ≪월간문학≫·≪현대문학≫ 등에 각각 발표하다.

1977(56세)

8월, 두 번째 시집『시인학교』를 신현실사에서 300부 한정판으로 출간하다. 이 시집에는 <기동차가 다니던 철뚝길> 외 38편의 작품을 수록하고 있다. 시작품 <걷자> · <掌篇> 등을 ≪현대시학≫ · ≪심상≫ 등에 각각 발표하다.

1978(57세)

시 작품 <행복> · <운동장> 등을 ≪문학사상≫ · ≪한국문학≫ 등에 각각 발표하다. 3월 25일, 한국시인협회상을 수상하다. 시작품 <앞날을 向하여> · <산> 등을 ≪심상≫ · ≪월간문학≫ 등에 각각 발표하다.

1979(58세)

5월, 민음사에서 시선집『북치는 소년』을 발간하다. 이 시선집에는 시작품 <물桶> 외 59편을 수록하고 있다. 시작품 <最後의 音樂> · <아침> 등을 ≪현대문학≫ · ≪문학사상≫ 등에 각각 발표하다.

1980(59세)

시작품 <그날이 오며는> · <헨쎌과 그레텔> 등을 ≪시문학≫ · ≪문학과 지성≫ 등에 각각 발표하다.

1981(60세)

시작품 <연주회> · <實記> 등을 ≪월간문학≫ · ≪세계의 문학≫ 등에 각각 발표하다.

1982(61세)

9월, 세 번째 시집『누군가 나에게 물었다』를 민음사에서 간행하다. 이 시집에는 <刑> 외 41편의 작품을 수록하고 있다. 시작품 <등산객> ·

<極刑> 등을 ≪문학사상≫·≪현대문학≫ 등에 각각 발표하다.

▌1983(62세)

12월 26일, 대한민국 문학상을 수상하다. 시작품 <백발의 에즈라 파운드>·<죽음을 향하여> 등을 ≪현대문학≫·≪월간문학≫ 등에 각각 발표하다.

▌1984(63세)

시작품 <꿈의 나라>·<이산가족> 등이 ≪문학사상≫·≪학원≫ 등에 각각 발표되다. 12월 8일, 간경화로 미아리 소재 성수병원에서 사망하다. 유품으로 현대시학 작품상 상패, 혁대 한 점, 도민증 한 점, 볼펜 한 점, 물통 한 개, 모자 한 점, 체크무늬 남방 한 벌, 본인 시집 두 권이 전부였다. 그의 유해는 경기도 송추 울대리 소재의 길음 성당 묘지에 안장되었다. 묘소에는 '安山金氏宗三베르로之墓'라는 비명(碑銘)을 새긴 묘비가 세워져 있었다. 그런데 지금은 홍수피해(1996)로 같은 성당 묘지의 다른 곳으로 이장하였다.

▌1985

유고시 <나>·<北녘> 등 5편이 ≪문학사상≫에 발표되다.

▌1988

12월, 박중식 시인이 김광림 시인의 도움을 받아 청하에서 『김종삼 전집』을 출간하다. 장석주편으로서 시 180편과 산문 2편, 생애와 작품 연보 등이 수록되어 있다.

▌1989

8월, 시선집 『그리운 안니·로·리』가 문학과 비평사에서 출간되다. 이 시선집에는 <스와니江이랑 요단江이랑> 외 103편의 작품을 수록하고 있다.

▌1991

도서판 '청하'에서 발행하는 『현대시세계』에서 '김종삼문학상'을 제정했으나, 출판사의 도산으로 무실하게 되었다. 11월, 시선집 『스와니江이랑 요단江이랑』이 미래사에서 출간되다. 이 시선집에는 <다리 밑> 외 115편의 작품을 수록하고 있다.

▌1992

12월 7일, 김종삼시인의 8주년 기일에 광릉 수목원 중부임업시험장 앞 '수목원 가든'이라는 음식점 앞 길가에 시비를 건립하다. 시비 건립은 박중식 시인을 비롯한 39인의 선후배 문인들이 시비건립을 위한 모금전시회를 통해 이루어졌다. 시비의 글씨는 서예가 박양재가 조각은 조각가 최옥영이 담당했다. 시비의 윗면에는 <북치는 소년>이, 옆면에는 <民間人>이 새겨져 있다.

▌1996

1996년 여름, 홍수 피해로 묘지의 봉분과 시비가 유실되다. 그런데 평소 김종삼 시인을 사숙(私淑)했던 시인 박중식의 도움으로 같은 성당묘지의 다른 곳으로 옮겼다. 유실된 시비에는 <북치는 소년>이 새겨져 있었다고 한다.

2. 작품 연보

1953 : 園丁	신세계(5)	시
1954 : 돌	현대예술(6)	시
1956 : 해가 머물러있다	문학예술(11)	시
現實의 夕刊	자유세계(11)	시
1957 : 戰爭과 音樂과 希望과	자유세계사(4)	3인시집
그리운 안니·로·리	전쟁과 음악과 희망과(4)	시
G·마이나	전쟁과 음악과 희망과(4)	시
돌각담	전쟁과 음악과 희망과(4)	시
뾰죽집이바라보이는	전쟁과 음악과 희망과(4)	시
全鳳來	전쟁과 음악과 희망과(4)	시
받기어려운선물처럼	전쟁과 음악과 희망과(4)	시
어디메있을너	전쟁과 음악과 희망과(4)	시
개똥이	전쟁과 음악과 희망과(4)	시
종 달린 자전거	문학예술(5)	시
擬音의 傳統	자유문학(9)	시
1958 : 試寫會	자유문학(4)	시
쑥내음 속의 童話	지성(9)	시
1959 : 다리밑	자유문학(1)	시
드빗시 산장부근	사상계(2)	시
原色	자유문학(12)	시

1960 : 토끼똥·꽃	현대문학(5)	시
十二音階의 層層臺	현대문학(11)	시
주름간 大理石	현대문학(11)	시
1961 : 前奏曲	현대문학(7)	시
라산스카	현대문학(7)	시
1964 : 나의 本籍	현대문학(1)	시
'쎄잘·프랑크'의 音	지성계(8)	시
한국전후문제 시집	신구문화사(10)	시집
復活節	한국전후문제 시집(10)	시
문짝	한국전후문제 시집(10)	시
마음의 울타리	한국전후문제 시집(10)	시
어둠 속에서 온 소리	한국전후문제 시집(10)	시
올훼의 유니폼	한국전후문제 시집(10)	시
園頭幕	한국전후문제 시집(10)	시
遁走曲	한국전후문제 시집(10)	시
이 짧은 이야기	한국전후문제 시집(10)	시
여인	한국전후문제 시집(10)	시
意味의 白書	한국전후문제 시집(10)	산문
畵室 幻想	문학춘추(12)	시
발자국	문학춘추(12)	시
文章 修業	문학춘추(12)	시
나의 本	문학춘추(12)	시
終着驛 아우슈뷔치	문학춘추(12)	시
音樂	문학춘추(12)	시

1965 : 무슨曜日일까	현대문학(8)	시
生日	문학춘추(11)	시
1966 : 상뼹	신동아(1)	시
背音	현대문학(6)	시
나	자유공론(7)	시
배	자유공론(7)	시
五학년一반	현대시학(7)	시
地帶	현대시학(7)	시
1967 : 52인 시집	신구문화사(1)	공동시집
이 空白을	52인 시집(1)	산문
앙포르멜	52인 시집(1)	시
스와니江이랑 요단江이랑	52인 시집(1)	시
소리	52인 시집(1)	시
북치는 소년	52인 시집(1)	시
라산스카	신동아(10)	시
屍體室	현대문학(11)	시
미사에 참석한 李仲燮氏	현대문학(8)	시
1968 : 本籍地	성문각(11)	시집
물桶	본적지(11)	시
아우슈뷔츠	본적지(11)	시
1969 : 十二音階	삼애사(6)	시집
잿더미가 있던 마을	십이음계(6)	시
休暇	십이음계(6)	시

往十里	십이음계(6)	시
平和	십이음계(6)	시
비옷을 빌어 입고	십이음계(6)	시
술래잡기	십이음계(6)	시
몇 해 전에	십이음계(6)	시
墨畵	십이음계(6)	시
地	현대시학(7)	시
1970 : 연인의 마을	현대문학(5)	시
六七年 一月	현대문학(5)	시
民間人	현대시학(11)	시
1971 : 個體	월간문학(5)	시
두꺼비의 轢死	현대문학(8)	시
엄마	현대시학(9)	시
고장난 機體	현대시학(9)	시
1973 : 고향	문학사상(3)	시
詩人學校	시문학(4)	시
피카소의 洛書	월간문학(6)	시
라산스카	풀과 별(7)	시
첼로의 PABLO CASALS	현대시학(9)	시
1974 : 留聲機	현대시학(3)	시
한 마리의 새	월간문학(9)	시
鬪病記·2	文學과 지성(11)	시
鬪病記·3	文學과 지성(11)	시

달 뜰 때까지	文學과 지성(11)	시
1975 : 鬪病記	현대문학(1)	시
戀人	현대시학(2)	시
꿈나라	심상(4)	시
따뜻한 곳	월간문학(4)	시
山	시문학(4)	시
掌篇	시문학(4)	시
虛空	문학사상(7)	시
失題	현대시학(7)	시
漁夫	시문학(9)	시
掌篇	시문학(9)	시
1976 : 궂은 날	월간문학(1)	시
발자국	시문학(4)	시
掌篇	시문학(4)	시
꿈속의 나라	현대문학(11)	시
라산스카	월간문학(11)	시
掌篇	월간문학(11)	시
1977 : 걷자	현대시학(1)	시
아우슈비츠 라게르	한국문학(1)	시
새	심상(1)	시
掌篇	심상(1)	시
샤이안	시문학(2)	시
내일은 꼭	시문학(2)	시
미켈란젤로의 한낮	문학과 지성(2)	시

實錄	문학과 지성(2)	시
聖河	문학과 지성(2)	시
평범한 이야기	신동아(2)	시
동트는 地平線	시문학(6)	시
掌篇	시문학(6)	시
破片	월간문학(6)	시
詩人學校	신현실사(8)	시집
기동차가 다니던 철뚝길	신현실사(8)	시
무제	신현실사(8)	시
가을	신현실사(8)	시
올페	신현실사(8)	시
스와니 江	신현실사(8)	시
對話	신현실사(8)	시
西部의 여인	신현실사(8)	시
아우슈뷔츠 I	신현실사(8)	시
바다	신현실사(8)	시
1978 : 행복	문학사상(2)	시
운동장	한국문학(2)	시
풍경	현대문학(2)	시
앤니로리	세대(5)	시
刑	월간문학(5)	시
앞날을 向하여	심상(8)	시
詩作 노우트	현대문학(9)	시
사람들	시문학(10)	시
산	월간문학(10)	시

1979 : 북치는 소년	민음사(5)	시선집
最後의 音樂	현대문학(2)	시
掌篇	월간문학(6)	시
아침	문학사상(6)	시
앤니로리	현대문학(10)	시
1980 : 그날이 오며는	시문학(1)	시
내가 죽던 날	현대문학(4)	시
헨쩰과 그레텔	문학과 지성(5)	시
掌篇	문학과 지성(5)	시
맙소사	문학과 지성(5)	시
그럭저럭	문학사상(5)	시
글짓기	심상(5)	시
나	심상(5)	시
詩作 노우트	월간문학(9)	시
소금 바다	세계의 문학(9)	시
그라나드의 밤	세계의 문학(9)	시
내가 재벌이라면	한국문학(9)	시
1981 : 연주회	월간문학(1)	시
不朽의 戀人	심상(1)	시
난해한 음악들	심상(1)	시
꿈이었던가	현대문학(1)	시
새벽	월간조선(3)	시
또 한번 날자꾸나	한국문학(4)	시
샹펭	세계의 문학(7)	시
制作	세계의 문학(7)	시

實記	세계의 문학(7)	시
聖堂	현대문학(8)	시
간이 교회당이 있는 동네	월간문학(8)	시
앤니 로리	월간문학(8)	시
制作	현대문학(10)	시

1982 : 掌篇	문학사상(2)	시
前程	신동아(4)	시
누군가 나에게 물었다	민음사(8)	시집
라산스카	누군가 나에게 물었다(8)	시
추모합니다	누군가 나에게 물었다(8)	시
外出	누군가 나에게 물었다(8)	시
아데라이데	누군가 나에게 물었다(8)	시
평화롭게	누군가 나에게 물었다(8)	시
소공동 지하상가	누군가 나에게 물었다(8)	시
겨울 피크닉	누군가 나에게 물었다(8)	시
掌篇	누군가 나에게 물었다(8)	시
여름 성경학교	누군가 나에게 물었다(8)	시
한 골짜기에서	누군가 나에게 물었다(8)	시
女囚	누군가 나에게 물었다(8)	시
地	누군가 나에게 물었다(8)	시
따뜻한 곳	누군가 나에게 물었다(8)	시
누군가 나에게 물었다	누군가 나에게 물었다(8)	시
登山客	월간문학(9)	시
나의 主	문학사상(10)	시
晉	현대시학(12)	시
極刑	현대문학(12)	시

1983 : 白髮의 에즈라 파운드	현대문학(5)	시
길	월간문학(6)	시
死別	현대문학(11)	시
꿈 속의 향기	월간문학(11)	시
죽음을 향하여	월간문학(11)	시
1984 : 1984	동아일보	시
한 계곡에서	한국일보	시
또 어디였던가	미상	시
음악	미상	시
꿈의 나라	문학사상(3)	시
평화롭게	고려원(5)	시선집
벼랑바위	평화롭게(5)	시
非詩	평화롭게(5)	시
어머니	평화롭게(5)	시
헨쎌과 그레텔	평화롭게(5)	시
동산	평화롭게(5)	시
休暇	평화롭게(5)	시
소리	평화롭게(5)	시
記事	한국문학(6)	시
實記	월간문학(9)	시
前程	문학사상(11)	시
離山가족	학원(5)	시
深夜	학원(5)	시
오늘	학원(5)	시
1985 : 나	문학사상(3)	유고시

北녘	문학사상(3)	유고시
無題	문학사상(3)	유고시
無題	문학사상(3)	유고시
아리랑고개	문학사상(3)	유고시

1988 : 金宗三全集	청하(12)	전집
1989 : 그리운 안니·로·리	문학과비평사(8)	시선집
1991 : 스와니江이랑 요단江이랑	미래사(11)	시선집

송욱의 생애와 작품 연보

1. 생애 연보

▌1925(1세)

4월 19일, 충남 홍성읍 오관리(五官里) 417번지에서 아버지 여산(礪山) 송씨 양호(良浩)와 어머니 경주 김씨 동성(東成) 사이에서 2남 5녀 중 2남으로 태어났다. 그는 태어나자 바로 그 해에 부친의 부임지인 당진으로 이사했다. 그가 태어난 오관리의 옛 생가는 헐리고 대지는 여러 필지로 분할되어 새 주택들이 들어섰다. 그의 창씨개명 관계는 경기 중학 학적부에 나타나 있는 바, '富山文夫'로 되어 있다. 그의 부친은 원래 전북 김제 출신이었는데, 부친이 홍성으로 옮겨온 연도는 정확히 알 수가 없다. ≪조선총독부관보≫의 '서임 및 사령'란에 보면, 부친이 1910년 10월 1일자로 군서기(충청남도)로 임명된 것으로 보아 아마도 이 무렵이 아닐까 한다. 그후 부친이 1929년 12월 28일 군수직에서 의원 면직되기까지 충청남도 당진군 군수(1926.3.30)와 경기도 강화군 군수(1927.3.12)를 역임한 것으로 되어 있다.

▌1929(5세)

12월, 그의 부친이 강화군수직을 사임하고 전 가족을 이끌고 서울 종로구 화동(花洞) 135번지로 이사했다. 호적상으로는 본적지인 홍성읍에서 살다가 바로 화동으로 옮겨온 것으로 되어 있으나, 사실은 그렇지 않은 것 같다. 이는 당시의 교통 여건으로 보아 그의 부친이 당진이나 강화로 전임될 때마다 거주지를 옮긴 것으로 보아야하기 때문이다. 송욱에게 홍성읍은 태어나자마자 떠났기 때문에, 향수의 대상은커녕 기억에도 거의 없었다. 뿐만 아니라, 그의 시나 산문에도 그가 태어난 고향에 대한 것은 거의 나타나지 않고 있다. 그는 자신이 유년 시절부터 청소년기를 보낸 이곳 화동을 고향으로 생각하고 있었는지 모른다. 현재 화동 135번지의 지번은 없고 104번지로 바뀌어져 있다. 재동초등학교나 경기중학의 학적부에는 '화동 135번지'가 본적지로 되어 있고, 주소지는 화동 76-2호로 되어 있다. 지금 이 지번의 2층 건물은 낡았지만 옛 모습을 그대로 간직하고 있다.

1932(8세)

4월 5일, 서울 종로구 소재의 재동공립보통학교에 입학했다. 그의 재학 중 학업성적은 매우 우수했다. 한 두 과목을 제외하고 모두 만점을 맞는 수재로, 급장과 부급장을 번갈아하고 있었다.

1938(14세)

3월 31일, 재동공립보통학교를 졸업하고, 4월 4일, 경기중학교에 입학했다. 재학 중 학업성적은 매우 우수한 편이었다. 학적부에는 건강에 유념하라는 주의사항이 있는 것으로 보아 몸이 매우 약했던 것으로 보인다. 그리고 폐침윤으로 입원했었던 기록도 있다. 이 무렵에 집안에서 한문 독선생과 세브란스 병원에서 외국인 영어선생까지 초빙하여 한문과 영어를 공부시켰다고 하는 것으로 보아 그의 부친의 자녀들에 대한 교육열이 대단했음을 짐작할 수 있다.

1942(18세)

3월 31일, 경기중학교 4년 때에 중퇴하고 일본으로 건너가 가고시마(鹿

兒島) 소재의 제7고등학교에 입학했다. 경기중의 중퇴사유로 제7고 입학
으로만 적혀져 있을 뿐이다. 이때 그가 경기중학을 마치지 않고 어떻게
고등학교에 입학한 것인지 확인할 길이 없다. 서울대학교 학적부에는 연
도조차 밝혀져 있지 않고 '대학입학 자격검정시험 합격'으로만 나타나 있
는데, 이것이 무엇을 의미하는지 알 수가 없다.

▌1944(20세)

8월, 제7고등학교를 제2차세계대전으로 2년 6개월만에 졸업하고 경도
제대 문학부 사학과에 입학했으나, 곧바로 구마모도의대(熊本醫大)로 옮겼
다. 징병을 피하기 위해 학교를 옮긴 것으로 되어 있는데, 당시 의과대학
생은 징집이 면제되었던 것으로 보인다. 전쟁이 막바지에 이르자 그는 귀
국하여 경성제대 의학부에 편입하였다. 아무튼 이 무렵 그의 학적 변동이
빈번한데, 이와 관련된 자료가 미흡하여 그 기간이나 구체적인 사항을 정
확히 밝힐 수 없다.

▌1946(21세)

8·15해방 이듬해 9월 1일, 그는 다시 전공을 바꾸어 서울대학교 문리
과대학 영문학과로 옮겨 영문학을 전공하게 되었다.

▌1948(24세)

8월 10일, 서울대학교 문리과대학 영문학과를 졸업하고 경기중학교 교
사 및 서울대학교 문리과대학 영문학과 강사로도 출강했다.

▌1950(26세)

시 <장미>(문예 3월호)·<비오는 창>(문예 4월호) 등으로 서정주의
추천을 받아 문단에 데뷔했다. 당시의 추천과정이 3회 추천을 받아야만 완
료되는 것으로 되어 있는데, 그동안 나머지 1회분이 불분명하였으나, 1953

년 ≪문예≫6월호(16호)에 실린 <꽃>이 3차 추천 시로 확인되었다. ≪문예≫6월호에 <꽃>이 추천 시로 명명되어 있진 않지만, '총목록'에 추천 시로 기재되어 있으며, 1953년 9월호(17호)에 당선소감이 실려있는 것을 볼 때 그러하다. 6·25전쟁이 일어나 피난지에서 해군장교로 입대했다.

1952(28세)

진해 해군사관학교 영어 교관이 되다. 12월, 충남 당진 출신의 4세 연하인 인봉희(印鳳姬)와 결혼하다. 당시 함께 해군장교로 근무하고 있었던 오빠인 인양환의 중매로 그들의 결혼이 이루어졌다고 한다.

1953(29세)

시 <꽃>으로 추천완료되다. 평론 <서정주론>을 ≪문예≫지에 발표하고 있다. 그가 문단 데뷔 이후 전란으로 중단되었던 문단활동을 이때부터 재개하기 시작한 것이라 할 수 있다. 10월, 해군대위로 제대하고 부산으로 가서 미대사관에 근무하였다.

1954(30세)

봄에 피란지 부산에서 가족들과 함께 종로구 화동집으로 돌아왔다. 1월, 평론 「현대영시와 전통」을 ≪문예≫지에 발표하다. 3월, 첫시집 『유혹』을 사상계사에서 간행하다. 7월, 종로구 화동 104번지에서 장남 정렬(正烈) 출생하다. 10월, 서울대학교 문리과대학 영문학과 전임강사로 취임했다.

1955(31세)

<벽>·<왕소군의 노래>·<한거름> 등을 발표하다.

1956(32세)

서울대학교 문리과대학 영문학과 조교수로 승진하다. 연작시 <何如之

鄕>과 평론「시와 지성」등을 발표하다. 역서로『미국문학사』(컨리프 원저)를 을유문화사에서 간행하다. 봄에 서울 종로구 사간동 11번지로 이주하다. 현재 이 지번에 있던 옛 한옥은 헐리고 새로 지은 2층 양옥이 들어서 있다.

1957(33세)

연작시 <何如之鄕>, 평론「작가의 형성과 환경」등을 발표하다. 미국 시카고대학 교환교수로 가서 그 이듬해까지 영문학을 연구하다. 2월, 종로구 사간동 11번지에서 차남 동렬(東烈) 출생하다.

1958(34세)

연작시 <何如之鄕>과 시 <사랑이 감싸주며> 등을 발표하다.

1959(35세)

연작시 <何如之鄕>과 <해인연가>와 시 <무극설> 등이 발표되다. <해인연가>는 첫 번째 발표작인데 어째서 네 번째 작품을 먼저 발표하고 있는지 알 수가 없다. 그 앞의 작품을 이미 다른 지상에다 발표한 것인지도 모른다.

1960(36세)

서울대학교 문리과대학 영문학과 부교수로 승진하다. 연작시 <해인연가>와 시 <우주가족>·<삼선교> 등을 발표하다. 4월, 역서『소설기술론』을 일조각에서 간행하다.

1961(37세)

서울 성북구 성북동 175-5번지 골목집으로 이사하다. 이 집은 송욱이 사망하고서도 그 가족들이 한동안 살았었다고 한다. 지금은 그 집에 다른 사람이 살고 있는데, 한옥의 옛모습을 그대로 간직하고 있다.

2월, 제2시집 『하여지향』을 일조각에서 간행하다. 시 <제2창세기>, <혁명환상곡>, <겨울에 산에서> 등을 발표하다.

1962(38세)

그의 시론을 대표하는 『시학평전』이 ≪사상계≫지에 연재되기 시작하다. 시 <알림 어림 아가씨>와 김환기 화백에게 바친 <내가 다닌 봉래산>을 발표하다.

1963(39세)

5월, ≪사상계≫에 연재되던 「시학평전」을 모아서 시론서 『시학평전』을 일조각에서 간행하다. 시 <별너머 향수>와 <영자의 안목> 등을 발표하다.

1964(40세)

전년도 간행된 『시학평전』으로 한국일보사에서 주관하는 출판문화상 저작상을 받다. 서울특별시에서 주관하는 서울시문화상을 받다.

시 <포옹무한>과 평론 「상상세계의 철학」 등을 발표하다.

1965(41세)

서울대학교 문리과대학 영문학과 교수로 승진하다. 시 <또 제2창세기>와 평론 「비평과 행동」 등을 발표하다.

1966(42세)

이광수 문학을 논의한 「자기기만의 윤리」와 『흙』의 의미와 무의미를 논의한 「일제하의 한국 휴머니즘 비판」 등을 발표하다.

■ 1967(43세)

　시 <왕족이 될까 보아>를 발표하다.

■ 1968(44세)

　11월, 유럽(이탈리아 · 독일 · 프랑스 · 영국)을 약 2개월여에 걸쳐서 여
행하다. 이 때 프랑스 사물의 시인 프랑시스 뽕즈를 만나 하루를 지내면
서 많은 것을 나누고 그의 많은 저술을 얻어 왔다고 한다. 지리산 시편들
을 발표하다.

■ 1969(45세)

　11월, 비평서『문학평전』을 일조각에서 간행하다. 시 <나무는 즐겁다>
와 <제주섬이 꿈꾼다 > 등을 발표하다.

■ 1970(46세)

　시 <나를 주면> · <지리산 메아리> · <바다> 외 1편을 발표하다.

■ 1971(47세)

　10월, 제3시집『월정가』를 일조각에서 간행하다. 시 <아악> · <나체
송> · <개울> 등과 평론「東西生命觀의 比較」를 발표하다.

■ 1972(48세)

　시 <까치> · <西녘으로 지는 해는> · <난로> 등과 모리스 메를리
뽕띠의 철학을 논의한 <표현의 철학>과 李箱과 사르트르를 비교한「문
학과 사회적 주체성」등을 발표하다.

■ 1973(49세)

　시 <여의주> · <4 · 19혁명의 노래>를 발표하다.

▌1974(50세)

3월, 한용운의 시집을 해설한『'님의 침묵' 전편해설』을 과학사에서 자비로 출판하다. 이 책은 재판시에 일조각으로 옮겨 출간됐다. 시 <봄>·<싫지 않은 마을> 등과 산문「대학과 동물원」·「책과 세태」등을 발표하다.

▌1975(51세)

서울대학교 인문대학 학장에 취임하여 3년간 역임하다. 시 <나를 주면>을 발표하다. 학장의 직무 수행 때문인지 이 무렵 작품을 거의 발표하지 않고 있다.

▌1978(54세)

서울대학교 인문대학 학장직의 임기 만료로 사임하다. 7월, 평론집『문물의 타작』을 문학과 지성사에서 간행하다. 8월, 시선집『나무는 즐겁다』를 민음사에서 간행하다. 이 시선집에는 <나무는 즐겁다> 외 64편의 시작이 수록되어 있다. 시 <내몸은>·<똑똑한 사람은> 등과 평론「설법과 증도의 선시」등을 발표하다.

▌1979(55세)

시 <이태백의 시학> 등 6편의 시외에 평론「자아와 창조」등을 발표하다.

▌1980(56세)

4월 16일 하오 11시 30분~40분경에, 급환으로 사망했다. 유해는 경기도 양평군 마석 소재의 모란공원묘지에 묻혀 있다. 9월, 그의 사후에 <왕과 조물자> 등 3편의 시작이 유고로서 발표되다.

1981

3월, 제4시집 『시신의 주소』가 일조각에서 간행되었는데, 이는 시작과 일기 및 시작노트를 수록한 유고집으로 김현에 의해 편성되었다. 이 시집에는 <똑똑한 사람은> 외 35편의 시와 일기 및 시작 노트가 실려있다.

1982

<말과 생각> 등 4편의 유고시가 ≪월간조선≫ 7월호에 발표되다.

1985

그 제자들이 시비건립위원회를 결성하여 5월에 묘소에다 시비를 세웠다. 비면에는 제3시집 『월정가』의 수록시편인 <아악>의 전문이 새겨져 있다.

2000

7월, 송욱의 종합적인 연구서로 박종석의 『송욱평전』과 『송욱문학연구』가 좋은날에서 간행되었다. 9월, 서강대학교 현대시학회가 주재하여 송욱의 문학에 대하여 종합적으로 고찰한 『송욱연구』가 역락사(亦樂社)에서 간행되었다.

2. 작품 연보

1950 : 薔薇　　　　　　　　　　　문예(3)　　　　　시

　　　비오는 窓　　　　　　　　　문예(4)　　　　　시

1953 : 꽃　　　　　　　　　　　　문예(6)　　　　　시

　　　作家와 眞實性　　　　　　　사상계(7)　　　　번역평론

　　　뱀　　　　　　　　　　　　　사상계(8)　　　　역시

　　　唯我論　　　　　　　　　　사상계(9)　　　　역시

　　　徐廷柱論　　　　　　　　　문예(11)　　　　평론

　　　알베르 까뮈論　　　　　　　사상계(12)　　　번역평론

1954 : 現代英詩와 그 傳統　　　　문예(1)　　　　　평론

　　　誘惑　　　　　　　　　　　　사상계사(3)　　　시집

　　　現代詩와 詩人　　　　　　　문리대학보(9)　　평론

1955 : 壁　　　　　　　　　　　　현대공론(1)　　　시

　　　洪水　　　　　　　　　　　　사상계(2)　　　　시

　　　王昭君의 노래　　　　　　　야담(7)　　　　　시

　　　기름한……　　　　　　　　현대문학(8)　　　시

　　　拓植 殖産……　　　　　　　문학예술(8)　　　시

　　　한거름　　　　　　　　　　　사상계(10)　　　시

1956 : 詩와 知性　　　　　　　　　문학예술(1)　　　평론

　　　王族이 될까 보아　　　　　　현대문학(5)　　　시

　　　美國文學史　　　　　　　　　을유문화사(5)　　역서

　　　무엇이 모자라서—　　　　　시연구(6)　　　　시

어느 十字架	문학(7)	시
서방님께	시와 비평(7)	시
그냥 그렇게	시와 비평(8)	시
義로운 靈魂 앞에서	문학예술(9)	시
何如之鄕 · 壹	사상계(12)	장시

1957 : 現代詩의 反省	문학예술(3)	평론
作家의 形成과 環境	사상계(6)	평론
何如之鄕 · 四	사상계(7)	장시
何如之鄕 · 三	현대문학(7)	장시
何如之鄕 · 六	현대문학(8)	장시
何如之鄕 · 五	현대시(10)	장시

1958 : 何如之鄕 · 七	사상계(8)	장시
사랑이 감싸주며	한국평론(9)	시
何如之鄕 · 八	현대문학(12)	장시

1959 : 何如之鄕 · 九	신태양(1)	장시
何如之鄕 · 拾壹	자유공론(1)	장시
何如之鄕 · 拾	사상계(2)	장시
無極說	자유문학(5)	시
海印戀歌 · 4	사상계(9)	장시

1960 : 三仙橋	문예(1)	시
宇宙家族	현대문학(1)	시
海印戀歌 · 5	사상계(2)	장시
小說技術論	일조각(4)	역서

海印戀歌·8	사상계(8)	장시
한 一字를 껴안고	현대문학(9)	시
1961 : 第二創世記	사상계(2)	시
英詩壇 周邊－現代詩의 諸問題	사상계(2)	좌담
何如之鄕	일조각(2)	시집
革命幻想曲	현대문학(6)	시
겨울에 山에서	사상계(9)	시
1962 : 詩學評傳·1	사상계(3)	평론
나는 어느 어스름	신사조(3)	시
詩學評傳·2	사상계(4)	평론
詩學評傳·3	사상계(5)	평론
詩學評傳·4	사상계(6)	평론
이웃사촌……	자유문학(6)	시
詩學評傳·5－①	사상계(7)	평론
詩學評傳·5－②	사상계(8)	평론
詩學評傳·6	사상계(9)	평론
韓國 모더니즘 批判	사상계(10)	평론
－詩學評傳·7		
象徵美學과 近代的 現實	사상계(11)	평론
－詩學評傳·8		
알림 어림 아가씨	사상계(11)	시
宇宙와 맞서는 '이데아'의 詩學	사상계(12)	평론
－詩學評傳·9		
내가 다닌 蓬萊山－金煥基畵伯에게	현대문학(12)	시

1963 : 意識의 火炎과 琉璃人間　　　사상계(1)　　　평론
　　　　―詩學評傳・10

　　　　唯美的 超越과 革命的 我空　　사상계(2)　　　평론
　　　　―시학평전・11

　　　　本質的 純粹와 經驗的 非純粹　사상계(3)　　　평론
　　　　―詩學評傳・12

　　　　詩學評傳　　　　　　　　　　일조각(5)　　　평론서

　　　　별너머 鄕愁　　　　　　　　신사조(10)　　　시

　　　　影子의 眼目　　　　　　　　시상계(10)　　　시

1964 : 抱擁無限　　　　　　　　　　문학춘추(6)　　　시

　　　　讚歌　　　　　　　　　　　　사상계(6)　　　시

　　　　빛　　　　　　　　　　　　　신동아(9)　　　시

　　　　想像世界의 哲學(1)　　　　　신동아(12)　　　평론

1965 : 想像世界의 哲學(2)　　　　　신동아(2)　　　평론

　　　　韓國知識人과 歷史的 現實　　사상계(4)　　　평론

　　　　批評과 行動　　　　　　　　사상계(7)　　　평론

　　　　또 第二創世記　　　　　　　사상계(8)　　　시

　　　　東西詩에 나타난 內面空間　　아세아학보(12)　평론
　　　　―릴케・懶翁・黃眞伊

　　　　해방20년의 문화적 현실　　　미확인　　　　평론

1966 : 日帝下의 韓國 휴머니즘 批判　동아문화(6)　　　평론
　　　　―李光洙作＜흙＞의 意味와 無意味

　　　　作家精神과 歷史意識　　　　중앙일보(9.27)　평론

　　　　自己欺瞞의 倫理―李光洙作＜無明＞ 아세아학보(10)　평론

1967 : 王族이 될까 보아	현대문학(12)	시
1968 : 新房悲曲	신동아(4)	시
智異山 讚歌	현대문학(4)	시
智異山 이야기	사상계(7)	시
1969 : 氣分의 詩學과 뉘앙스의 詩學	문화비평(4)	평론
─金億·시몬즈·素月·베르레에느		
文學的 유럽 旅行	월간중앙(6)	기행문
나무는 즐겁다	신동아(10)	시
濟州섬이 꿈꾼다	월간문학(10)	시
文學評傳	일조각(11)	평론서
1970 : 나를 주면……	월간중앙(3)	시
智異山 메아리─鄭英昊兄에게	월간중앙(4)	시
바다	문학과 지성(가을, 8)	시
안개	문학과 지성(가을, 8)	시
1971 : 雅樂─重光之曲	신동아(2)	시
夜雨	월간중앙(3)	시
裸體頌	월간문학(5)	시
雅樂─重光之曲	문학과 지성(여름, 5)	시
개울	문화비평(10)	시
첫날바다	문화비평(10)	시
水仙의 慾望	문화비평(10)	시
月精歌	일조각(10)	시집
東西生命觀의 比較	성곡논총2집(11)	평론

1972 : 생각하는 韓國의 얼굴	한국일보(1.1)	시평문
敎育과 現實	조선일보(2.23)	시평문
까치	지성(2)	시
西녘으로 지는 해는	지성(2)	시
表現의 哲學	지성(3)	평론
－ 모리스 메를리 뽕띠의 경우		
外來文化 收容上의 諸問題點	서울대강연(5.18)	평론
난로	월간문학(7)	시
文學과 社會的 主體性	학생연구(8)	평론
－ 李箱과 싸르트르		
1973 : 如意珠－靑華白瓷海龍文酒瓶	박물관지(1.1)	시
四·一九革命의 노래	월간다리(4)	시
1974 : 님의 침묵 전편해설	일조각(3)	해설서
梁畵家의 노래－徐載幸女史에게	한국문학(3)	시
大學과 動物園	조선일보(3.23)	시평문
봄	한국문학(7)	시
싫지 않은 마을	현대문학(8)	시
冊과 世態	서울신문(9.27)	시평문
1975 : 나를 주면	현대문학(5)	시
1978 : 文物의 打作	문학과 지성사(7)	평론서
나무는 즐겁다	민음사(8)	시선집
說法과 證道의 禪詩	문예중앙(9)	평론
내몸은	세계의 문학(11)	시

똑똑한 사람은   세계의 문학(11)   시

萬代의 文學 – '詩人' 第二章   세계의 문학(11)   시

뿌리와 骨盤   세계의 문학(11)   시

아아 처음으로 마지막으로!   세계의 문학(11)   시

1979: 李太白의 詩學 – 변주곡   문학과 지성(봄, 2)   시

말은 造物主   문학과 지성(봄, 2)   시

말과 몸   문학과 지성(봄, 2)   시

말과 事物   문학과 지성(봄, 2)   시

내 마음에……   문학과 지성(봄, 2)   시

莊子의 詩學   문예중앙(가을, 9)   시

自我와 創造 – 베르그송의 경우   세계의 문학(6)   평론

1980: 民主實現의 方法論   월간조선(4)   시평문

王과 造物者 – 莊子를 위하여   현대문학(9)   시

사랑의 物理   현대문학(9)   시

事物과 사랑   현대문학(9)   시

1981: 詩神의 住所   일조각(3)   유고시집

1982: 말과 생각   월간조선(7)   유고시

활에……   월간조선(7)   유고시

알밤 왕밤노래   월간조선(7)   유고시

가을은 새댁이 낳은 아들처럼   월간조선(7)   유고시

· 참고문헌 ·

제1부 전쟁의 홍포와 전후 시인들

1) 자료집

(1) 박재삼

춘향의 마음(시집, 신구문화사, 1962)

햇빛 속에서(시선집, 문원사, 1970)

천년의 바람(시집, 민음사, 1975)

어린 것들 옆에서(시집, 현현각, 1976)

뜨거운 달(시집, 근역서재, 1979)

비 듣는 가을나무(시집, 동화출판사, 1980)

추억에서(시집, 현대문학사, 1983)

대관령 근처(시집, 정음사, 1985)

찬란한 미지수(시집, 오상, 1986)

사랑이여(시집, 실천문학사, 1987)

해와 달의 궤적(시집, 신원문화사, 1990)

꽃은 푸른빛을 피하고(시집, 민음사, 1991)

허무에 갇혀(시집, 시와 시학사, 1993)

박재삼시 전작집(시선집, 영하출판사, 1995)

다시 그리움으로(시집, 실천문학사, 1996)

박재삼시전집(시전집, 민음사, 1998)

(2) 천상병

새(시집, 조광출판사, 1971)

주막에서(시집, 민들사, 1979)
천상병은 천상 시인이다(시집, 오상출판사, 1984)
구름 손짓하며는(시집, 문성당, 1985)
저승가는 데도 여비가 든다면(시집, 일선출판사, 1987)
도적놈 셋이서(3시집, 인의, 1989)
요놈 요놈 요 이쁜놈(시집, 답게, 1991)
나 하늘로 돌아가네(유고시집, 청산, 1993)
천상병 전집(전집, 평민사, 1996)

(3) 이수복
봄비(시집, 현대문학사, 1968)

(4) 김종삼
전쟁과 음악과 희망과(3인시집, 자유세계사, 1957)
한국전후문제시집(공도시집, 신구문화사, 1964)
52인시집(공동시집, 신구문화사, 1967)
본적지(2인시집, 성문각, 1968)
십이음계(시집, 삼애사, 1969)
시인학교(시집, 신현실사, 1977)
누군가 나에게 물었다(시집, 민음사, 1982)
북치는 소년(시선집, 민음사, 1979)
평화롭게(시선집, 고려원, 1984)
김종삼전집(전집, 청하, 1988)
그리운 안니 · 로 · 리(시선집, 문학과 비평, 1989)
스와니강이랑 요단강이랑(시선집, 미래사, 1992)

(5) 송욱
誘惑(시집, 사상계사, 1954)
何如之鄕(시집, 일조각, 1961)
詩學評傳(평론서, 일조각, 1963)
文學評傳(평론서, 일조각, 1963)
月精歌(시집, 일조각, 1971)
文物의 打作(평론서, 문학과 지성사, 1978)

나무는 즐겁다(시선집, 민음사, 1978)
詩神의 住所(유고시집, 일조각, 1981)

2) 참고서목
(1) 박재삼론
고 은, 실내작가론(월간문학, 1970. 1)
권영민, 한국현대문학사(민음사, 1996)
김우창, 구부러짐의 형이상학(궁핍한 시대의 시인, 민음사, 1977)
김윤식·김우종 외, 한국현대문학사(현대문학사, 1995)
김준오, 시론(삼지원, 1995)
김 현, 시인을 찾아서2(심상, 1974. 3)
김주연, 한과 그 이후(천년의 바람, 민음사, 1975)
김춘수, 소박과 감상(사상계, 1959. 3)
김효중, 자연인식과 정통적 서정성(영남어문학8, 1988)
박철희, 김시태 편, 한국현대문학사(시문학사, 2000)
신진, 가난과 한에 관한 회상적 미학(현대문학, 1990. 여름)
정창범, 의식적인 아나크로니즘(세대, 1964. 9)
천이두, 한의 미학적 윤리적 위상(한국문학, 1984. 12)
山口昌男, 文化と兩性(岩波書店, 2000)

(2) 천상병론
폴 헤르나디, 김준오 역, 장르론(문장사, 1983)
권영민, 한국현대문학사(민음사, 1996)
김우창, 예술가의 양심과 자유(궁핍한 시대의 시인, 민음사, 1987)
김장원, 1950년대 소설의 트로마 연구(서강대 박사학위논문, 2003)
김은정, 천상병 시의 물이미지 연구(한국언어 문학, 1999)
박남희, 노장적 사유의 두 가지 모습(한국시학연구, 2002)
박만준, 마르틴 하이데거(청운, 1983)
박미경, 천상병시연구(목포대 석사학위논문, 1996)
이양섭, 천상병시연구(경희대 석사학위논문, 1992)
이자영, 천상병 시의 공간과 시간(동아대 석사학위논문, 1998)
홈스웰치, 윤찬원역, 노자와 도교(서광사, 1989)
Kali Tal, World of Hurt : Reading the literature of Trauma(University of Cambridge

press, 1996)

Kai Erikson, Note on Trauma and Community

(3) 이수복론

고 은, 1950년대(민음사, 1973)

＿＿＿, 서정주 시대의 보고(문학과 지성, 1973. 봄)

김준오, 한국현대문학사(현대문학, 1995)

범대순, 목요칼럼-범대순의 세상보기(광주타임스, 2001. 3. 8)

서정주, 시천후감(현대문학, 1955. 6)

＿＿＿, 시천후평(현대문학, 1955. 3)

＿＿＿, 미당자서전·2(민음사, 1994)

조연현, 발문, 봄비(현대문학사, 1968)

(4) 김종삼론

강석경, 문명의 배에 침몰하는 토끼(김종삼 전집, 청하, 1988)

김현, 김종삼을 찾아서(김현문학전집 3권, 문학과 지성사, 1993)

김시태, 언어의 고독한 축제(한국현대시연구, 민음사, 1989)

김영태, 음악의 배경(시문학, 1972. 8)

김종삼, 먼 시인의 영역(문학사상, 1973. 3)

김춘수, 김종삼 시의 비애(김춘수전집, 문장사, 1980)

김태민, 김종삼 시 연구(경희대 석사학위논문, 1990)

김태상, 김종삼 시 연구(중아대 석사학위논문, 1992)

반경환, 폐허 속의 시학(시와 의식, 문학과 지성사, 1992)

백인덕, 김종삼 시 연구(한양대 석사학위논문, 1992)

오형협, 풍경의 배음과 존재의 감춤(50년대 시인들, 나남, 1994)

윤병로, 순박한 보헤미안의 시론(소설문학, 1985. 5)

이숭원, 김종삼 시에 나타난 죽음과 삶(현대시와 삶의 지평, 시와 시학사, 1993)

＿＿＿, 김종삼 시의 환상과 현실(한국현대시인론, 개문사, 1993)

이승훈, 분단의식의 한 양상(월간문학, 1979. 6)

＿＿＿, 평화의 시학(김종삼전집, 청하, 1988)

장석주, 한 미학주의자의 상상세계(김종삼 전집, 청하, 1988)

조남익, 장미와 음악의 시적 변용(현대시학, 1987. 2)

최민성, 김종삼 시 연구(한양대 석사학위논문, 1996)

한계전, 작품과 세계와의 관계(문학과 지성, 1978. 3)

황동규, 잔상의 미학(북치는 소년, 민음사, 1979)

AD de Vrices, Dictionary of Symbols and Imagery(Amsterdam, London: North-Holland
        Publishing Co., 1974)

Harold Bloom, Anxiety and Influence: A theory of Poetry(New York: Oxford
        University Press, 1973)

Paul De Man, Blindness and Insight(Minneapolis: University of Minnesota Press,
        1983)

(5) 송욱론

강희근, 삶의 체현과 다양한 전개(문학세계사, 1983)

_____, 우리 시문학 연구(예지각, 1985)

구중서, 장미(월간문학, 1970. 6)

권순섭, 한국 현대시의 전통성 연구(공주대 석사학위 논문, 1990)

김 현, 말과 우주—송욱의 상상적 세계(세계의 문학, 1978. 봄)

김유중, 부활에의 꿈(현대문학, 1991. 7)

김윤식・김 현, 한국문학사(민음사, 1996)

김재홍, 6・25와 한국의 현대시(인하대출판부, 1988)

김춘수, 해인연가 八(현대문학, 1960. 9)

_____, 형태의식과 생명긍정 및 우주감각(세계의 문학, 1978. 겨울)

김학동 외, 송욱연구(역락사, 2000)

류근조, 현대시의 모더니즘(현대문학, 1991. 7)

민 영, 1950년대 시의 물길(창작과 비평, 1989. 봄)

박두진, 한국현대시론(일조각, 1970)

박종석, 송욱의 <시학평전> 연구(국어국문학 제15집, 동아대 국어국문학과, 1996)

_____, 송욱문학연구(좋은날, 2000)

박종석, 송욱평전(좋은날, 2000)

송하춘・이남호, 1950년대의 시인들(나남, 1994)

신진숙, 전후시의 풍자 연구(경희대 석사학위 논문, 1994)

오규원, 시적 변용과 그 의미—송욱과 고은의 경우(문학과 지성, 1972. 봄)

유종호, 인상—팔월시(사상계, 1958. 9)

윤정룡, 1950년대 한국 모더니즘시 연구(서울대 박사학위 논문, 1992)

이병헌, 지식인의 가락—송욱시집 『하여지향』(현대시학, 1992. 8)

이상섭, 부끄러운 한국문학과 경이로운 동양사상(문학과 지성, 1978. 겨울)

이성모, 말놀이의 시적체험과 그 틀(경남어문논집5, 1992. 12)

이재선, 풍자 시론 서설(청구대학논문집6, 1963. 5)

이해령, 우주의 질서와 생명의 리듬(현대시학, 1974. 10)

전봉건, 시와 산문성과 지성(현대시학, 1985. 1)

전봉건 외, 속 시와 에로스(현대시학, 1973. 10)

전영태, 비판적 지성과 풍자의 시(문학세계사, 1983)

정한모, 한국현대시의 현장(박영사, 1983)

정한숙, 한국현대문학(고대출판부, 1982)

정현종, 감각의 깊이·관능 그리고 순진성(지성, 1971. 12)

_____, 말과 자유연상의 세계(월간조선, 1981. 6)

조미영, 송욱 시 연구(서울대 석사학위 논문, 1994)

진순애, 송욱 시의 은유 연구(성균관대 석사학위 논문, 1993)

천이두, 50년대 문학의 재조명(현대문학사, 1985. 1)

한계전, 사변적 문체와 사상탐구의 형식(민음사, 1989)

한원균, 송욱문학연구(경희대 석사학위 논문, 1992)

홍기창, 송욱의 자연과 인간(문학과 지성, 1973. 여름)

황현산, 역사의식과 비평의식 : 송욱의 『시학평전』(현대비평과 이론, 1995. 10)

제2부 역사의 와전과 서정주

1) '꽃'의 문화사

고 은, 서정주 시대의 보고(문학과 지성, 1973. 봄호)

김시태, 서정주론(시문학, 1992. 2월호)

김영숙, 전통생활 속의 꽃 문화에 관한 연구(문화전통논집 제9집, 2001. 12)

김우창, 한국시의 형이상(세대, 1968)

김종길, 미당시의 특질(시와 시학, 1996. 가을호)

김학동, 국문학과 자연(서강 8호, 1978)

서정주, 미당자서전1, 서정주전집4(민음사, 1994)

_____, 미당자서전2, 서정주전집5(민음사, 1994)

_____, 나의 문학인생 7장(시와 시학, 1996. 가을호)

유종호, 소리지향과 산문지향, 박철희편, 서정주(서강대 출판부, 1998)

유혜숙, 서정주 시의 이미지 연구(시문학사, 1996)

야마구치 마사오, 김무곤 옮김, 문화의 두 얼굴(민음사, 2003)

프란시스 뮬런, 임병권 역, 『문화/메타문화』, 한나래, 2003.

Ad de Vries, "flower", Dictionary of Symbols and Imagery, North-Holland Publishing Co., Amsterdam, London, 1974.

Dictionnaire des symbolesII, Seghers.

E. R. Leach, "Anthropological Aspects of Language : Animal Categories and Verbal Abuse", New Direction in the Study of Language, E. H. Lenneberg ed., MIT Press, 1966.

Robert Hodge, Literature as Discourse, Polity Press, 1990.

2) 꽃의 환타지와 이데올로기

강경화, Blake와 낭만주의의 자아(밀턴연구 제8집, 1998)

김 현, 꽃의 이미지 분석, 상상력과 인간/시인을 찾아서(문학과 지성, 1993)

박지향, 일그러진 근대(푸른역사, 2003)

박찬승, 20세기 한국 국가주의의 기원(한국사연구, 2002)

엄경희, 서정주 시의 자아와 공간·시간 연구, 박사학위논문(이화여자대학교, 1999)

연효숙, 위기와 니힐리즘 그리고 유토피아(시대와 철학10집, 1999)

유종호, 소리지향과 산문지향, 박철희 편, 서정주(서강대출판부, 1998)

이동현, 니힐리즘의 본질과 존재물음(철학논구, 1999)

이상숙, 서정주 「꽃밭의 독백」재론—"娑蘇"와 "꽃"을 중심으로(한국시학연구·7, 2002)

장 벨맹-노엘, 최애영·심재중 역, 문학텍스트의 정신분석(현대신서, 2001)

조연현, 서정주론, 박철희편, 서정주(서강대출판부, 1998)

진형준, 이미지론(불어불문학연구 43집, 2000)

천이두, 지옥과 열반, 박철희 편, 서정주(서강대출판부, 1998)

Antony Easthope, Poetry and Phantasy, (Cambridge University Press, 1989)

Collete Soller, The Symbolic Order, Reading Seminars I and II Lacan's Return to Freud (State University of New York Press, 1996)

Malcolm Bowie, 이종인 역, 라캉(시공사,1999),

파크칼 브뤼크네르, 순진함의 유혹(동문선, 1999)

슬라보예 지젝, 이수련 역, 이데올로기라는 숭고한 대상(인간사랑, 2002)

3) 『화사집』론

　　김열규, 한국문학의 전통과 변혁(서강대학교 인문과학 연구소, 1981)

　　김영한, 하이데거에서 리꾀르까지(박영사, 1993)

　　김윤식, 미당의 어법과 김동리의 문법(서울대학교출판부, 2003)

　　김학동, 서정주의 시에 미친 보들레르의 영향, 박철희 편, 서정주(서강대학교 출판부,
　　　　　1998)

　　서정주, 미당자서전2(민음사, 1994)

　　임진수, 이미지의 상상력(1)(불어불문학 제13집, 1987)

　　조연현, 서정주론, 박철희편 서정주(서강대출판부, 1998)

　　조윤경, 몸의 이미지와 일탈의 글쓰기(불어불문학연구 제55집, 2003. 6)

　　바슐라르, 민희식 역, 불의 정신분석/초의 불꽃 외(삼성출판사, 1994)

4) 『귀촉도』론

　　김춘수, ≪귀촉도≫기타, 서정주연구(동화출판사, 1975)

　　박철희, 현대 한국시와 그 <서구적>잔영(하)(예술논문집 제10집, 예술원, 1971)

　　오세영, 설화의 시적 변용, 미당연구(민음사, 1991)

　　조연현, 서정주론, 서정주연구(동화출판사, 1975)

· 찾아보기 ·

● 저자 이민호 ●

서강대학교 불어불문학과 졸업
서강대학교 대학원 국어국문학과 졸업, 문학박사
현재 나사렛대학교 교양교직학부 전임강사
1994년 문화일보 시 당선
저서로 『김종삼의 시적 상상력과 텍스트성』이 있음

흉포와 와전의 상상력

초판인쇄 2005년 8월 19일
초판발행 2005년 8월 26일

저   자 | 이민호
발행인 | 김흥국
발행처 | 도서출판 **보고사**

등 록 | 1990년 12월(제6-0429)
주 소 | 서울시 성북구 보문동7가 11번지 2층
전 화 | 02)922-5120~1
팩 스 | 02)922-6990
E-mail | kanapub3@chol.com
www.bogosabooks.co.kr

ISBN 89-8433-329-8 (93810)

정가 15,000원